Amerika – Im Auge des Sturms

Gero Nordmann

Amerika – Im Auge des Sturms

Für meine Familie

perception is reality

8. August 2001, Göttingen.

In einigen Tagen geht mein Flieger nach Boston. Zeit, Abschied von meinem Mitbewohner Jens zu nehmen. Der alte Linke. Als Abschiedsgeschenk drückt er mir ein rotes Buch in die Hand: „Profit Over People" von Noam Chomsky. Untertitel: „Neoliberalismus und globale Weltordnung". Ich drehe das Buch um und lese: „Eine alarmierende und vernichtende Kritik an der Logik des freien Marktes". Auf der Innenseite eine Widmung:

Meinem langjährigen Mitbewohner zum Abschied,
der nun in den ‚Hort des Bösen' geht!
Alles Liebe + Gute, Jens

1999 verfasst, beginnt Chomskys Buch mit den Worten: „Neoliberalismus und globale Weltordnung sind Probleme von großer Bedeutung für die Menschheit, und sie werden oftmals nicht richtig verstanden."

139 Seiten später schließt es so: „Insofern führt dies Bild, selbst wenn es richtig sein sollte, in die Irre, gerade weil es so unvollständig ist. Denn in ihm fehlen die Errungenschaften all derer, die nicht nur den proklamierten Leitmotiven, sondern weit darüber hinausreichenden Grundsätzen von Freiheit und Gerechtigkeit verpflichtet sind. Dabei handelt es sich in erster Linie um den von unten geführten Kampf gegen Formen der Unterdrückung und Herrschaft, die bisweilen allzu offensichtlich, oftmals aber so verdeckt sind, dass sie selbst für ihre Opfer unsichtbar bleiben."

Als Jens mir das Buch in die Hand drückt, ist mir der Name des Autors lediglich ein vager Begriff. Aber Jens hatte sich mehr dabei gedacht, als mich nur daran zu erinnern, wohin ich mich jetzt aus seiner Sicht auf den Weg machte. Noam Chomsky ist Linguistikprofessor am MIT.

Ich vergesse das Buch, aber es begleitet mich bei meiner Ankunft in Cambridge, Massachusetts, eine Woche später.

17. August 2001, Cambridge, USA.
Ich brauche eine Unterkunft. Während ich mich auf die Suche begebe, komme ich zwischenzeitlich bei einer Dame mittleren Alters unter, dem Gegenteil des – aus deutscher Sicht – stereotypen Amerikaners. Ein geschmackvoll eingerichtetes Haus mit Sammlerstücken aus allen Teilen der Erde, das Haus einer kultivierten Frau. Sie war vor vielen Jahren ein halbes Jahr lang durch Indien gereist. In Deutschland hätte ich sie unter der Rubrik Linksintellektuelle oder Achtundsechzigerin (was sie vom Alter her auch sein könnte) eingeordnet.

Einer meiner allerersten Bekannten ist ein Schwarzer, einer der ganz wenigen Schwarzen, die ich bisher in Boston gesehen habe. Zudem hatte ich sofort den Eindruck, dass er einen deutschen Akzent hat. Kein Wunder, wie sich herausstellt: Er ist ein waschechter deutscher Austauschstudent aus Hamburg. Als ich ihm sage, dass ich am MIT arbeite, meint er nur: „Ah ja, du meinst Chinatown. Cool!“ Eine offensichtliche Anspielung auf die vielen asiatischen Studenten.

Wohnungssuche. Der Wohnungsmarkt in dieser kleinen atomwaffenfreien Zone Cambridge ist heiß umkämpft. Die Zimmerpreise, wenn man denn eins findet, sind unverschämt. Das knallharte Gesetz von Angebot und Nachfrage. Mit Harvard und MIT verfügt dieses 100.000-Einwohnerstädtchen über eine zahlungskräftige Kundschaft. Mit reichen Eltern, Stipendien oder Krediten, die natürlich – weil ja hier alle am Ende Topjobs abkriegen oder das zumindest vorhaben – von den Banken gerne gewährt werden. Überhaupt ist die totale Verschuldung während des Studiums – es geht hier schnell um mehrere hunderttausend Dollar – gang und gäbe. Auf einem der vielen Basare für Wohnungssuchende werde ich fündig: Eine polnische Medizinstudentin sucht einen Mitbewohner und entscheidet sich für mich. Ich bin mir von Anfang an nicht ganz sicher, ob sie nur nach einem Mitbewohner sucht oder nicht noch etwas anderes. Jedenfalls erklärt sie mir, dass sie die Wohnung nur bekommen kann, wenn sie sie zusammen mit einer zweiten Person beantragt. Ich werde stutzig. Am Ende stellt sich heraus, dass es sich um eine Art Sozialwohnung handelt, mit den entsprechenden Auflagen.

Ich suche weiter und habe Glück. Ich höre ein Gespräch zwischen Zweien, die sich gerade auf eine Wohnungsbesichtigung einigen. Ich höre mit und packe den Wohnungsanbieter beim Hinausgehen am Arm. Eine kurze Unterhaltung, und ich habe einen Besichtigungstermin für den Abend. Die Wohnung liegt in Bostons Back Bay – neben dem brahmanischen Beacon Hill die nobelste Wohngegend. Vom MIT aus geht man über die Brücke des Charles River und findet sich auf einer Straße mit schönen roten Backsteingebäuden. Heute mein Amerika.

Der Eingang zur Wohnung ist allerdings nicht vorne, auf der Schokoladenseite, sondern hinten. Es gibt eine zweite, kleinere Straße parallel zur eigentlichen Allee. Die Straße der Müllautos, wie ich im Laufe der Zeit lernen werde. Jedenfalls empfängt mich Jay, so heißt mein zukünftiger Mitbewohner, überschwänglich, und nach einigen Minuten steht fest, dass Jay mich dem „Professor" als neuer Mitbewohner vorstellen wird. Die Souterrainwohnung besteht aus zwei Zimmern und einem winzigen Klo mit Dusche. Ich bin glücklich. Ein großes Problem weniger.

Zum Abschied steht meine Vermieterin, ich habe drei Wochen bei ihr gewohnt, neben dem Taxi und winkt mir hinterher. Eine wirklich bezaubernde ältere Dame. Was hatte sie mir vor ein paar Tagen gesagt, als wir wieder mal über ihre ausgedehnten Reisen gesprochen hatten? „I don't understand why a lot of people in the world don't like us Americans."

Ich muss zugeben, ich war über diesen Kommentar von ihr, der Weitgereisten, überrascht, ja geradezu verwirrt. Wenn meine Vermieterin das nicht verstand, was sollte man dann eigentlich vom Rest der amerikanischen Bevölkerung erwarten?

11. September 2001, MIT.

Heute hat meine Mutter Geburtstag. Ich überquere die Brücke über den Charles River, die Boston mit Cambridge verbindet. Seit drei Wochen bin ich als Forscher am MIT. Wie üblich kann ich mindestens ein Flugzeug direkt über der Boston-Skyline aufsteigen sehen. Charakteristisch, der Flughafen ist fast im Zentrum. Wolkenloser Himmel, wie üblich. Kristallklar. Rechts vor mir das MIT, mein morgendlicher Spaziergang über die Brücke zur Arbeit. Wie jeden Morgen gehe ich in das kastenförmige Gebäude des Chemischen Instituts. Ich ziehe meinen Laborkittel über und mache mich an die Arbeit. Die üblichen routinemäßigen Handgriffe eines Chemikers in einem Forschungslabor.

„Hey, someone flew an airplane into the World Trade Center in Manhattan."

Jennifer ist bekannt als *chatterbox*, sie geht keiner Unterhaltung aus dem Weg. Normalerweise fängt sie aber erst an zu reden, wenn sie sich in ihrem Labortrakt, der direkt neben meinem liegt, zu schaffen macht. Heute fängt sie schon damit an, als sie noch den Türgriff in der Hand hält.

„An airplane?"

„Yeah, they think it's a Cessna or something like that."

Ein paar Minuten vergehen. Der nächste Kollege kommt rein.

„Hey, guys – a regular airplane struck the World Trade Center!"

Das hört sich schon anders an. Wir gucken uns ungläubig an.

„They show it on the screens in the ‚infinite corridor'."

Der endlos lange MIT-Korridor, der die Institute ober- und unterirdisch verbindet und durch den genau einmal im Jahr die Sonne scheint – wie bei einer Aztekenpyramide. Dort, wo einem, quasi inkognito, so unterschiedliche Leute wie der unscheinbare Professor Alan Guth, Schöpfer des inflationären Universums, mit Rucksack und alter zerzauster blauer Daunenjacke, oder, sozusagen als Gegenprogramm, auch Leute wie der israelische Spitzenpolitiker Bibi Netanjahu mit ein paar Bodyguards kurz nacheinander begegnen können. Ein paar von uns machen uns auf. Wir kommen gerade rechtzeitig, um *live* sehen zu können, wie das zweite Flugzeug in den zweiten Turm kracht.

Wow!

An Arbeit ist heute wohl nicht mehr zu denken. Wir machen uns aber erst mal wieder auf ins Labor. Gerüchteweise soll das MIT geschlossen werden. Seit seiner Gründung 1861 – übrigens dem Anfangsjahr des *Civil War* – wurde der *24/7 Campus* ein einziges Mal für einen Tag geschlossen – nach dem Mord an John F. Kennedy. Es gibt wahrscheinlich nicht viele Institutionen auf der Welt, die etwas Derartiges von sich behaupten können. Merkwürdige Stunden folgen, in denen keiner so richtig weiß, was hier eigentlich passiert ist. Außer dass es sich offensichtlich um einen Terroranschlag handelt. In der Zwischenzeit kommen die Nachrichten, dass ein weiteres Flugzeug ins Pentagon gekracht und eines in Pennsylvania abgestürzt sei. Eines der Flugzeuge ist heute Morgen um halb neun von Boston Logan Airport gestartet. Ein mulmiges Gefühl beschleicht mich. Um halb neun war ich auf der Brücke und habe ein Flugzeug im Steigflug vor strahlend blauem Himmel über dem vom US-chinesischen Stararchitekten und Architektursymboliker I. M. Pei entworfenen trapezoiden Glaskasten John Hancock Tower aufsteigen sehen. Wird es heute oder morgen noch mehr Anschläge geben? Wenn ja, wo? Cambridge ist angeblich besonders gefährdet, da MIT und Harvard, gewissermaßen die intellektuellen Twin Towers, sich hier in Laufweite voneinander entfernt befinden. Anschläge hier könnten das amerikanische intellektuelle Nervenzentrum lahmlegen und eine Schockwelle über das Land und den Globus laufen lassen.

Ich öffne die Tür zu meinem Rattenloch im Edelviertel Back Bay. „Oh, you live in Back Bay. Wow!", bekomme ich oft zu hören. Dabei ist es ein Rattenloch im wahrsten Wortsinn. Denn der Charles River ist nah. Abends gehört mein Hauseingang – der Hintereingang mit den Mülltonnen – den Ratten.

Jay hat den Fernseher an. Ab jetzt werden die Bilder von den einstürzenden Türmen auf die Netzhaut und ins Gehirn gebrannt. Eine ganze Generation von Heranwachsenden in den USA wird mit diesen Bildern auf der Netzhaut tätowiert. Jays Kommentar, als Bush auf dem Bildschirm erscheint: „He's saaaatsch a foooool."

In den frühen Neunzigern war Jay bei der südkoreanischen Militärpolizei – etwas, das wegen des benachbarten Nordkorea, wie er mir bald erzählt, kein Zuckerschlecken war. Nach dem

Fall der Berliner Mauer ist diese Teilung im gerade begonnenen 21. Jahrhundert die härteste verbleibende Demarkationslinie der Ideologien des 20. Jahrhunderts. Jay arbeitet jetzt am *MIT Media Lab*, einem Weltzentrum von Technologie, Medien und Design, als erster Koreaner überhaupt, wie er stolz bemerkt. Momentan ist er persönlicher Assistent eines der Gründer des *Media Lab*, Nicholas Negroponte, und hilft diesem nach dem *Media Lab Europe* in Irland ein entsprechendes *Media Lab Asia* aus der Taufe zu heben.

Eigentlich ist Jay Künstler, Performancekünstler. Letztes Jahr hat er seinen Master of Science in Architektur gemacht, bei dem 1943 während des Ghettoaufstands in Warschau geborenen und 1977 von Polen nach Kanada emigrierten Videoperformancekünstler Krysztof Wodiczko, bekannt für sein Oeuvre zu Krieg, Trauma, Erinnerung und öffentliche Kommunikation. Jay selbst beschreibt seine Masterarbeit, eine Installation in seinem 20-Quadratmeter-Appartment, folgendermaßen:

„In meinem Zimmer konstruiere ich ein privates Spektakel, indem ich mein Leben zwischen Mauern exponiere. Das innere (Glas-)Zimmer, zugänglich durch die zweite Tür zu meinem Zimmer, bildet eine Einfassung als Wand aus transparentem Glas, die den Konturen der Oberflächen meines Zimmers folgt. Durch Überlagerung einer zweiten architektonischen Einfassung habe ich eine Unterteilung geschaffen, wobei ich zwischen der Innenseite des Außenraums und der Außenseite des inneren Raums lebe. Besucher können lediglich den inneren Raum betreten, um an meinen audiovisuellen Erfahrungen teilzunehmen, sie können nicht über die Glaswände hinausgelangen. Durch diese gespaltene existenzielle Performance mit den transparenten Wänden wird das Projekt zur Metapher für physisch konstruierte psychosoziale Abgrenzungen und offenbart somit eine privates Spektakel mit eigentümlicher öffentlicher Wirkung. Es stellt unsere transparenten Abgrenzungen in unserem Zuhause als greifbare Form dar."

Zum Glück hat er die Installation in seinem Zimmer mittlerweile abgebaut.

„He's such a fool."

Er wiederholt diese Worte in diesen Tagen noch häufig. George W. Bush in seinen eigenen Worten hört sich dagegen gerade so an: „We will go for these terrorists and those who harbor them."

Dass einige aus Hamburg kommen, wie sich ein paar Tage später herausstellen wird, ist für mich Deutschen unfreiwillige Komik.

Selbst hier, auf dem Planeten Cambridge – sozusagen das Athen des angehenden 21. Jahrhunderts –, der, zumindest intellektuell betrachtet, problemlos ohne den Rest der Welt auskommen könnte, tauchen innerhalb weniger Tage überall große Aufkleber auf den Autos auf. Überdimensionierte Zeichen von Patriotismus. Die US-Flagge ist jetzt, quasi über Nacht, wirklich überall, wo man Aufkleber anbringen kann. Wie sieht das wohl gerade in Texas aus?

Die Unsicherheit hält an. Die ersten Tage nach dem Anschlag bin ich eigentlich eher überrascht, dass nicht mehr passiert. Ich bin damit nicht allein. Am 12. September gibt es eine Versammlung auf der Wiese vor dem neoklassizistischen Pantheon des MIT-Hauptgebäudes, bunte Grüppchen von Studenten und Professoren, wie hingewürfelt auf dem Rasen, tauschen sich aus über das Unfassbare, das geschehen ist.

„Es ist ziemlich symbolisch. Genau dieselbe Technologie, die zum großen Teil hier am MIT entwickelt wurde – zivile Luftfahrt –, hat Terroristen erlaubt, den größten jemals angerichteten Schaden auf US-Boden anzurichten."

So formuliert es der Dekan des Chemischen Instituts in einer dieser informellen Diskussionsrunden. Ich bewege mich langsam über die Wiese und höre verschiedenen dieser Grüppchen zu. Besonders beeindruckt mich eine Diskussion, ein Ägypter vertritt überzeugend den Standpunkt der arabischen Welt – er tut es sichtlich erregt und außerdem barfuß. Er formuliert, warum der Rest der Welt die Amerikaner nicht so gerne mag, wie diese selbst es gern hätten. Achtzig Nationalitäten sind angeblich allein hier am MIT beisammen.

Mein Eindruck von der Insel Cambridge zu diesem Zeitpunkt: Amerika will Blut sehen – und zwar schnell. Ein Skalp muss her. Offensichtlich sind aber die Schuldigen nicht ganz leicht zu finden. Was die Sache noch etwas pikanter macht, ist die Tatsache, dass Osama bin Laden offensichtlich das schwarze Schaf einer illustren arabischen Familie ist, die, wie ich ein paar Tage nach 9/11 erfahre, Harvard Zuwendungen im dreistelligen Millionenbereich gemacht hat. Und das Gerücht geht um, dass ein paar Angehörige der bin Laden-Sippe, die gegenwärtig in Boston studieren, jetzt gerade das Land verlassen. Das klassische Genre des Sohnes als Nestbeschmutzer – hier im großen Stil? Wie sich herausstellt, wohnten die Terroristen im Hotel neben meinem 24/7-Supermarkt in der Nähe meines Rattenlochs im Nobelviertel, während die Familie des Oberterroristen die Uni zwei Kilometer entfernt gesponsert hat. Jedenfalls verlagert sich im Laufe der folgenden Wochen nach und nach der Schwerpunkt der Diskussion, auch der der internationalen Diskussion, wie ich überrascht feststelle, merkwürdigerweise von al Qaida auf den Irak.

Auch Europa macht den Schwenk mit. Ich kann's einfach nicht glauben. Logisch betrachtet ist die ganze Diskussion eine Antwort auf die falsche Frage. In der Welt von Bush Junior reduziert sich das dann sowieso auf: „Who is not for us, is against us."

Ich verfolge die öffentliche Diskussion in Cambridge und

gehe zu Vorträgen. Wenn ich das mit dem Programm auf Jays immer laufenden Fernseher vergleiche, stelle ich fest: Ich lebe offensichtlich seit ein paar Monaten in einem Paralleluniversum. Das Interessante dabei: Hier auf *Planet Cambridge* sitzen die intellektuellen Schwergewichte, die Ex- und derzeitigen Regierungsberater. So ist zum Beispiel Larry Summers, Finanzminister unter Clinton, Präsident von Harvard.

Gleichzeitig deutet für mich rein gar nichts auf eine Verbindung zwischen al Qaida und Saddam Hussein hin. Warum also dieses global-mediale Säbelgerassel gegen Hussein? Für mich gibt es aufgrund der mir zugänglichen Informationen von akademischen Experten nur eine schlüssige Erklärung: klassischer Fall einer Übersprungshandlung. Bin Laden ist nicht zu fassen, die Eroberungspläne für den Irak haben wir in der Schublade – und unser Volk will einen Skalp. Was mich allerdings wundert, ist, dass die europäische Elite nicht einfach sagt: Schluss mit dem Quatsch – die zentrale Frage lautet: Wie werden wir mit dem eigentlichen Problem des vernetzten internationalen Terrorismus fertig?

Merkwürdig. Stattdessen lässt man sich auf das Spiel ein und spielt das perfide *Who-is-not-for-us-is-against-us*-Spielchen mit. Jedenfalls sind im Gehirn Amerikas in diesem Moment die Anzeichen nicht zu übersehen, dass sich genau jetzt die gegenseitig ausschließenden Wahrnehmungsblasen in Bezug auf 9/11 herausbilden. Immerhin hat der Präsident sein Volk hinter sich. Für ihn eine historische Gelegenheit, dieses komplexe Konglomerat emotional unter einen Hut zu bringen.

18. Oktober 2001, MIT.
Die letzten paar Wochen waren überaus ereignisreich. Gemeinsam mit einem in Leipzig promovierten italienischen theoretischen Physiker – „You have to go to Oak Park Illinois to check out the neighborhood with the houses of Frank Lloyd Wright" – und einem MIT-*undergraduate* in Mathematik bin ich über die *fraternity*-Häuser gezogen und habe interessante Einblicke in ein besonderes Habitat bekommen: das Leben von MIT-Studienanfängern.

Auffallend, dass in den *dormitories* überall Plakate der Simpsons und von „Matrix", der 1999 in die Kinos kam, hängen, während sich das sonstige Inventar je nach Ausrichtung der Studentenverbindung stark unterscheidet. Das reicht vom klassischen Billardtisch bis zu horizontalen Seifen-Schlitterbahnen im Flur.

Vor ein paar Tagen komme ich abends an einem dieser Verbindungshäuser vorbei und sehe in der Dunkelheit aus dem Augenwinkel eine große rechteckige Piratenflagge horizontal von der Hausecke abstehen. Als sich mein Auge auf die Fahne richtet, ist sie verschwunden. Moment, das gibt's doch nicht. Die Flagge ist weg. Muss mich wohl verguckt haben.

Ich setze mich wieder in Bewegung. Wieder ist die Riesenflagge da. Ich gucke noch mal hin. Verschwunden. Bleibe stehen. Gehe wieder weiter. Die Flagge ist wieder da. Halluziniere ich jetzt? Nach noch ein paar Malen stelle ich fest: Wenn sich mein Augapfel bewegt, erscheint die Flagge. Ruht er, ist sie verschwunden. Echt irre!

Unser *undergraduate*-Kumpan ist keine zwanzig und sieht aus, spricht und verhält sich eher wie ein gut aussehender indoamerikanischer Bodybuilder aus irgendeiner amerikanischen Vorabendserie als wie ein angehender Mathematiker. Laut meinem italienischen Freund, der als *postdoc* am Institut für Theoretische Physik des MIT arbeitet, verhält es sich jedoch anders:

„The guy is a f...g genius. I know it, I've seen some of his stuff."

Das MIT ist in den USA bekannt dafür, die härteste *freshman*-Universität des Landes zu sein, d.h. für Erstsemester, und darüber hinaus besitzt sie den Ruf als beste mathematische Fakultät weltweit. Als ich den Studenten frage, was er denn mal machen will, wenn er fertig ist, antwortet er: „Wall Street – the smartest and most creative guys are working on Wall Street. Also good money. I need money, man."

Jedenfalls kennt er sämtliche Verbindungshäuser im Umkreis, sodass wir bereits nach wenigen Tagen einen guten Überblick über das Campusleben haben.

Vor zwei Wochen war ich dann bei den Feierlichkeiten zur Verleihung des sogenannten Ig-Nobelpreises. Dieser renommierte Preis ist keine bierernst gemeinte Auszeichnung, um echte wissenschaftliche Leistungen zu ehren, sondern solche, die Menschen zuerst zum Lachen und erst dann zum Nachdenken bringen. Vergeben wird der Preis jährlich von der in Cambridge erscheinenden Zeitschrift *Annals of Improbable Research*. Dementsprechend ausgelassen sind die Feierlichkeiten – eine echte Gaudi. Es waren sogar drei waschechte Nobelpreisträger als Jazzcombo auf der Bühne, und zwar fast wörtlich mit Pappnasen und Ententanz. Dieses Jahr wurden im altehrwürdigen Theater des Sanders-Auditoriums der Harvard-Universität folgende Preise verliehen:

Medicine – Peter Barss von der McGill University: für seinen schlagkräftigen medizinischen Report „Verletzungen durch herunterfallende Kokosnüsse".

Physics – David Schmidt von der University of Massachusetts: für seine partielle Lösung der Frage, warum Duschvorhänge sich nach innen blähen.

Biology – Buck Weimer aus Pueblo, Colorado: für die Erfindung von „Under-Ease", luftdichter Unterwäsche mit einem auswechselbaren Aktivkohlefilter, der schlecht riechende Gase beseitigt, bevor sie entweichen.

Economics – Jöl Slemrod von der University of Michigan Business School und Wojciech Kopczuk von der University of British Columbia: für ihre Schlussfolgerung, dass Menschen Wege finden, ihren Tod hinauszuzögern, wenn sie das für eine niedrigere Marge bei der Erbschaftssteuer qualifiziert.

Literature – John Richards aus Boston in England, Gründer der „Apostrophe Protection Society“: für seine Bemühungen, die Unterschiede zwischen Pluralform und Possessiv zu schützen und zu fördern.

Psychology – Lawrence W. Sherman von der Miami University, Ohio: für seinen einflussreichen Forschungsbericht „Eine ökologische Studie zur Fröhlichkeit in kleinen Gruppen von Vorschulkindern“.

Astrophysics – Dr. Jack und Rexella Van Impe vom Jack Van Impe-Pfarramt in Rochester Hills, Michigan: für ihre Entdeckung, dass schwarze Löcher alle technischen Voraussetzungen zur Lokalisierung der Hölle erfüllen.

Peace – Viliumas Malinauskus aus Grutas, Litauen: für die Errichtung des Skulpturenparks sowjetischer Helden.

Technology – Gemeinsam verliehen an John Keogh aus Hawthorn, Victoria, Australien, für die Patentierung des Rades im Jahr 2001 sowie an das australische Patentamt für die Zuteilung des Innovationspatents.

Public Health – Chittaranjan Andrade und B.S. Srihari vom National Institute of Mental Health and Neurosciences in Bangalore, Indien: für ihre bohrende medizinische Entdeckung, dass Nasenbohren eine übliche Beschäftigung von Heranwachsenden ist.

Die letzte Woche war übrigens eine besonders erfolgreiche, selbst nach MIT-Standards: Acht MIT-Alumni wurden mit Nobelpreisen bestückt – den echten. Ein historischer Rekord. Der Direktor der Universität veröffentlicht dazu folgende Pressemitteilung: „The Peace Prize award Friday to the United Nations and Kofi Annan (MIT S.M. 1972) capped a week in which a current professor, a former professor and six alumni shared the prestigious prizes."

Die atomwaffenfreie Zone Cambridge – Vorort des brahmanischen Boston und mit der Boston Tea Party Zentrum der amerikanischen Unabhängigkeit – ist am Anfang des dritten Jahrtausends nach Christus mit Harvard und MIT das eigentliche intellektuelle Erbe von Athen und Florenz. Nicht weiter überraschend daher, dass der englische Oxford-Intellektuelle und Dichter Martin Seymour-Smith in einem 1998 veröffentlichten Buch fünf hier geschriebene Bücher des 20. Jahrhunderts zu den hundert einflussreichsten in der Geschichte der Menschheit zählt (das erste in seiner chronologischen Liste ist übrigens das chinesische „I Ging"):

Henry David Thoreau:
ON CIVIL DISOBEDIENCE, Walden Pond 1849
William James:
PRAGMATISM, Harvard 1908
Norbert Wiener:
CYBERNETICS, MIT 1948
Noam Chomsky:
SYNTACTIC STRUCTURES, MIT 1957
Thomas S. Kuhn:
THE STRUCTURE OF SCIENTIFIC REVOLUTIONS, MIT 1962
B. F. Skinner:
BEYOND FREEDOM AND DIGNITY, Harvard 1971

Der erste Titel in dieser Liste, der Aufsatz *„ON CIVIL DISOBEDIENCE"* ist im Übrigen das erste Buch eines amerikanischen

Autors in dieser illustren Aufzählung; es wurde geschrieben in einer Holzhütte am Walden Pond und ist in weniger als zwei Stunden von Cambridge aus mit dem Fahrrad zu erreichen. Es wurde unter anderem deshalb ausgewählt, weil Persönlichkeiten wie Gandhi und Martin Luther King sich mit ihrer jeweiligen Mission explizit auf diesen Text berufen haben, der mit den folgenden Worten beginnt:

„Von Herzen teile ich das Motto ‚Diejenige Regierung ist die beste, die am wenigsten regiert'; und ich würde gerne sehen, dass schneller und systematischer danach verfahren würde. Ausgeführt, resultiert am Ende daraus das Folgende, woran ich ebenso glaube – ‚Diejenige Regierung ist die beste, die gar nicht regiert'; und wenn die Leute dazu bereit sind, wird es die Regierung sein, die sie haben. Eine Regierung ist allerhöchstens zweckmäßig: aber die meisten Regierungen sind normalerweise, und alle Regierungen manchmal, unzweckmäßig. Die Einwände, die gegen ein stehendes Heer vorgebracht worden sind, und es gibt viele und schwerwiegende und sie verdienen sich durchzusetzen, können am Ende auch gegen eine bestehende Regierung aufgebracht werden. Das stehende Heer ist lediglich ein Arm der stehenden Regierung. Die Regierung selbst, das einzige vom Volk selbst gewählte Vehikel zur Ausübung seines Willens, kann ebenso gut misshandelt und pervertiert werden, bevor das Volk durch sie handeln kann. Zeuge davon ist der gegenwärtige mexikanische Krieg, ein Werk von verhältnismäßig wenigen Individuen, die die stehende Regierung als ihr Werkzeug benutzen; weil am Anfang das Volk dieser Maßnahme nicht zugestimmt hätte. Die amerikanische Regierung – was ist es anderes als eine Tradition, wenn auch eine aus jüngster Vergangenheit, bestrebt sich ungestört in die Nachwelt fortzusetzen, aber dabei gleichzeitig jeden Moment etwas von seiner Integrität zu verlieren?"

So lautet die Botschaft von Thoreau aus seiner Hütte am See im Jahr 1849.

Heute, hundertfünfzig Jahre später und etwa zwanzig Kilometer entfernt, es ist der frühe Abend des 18. Oktober 2001, sitze ich in einem zum Bersten gefüllten Hörsaal des MIT. Der Anlass: Fünf Wochen nach dem 11. September findet der erste Live-Auftritt der derzeitigen Nummer eins der offiziellen Intellektuellen-Weltrangliste statt – sozusagen ein direkter Nachfolger von Thoreau: Noam Chomsky.

Die *Chicago Tribune* bezeichnet Chomsky in einem Artikel vom 1. Januar 1993 als „the most cited living author" unter den folgenden Top Ten:

1) Karl Marx
2) Wladimir Iljitsch Lenin
3) William Shakespeare
4) Aristoteles
5) Die Bibel
6) Platon
7) Sigmund Freud
8) Noam Chomsky
9) Georg F.W. Hegel
10) Cicero

Hauptberuflich hat Chomsky mit seinem schmalen Bändchen *„SYNTACTIC STRUCTURES"* im Jahr 1957 gewissermaßen im Handstreich die moderne Linguistik generiert.

Ich schätze, hier sind gerade etwa zweitausend Zuhörer im Saal. Und das ist bereits der sogenannte *Overflow*-Hörsaal. Die mittlerweile über siebzig Jahre alte „Aktie Chomsky" befindet sich sozusagen auf einem Höhepunkt. Die Leute sitzen mittlerweile auf den Treppen, keiner kommt mehr in den Hörsaal herein. Vor dem Hörsaal befindet sich angeblich ein weiterer

Bildschirm. Vor ein paar Tagen hat hier im selben Hörsaal der dreiundvierzig Jahre alte deutsche MIT-Professor Wolfgang Ketterle mit tief schwäbischem Akzent vor einem ebenfalls brechend vollen Hörsaal einen Vortrag anlässlich seines Nobelpreises gehalten: Über das Verhalten von Gasen, die am absoluten Nullpunkt tatsächlich, wie von Albert Einstein vorausgesagt, im absoluten Gleichtakt marschieren. Chomskys Thema heute: „The New War Against Terror". Kein linguistischer Vortrag also, oder vielleicht doch?

Ein in sich ruhender älterer Mann mit einer unglaublich positiven Aura steht auf dem Podium. Ungewöhnlich, wenn man an oft eher zerknitterte europäische Intellektuelle denkt.

„Everyone know's it's the TV people who run the world." Sein erster Satz, und das Eis ist bereits gebrochen. Alle lachen. „Also, der letzte Vortrag, den ich vor diesem Forum gehalten habe, war über ein leichtes, angenehmes Thema. Es ging um den Menschen als bedrohte Spezies und dass, angesichts der Beschaffenheit ihrer Institutionen, sie sich wahrscheinlich bald selbst vernichten werden. Dieses Mal können wir dafür ein wenig durchatmen und haben stattdessen ein anderes angenehmes Thema, den neuen ‚War on Terror'."

Im Plauderton entwirft Chomsky innerhalb von etwa einer Stunde – scheinbar aus dem Stegreif und ohne von einem Manuskript abzulesen – druckreif ein Netzwerk der Welt von einer derartigen Komplexität, mit Quer-, Vorwärts- und Rückwärtsverweisen, dass mir schier die Spucke wegbleibt.

„Ich werde diesem Vortrag zwei Annahmen zugrunde legen. Die erste, die ich lediglich für die Anerkennung einer Tatsache halte. Nämlich dass die Ereignisse des 11. September abscheuliche Gräueltaten waren, wahrscheinlich der verheerendste unmittelbar Menschenopfer fordernde Moment von allen Verbrechen der Menschheitsgeschichte, abgesehen von Krieg. Die zweite Annahme hat mit unseren Zielen zu tun. Ich gehe nämlich von der Annahme aus, dass es unser Ziel ist und in unserem Interesse liegt, die Wahrscheinlichkeit solcher Verbrechen zu reduzieren, und zwar egal, ob sie gegen uns oder jemand anderen gerichtet sind. Wenn Sie diese beiden Annahmen nicht akzeptieren, dann wird das, was ich sage, nicht an Sie gerichtet sein. Wenn wir sie jedoch akzeptieren, dann ergeben sich eine Reihe von Fragen, die eng miteinander zusammenhängen, die ziemlich viel Nachdenken verdienen. Meine fünf Fragen sind: Eine Frage, bei weitem die wichtigste, ist, was passiert in diesem Moment gerade? Implizit darin enthalten ist: Was können wir dagegen tun? Die zweite hat mit der sehr verbreiteten Annahme zu tun, dass das, was am 11. September passiert ist, ein historisches Ereignis darstellt, eines, das den Lauf der Geschichte ändern wird. Ich neige dazu, dem zuzustimmen. Ich glaube, das stimmt. Es war ein historisches Ereignis, und die Frage, die wir stellen sollten, lautet: Warum genau? Die dritte Frage hat zu tun mit dem Titel ‚The War Against Terrorism'. Was genau ist das? Und es gibt eine damit verbundene Frage, nämlich: Was ist Terrorismus? Die vierte Frage, enger gefasst, aber wichtig, hat zu tun mit den Ursachen der Verbrechen des 11. September. Und die fünfte Frage, über die ich ein bisschen reden möchte, ist: Welche politischen Optionen existieren, um diesen Kampf gegen den Terrorismus zu führen und mit den Situationen umzugehen, die zu ihm geführt haben? Ich werde ein paar Dinge zu jeder der Fragen sagen. Gerne gehe ich in der Diskussion darüber hinaus, und bitte zögern Sie nicht, andere Fragen aufzubringen. Diese fünf kommen in den Sinn als hervorstechend, aber Sie mögen problemlos und plausibel andere auswählen."

The Pursuit of Love, 23. Dezember 2001.
Ich wohne jetzt bereits seit ein paar Monaten als Untermieter, sozusagen als akademische Kellerassel, im Keller des MIT-Philosophieprofessors Irving Singer, einem freundlichen älteren Herrn um die siebzig, mit einer großen Brille aus den Achtzigern mit starken Gläsern und Metallrand, aus der die hellwach funkelnden Augen auf seinem Gesprächspartner ruhen. Wie sich schon nach ein paar Tagen herausstellte, handelt es sich bei meinem Vermieter um eine führende Kapazität der Philosophie der Liebe, den Verfasser der monumentalen Trilogie „The Nature of Love", von der ein Kritiker behauptet hat: „One of the major works of philosophy in our 20th century."

Darüber hinaus ist er auch der Verfasser von „Sex: A Philosophical Primer", „Explorations in Love and Sex" sowie „The Goals of Human Sexuality". Damit nicht genug, er hat auch ein Buch verfasst mit dem Titel: „Mozart and Beethoven: The Concept of Love in Their Operas". Sein neuestes Werk trägt dagegen den vergleichsweise nüchternen Titel „Reality Transformed: Film as Meaning and Technique". Kapitel eins beginnt so:

„Wir erkennen oft den Unterschied, wie Dinge erscheinen und wie sie wirklich sind. Die Tatsache, dass ein gerader Stock wie abgeknickt aussieht, wenn er im Wasser steht, hat selbst primitivste Beobachter fasziniert. Wir können durch andere ähnliche Wahrnehmungen getäuscht werden, die sich in unserer Erfahrung wiederholen. Für einen Philosophen wie Platon sind sie keine Launen in der physischen Welt, sondern Schlüssel zu unserer Situation als Mensch. Das Beispiel des Stocks im Wasser enthält unseren Sehsinn selbst, behauptet Platon, und indirekt jede sensorische Fähigkeit, die wir besitzen. Und wenn unsere Sehkraft trügerisch sein kann, sollten wir dann nicht dasselbe über alle anderen Formen der Wahrnehmung sagen? Ist nicht Erfahrung insgesamt jeden Augenblick anfällig für Verzerrung und Ungenauigkeit?"

Des Weiteren setzt er sich in diesem Buch unter anderem eingehend mit einem meiner Lieblingsfilme, Luchino Viscontis Verfilmung von Thomas Manns Novelle „Tod in Venedig", auseinander. Was er auch schon ein paarmal vom Treppenabsatz seiner Kellertreppe – er oben, ich unten – mit mir praktiziert hat. Übrigens an genau der Stelle, wo ich ihm jeden Monat die 630 Dollar Monatsmiete für sein Rattenloch an den Treppenabsatz zu legen habe. Und wehe, ich bin zu spät dran. Trotz aller Liebe ist der Professor ziemlich hinter meinem Geld her.

Gerade lese ich sein Buch „The Pursuit of Love", ein Werk, dessen Titel ich mich derzeit sehr nahe fühle, da ich mich gerade frisch verliebt habe. Laut Empfehlung auf dem Klappentext handelt es sich bei Professor Singer um „clearly the Stephen Hawking of the metaphysics and history of love". Das Buch ist eine Analyse der Grundformen menschlicher Liebe:

„Obwohl es in mancherlei Hinsicht willkürlich sein könnte, finde ich die folgende Kategorisierung nützlich: sexuelle Liebe; Liebe des Selbst; elterliche Liebe; elterliche Liebe zu einem Kind; kindliche Liebe zu einem Elternteil; Liebe zu einem Peer; Gruppen- oder soziale Liebe; religiöse Liebe. Jede von diesen kann die Liebe von Personen, Dingen und Idealen verkörpern; und jede von diesen interagiert mit den anderen auf unverwechselbar menschliche Weise. Außerdem ist, wie wir sehen werden, keine in sich selbst abgeschlossen: Sie alle haben Unterteilungen, die es lohnt für sich genommen zu studieren."

An einer Stelle setzt er sich sogar mit der Liebe zu den Hunden auseinander. Nicht weiter überraschend, da mir, als ich das einzige Mal die Treppe hochgebeten wurde und in sein klassizistisch eingerichtetes Haus trat, ein Hund entgegensprang. Oft ist „Professor Singer", wie mein Mitbewohner und ich ihn immer anreden, in seiner Hütte in den Bergen in Vermont, zum Schreiben. Wahrscheinlich ist er mit seinem nächsten Buch beschäftigt.

Interessanterweise besitzt er eine verblüffende äußere Ähnlichkeit mit seinem Kollegen in der Fakultät für Philosophie und Linguistik, Noam Chomsky. Mittlerweile habe ich erfahren, dass er zwei erwachsene Töchter hat und dass seine Frau, eine professionelle Opernsängerin, bereits vor einigen Jahren gestorben ist. Manchmal glaube ich, wenn wir uns wieder mal über Thomas Mann am Treppenabsatz unterhalten, er ist etwas einsam. In seinem Liebes-Buch, in dem er sich natürlich mit den Großen seines Fachs auseinandersetzt, erwähnt er immer wieder einen Philosophen, dessen Namen ich noch nie gehört habe: George Santayana. Ein heute offensichtlich etwas vernachlässigter spanisch-amerikanischer Philosoph, der von 1907 bis 1912 fünf Jahre lang Philosophieprofessor in Harvard war und dann die restlichen fünfzig Jahre seines Lebens in Rom als Privatgelehrter verbrachte, wo ihn mein Vermieter vor fast genau fünfzig Jahren im Jahr 1950 besucht hat. Singer hat eine Biographie über Santayana verfasst und ist wohl, neben seiner Bedeutung als Liebesphilosoph, auch einer der wichtigsten Gelehrten zu den Gedanken Santayanas. Von dem übrigens u.a. der – fälschlicherweise Platon und anderen zugeschriebene – Ausspruch stammt: „Those Who Cannot Remember The Past Are Condemned To Repeat It."

Santayana wurde 1863 als Jorge Augustín Nicolás Ruiz de Santayana in Madrid geboren, verbrachte die ersten acht Jahre seines Lebens in Spanien und wuchs dann bei seiner Mutter in Boston auf. Er gilt neben dem heute wesentlich bekannteren Ralph Waldo Emerson als der beste Schriftsteller der klassischen amerikanischen Tradition – und trotzdem kennt ihn keiner. Wie man seinem Wikipedia-Eintrag weiter entnehmen kann, entwickelte der universal in klassischer und mittelalterlicher Tradition gebildete Santayana früh eine Abneigung gegen das akademische Leben, den Kommerz sowie den toten amerikanischen

Puritanismus, dessen Umfeld er in seinem zu seinen Lebzeiten berühmten Roman „The Last Puritan", veröffentlicht 1936, lebhaft beschreibt.

Nachdem er seinen Abschluss auf einer Bostoner Eliteschule gemacht hatte, studierte er in Harvard unter seinem Mentor William James. Dieser William James wiederum, für mich bisher, obwohl an Philosophie interessiert, ebenfalls kein Begriff, gilt allgemein als der wichtigste amerikanische Philosoph überhaupt. Überrascht stelle ich fest, dass er der ältere Bruder des Schriftstellers Henry James ist, den ich bisher immer für einen Engländer gehalten habe. Nachdem William zunächst keine Ahnung hatte, was er mit seinem Leben machen sollte, studierte er Malerei und schrieb sich für kurze Zeit als Freiwilliger 1861 im amerikanischen Bürgerkrieg ein. Danach studierte er kurze Zeit Chemie, dann Medizin. Einige Jahre später nahm er ein Jahr Auszeit und schiffte sich auf einer wissenschaftlichen Expedition unter dem berühmten Naturforscher Louis Agassiz ein. Was er aber bald wegen seiner sich verschlechternden Gesundheit wieder abbrechen musste. Er ging nach Deutschland, um Physiologie und Medizin zu studieren. Aus verschiedenen Gründen wollte er allerdings kein praktischer Arzt werden. 1870 befand er sich am Rande des Selbstmords. Erst ein Buch über menschliche Freiheit eines französischen Philosophen im selben Jahr führte ihn zu der Erkenntnis, dass die Lösung seines existenziellen Problems in dem freien Willensakt bestand, an seine Freiheit zu glauben, ohne dafür über handfeste Beweise zu verfügen.

Von da an ging es mit seiner Karriere rasant aufwärts: 1872 bot ihm sein früherer Chemieprofessor, mittlerweile Präsident von Harvard, einen Dozentenjob in Physiologie an. Was wiederum dazu führte, dass er wenige Jahre später auf Basis des in Deutschland Gelernten das erste Psychologielabor der USA gründete. Schon bald driftete er weiter in die Philosophie. 1897 publizierter er sein erstes philosophisches Werk. 1900 kam es zum physischen Zusammenbruch. Doch zwei Jahre später konnte er sein Opus Magnum „The Varieties of Religious Experience" veröffentlichen. 1907 erschien „*PRAGMATISM*", ein für Philosophiebücher schmales Bändchen von nicht mal hundert Seiten – und doch, wie oben erwähnt, eines der hundert einflussreichsten jemals veröffentlichen Bücher. Darin schildert er das Konzept des Pragmatismus in Form einer Anekdote über zwei sich um einen Baumstamm verfolgenden Eichhörnchen. Anschließend schlussfolgert er:

„Die pragmatische Methode ist in erster Linie ein Verfahren, metaphysische Auseinandersetzungen zu klären, die sich ansonsten endlos hinziehen würden. Besteht die Welt aus einer oder vielen? Ist sie vom Schicksal bestimmt oder frei? Ist sie materiell oder spirituell? Hier handelt es sich um Auffassungen, die jeweils entweder für die Welt gelten oder nicht; und Streitigkeiten über solche Auffassungen finden kein Ende. Der pragmatische Ansatz in solchen Fällen ist zu versuchen, jede Auffassung dahingehend zu interpretieren, seinen jeweiligen praktischen Konsequenzen nachzuspüren. Welchen Unterschied würde es praktisch gesehen jeweils machen, wenn diese Auffassung statt jener Auffassung der Wahrheit entspräche? Wenn keinerlei praktischer Unterschied ausfindig gemacht werden kann, dann bedeuten die Alternativen praktisch gesehen dasselbe, und jede Auseinandersetzung ist müßig. Wann immer es sich um eine ernsthafte Auseinandersetzung handelt, sollten wir in der Lage sein, irgendeinen praktischen Unterschied zu zeigen, der daraus folgt, dass entweder die eine oder die andere Seite recht hat."

Die Quintessenz seines philosophischen Pragmatismus lässt sich somit zusammenfassen: Der Wahrheitsgehalt einer Überzeugung lässt sich daran ablesen, ob sie uns hilft, mit dem praktischen Teil des Lebens voranzukommen. Und das ist ziemlich genau der Film, der sich für mich heute in den USA im Großen und Ganzen, philosophisch betrachtet, abspielt.

James hat diese Ansichten auch in seine religionstheoretischen Betrachtungen übernommen. Im Jahr 1907 trat er von seiner Harvard-Professur zurück, drei Jahre später starb er. Im selben Jahr, als James zurücktrat, wurde George Santayana auf einen Philosophielehrstuhl in Harvard berufen und übernahm damit sozusagen den Staffelstab des Pragmatismus von James. Die Periode um die Jahrhundertwende gilt bis heute als das goldene Zeitalter der Philosophie in Harvard. Als Santayana 1912 durch den Tod seiner Mutter eine bescheidene Erbschaft erhielt, nutzte er diese, um sich nach fünf Jahren von seinem Lehrstuhl zu verabschieden und für den Rest seines Lebens nach Europa zu gehen. Von da an lebte er als Intellektueller und Privatgelehrter erst in Oxford, dann in Paris und schließlich ab 1922 in Rom. Ab 1941 lebte er im Konvent der Blauen Nonnen, einem Krankenhaus. Nach seinem Tod 1952 wurde er im spanischen Teil eines römischen Friedhofs beerdigt. Sein Roman „The Last Puritan" ist jedenfalls, wie ich mich überzeugen konnte, ein großartiger, heute leider vollkommen vergessener philosophischer Roman.

Von 1938 bis 1947 sitzt dann übrigens der 1885 geborene Sohn eines jüdischen Bahnangestellten aus Ludwigshafen in der Bibliothek der Harvard-Universität und schreibt an einem Mammutepos, dessen Vorwort mit folgenden Worten beginnt:

„Wer sind wir? Woher kommen wir? Wohin gehen wir? Was erwarten wir? Was erwartet uns? Viele fühlen sich nur als verwirrt. Der Boden wankt, sie wissen nicht warum und von was. Dieser ihr Zustand ist Angst, wird er bestimmter, so ist er Furcht."

Das Buch bekommt den vielsagenden Titel „Prinzip Hoffnung" und endet mehr als tausendfünfhundert Seiten später so: „Die Wurzel der Geschichte aber ist der arbeitende, schaffende, die Gegebenheiten umbildende und überholende Mensch. Hat er sich erfasst und das Seine ohne Entäußerung und Entfremdung in realer Demokratie begründet, so entsteht in der Welt etwas, das allen in die Kindheit scheint und worin noch niemand war: Heimat."

Sein Name: Ernst Bloch.

1971 schließlich publiziert der einflussreichste Psychologe des 20. Jahrhunderts, ein Nachfolger von William James, der Harvard-Professor B.F. Skinner sein Buch *„BEYOND FREEDOM AND DIGNITY"* – ebenfalls eines der einhundert einflussreichsten Bücher auf der Liste. Und zwar das chronologisch letzte bzw. jüngste. Er schreibt darin abschließend:

„Eine experimentelle Analyse verlagert die Bestimmung von Verhalten vom autonomen Menschen hin zur Umgebung – einer Umgebung, die sowohl für die Evolution der Spezies als auch für das von jedem Mitglied erworbene Repertoire verantwortlich ist. Frühe Versionen des ‚Environmentalismus' waren inadäquat, weil sie nicht erklären konnten, wie die Umgebung wirkt, und vieles schien für den autonomen Menschen zu tun zu bleiben. Aber Umgebungsbedingungen übernehmen jetzt Funktionen, die früher dem autonomen Menschen zugeschrieben wurden, und bestimmte Fragestellunggen treten auf. Ist der Mensch abgeschafft? Bestimmt nicht als Spezies oder als individueller Erfolgsmensch. Es ist der autonome innere Mensch, der abgeschafft ist, und das ist ein Schritt nach vorn. Aber wird der Mensch damit nicht lediglich ein Opfer oder passiver Beobachter von dem, was mit ihm geschieht? Er wird tatsächlich von seiner Umgebung kontrolliert, aber wir müssen uns daran erinnern, das dies eine Umgebung ist, die weitestgehend von ihm selbst erzeugt wurde. Die Evolution einer Kultur ist eine gigantische Übung in Selbstbeherrschung. Es wird oft gesagt, dass eine wissenschaftliche Sicht auf den Menschen zu verletzter Eitelkeit, einem Gefühl der Hoffnungslosigkeit und Nostalgie führt. Aber keine Theorie verändert das, über was es eine Theorie darstellt. Der Mensch bleibt, was er immer war. Und eine neue Theorie könnte verändern, was mit seinem Subjekt getan werden kann. Eine wissenschaftliche Sicht auf den Menschen eröffnet aufregende neue Möglichkeiten. Wir haben noch nicht gesehen, was der Mensch aus dem Menschen machen kann."

Mich schaudert beim Lesen dieses letzten Satzes des Buches: „We have not yet seen what man can make of man."

Darunter, ganz am Ende des Buches, lese ich den folgenden Eintrag: „Preparation of this book was supported by the National Institutes of Mental Health, Grant number K6-MH-21, 775-01."

Na dann, prost Mahlzeit! Kein Wunder, dass kein Geringerer als Noam Chomsky beim Erscheinen dieses Buches im Jahre 1971 diesem einen über zwanzig Seiten langen Verriss in der Dezemberausgabe der *New York Review of Books* gewidmet hat, und zwar unter dem Titel: „The Case Against B. F. Skinner".

P.S. Das heutigen US-amerikanische Schulsystem basiert auf den Skinner'schen Methoden. Vielleicht nicht umsonst heißt der Rektor von Bart Simpsons' Schule *principal* Skinner.

Wie wir alle wissen, geschieht vieles in den Wochen und Monaten nach dem 11. September 2001. Im März 2003 beginnt dann die Invasion des Irak, erklärtermaßen als Vergeltung für den 11. September, unter Führung der USA. In derselben Woche kehre ich aus den USA nach Deutschland zurück und beginne dort mein neues Leben. Aber Amerika lässt mich nicht los.

Irgendwann 2004.
Während einer Bahnfahrt in Deutschland – ich bin mittlerweile mit Alberta, die ich direkt nach dem Chomsky-Vortrag beim wöchentlichen Treffen des MIT European Club in einer Kneipe in Cambridge kennengelernt habe, verheiratet – lese ich in einer Buchbesprechung im Magazin der Bahn einen Ausschnitt von Richard Powers' Roman „Der Klang der Zeit". Ein paar Tage später verschlinge ich das 2003 publizierte über siebenhundert Seiten dicke Buch, wie ich wenige zuvor verschlungen habe. Es handelt von einem deutsch-jüdischen Physiker mit dem wohl nicht zufällig gewählten Namen David Strom, der, vor den Nazis geflohen, 1939 die junge schwarze Sängerin Delia Daley kennenlernt. Und zwar bei einem Konzert der schwarzen Opernsängerin Marian Anderson auf den Stufen des Lincoln Memorial. Im Buch geht es um die Liebe zwischen einer Schwarzen und einem Weißen. Es geht um Musik. Es geht um Familie. Es geht um Zeit. Und es geht um Amerika. Seit dem Lesen des „Zauberberg"-Romans von Thomas Mann als Jugendlicher hatte ich nicht mehr ein derartiges Leseerlebnis.

Der Klappentext der amerikanische Ausgabe fasst den Inhalt des Buches treffend zusammen, vermag aber nichts von der alchemistischen Magie zwischen den Buchdeckeln zu vermitteln: „Am Ostertag 1939, während des epochalen Konzerts der Sängerin Marian Anderson auf der Washington-Mall, trifft David Strom, ein emigrierter deutsch-jüdischer Wissenschaftler, Delia Daley, eine junge Schwarze aus Philadelphia, die Gesang studiert. Ihre gemeinsame Liebe zur Musik zieht sie zueinander, und allen Widrigkeiten und besserem Urteil zum Trotz heiraten sie. Sie schwören sich, ihre Kinder jenseits von Zeit und Identität, lediglich erfüllt von Gesang, großzuziehen. Jonah, Joseph und Ruth wachsen allerdings während der Civil-Rights-Bewegung auf, werden während der gewalttätigen sechziger Jahre erwachsen und verbringen ihr Erwachsenenleben im Zeitalter des rassendiskriminierenden späten Jahrhunderts. Jonah, der Älteste, ‚dessen Stimme Staatsoberhäupter in die Knie zwingen konnte', führt ein Leben in der von seinen Eltern geliebten klassischen Musik. Ruth, die Jüngste, widmet ihr Leben dem ‚Community Activism' und distanziert sich von der weißen Kultur, die ihr Bruder repräsentiert. Joseph, der mittlere und Erzähler dieser generationenüberbrückenden Geschichte, ringt um Selbstfindung und bleibt mit beiden verbunden."

Als David Strom im August 1963 mit seiner achtzehnjährigen Tochter in der Menge in Washington steht – am selben Ort, wo er ein Vierteljahrhundert früher seine Frau kennengelernt hatte – und auf die *I Have a Dream*-Rede von Martin Luther King wartet, singen Joan Baez, Bob Dylan und andere Freiheitslieder. Während er von der Menge getragen wird ...

„... hört David Strom in einem Traum einen anschwellenden Chorgesang. Der Klang biegt ihn zurück auf sein früheres Ich, zurück zu dem Tag, an dem er zum ersten Mal an diesem Ort war, dem Tag, der diesen hier erschuf. Dieser vorangehende Tag ist hiermit vollendet, vorgespult zu genau diesem Moment jetzt – genau dem Moment, den jener Tag schon vor einem Vierteljahrhundert angekündigt hatte. Zeit ist nicht eine Spur, die sich durch eine Ansammlung von Augenblicken bewegt. Zeit ist ein Augenblick, der alle sich bewegenden Spuren sammelt ..." „Time is not a trace that moves through a collection of moments. Time is a moment that collects all moving traces ..."

„Goldjäger oder Ruhmgierige, sie alle waren auf diesen Fluss hinausgegangen, mit dem Schwert in der Hand und oft der Fackel, Botschafter der Macht im Lande, Träger eines Funkens des heiligen Feuers. Welche Größe hatte nicht geschwommen auf diesem Fluss, hinein in das Mysterium einer unbekannten Erde! ... Die Träume von Männern, der Samen von Staaten, die Keime von Weltreichen ...

... Ich hob meinen Kopf. Die offene See war versperrt von einer schwarzen Wolkenbank, und der ruhige Wasserweg, der zum äußersten Rand der Erde führt, floss düster unter einem verhangenen Himmel und schien in das Herz einer unermesslichen Finsternis zu führen ..."
Joseph Conrad: „Herz der Finsternis", 1902

„Die letzten sechs Tage haben den US-amerikanischen Kapitalismus erschüttert. Zwischen Dienstag, als die Finanzmärkte begannen, sich gegen Bear Stearns Co. zu wenden, und Sonntagabend, als die Bank in die Arme von J.P. Morgan Chase & Co. verschwand, haben Washingtoner Politiker, bundesstaatliche Aufsichtsbehörden und Wall Street Banker sich abgemüht, zu verhindern, dass die Finanzmärkte abstürzen, während sich gleichzeitig die tiefe ökonomische Verunsicherung des Landes weiter verschlimmert. Die Stimmung schwankte täglich, genauso wie das anscheinende Ausmaß des Problems. Am Freitag noch dachte Finanzminister Henry Paulson, dass die Märkte beruhigt würden durch die Verkündigung, dass die US-Notenbank zugestimmt hatte, dabei zu helfen, Bear Stearns zu retten. Am selben Tag hielt Präsident Bush eine beruhigende Rede zur fundamentalen Gesundheit der US-Wirtschaft ..."
Titelseite des Wall Street Journal, 18. März 2008

SWAT, 18. März 2008.
Charlotte, North Carolina.

In den USA ein Auto zu bekommen, sollte ja kein Problem sein, denkt man. In der letzten Woche sind wir am 9. März mit dem Flieger aus Deutschland angekommen, um wieder für ein paar Jahre in den USA zu leben. Man fährt also zu einer dieser endlos langen schnurgeraden Straßen in jeder beliebigen Stadt, auf denen sich wie auf einer Perlenschnur die Autohäuser mit endlosen Reihen nagelneuer Autos aufreihen. Sackweise, denkt man, bekommt man sie da hinterhergeworfen. Diesmal kein deutsches Fabrikat, nachdem wir mit dem gebrauchten Passat nur Ärger hatten. Zum ersten Mal in meinem Leben kein VW, nach einem 74'er Käfer zum Einstieg, zwei gebrauchten Golfs und besagtem Passat. Aber der läuft irgendwie außer Konkurrenz, da habe ich mich von einem aramäischen Gebrauchtwagenhändler aus dem Schwäbischen übers Ohr hauen lassen. Immerhin kenne ich jetzt seine Lebensgeschichte und weiß, dass sich Türken und Aramäer – obwohl sie äußerlich kaum zu unterscheiden sind – nicht wirklich grün sind.

Also diesmal kein VW. Nachdem ein koreanischer Bekannter aus Boston mir damals immer von seinem gebrauchten Honda vorgeschwärmt und ich mit Honda-Rasenmähern beste Erfahrungen gemacht hatte, ist nun die erste Station der örtliche Honda-Händler. Der Honda Element soll es sein. Und als Zweitwagen – ohne zwei Autos geht es in einer Stadt wie Charlotte nicht – bitteschön der Honda Fit mit 33 Meilen auf die Gallone.

Der schwitzende Autoverkäufer mittleren Alters ist dann auch ganz begeistert von unseren Plänen, bis er nach ausgiebigen Probefahrten erfährt, dass wir die Fahrzeuge für zwei Jahre leasen wollen.

„Sorry, minimum three years."

Da ist nichts zu machen. Das gleiche Spiel bei Kia. Wieder ein geschmeidiger Verkäufer, der sich von seiner Finanzabteilung am Ende stoppen lassen muss. Nichts zu machen. Drei Jahre. Dabei hätten wir den Kia-Kombi wirklich gerne genommen.

Zeit für Verstärkung. Mein Kollege Ron, promovierter Physikochemiker, will sich der Sache annehmen. Er ist nicht nur Wissenschaftler, sondern so ganz hobbymäßig Autoverkäufer.

„At some point in my life I had seven cars." Also ein Profi. „I can't believe that they will only let you lease for three years."

Ach ja, zwischenzeitlich war ich auch noch bei Ford.

„Hi – I'm Suat – like SWAT-team."

Suat kommt aus Zypern und verkauft mit der entsprechenden Leidenschaft Autos. Er ist seinem Bruder in die USA gefolgt, ohne Anhang. Seine Augen sagen mir: Junge, du kommst hier nicht eher raus, bevor du zwei Karren von mir gekauft hast. Nach kurzem Hin und Her steht fest, dass die Kombination der Modelle Fusion und Focus für uns perfekt ist und preislich in unserem Budget liegt. Das geht ruck-zuck. Aus unterschiedlichen Gründen sind wir beide zufrieden. Farbe? Beim Focus hätte ich gern den blauen und beim Fusion den roten. Reibungslos.

„I will be back in a second."

Nach einer Viertelstunde kommt er zurück.

„They won't let you lease the cars."

„Why?"

„You don't have a credit record."

Kann ich ja auch noch nicht haben, weil ich gerade erst in den USA angekommen bin. Immerhin habe ich eine *social security number* von meinem letzten Aufenthalt in den USA. Hm, und jetzt? Suat lässt keinen Zweifel: Er will den *deal* mit mir abwickeln.

„My colleagues are talking to some other banks."

Er verschwindet wieder.

Wieder nichts.

„And now? Can you get me a letter from your company with your income statement?“

„Yes, we have the letter.“

„Great!“

Er verschwindet mit dem Schreiben, während wir in seinem Büro warten. Mein Blick fällt auf ein paar Trophäen als *salesman of the month*. Es dauert wieder eine Viertelstunde.

„They are still sorting this out.“

Wir machen ein bisschen Smalltalk, und beim nächsten Mal kommt Suat freudestrahlend zurück. „We have it. We can do it.“

Ron bleibt auf dem Teppich: „Interest rate?“, entfährt es ihm knapp. Swat lächelt immer noch überschwänglich.

„Interest rate? Well, you have to understand that your friend here has no credit history. The interest rate is 21 percent.“

Ron setzt ein Pokerface auf und zieht tatsächlich einen Taschenrechner aus seiner Tasche. Wir sitzen mittlerweile in Suats Büro. Er rutscht auf seinem Stuhl hin und her. Mittlerweile weiß er, dass er in Ron einen gleichwertigen Gegenspieler gefunden hat. Nach einigen Berechnungen auf seinem Taschenrechner zieht Ron die Brauen zusammen. Keine Chance.

Einige Minuten später verlassen wir den Laden. Suat windet sich, gibt aber noch nicht auf. „Without a credit record, you will not find a better deal“, ruft er uns hinterher.

„We will“, gibt mir Ron zu verstehen und gibt Gas.

Nächste Station, etwas weiter die Straße hinunter: Volvo. Zwei Volvos sind eindeutig außerhalb meiner Möglichkeiten. Aber ohne Optionen muss man alles probieren. Rons Theorie dazu: „You are European – they are European.“

Außerdem haben wir gerade einen Volvo-Leihwagen und Alberta hat keine Rückenschmerzen. Mittlerweile ein Entscheidungskriterium. „They should understand your situation.“

Der Verkäufer in seinem zerknitterten grauen Trenchcoat –

übrigens der einzige Amerikaner, den ich jemals in einem Trenchcoat gesehen habe – gibt den Europäer. Er erinnert mich mit seinem zerknitterten Vogelgesicht an Samuel Beckett. Während er uns von irgendwelchen Storys von seiner ersten Freundin, einer Deutschen, erzählt (der Mann ist Ende fünfzig), fahre ich mit einem Volvo V70 um den Block. Er rechts neben mir, Ron hinten auf dem Rücksitz. Erstklassig. Und eine gute Leasingrate bietet er uns auch noch an. Sollte also kein Problem sein.

Dann wieder dasselbe Ritual. Beckett geht in ein Hinterzimmer, und als er wiederkommt: „All three banks we are working with cannot do it."

Nichts zu machen. Wir verabschieden uns.

Ron ist verdutzt. Das hätte er nicht gedacht. Am nächsten Tag hat er wieder eine Idee: BMW. Ich streike. Bitte nur reelle Optionen. Er recherchiert weiter. Aber mit den Europäern hat er eine heiße Spur. BMW hat ein *International Buyers Program*, das keine *credit history* erfordert. Ein einfaches Schreiben des Arbeitgebers mit garantiertem Einkommen über den Zeitraum des Leasingvertrags reicht. Oder doch ein VW?

„Ron, before I came to the US, I promised to myself: This time no VW!"

Um die Sache kurz zu machen: Am selben Abend haben wir zwei Jettas. Einen graublau-metallic und einen weißen.

In den nächsten Tagen landen Briefe von sechs verschiedenen Kreditinstituten in unserem Briefkasten. Alle mit mehr oder weniger gleichlautendem Inhalt und der freundlichen Schlusszeile: „After careful consideration, we regret that we are unable to offer you credit."

Lesbian Pride, 28. Juni 2008.
San Francisco.

Dieses Wochenende ist in San Francisco *Gay* und *Lesbian Pride.* Zufällig. Zufällig haben wir auch unser Appartment im Castro, dem Schwulenviertel von San Francisco. Heute Abend ist *Lesbian Pride.* Morgen, bei der *Gay Pride,* werden wir schon wieder im Flugzeug ins weniger sündige Charlotte mit seinen etwa 700(!) Kirchen sitzen (von einer jüdischen Bekannten wird die Stadt die Gürtelschnalle des *bible belt* genannt), auf dem Weg zu einem anderen Planeten.

Ausgerüstet mit einigen Rollen Schwarz-Weiß-Film mache ich mich auf den Weg zur *Lesbian Motorcycle Parade.* Ich gehe die Sharon Street runter, unsere Straße ist voller *Pink-Ladies.* Das sind keine Transvestiten, sondern so werden liebevoll die schmucken viktorianischen Reihenhäuser hier bezeichnet. Außer mir ist niemand auf der Straße. Als ich an der Straßenecke ankomme, winken mir zwei freundliche Damen, beide so um die fünfzig, lachend zu. Eine der beiden hat einen männlich kurzen Haarschnitt. Die andere trägt einen schwarzen Dutt auf dem Kopf. Sie stehen beide hinter einem Tisch. Neben ihnen haben sie ein Schild aufgebaut. Darauf steht: *Sharon Street Wedding Chapel* und darunter:

Wedding Menu – Ceremonies du Jour:

Pagan Wedding – Jewish Wedding – Gypsy Wedding

Beide wissen, dass ich heute nicht ihr erster Kunde sein werde. Die Anti-Welt zu Charlotte, denke ich. Ich mache ein Foto – sie freuen sich und werfen sich in Pose. Ich ziehe weiter. Ich weiß in etwa, wo ich hin muss. Ich lege ein längeres Stück auf der Hauptstraße zurück, vorbei an der im spanischen Stil erbauten Kirche Mission Dolores aus dem Jahr 1776, dem amerikanischen Unabhängigkeitsjahr, das älteste Gebäude der Stadt und gleichzeitig die älteste noch bestehende Missionskirche in Kalifornien.

Als ich mich dem Park nähere, erkenne ich eine gewaltige Menschenansammlung, weiblich und in schwarzem Leder. Die einzigen Männer außer mir scheinen die Polizisten zu sein, die die Gasse für die Motorradparade freihalten. Es stinkt gewaltig nach Gummi und Benzin. Nach harten Kerlen. Nur dass die Kerle hier halt Frauen sind. Banner werden hochgehalten. Vor einem der tollen *murals*, der typischen Wandgemälde hier, regelrechten Fresken, titelt eins: fingerlickin' good. Dahinter ein paar USA-Flaggen.

Sattes Blubbern links und rechts, fast alles dicke Harleys. Viele von den Teilnehmerinnen wirken männlicher als einige der schmächtigen Polizisten. Gute Stimmung. Ich gehe in die Hocke. Hier ist die Luft noch schlechter als auf Kopfhöhe, aber ich will ein paar ordentliche Bilder schießen. Man lässt mich gewähren. Ich muss husten. Im Umkreis von zehn Metern laufen mindestens fünfzehn Harleys seit einer halben Stunde auf Standgas. Dann setzt sich der Konvoi langsam in Bewegung. Einige hundert schwere Motorräder, ein Höllenlärm. Die Abgase werden hier unten schier unerträglich, aber ich kriege ein paar tolle Bilder in den Kasten: Die meisten Motorräder sind doppelt besetzt.

Am besten gefällt mir eine Szene auf einer superfetten Harley, die plötzlich ins Bild fährt. So plötzlich, dass ich noch nicht mal abdrücke – ich bin zu überrascht: Jedenfalls sehe ich zum ersten Mal außerhalb eines Wandkalenders für Halbstarke eine Frau mit blanken Brüsten auf einer Harley-Davidson. Richtig dicke Titten auf einer richtig dicken Harley. Würden sicher einige männliche Harley-Freunde liebend gerne sehen, nur dass die hier nicht gerade freundlich daherkommt. Da gäb's wahrscheinlich erst mal was aufs Maul. Überhaupt ist die Atmosphäre geradezu testosteronlastig. Und irgendwie so, als wäre die Schwerkraft aufgehoben. Mir gefällt's hier.

Jetzt fährt ein Pärchen vorbei, sie vorne schwarz angezogen. Mit Männerhut. Sie, hinter „ihm", hat ein weißes Hochzeitskleid an und hält einen Blumenstrauß, den sie wie wild durch die Luft kreisen lässt. Mit Kriegsgeheul. Das freudigen Kreischen der Motorradfahrerinnen, der Zuschauerinnen und das Beben der Harleys bilden eine ungewöhnliche Geräuschkulisse. Hier und heute gehört die Welt diesen Frauen.

Ich drehe mich um. Schräg hinter mir steht eine Frau mit einer Krawatte, weißem Kragen und Manschettenknöpfen auf einem Briefkasten. Mit blanken Brüsten. Von hinten greift ihr eine zweite an ihre Brüste, beide in bester Stimmung. Das Ganze hat nichts Obszönes. Es passt einfach perfekt ins Bild. Eine Familie mit vier Kindern aus Charlotte wäre hier jetzt deutlich deplatzierter. Es ist eine regelrechte Stammesfeier, ein kontrolliertes Freudenfest.

Die über hundert Motorräder sind mittlerweile an uns vorbeigezogen. Meine Augen brennen, und auch meine Lungen. Ich muss immer wieder trocken husten. Der Zug schließt mit einer Truppe, die ein Banner hochhält: *transgender community loves & supports queer women.*

Ich gehe weiter Richtung Park, während sich die Menge in alle Richtungen ausbreitet. Kurz hinter der Parade komme ich an einem Tennisplatz vorbei. Während zwei Typen sich nicht beirren lassen und Tennis spielen, ist um sie herum die Lesbenparty in vollem Gange. Selbst die Frau im langen Jeansrock, die direkt auf dem Feld neben den beiden abtanzt, bringt die beiden nicht aus der Fassung. Die haben vielleicht Nerven.

Fünf dicke, freundliche *african-american* Lesbierinnen, die wie die Hühner auf der Stange auf einer der Bänke am Tennisplatz sitzen, wollen unbedingt, dass ich mit meiner Kamera ein Foto von ihnen mache. Gerne tue ich ihnen den Gefallen. Danach schauen sie weiter der Tänzerin zu.

Zwei Filme sind voll, und ich bahne mir einen Weg durch die Menge. Die Partys hier im Viertel kosten Eintritt. Ich mache mich wieder auf den Heimweg. Ich komme wieder bei den beiden Damen und ihrem Standesamt vorbei. Die allgemeine Freude ist verständlich: *Gay* und *Lesbian Pride* hat in diesem Jahr eine ganz besondere Bedeutung: Am 16. Juni, also vor nicht einmal zwei Wochen, hat der kalifornische Supreme Court die gleichgeschlechtliche Ehe legalisiert. (Nachzutragen ist: Ironischerweise wurde das bei der Wahl Obamas ein halbes Jahr später wieder rückgängig gemacht – vor allem deshalb, weil viele Schwarze aus „christlichen" Motiven dagegen gestimmt haben.)

Der erste US-Bundesstaat, der so entschieden hat, war am 18. November 2003 der von Massachusetts gewesen, was laut meinem Bostoner Freund Quimet den damaligen demokratischen Präsidentschaftskandidaten John Kerry 2004 dann offenbar prompt die Wahl zum US-Präsidenten gekostet hat.

Perfect Storm, 8. Juli 2008.
Toledo, Ohio.

Wir sind zu viert unterwegs, mit unserem Forschungskollegen aus Deutschland, der sich mit eigenen Augen ein Bild von den Bedürfnissen potenzieller Kunden machen möchte. Unsere erste Station: Toledo, Ohio. Während der langen Autofahrt kommen wir auf dies und jenes zu sprechen, unter anderem auch auf den Film „Perfect Storm". Ich bin der Einzige im Auto, der den Film nicht gesehen oder wenigstens das Buch gelesen hat, lasse es mir aber von den anderen schildern. Was mir bis heute nicht bekannt war, ist, dass es offensichtlich an einer bestimmten Stelle im Ozean einen Punkt gibt, an dem sich in regelmäßigen Abständen eine bis zu hundert Meter hohe Welle aufschaukelt. Als Naturwissenschaftler erkläre ich mir das mit dem Phänomen der Resonanzkatastrophe, ohne weitere Details zu kennen. Der alte Effekt: Eine Armeeeinheit marschiert im Gleichschritt über eine Brücke und bringt sie zum Einsturz.

Die Stimmung ist gut während der langen Fahrt, und wir nähern uns unserem Ziel, der Stadt mit dem spanischen Namen. Von Weitem sehen wir eine schwarze Wolkenfront, die nach und nach näher kommt. Oder bewegen wir uns lediglich in sie hinein? Die schwarze Wand ist jetzt direkt vor uns. Wir passieren das Ortsschild von Toledo. In diesem Moment geht Sirenengeheul los, von allen Seiten. Gelbe Warnleuchten beginnen zu blinken. Ich blicke fragend in die Runde. *Tornado-Warning.* Im selben Moment, wie zur Bestätigung, fangen die kleinen Bäume am Straßenrand an, sich unter dem ersten Windstoß und plötzlich wie aus Eimern herabfallenden Wassermengen zu biegen. Das hat noch gefehlt, vom Tornado weggepustet werden.

Hier muss es sein. Nein hier. Wir fangen an, darüber zu diskutieren, wie wir am schnellsten zum Hotel kommen. Weit kann es nicht mehr sein. Wir sind mittlerweile in der Innenstadt angelangt. Der Wind wird stärker. Ich sitze hinten und mache mir gar nicht erst die Mühe, etwas durch die Windschutzscheibe zu erkennen. Toledo ist klassischer USA *rust belt.* Das interessiert mich jetzt aber nicht, ich will zum Hotel. Der Wind wird immer stärker. Ich frage mich mittlerweile, wie wir, wenn wir das Hotel gefunden haben, halbwegs sicher vom Auto ins Hotel gelangen sollen. Die herumfliegenden Gegenstände machen mir Sorgen, von der Feuchtigkeit ganz zu schweigen.

Die Stimmung im Auto wird leicht nervös. Wir helfen uns mit ein paar Scherzen über die Runden. Das verdammte Hotel muss hier ganz in der Nähe sein. Immer noch Sirenengeheul.

Schwärze. Eimerweise Regen. Und dann der beängstigend anschwellende Wind. Hoffentlich findet John bald das Hotel! Mittlerweile sind wir schon wieder in einem etwas heruntergekommenen Industrieviertel, nichts mehr zu sehen von den Hotels. Scheinbar ziellos biegt John von einer Straße in die nächste. Die Sicht ist etwa so gut wie in einer Autowaschanlage.

Immer noch wird an jeder Ecke diskutiert, ob wir lieber links oder doch rechts abbiegen sollen, als John schließlich ausruft: „It's here!" Er zeigt auf das Gebäude zu unserer Rechten. Die Regenfahnen sind jetzt fast horizontal. Da – wie von Zauberhand – wird schemenhaft eine Hotelgarageneinfahrt erkennbar, und der Wagen schlüpft wie ein schwer gebeuteltes Tier nach unten in den Eingang. Das Parkhaus ist geräumig und fast leer.

In der Hotellobby angekommen, einem riesigen Glaskasten, der schon deutlich bessere Zeiten gesehen hat, finden wir uns augenblicklich umschwärmt von Dutzenden herausgeputzter Hispanics. Kleine Mädchen in pinken Kleidchen, fünfjährige Jungs in schwarzen Anzügen mit Krawatten. Die Erwachsenen sind ebenfalls entsprechend aufgetakelt. Die Szenerie grenzt ans Surreale, und während ich hinter meinem Kollegen am Schalter aufs Einchecken warte, taste ich sorgenvoll mit meinen Augen den Glaskasten ab: Hoffentlich hält er dem Winddruck stand.

Wenig später habe ich meinen elektronischen Zimmerschlüssel in der Hand und bin mit einigen Mexikanern im Aufzug nach oben.

In meinem leicht verwohnten Zimmer angekommen, mache ich mich daran, mich frisch zu machen. Ein großer Kunde hat eine Benefizveranstaltung organisiert, bei der wir einen Tisch reserviert haben. Eine Stunde später, das Unwetter ist vorbei, machen wir uns zu Fuß auf den Weg zu der Veranstaltung, wo wir uns zunächst bei einem Sektempfang stehend vom strahlenden und braungebrannten CEO mit seinem piekfeinen dunklen

Nadelstreifenanzug, seinen unter den Anzugärmeln hervorlugenden goldenen Manschettenknöpfen und seiner rosa Krawatte die letzten Heldentaten der Firma schildern lassen. Da seine Firma unter anderem im großen Stil Isoliermaterialien herstellt, könnte sie tatsächlich dazu beitragen, dass der Energieverbrauch in den USA in der Zukunft deutlich niedriger ausfällt.

Nach dem Empfang geht es in die Festhalle zu einer Benefizgala mit mehreren tausend Teilnehmern. Der große Sohn der Stadt, eine landesweite Fernsehkomiker-Institution und Namensgeber des örtlichen internationalen Damen-Golfturniers, behauptet dreist über eine vorher aufgezeichnete Bildschirmansprache, seine Heimatstadt Toledo, Ohio sei eine der drei schönsten und interessantesten Städte der Welt – neben London und Paris. Ob er hier gerade als Komiker spricht? Mein Forschungskollege neben mir rastet schier aus, als er erfährt, dass sein erwarteter Gesprächspartner kurzfristig von seiner Frau auf eine Kreuzfahrt eingeladen wurde und nicht erscheinen wird.

Die Gattin eines unserer Gastgeber verwickelt mich in ein Gespräch über einen gewissen Billy Graham, als sie erfährt, dass ich in Charlotte wohne. Der Mann ist mir lediglich ein vager Begriff, irgend so ein evangelikaler Prediger.

„Let me tell you, when Billy Graham dies, it will be like when Pope John II died. He's one of the most important religious figures ever.“ Ihre Augen weiten sich ehrfürchtig, als sie das sagt. Sie meint es offensichtlich ernst. Hauptamtlich arbeitet sie als Managerin für eine baptistische Großkirche in Atlanta.

Irgendwann wird unser Gespräch völlig von der Band Hooters and the Blowfish übertönt, und wir können uns nur noch verabschieden.

Zurück im Hotel erfahre ich, worum es sich bei der rätselhaften Mexikaner-Versammlung handelt: Ein Treffen der regionalen hispano-amerikanischen Zeugen Jehovas.

Am nächsten Tag ist ein Kundenbesuch in *Upstate* New York angesagt: Eine kleine beschauliche Industriestadt aus dem 19. Jahrhundert. Wir fahren auf einer antiken Eisenbrücke über den Fluss. Am Flussufer über hundert Jahre alte rote Industrie-Backsteinbauten, Papier- und Textilfabriken aus der Frühzeit der amerikanischen Industrialisierung. Dazwischen weißgetünchte Wohnhäuser im viktorianischen Stil.

Immer noch sind wir in unserer Vierergruppe unterwegs. Wir parken den Wagen an der unbefahrenen Hauptstraße des Ortes und betreten den Eingang eines der Backsteingebäude. Wir stehen zunächst in einem nicht sehr geräumigen Foyer, in dem wir gerade so Platz haben. Hinter der Glastür erscheint eine Frau mittleren Alters mit frischem, freundlich lächelndem Sommersprossengesicht. Sie ist mindestens einen halben Kopf größer als jeder von uns und in ein elegantes hellbraunes Kostüm gekleidet. Freundliche, offene, ironische blaue Augen und vereinzelte Bartstoppeln. Ohrringe. Ganz klar ein Mann in Frauenkleidern.

Lydia ist Einkaufsdirektorin eines innovativen mittelständischen Unternehmens. In ihrem Büro ein Foto von zwei sommersprossigen Kindern, ein Junge und ein Mädchen, zwischen zehn und fünfzehn Jahre alt. Beide sind ihr wie aus dem Gesicht geschnitten. Lydia hat zwei Kollegen aus der Entwicklungsabteilung mitgebracht. Der eine ist ein Doppelgänger von Boris Becker mit fünfzig Jahren, vierschrötig mit einem freundlichen Baritonlachen. Auch er ein alter Bekannter unseres Verkäufers. Der andere ist ein grauhaariger Experte um die sechzig, der nach der Vorstellungsrunde erst mal längere Zeit gar nichts sagt. Lydia leitet elegant und mit sanfter, aber bestimmter Stimme die Diskussion, die von großem gegenseitigen Respekt geprägt ist. Ab und zu wirft sie unserem Verkäufer einen koketten Blick zu. Sie hat so gar nichts von den oft beinharten Pokerface-Einkaufstypen, denen ich sonst in den USA begegne; sie ist geradezu deren personifizierte Antithese. Gleichwohl vertritt Lydia die Position ihrer Firma uns gegenüber mit Nachdruck und mit geschliffener Professionalität. Offensichtlich genießt sie hohen Respekt bei ihren männlichen Kollegen, beide eher der Typ rustikaler Malocher. Das alles spielt sich in einer Stimmung von extremer Normalität ab, und etwa eine Stunde später stehen wir wieder unten im Foyer und werden von Lydia freundlich mit sanftem Händedruck verabschiedet. Im Auto kein Wort über das eben Erlebte. Wir fahren wieder über die Metallbrücke, unterwegs zum nächsten Kunden. Bis vor einigen Jahren arbeitete Lydia als Mann, in derselben Firma.

Chuck's Steakhouse, 14. Juli 2008.
Auburn, Massachusetts.

Von außen ist es eine unscheinbare und mehr oder weniger „gefakte" Blockhütte. Innen ist es einfach ein in dunklem, echtem Holz eingerichtetes Steakhaus. Übliches Warten, bis uns ein Tisch für fünf Personen zugewiesen wird. Wir setzen uns. Die Kellnerin kommt mit der Karte mit der Aufschrift:

Year After Year
Voted
Worcester County's
Best Steaks & Salad Bar

Unsere Gastgeberin, eine von unseren regionalen Salesleuten, ein Pferdefreak, hat uns hierher gebracht. Schnell entscheide ich mich für mein Lieblingssteak: ein *New York Strip*. Nachdem ich bestellt habe, mache ich mich auf den Weg zur Toilette. Plötzlich befinde ich mich auf beiden Seiten von bibliotheksmäßig hohen

Bücherregalen umgeben, mit Hunderten von alten Büchern. Wie immer, wenn ich irgendwo auf Bücherregale stoße, tasten meine Augen die Buchrücken ab. Als ich fast am Ende der Regale ankomme, ist mir klar, dass es sich hier um Bücherregale mit hochinteressantem Inhalt handelt. Offensichtlich wurden sie jedoch nur aus Dekorationszwecken aufgestellt, wie bei Ikea. Nur dass die Bücher hier echt sind. Auf dem Rückweg lege ich einen kleinen Zwischenstopp ein und sehe mir die Bücher genauer an. Insbesondere zwei Titel fallen mir auf: „Economics, 4. Ed by Paul A. Samuelson".

Ich öffne das Buch. Es ist von 1958, der Autor war Professor am MIT. Ich fange die Einleitung des tausend Seiten dicken Schinkens zu lesen an:

„Ein bekannter Hochschulrektor begrüßte seinen neuen Jahrgang wie folgt: ‚Sehen Sie sich den Mann auf Ihrer Rechten und den Mann auf Ihrer Linken gut an, weil nächstes Jahr einer von Ihnen nicht mehr hier sein wird.' Wenn die Zukunft ähnlich ist wie die Vergangenheit, kann eine ähnliche Aussage für einen von drei Lesern dieses Buches getroffen werden: Es gibt eine große Wahrscheinlichkeit, dass einer von ihnen, während eines gewissen Zeitraums seines Lebens, hart getroffen wird von einer Rezession oder dass seine Lebensersparnisse durch Preisinflation ausradiert werden. Und alle drei werden herausfinden, dass ökonomische Ereignisse eine dominierende Rolle in ihrem alltäglichen Leben spielen werden. Von einem rein egoistischen Standpunkt aus betrachtet ist es daher wünschenswert, die folgenden extrem wichtigen Probleme der modernen Volkswirtschaftslehre zu verstehen: die Ursachen von Wirtschaftskrisen, Arbeitslosigkeit und inflationärer Wirtschaftskonjunktur; und die Ursachen von Wohlstand, Vollbeschäftigung und wachsendem Lebensstandard. Aber nicht weniger wichtig ist die Tatsache – klar abzulesen an der Geschichte des 20. Jahrhunderts –, dass die politische Gesundheit einer Demokratie entscheidend von der erfolgreichen Aufrechterhaltung von hoher Beschäftigungsrate und Lebenschancen abhängig ist. Es wäre nicht zu viel zu sagen, dass die weitverbreitete Errichtung von Diktaturen und der Zweite Weltkrieg in nicht unerheblichem Maße darauf zurückzuführen ist, dass die Welt nicht in der Lage war, diese fundamentale ökonomische Herausforderung adäquat zu beantworten. Und unsere Welt steht immer noch auf dem Prüfstand."

Ich schließe den Buchdeckel des braunen, mit Flecken übersäten Werkes und grase die Bücherreihen weiter visuell ab. Kurze Zeit später ziehe ich ein Buch aus dem Jahr 1970 aus dem Regal: „The Greening of America". Es trägt den vielsagenden Untertitel „The Coming American Revolution", der Autor ist Charles A. Reich.

Das Buch hat einen weißen, aufwendig gearbeiteten Einband, auf den der Titel in goldenen Lettern eingeprägt ist. Die Blätter sind aus schwerem Papier mit unregelmäßig beschnittenen Seiten, so wie es gelegentlich bei Edelausgaben üblich ist. Das Papier ist griffig, es soll offensichtlich der Eindruck erweckt werden, es handle sich um handgeschöpftes Papier.

Auch hier blättere ich zur Einleitung und fange an zu lesen, während ich aufhöre, alles um mich herum wahrzunehmen. Ich befinde mich in einer Bibliothek. Ich höre nicht mehr die Gespräche der Gäste und auch nicht die üblichen Restaurantgeräusche:

„Amerika teilt den Tod aus, nicht nur gegenüber Menschen anderer Länder, sondern auch gegenüber seinen eigenen Menschen. So sagen es die nachdenklichsten und leidenschaftlichsten unserer Jugendlichen, von Kalifornien bis Connecticut. Diese Einsicht beschränkt sich nicht nur auf die neue Generation. Reden Sie mit einem pensionierten Lehrer in Mendocino, einem Richter in Wasington, D.C., einer Hausfrau in Belmont, Massachusetts, einem Ferienrancher in den Cascades in Washington State. Wir halten uns für ein unglaublich reiches Land, aber wir beginnen zu realisieren, dass wir auch ein verzweifelt armes Land sind – arm in den meisten Dingen, die während der Menschheitsgeschichte als Reichtümer geschätzt wurden. Es ist eine Revolution im Anmarsch. Es wird keine Revolution sein wie in der Vergangenheit. Sie wird vom Individuum ausgehen und von Bildung, und sie wird die politische Struktur erst als finalen Akt verändern. Sie wird keine Gewalt brauchen, um erfolgreich zu sein, und sie kann nicht erfolgreich durch Gewalt abgewehrt werden. Sie verbreitet sich gerade mit unglaublicher Geschwindigkeit, und deshalb verändern sich unsere Gesetze, Institutionen und sozialen Strukturen."

Jetzt befinde ich mich wieder in Chuck's Steakhaus und marschiere mit den beiden schweren Büchern unterm Arm zurück zu unserem Tisch. Ich blicke in die überraschten Gesichter meiner Kollegen.

„Look, what I found!" Ich grinse. Gelächter. Die beiden Bücher machen die Runde am Tisch und mein deutscher Kollege, der Forscher, stellt fest: „This book is THE ECONOMIC TEXTBOOK. You don't know it?"

„No."

Und jetzt erklärt er uns, dass es sich bei Samuelson um den zweiten Nobelpreisträger in Ökonomie handelt, das war 1970. Wie ich erst später feststelle, ist er der Onkel von Larry Summers (Summers' Vater war der Bruder von Paul Samuelson, änderte jedoch seinen Namen in Summers), dem Finanzminister unter Clinton und Harvard-Präsidenten, der sich dort durch zwei Dinge öffentlich hervortat: Zum einen mit der Verlautbarung, Frauen seien grundsätzlich aufgrund ihrer natürlichen Disposition schlechter dazu geeignet, in der Wissenschaft zu reüssieren, und zweitens durch einen Streit mit Cornel West, dem profiliertesten farbigen Intellektuellen in den USA, der schnell so weit eskalierte, dass die gesamte schwarze *faculty* des Instituts für *African-American Studies* geschlossen zur Konkurrenz nach Princeton wechselte. Beides führte dazu, dass ihn die Fakultät von Harvard 2006 mit großer Mehrheit abwählte. Vor seiner Zeit als Finanzminister und Harvard-Präsident war er auch Chefökonom der Weltbank. Aus dieser Zeit ist folgendes Zitat aus dem Jahr 1991 überliefert: „Spread the truth – the laws of economics are like the laws of engineering. One set of laws works everywhere." (Wobei es dann ja auch kurze Zeit später in den Ostblockstaaten nach dem Fall des Eisernen Vorhangs viel Raum zur praktischen Anwendung dieses Prinzips gab.)

Im Übrigen handelt es sich bei Larry Summers nachweislich um einen der brillantesten ökonomischen Köpfe der Welt (auf der Weltrangliste der globalen Intellektuellen des britischen *Guardian* 2005 immerhin auf Platz sechzig); der Nobelpreis ist ihm allerdings im Gegensatz zu seinem Onkel bisher verwehrt geblieben.

Auf meine Ankündigung, dass die Bücher mich tatsächlich derart interessieren, dass ich die Kellnerin fragen werde, ob ich die Bücher mitnehmen kann, reagieren meine Kollegen mit freundlicher Erheiterung; einzig der deutsche Kollege versteht mich. Die Kellnerin denkt zunächst, ich will sie auf den Arm nehmen, und ich muss ihr mehrmals versichern, dass ich es ernst meine, bevor sie sich mit den beiden Büchern unterm Arm auf den Weg zu ihrem Boss macht. Kurze Zeit später kommt sie zurück, immer noch lachend und kopfschüttelnd (wahrscheinlich wegen des Dialogs mit ihrem Boss): „He said, you can have them."

Für ihren Boss sind es eben nur zwei Mosaiksteinchen in seiner von irgendeinem verblichenen Neu-England-College-

Professor gekauften Büchertapete. (Interessanterweise orte ich ein weiteres Exemplar des Buches „Greening of America“ einige Wochen später in unserem Caféraum im Obergeschoss unseres Bürogebäudes in Charlotte zwischen etwa zwanzig zerlesenen Reißern aus den letzten Jahrzehnten; wie es dort hingekommen ist, kann mir keiner beantworten.) Jedenfalls habe ich vorhin beim Betreten des Steakhouses nicht gedacht, dass ich es nicht nur mit einem *New York Strip* im Bauch, sondern mit zwei schweren jahrzehntealten Schinken wieder verlassen würde.

Danny & Grady, 1. September 2008.
Cherokee, North Carolina.

Scheiße! Langsam bekomme ich einen Kloß im Hals. Ich war mir eben noch sicher, dass ich es diesmal geschafft habe. Aber wieder komme ich an dem barackenartigen Haus vorbei, das auf dem Indianerreservat der Cherokee-Indianer im Niemandsland der *Smoky Mountains* liegt. Die Garage steht offen. Wie beim letzten Mal vor etwa zwanzig Minuten sind alle möglichen Gegenstände ums Haus verteilt. Und dieses Mal sehe ich einen Jungen. Etwa neun Jahre alt: ein echter Cherokee Indianer. Unverkennbar. In einem roten T-Shirt macht er sich an der Garageneinfahrt zu schaffen. Um das Haus herum Wald. Weiter nichts als sattgrüner Wald. Ich sehe ihn noch im Rückspiegel. Wie komme ich hier wieder raus? Seit fast einer Stunde fahre ich jetzt im Kreis. Und jedes Mal war ich überzeugt, dass ich dieses Mal auf dem richtigen Weg bin. Ich möchte in Richtung Cherokee fahren, ins Zentrum des Indianerreservats. Wie hoch ist die Wahrscheinlichkeit, dass ich es beim vierten Mal schaffe?

Ich wende das Fahrzeug. Frage den Jungen, wie ich hier herauskomme. Kann er Englisch? Ist er überhaupt noch vor dem Haus? Ich weiß nicht, ob ich Lust habe anzuhalten, auszusteigen, zum Haus zu gehen, zu klingeln, zu warten, dass jemand aufmacht und zu fragen: „Hey – how do I get out of here?"

Ich könnte sogar als Eindringling betrachtet und über den Haufen geknallt werden. Andererseits: Ich bin jetzt das dritte Mal hier. Etwas muss geschehen. Es wird bald dunkel. Und dunkel heißt hier stockfinster. Der Junge ist noch vor dem Haus. Ich fahre auf die Garageneinfahrt, halte den Wagen und lasse das Fenster runter:

„How do I get to Cherokee?"

„Follow the street down to the first fork and take a right. Drive a couple of miles and take a left. The road will take you directly to Cherokee."

Lupenreines Englisch.

„How far?"

„Fifteen miles."

Wie bin ich überhaupt auf die Idee gekommen, dass der Junge vielleicht kein Englisch kann? Weil ich mich gerade streng genommen nicht auf dem Boden der Vereinigten Staaten befinde? Weil das Indianerreservat formal nicht zu den USA gehört?

Ich folge seiner Beschreibung, und innerhalb von zwanzig Minuten erreiche ich die „Zivilisation" – in Form des sogenannten *Jellystone Parks.* Und ich dachte, ich sei im *Smoky Mountains National Park.* Jedenfalls organisiere ich mir im *Jellystone* eine Hütte am Fluss für heute Nacht. Noch schnell was zu essen – „downtown is a ten minute drive straight ahead" –, und ich werde vor Einbruch der Dunkelheit zurück sein auf dem Campingplatz. Direkt neben dem Cherokee Spielcasino – damit verdienen ja die meisten Reservate im Land ihr Geld – hole ich mir ein Sandwich. Das Casino hatte ich mir glanzvoller vorgestellt, ein grauer Betonkasten. Wie ein zweitklassiges Hotel.

Zurück im *Jellystone* versorgt mich der Manager noch mit (nassem) Brennholz und fährt mich dann mit dem Golf-*cart* samt Holz sogar noch zu meiner Hütte. Das ist aber noch nicht alles: Er lädt das Holz an die Feuerstelle vor meiner Hütte ab und schichtet das Ganze zu einem stattlichen Gebilde. Einziges Problem: Das Holz ist nass. Kein Problem für meinen Helfer. Er zückt einen von einer Gasbombe betriebenen Flammwerfer und macht sich zu schaffen. Das schafft der nie. Das Holz – es sind dicke Scheite – ist mehr oder weniger komplett durchnässt. Ich überlasse ihn seinem Tun und bringe meinen Schlafsack in die Hütte. Stechender Geruch nach Reinigungsmittel. Reinigt die Lungen gleich mit. Ich muss husten. Ansonsten ein Doppelstockbett, ein einfaches Bett gegenüber und sogar ein Fernseher. Aber ich lasse hier ja auch siebzig Dollar. Da sollte für einen Amerikaner das Fernsehgerät schon drin sein – auch mitten in der Wildnis.

Ich leiste dem Manager Gesellschaft. Mittlerweile hat er das Holz schon zum Knistern gebracht mit seinem Flammenwerfer. Weitere zehn Minuten, und der Mann zieht zufrieden ab. Und ich stehe neben meinem Marlboro-Reklame-Lagerfeuer und wärme mich. Obwohl, so kalt ist es gar nicht. Mittlerweile habe ich mich schon ein bisschen umgeguckt, wer sonst noch hier ist. Ich habe Hütte Nummer siebzehn. Die Hütten um mich herum sind leer. Lediglich einige Meter weiter Richtung Fluss steht ein großer Camper mit einer Harley davor. Schemenhaft kann ich eine Person erkennen, die – als ich ankam – meinen Gruß nicht erwidert hat (sehr unüblich für North Carolina).

Irgendwie nicht so sympathisch, die Stimmung hier. Ich setze mich auf einen der Steine neben der Feuerstelle und stiere in die Flammen. Unglaublich. Der Typ hat das Feuer tatsächlich anbekommen. Ich beobachte, wie bei meinen Nachbarn ein Typ auf einer Harley – mit Cowboyhut – absattelt. Und höre das Knacken von Bierdosen.

Von Zeit zu Zeit beobachte ich das Geschehen aus den Augenwinkeln. Die scheinen sich ganz harmlos zu besaufen. Plötzlich ist der Typ mit dem Cowboyhut unterwegs in meine Richtung. Mit Bierdose. Als er nur noch ein paar Meter von mir entfernt ist, kann ich ihn klar erkennen. Der Marlboro-Mann unter dem weißen Cowboyhut hat leicht verschlagene Gesichtszüge. Gerötete Augen. Der Alkohol?

„Hey – how ar'ya?"

Und reckt mir seine Pranke entgegen. Ich fasse die Hand eines mit den Händen arbeitenden Mannes. Rau. Freundlicher Druck.

„I'm Danny."

„Gero."

Schnell findet er heraus, dass ich aus Deutschland bin. Das findet er offensichtlich gut. Und fängt an, von seinem Vater zu erzählen.

„He was in Germany in '45. When I was a boy he always told me that story how the Germans were so crazy about his *cowgummy*. He always had chewing gum for them. And when I was a boy, I always laughed when he said the word: *cowgummy*. It's so funny that you in Germany call it cowgummy. Gummy for cows."

Er fängt an zu kichern. Ich stelle mir eine Kuh vor. Er kaut gerade auf seinem Kaugummi. „It's so funny that you call it cowgummy."

Und fängt wieder zu lachen an. Ich muss jetzt auch lachen. Wir lachen miteinander, aber über unterschiedliche Dinge. Er lacht über die kaugummikauenden Kühe. Und ich lache über sein offensichtliches Missverständnis.

„Danny – cowgummys is not about cows. It's called cowgummy because in German ‚chew' means ‚kauen'. It's just a translation of your chewing gum."

Irgendwie komme ich mir gemein vor: Seine wahrscheinlich fünfzig Jahre alte Illusion, der große Witz von seinem Vater, implodiert vor meinen Augen.

„Ahhhh, this makes sense."

Nachdem wir auf diese Weise Freundschaft geschlossen haben, ist das Eis zwischen uns gebrochen. Er scheint mir überhaupt nicht übel zu nehmen, dass ich ihn dieser schönen Kindheitserinnerung beraubt habe. Es wird langsam richtig dunkel in Marlboro country. Noch kann ich Dannys Gesichtszüge im Schein des Lagerfeuers gut erkennen. Er erzählt mir von sich.

„We are Southerners", stellt er fest. Er wird es noch einige Male im Laufe dieses Abends wiederholen. „The Yankees – the guys call me a Yankee when I come back to North Carolina. It hurts me."

Und er verzieht das Gesicht, man kann ihm den Schmerz ansehen. Er leidet schon bei dem Gedanken.

„I'm a cowboy."

Braucht er mir ja eigentlich nicht zu sagen. Sieht man auch so. Marlboro-Mann. Was man ihm nicht ansieht: Er ist auch Cherokee-Indianer.

„You know. My family is from the mountains around here. I moved down to Florida but my kinfolk is from the mountains up here."

„Kinfolk?"

Er merkt, dass ich das Wort offensichtlich nicht verstanden habe.

„It's German. It's a German word."

„I don't think so."

„Kinder."

„Kinder is ‚children' in German."

Worauf will er hinaus?

„Kinfolk is family. Your people. Kin is key for us Southerners.

We stick together. We belong. Kin. It's kin. Your people. Most important thing here. I moved down to Florida, but my kin is still up here. We come up here every year. Here to this campground. More than twenty people."

„You mean your family all lives here?"

„No, mostly the others are travelling up from Georgia."

Dann plötzlich ohne Zusammenhang, ich weiß nicht, wie er darauf kommt, vielleicht weil er schon einen im Tee hat: „I didn't serve Mohammad Ali."

Wie bitte? Ich sehe ihm direkt ins Gesicht. Er nimmt einen Schluck aus seiner Bierdose.

„I didn't serve him. And wouldn't serve him today. I went to his table and told him ‚I don't like you'. Didn't serve him. I was fifteen. I was working as a waiter in a restaurant. I didn't serve him."

Er verzieht das Gesicht.

Kurze Zeit später, nachdem er mir von seiner Ranch in Florida erzählt hat, meint er plötzlich: „What do you think about Hitler?"

Selbst Danny kann mich also noch überraschen.

„Well ...

Pause.

„... hard to answer."

Das Einzige, was ich rausbringen kann.

„Yeah."

Ich versuche, das Thema zu wechseln. Aber er übernimmt das für mich.

„I like you. You are German. I like Germans."

Der gute Danny hat jetzt kein Bier mehr.

„Some of our friends were pulled out of Georgia before the Russians entered."

Ich brauche einen Augenblick, bevor mir klar wird, dass er

jetzt das Land Georgien meint und nicht den US-Bundesstaat, aus dem ein großer Teil seiner Familie in den *Yogi Bear Yellystone Park* anreist. Die Rede ist jetzt vom Konflikt Georgiens mit Russland im Jahr 2008. Ich wusste allerdings bis heute nicht, dass Amerikaner in Georgien stationiert sind.

„They were pulled out right before the Russians entered. Hey, Grady!"

Er ruft rüber in Richtung des Camper-Vans. Es ist jetzt dunkel. Danny legt Holz in mein Feuer nach.

„Come over! And bring me some beer!"

Und dann wieder an mich gewendet: „Gero, I like you. You are okay, man. You are okay. Hey, Grady. I want you to meet my new friend Gero."

Ein Schatten taucht in den Feuerschein. Redneck, denke ich sofort. Kurzrasierte Haare, akkurat rasierter Oberlippen-Kinnbart. Harley-Davidson-Muscle-Shirt. Jeans. Stiefel.

„Hi. I'm Grady."

Händedruck.

„Nice to meet you."

Gradys Gesichtsausdruck ist weniger offen als der von Danny. Grady reicht Danny eine Dose Bud Light und stellt noch drei auf den Tisch. Knacken. Danny schlürft den ersten Schluck. „Aahhhh." Gefolgt von einem stattlichen röhrenden Rülpser. Trotz aller Freundschaft bieten die beiden ihrem neuen Freund kein Bier an.

„Gero, this is my nephew Grady. I have raised Grady since he was seven. He's my kin."

Grady hat sich mittlerweile vor das Feuer gekniet und lächelt etwas verlegen. Sagt aber nichts. Danny führt aus: „Grady is my kin. We are kinfolk. We belong together. You now understand what kin means?"

Ich nicke.

„We Southerners are different.“

„Yeah, we are“, echot Grady.

Das erste Mal, dass sein Neffe was sagt. Ich schätze Grady auf Ende dreißig. Später stellt sich heraus, er ist siebenunddreißig und Vater von zwei halb erwachsenen Kindern.

„We Southerners have always been different.“

Plötzlich wird Grady lebendig.

„We fought these Yankees.“

Es folgt Gradys detaillierte Version des Civil War. So frisch präsentiert, als hätte er gestern stattgefunden. Der Mann ist ein Experte, stellt sich heraus. Mehr noch: Grady ist ein Teilnehmer. Er zeigt auf seinen Oberarm. Zwei sich kreuzende Maschinengewehre und darunter die Confederation Flag.

„You know what this is?“ Er zeigt auf seine Tätowierung.

Ich stelle mich unwissend.

„This is our flag. Our southern flag.“

Grady arbeitet für irgendeine *government agency* in Georgia. Wieder knackt eine Bud-Light-Dose. Danny hält den Pegel. Ich weiß nicht wie lange, ich verliere früh den Faden, aber es geht im wilden Ritt durch die letzten hundertfünfzig Jahre Südstaatengeschichte: ... Mason-Dixon-line ... Yankees ... southerners ... Battle hier, battle da. Ich lerne, dass der Ku-Klux-Klan nicht gegen die Schwarzen gerichtet war.

Danny muss meinen ungläubigen Gesichtsausdruck bemerkt haben, denn er fügt den Ausführungen seines Neffens hinzu: „Except for four our five cases no black was ever killed by the Clan.“

Da ich die Fakten nicht parat habe und ehrlich gesagt mit den beiden weder über Hitler noch den Ku-Klux-Klan streiten will, sage ich nur: „Mhm.“

Meine Gedanken schweifen ab. Zum Wahlkampf in den Vereinigten Staaten.

„The history is the history of winners“, reißt mich Grady kurze Zeit später aus meinen Gedanken. Er hat recht. Ich nicke ihm zu. Die beiden mögen zwar besoffene radikale Südstaatler-Sezessionisten sein, aber sie sind nicht blöd.

Ein sattes Blubbern nähert sich jetzt in der Dunkelheit und unterbricht Gradys Ausführungen. Mal sehen, was jetzt kommt. Ein Typ auf einer Harley taucht in den Feuerschein ein. Freundliches Grinsen.

„Hey, here comes our cousin. He knows Germany very well. Look, who we have here: Gero, from Germany.“

Der Cousin ist ein freundlicher Zeitgenosse. Und offensichtlich ebenfalls ein großer Deutschland-Freund. Mit einem freundlichen Cherokee-Indianergesicht. Er grinst mich an.

„Do you know Bochum?“

Man ist im Gespräch. Natürlich geht es um Bier und Autos. Und die Autobahn. Kurzer Smalltalk, und der Cousin blubbert wieder davon, in die schwarze Dunkelheit der Smoky Mountains.

„You are quite daring to come here alone“, höre ich Danny sagen. Er und Grady sehen mich merkwürdig an. Was, wenn ich eine dunkle Hautfarbe hätte, schießt es mir durch den Kopf.

„After all, you are only in the country for half a year.“

Selbst mit meiner Hautfarbe wird mir gerade etwas mulmig zumute bei der Vorstellung, dass ich hier heute allein in meiner Hütte übernachten werde. Allein mit den beiden und ihrem Clan. Wobei – der Cousin wirkte wie ein echt patenter Typ. Und bis auf diesen merkwürdigen Blick habe ich bisher keinen Grund an ihrer aufrichtigen Zuneigung zu mir zu zweifeln.

„We don't know anything about ya“, stellt Danny jetzt fest. Das stimmt. Bis auf gelegentliches Stichwortgeben meinerseits haben die beiden mit ihren monologischen Ausführungen den Abend im Wesentlichen alleine bestritten. Grady kommt mir zuvor: „Let him go to sleep now.“

Grady bewegt sich aus der Hocke vor dem Feuer, in der er die letzten anderthalb Stunden verbracht hat, und macht Anstalten, sich von mir zu verabschieden. Wir tauschen sogar E-Mail-Adressen. Freundschaftlicher Händedruck.

„It was great to meet ya. Good luck, man."

Und verschwindet schnell in die Dunkelheit. Danny hat mittlerweile aufgesattelt und sitzt auf seiner XXL-Harley am Rande des Feuerscheins. Er sieht mich schräg von unten an. Marlboro-Reklame assoziiert es in meinem Hirn. Der will doch jetzt nicht etwa noch fahren? Die Frage, die mir schon die ganze Zeit über auf der Zunge liegt, jetzt stelle ich sie:

„What do you think about the elections?"

Dannys Blick unter der weißen Cowboyhutkrempe flackert für einen kurzen Moment. „I don't like McCain – and I don't like 'Bama."

Er spricht das Wort lippig. Hört sich an wie ‚Nigger'.

„And Palin?"

„Nah. Don't like any of them."

Wen er mag, verrät er mir heute nicht mehr, und Augenblicke später tuckert Danny vollgetankt in die Finsternis. Zu seiner Frau, mit der er seit siebenunddreißig Jahren verheiratet ist.

Sarah's Intro Song, 3. September 2008.
St. Paul, Minnesota.

Ich sitze seit zwei Stunden vor dem Fernseher, und nachdem die *warmups* (u.a. der 9/11-Bürgermeister von New York, Rudy Giuliani, der Obama als *this community organizer* mit beißendem Spott verhöhnt) vorbei sind, kommt der eigentliche *act:* Sarah

Palin – vor Kurzem völlig überraschend und unbekannt von McCain als Vizepräsidentschaftskandidatin nominiert. Mal sehen, was jetzt kommt.

„Thank you. (Cheers, applause.) Thank you. Thank you. (Cheers, applause.) Thank you. (Cheers, applause.) Thank you. (Cheers, applause.) Thank you so much. (Cheers, applause.) Thank you. (Cheers, applause.) Thank you so much. (Cheers, applause.) Thank you so much. (Cheers, applause.) Thank you. (Cheers, applause.) Thank you. (Cheers, applause.) Thank you so much. (Cheers, applause.) Mr. Chairman, delegates and fellow citizens, I will be honored to accept your nomination for vice president of the United States. (Cheers, applause.) Thank you. (Cheers, applause.)“

Na, das fängt ja schon mal vielversprechend an.

„Ich nehme den Ruf an, unserem Präsidentschaftskandidaten zu helfen, Amerika zu dienen und zu verteidigen. Und ich nehme die Herausforderung zu einem harten Kampf in dieser Wahl an, gegen selbstbewusste Gegner in einem entscheidenden Moment für unser Land ... (Jubel, Applaus.) Vor gerade mal einem Jahr, als alle Experten in Washington unseren Kandidaten schon abgeschrieben hatten ... Mit ihrer üblichen Selbstgewissheit sagten sie uns, alles sei verloren ... McCain ist ein Mann, der die Uniform seines Landes zweiundzwanzig Jahre lang trug und sich weigerte, den Glauben an jene Truppen im Irak aufzugeben, die den Sieg jetzt in Sichtweite gebracht haben. (Jubel, Applaus.) Und als Mutter eines dieser Soldaten ist das genau die Art von Mann, den ich als Oberbefehlshaber haben will. (Jubel, Applaus.) Danke! (Publikum skandiert:) USA! USA! USA! USA! Unser Sohn Track ist neunzehn, und morgen in einer Woche, am 11. September, wird er als Infanteriesoldat in den Irak entsendet, im Dienst seines Landes ... (Publikum skandiert:) USA! USA! USA! USA! USA! USA! USA! USA! USA! USA! USA! USA! USA! USA!

USA! USA! USA! USA! USA! USA! USA! USA! USA! USA!“

Und jetzt geht’s weiter im Schweinsgalopp.

„Es gibt nur einen Mann in dieser Wahl, der jemals wirklich für euch gekämpft hat. (anhaltender Jubel, Applaus.) Es gibt nur einen Mann in dieser Wahl, der jemals für euch an Orten gekämpft hat, wo Gewinnen das Überleben und Verlieren den Tod bedeuten. Und dieser Mann heißt John McCain. (Jubel, Applaus.) ... Und es ist ein langer Weg von der Angst und den Schmerzen und dem Elend einer winzigen Gefängniszelle in Vietnam bis ins Oval Office. (Jubel, Applaus.) Aber wenn Senator McCain zum Präsidenten gewählt ist, ist das der Weg, den er gemacht haben wird. Es ist der Weg eines aufrechten und ehrbaren Mannes, die Art von Leuten, deren Namen ihr auf Kriegsdenkmälern in den Kleinstädten kreuz und quer in diesem großen Land findet, außer dass er einer von denen war, die nach Hause gekommen sind ... Für eine Saison kann ein begabter Redner mit seinen Worten inspirieren [kleiner Seitenhieb auf Obama]. Aber für ein ganzes Leben hat McCain mit seinen Taten inspiriert. (Jubel, Applaus.) Wenn Charakter der Maßstab dieser Wahl ist, und Hope das Thema, und Change das Ziel, das wir teilen, dann fordere ich euch auf, euch unserer Sache anzuschließen. Schließt euch an und helft Amerika, einen großen Mann als nächsten Präsidenten der Vereinigten Staaten zu wählen. (Jubel, Applaus.) Thank you, and God bless America. Thank you. (Jubel, Applaus.)“

Whow! So beginnt also genau zwei Monate vor der Wahl das Endspiel um den nächsten US-Präsidenten – vor 37 Millionen Zuschauern im Stadion. Was ist hier gerade in etwas über einer halben Stunde geschehen? Mal ganz langsam ... Ich muss das erst einmal verarbeiten. Fangen wir von vorne an: Da hat sich also gerade eine Ex-Vize-Miss-Alaska mit fünf Kindern von etwas über vierzig Jahren hingestellt und mal eben den *American Dream – den* amerikanischen Traum schlechthin: *White Anglosaxon*

Protestant – personifiziert. Gut, sie hat ordentlich rhetorischen Lippenstift aufgelegt, aber das tun sie ja alle, zumindest die weiblichen Kandidaten. Und klar – sie hatte gerade ein Heimspiel. Das war ja nicht vor irgendeinem Publikum, sondern in der Parteizentrale – im wahrsten Wortsinn – vor dem harten Kern der Truppe. Parteikongress mit Kür des Vizepräsidentschaftskandidaten. Jubel- und Fähnchenschwenker-Potenzial etwa zehntausend Menschen. Aber trotzdem, das war gerade ganz großes Kino. Sie hat es fertiggebracht, dem nicht nur optisch etwas gealterten John McCain eine Frischzellenkur zu verpassen, die seine Kandidatur zwanzig Jahre jünger erscheinen lässt. Der alte *Maverick* – O-Ton McCain über McCain – hat also in letzter Minute das hübsche weiße Kaninchen aus dem Hut gezogen. Gut, inhaltlich hatte ich McCain etwas liberaler in Erinnerung. Und genau hier liegt der große Wurf: Mit einem Schlag hat sich der selbsternannte *Maverick* vom linken Rand des republikanischen Spektrums an die Hauptschlagader der Basis angekoppelt. Taktisch meisterhaft. Um es kurz zu machen: Sie hat gerade den Lebensnerv und das Selbstverständnis eines großen Teils von Amerika ins Herz getroffen. Mit den folgenden Urvokabeln aus der Klamottenkiste der amerikanischen Rhetorik:

Verteidigen
Kriegsheld
Underdog
USA
Irakkrieg
9/11
Unsere Kinder als Soldaten
Kinder und Karriere
Behinderte
Stahlarbeiter
Worldchampion

Eskimos
Ehe
Kleinstadt
Harte Arbeit
Stolz
Hockey mom
Establishment
Dienen
Leave this nation better than we found it
Old boys
CEO
Öl
Terroristen
Big government
High taxes
Small businesses
Lobbyisten
Maverick
Kämpfen
Ehre

Alles drin. Halt – Religion fehlt.

Fast, denn sie sagt: „Ich sollte hinzufügen, dass wir in den Kleinstädten nicht so genau wissen, was wir von einem Kandidaten halten sollen, der die arbeitende Bevölkerung mit Lob überhäuft, wenn sie ihm zuhören. Und dann darüber redet, wie sehr sie an ihren Waffen und ihrer Religion hängen, wenn dieselben Leute nicht zuhören. Nein, wir bevorzugen Kandidaten, die nicht auf eine Art in Scranton und auf eine andere Art in San Franscisco über uns reden."

Hört sich harmlos an. Ist es aber nicht. Einige Wochen vorher hätte sich Barack Obama mit der Aussage *„how bitterly they cling* *to their religion and guns*" fast selbst aus dem Rennen gegen Hillary Clinton ins politische Jenseits befördert. Diesen Satz hatte Amerika in den darauffolgenden Tagen und Wochen noch oft gehört. Jeder, der irgendwie seine Zweifel anmelden wollte, ob Obama wirklich für Amerika steht, kam damit angedackelt.

Doch seit Hillary aus dem Rennen war, hatte ich ihn seit einiger Zeit nicht mehr gehört. Hier sollte er also revitalisiert werden. Religion und Waffen – ausgerechnet. Gegen Religion *und* Waffen kann niemand amerikanischer Präsident werden. Niemand. Wieso redet Palin über Scranton in Pennsylvania? Weil Pennsylvania zum Dreh- und Angelpunkt der letzten zwei Wahlkampfmonate werden könnte. Weil Clinton Obama vor ein paar Monaten mit über zehn Prozentpunkten Vorsprung hier eine saftige Ohrfeige verpasst hat. Dieser Satz steht ganz einfach für: Obama-Waterloo. Wenn dieser Satz nicht bald wieder unter dem Teppich verschwindet, könnte er für Obama noch zum Super-Gau werden.

George Bush Intercontinental Airport,
11. September 2008. Houston, Texas.

Es ist sieben Uhr morgens in der Stadt des Öls. Der siebte Jahrestag von 9/11. Wir sind auf dem Weg zum Flughafen. Der fünfspurige Highway ist leer. Zum Glück. Wir sind auf der Flucht. Wir sind auf der Flucht vor *Hurricane Ike.* Das Gute an Hurrikanen ist: Wenn sie einmal da sind, kann man sehr präzise ihre Ankunftszeit berechnen. Ich wusste bereits vor drei Tagen, als ich ins Flugzeug nach Houston gestiegen bin, dass wir heute vor dem Hurrikan fliehen würden.

Hurricane Ike hat die Größe von Texas und ist bereits der zweite Wirbelsturm dieser Sorte dieses Jahr.

Wir holen uns ein Frühstück bei McDonald's. „What are these guys doing here?", frage ich meinen Kollegen Matt. Beim Einchecken entdecke ich fünf Uniformierte, die hier morgens um acht im leeren Terminal eine Art Regentanz proben. Das Ganze wirkt in seiner Unprofessionalität irgendwie rührend. Im Nachhinein wird mir klar: Heute ist ja der 11. September, siebter Jahrestag von 9/11.

Gestern hatte ich nach dem Ende der Konferenz noch etwas Zeit, mich in der Ölstadt Houston umzusehen, und war völlig überrascht, auf meinem Spaziergang eine Kapelle mit Bildern von Mark Rothko vorzufinden, vom dem ich in meiner Jugend ein Poster mit einer seiner monochromatischen Farbtafeln in meinem Zimmer hängen hatte.

Aus dem gleißenden Sommerlicht betrat ich das kleine Gebäude. Das Licht fiel fahl von oben in den oktogonalen Raum. Ich wurde sofort umfangen von herrlicher Kühle, absoluter Stille und acht an den Wänden hängenden monochromen Farbtafeln, jede etwa vier mal acht Meter. Im hinteren Teil des Raumes saßen zwei Jugendliche frontal zueinander und meditierten. Stille. Die Tafeln verbreiteten Stille.

Mark Rothko hatte diese Kapelle für alle Glaubensrichtungen als Auftragsarbeit für das Ehepaar de Menil 1971 angefertigt (es hatte mit der Erdölexplorationsfirma Schlumberger sein Vermögen gemacht). Er selbst betrachtete dieses Werk als Kulmination seines Schaffens. Der Innenraum ist eine Art Anti-Houston. Ruhig, spirituell, klein und doch nicht beengend – gedämpftes Licht.

Nach etwa einer halben Stunde der dreidimensional-optischen Meditation – es war herrlich! – trat ich wieder ins Freie. Einige Schritte weiter das Museumsgebäude von Renzo Piano.

Perfekt unauffällig eingebettet in eine urbane Oase, mitten in Houston.

Als ich abends zu Hause in Charlotte bin, sehe ich mir auf CNN die totale Vernichtung von Galveston an, einer Insel vor Houston, durch Hurricane Ike.

High Noon, 21. September 2008.
Charlotte, North Carolina.

Der US-Airways-Flieger hat uns gerade noch rechtzeitig von unserem Ausflug nach Boston anlässlich unseres gestrigen Hochzeitstags wieder zurück nach Charlotte gebracht. Die *rally* soll um ein Uhr beginnen. Wir landen um zwölf. Ich kann Alberta davon überzeugen, dass wir uns jetzt in die Innenstadt aufmachen, wo die Veranstaltung ausgerechnet im Innenhof des Gerichtshofs stattfinden soll. Wir finden nach einiger Sucherei schließlich einen Parkplatz auf dem Dachgeschoss eines Parkhauses ganz in der Nähe. Von hier kann man die sonore Stimme Barack Obamas bereits über Lautsprecher hören. Sehen kann man nur einen Menschenstrom, der sich in eine Richtung wälzt. Offensichtlich sind wir nicht die Einzigen, die zu spät kommen. Unten angekommen, schließen wir uns dem Strom an.

Der Strom – bunt zusammengewürfelt aus Alt und Jung, Schwarz und Weiß und alles dazwischen – bewegt sich friedlich im Uhrzeigersinn um den Gebäudekomplex herum. Wir finden ein Plätzchen mit Hunderten anderer auf einer Rasenfläche und hören zu. Wir können Obama von hier aus nicht sehen. Irgendwie kommt mir das doch sehr bekannt vor: Die meisten der Farbigen sind mit Kind und Kegel angerückt und haben dem Anlass entsprechend mehr oder weniger originelle Obama-T-Shirts an. Oft erkennt man die Gruppen daran, dass alle das gleiche T-Shirt anhaben. Des Öfteren hört man zustimmende Zurufe aus dem Publikum. Insbesondere beim Kapitel *health care* spüre ich die Emotionen um mich herum. Ein gutturales *Yeah!* entfährt meinem direkten Vordermann immer wieder. Wenn es ein Thema gibt, das die Leute während der Rede bewegt, dann ist es das.

Nach etwa zwanzig Minuten ist die Rede vorbei. Wir hatten Glück, wir haben noch mehr als die Hälfte mitbekommen. Komisches Gefühl, wenn man in einer Menschenmenge bei einem *live event* steht, den Redner hinter hohen Bäumen und einem Erdwall nicht sehen kann, aber irgendwie doch gleichzeitig im Zentrum des Geschehens ist. Die Menge setzt sich in Bewegung, diesmal in genau die entgegengesetzte Richtung.

Es ist interessant: Irgendwie sieht man ein Spiegelbild Charlottes. Familien. Ein paar Geschäftsleute. Alle Altersklassen. Auffallend viele ältere Farbige, zum Teil deutlich über siebzig. Wir sind in den Südstaaten – genauer *The New South*. Diese Leute haben in ihrer Jugend noch selbst erlebt, was Segregation bedeutet. Nicht weit von Charlotte, in Greensboro, fanden bereits 1960 *sit-ins* am Kaffeetresen im Woolworth-Kaufhaus statt, deren Beteiligte, vier junge Schwarze, als die sogenannten *Greensboro Four* in die Geschichte der *Civil-Rights*-Bewegung eingegangen sind. Wir lassen uns mit der Menge treiben und sind bald wieder am Parkhaus, wo wir vergeblich etwas zu Essen suchen. Also machen wir uns auf in Richtung Hauptgeschäftsstraße *downtown* oder besser *uptown*, wie man im Süden der USA zu sagen pflegt. Da, wo die meisten Restaurants zu finden sind. Nach ein paar hundert Metern treffen wir auf eine Menschenansammlung.

„What are you doing here?“

Eigentlich ist mir die Antwort schon klar.

„Through these stairs, Obama is supposed to exit and enter the car."

Man sieht bereits vier schwarze amerikanischen SUV-Limousinen warten. Die Menge drängt sich hinter einem Absperrband. Männer mit dunkelgrauen Anzügen und weißen Hemden beobachten uns sehr aufmerksam von der Straße aus. Es ist heiß, sehr heiß. Und schwül. Rechts von mir befindet sich ein kleiner Hain, dahinter ein Teich. Eingefasst ist der Teich von Beton. Eine Familie, eine Mutter mit drei Halbwüchsigen, hängt in den Bäumen, um einen besseren Blick auf das Geschehen zu haben. Bis auf die Autos und die grauen Herren gibt es aber nichts zu sehen. Der Mann neben mir interessiert sich für meine Leica. Wir fachsimpeln. Alberta übt sich mit Marco in Geduld und macht es sich auf der Wiese bequem. Zwei der grauen Herren bewegen sich auf uns zu und schreiten mit ernsten Gesichtern das Absperrband ab.

„Who are you?", fragt jemand aus der Menge.

„Secret service."

Ohne eine Miene zu verziehen. Wir sind auf einem Areal, das für jedermann zugänglich ist. Die Morde an John F. Kennedy, Robert Kennedy, Martin Luther King und Abraham Lincoln bilden die Hintergrundmusik zu Amerikas Hoffnungsträgern. Amerika hat eine lange Tradition im Verlust von Lichtgestalten durch bewaffnete Landsleute. Die Leute vom Geheimdienst sehen daher nicht umsonst keineswegs wie Pro-forma-Hanswürste aus, sondern wie absolute Profis, die hochkonzentriert ihrer Arbeit nachgehen.

Ich bekomme etwas feuchte Hände. Mindestens eine halbe Stunde geht so vorbei. Ab und zu hört man Geräusche vom gegenüberliegenden Gebäudekomplex, wie bei einem Rockkonzert, wenn die erste Reihe der Teeniegirls hysterisch anfängt zu kreischen. Okay, es kann also nicht mehr so lange dauern. Schließlich kommt Bewegung in die Herren in den grauen Anzügen. Dann geht es ganz schnell. Offensichtlich kommt Barack Obama die verdeckte Betontreppe herunter und schlüpft direkt in die Deckung des wartenden Wagens. Die Kolonne setzt sich in wenigen Sekunden in Bewegung. Die Wagen des Geheimdienstes mit offenen Türen vor und hinter dem Obama-SUV. Schwarz und wahrscheinlich von General Motors. Ich kann die winkende Person hinter den getönten Scheiben erkennen – es ist Obama. Immerhin, ich hätte nicht gedacht, dass ich den Mann heute leibhaftig in Person zu Gesicht bekomme. Da kommt schon ein Afroamerikaner den Abhang heruntergesprungen. Der Mann ist nicht zu halten. Ich habe selten jemanden so vor Freude aus dem Häuschen gesehen. Er hat ein Foto von Obama aus dem offenen SUV-Fenster geschossen und zeigt es jetzt seinem Anhang. Der Mann freut sich wie ein Schneekönig in seinem knallbunten Obama-T-Shirt.

Wir setzen unseren Weg fort auf der Suche nach einem Schnellimbiss. Und landen bei Hooters. Alberta ist natürlich ganz „begeistert" von den drallen Bedienungen mit den Eulenaugen auf dem T-Shirt. Wir sind jedenfalls die Einzigen mit Kind hier. Außer uns gibt es fast nur (männliche) Footballfans, die wie gebannt eine Reihe von Spielen gleichzeitig auf riesigen Leinwänden verfolgen. Mit der Bedienung verständigen wir uns im Wesentlichen durch Anschreien – es ist recht laut. Sie findet es natürlich süß, dass wir unseren dreijährigen Marco mit dabei haben. Die Kommunikation wird immer wieder durch plötzliche Geräuscheruptionen an den Nachbartischen gestört. Echtes Kontrastprogramm zur Obama-crowd. Das hier ist *redneck*- und Halbstarken-Zone.

Es ist jetzt etwas mehr als ein halbes Jahr her, dass Barack

Obama am sogenannten *Super-Tuesday* am 4. Februar den finalen Knockout gegen Hillary Rodham Clinton eingeleitet hat. Vor etwas mehr als drei Monaten hat Hillary Clinton ihre Niederlage schließlich nach der Vorwahl in North Carolina eingestanden. An jenem Abend der *primary* war ich in unserer Nachbarschaft auf der Suche nach einem Bildschirm. Nach zwanzig Jahren ohne Fernseher und nachdem ich den *Super-Tuesday* von meinem Hotelzimmer aus auf CNN verfolgen konnte, hatte ich ein Problem. (Unsere Nachbarin hatte Alberta noch gesteckt: „Oh – that shouldn't be a problem. They'll screen it in all the restaurants.") Was macht man in einem solchen Fall in den USA? Man begibt sich in eine *mall*, ein *shopping center*. Gesagt getan. Ich befand mich in einer Pizzeria (ein Tipp von unserer Nachbarin). Es war noch eine Stunde Zeit bis zur Ansprache von Barack Obama, bei der er seinen Sieg nach Punkten über Hillary erklären würde. Ich stand also mitten in dieser Pizzeria, es gab sechs große Bildschirme – auf einem hinten in der Ecke sah man Hillary als Stummfilm, passend zum Anlass. Die fünf anderen zeigten entweder Baseball, Basketball oder Golf. Der Besitzer ließ sich nicht überzeugen, statt der Musik den Ton für meinen Bildschirm anzuschalten. Was mich nicht weiter überraschte. Weitere Suche in der näheren Umgebung blieb ergebnislos.

Mittlerweile waren es noch zwanzig Minuten. Ich entschied mich, sozusagen zur Feier des Augenblicks, mir bei McDonald's per *drive-through* ein *Big Mac*-Menü nebst *Oreo McFlurry* und einer großen *Diet Coke* ohne Eis zu genehmigen. Auf dem Parkplatz machte ich es mir mit meiner Stulle bequem und fand den Sender für die *Live*-Übertragung. *National Public Radio, NPR.* Rechtzeitig zu Beginn der Rede hatte ich mein Essen vertilgt und konnte mich voll Obamas Ausführungen widmen. Ich bekam Gänsehaut, als er begann. Der erste schwarze Präsidentschaftskandidat.

Die Dynamik seit dem 4. Dezember ist wirklich interessant. Ich habe Hillary Clinton seit dieser Zeit oft beobachtet. Es war das zunächst ungläubige Staunen über diesen Mr. Nobody, der, aus dem Nichts kommend, der vermeintlich sicheren Kandidatin permanent die Show stiehlt. Seit Februar manifestierte sich dieses Anspruchsdenken immer deutlicher in der Körpersprache, der Artikulation und dem Auftreten von Hillary Clinton. Frechheit!, stand ihr in dicken Lettern auf die Stirn geschrieben. Hier kommt dieser ahnungslose Jungspund und nimmt mir weg, was mir eigentlich schon immer gehört hat. Man vergesse nicht, wie Hillary Clinton neben ihrem Mann mitregiert hat. Dieses zunächst ungläubige Staunen hat sich in den Wochen zwischen dem 4. Februar und heute zu einer schwer unterdrückbaren Aggression verdichtet. Man hat sogar den Eindruck, auch ihr Mann Bill sei davon angesteckt worden. Da werden einige unschöne Bemerkung in Richtung Barack Obama abgegeben. Einen ihrer Berater hörte ich sogar neulich im Radio sagen: „It will not be before the next fifty years that Amercia is ready to elect a black president."

Eine offensichtliche Anspielung auf den real existierenden Rassismus in den USA. Auf alle diese Dinge reagiert Obama mit einer seiner stärksten Waffen: Er bleibt *cool* und wird nicht müde, die Vorzüge seiner Gegnerin zu preisen. Überhaupt, das ist eines seiner Leitmotive, seit ich ihn zum ersten Mal zugehört habe: die Entwaffnung von politischen Gegnern durch Vereinnahmung und Lob. Was für ein Kontrast zu dieser ganzen vergifteten, geifernden, streitsüchtigen politischen und medialen Nomenklatura der USA.

Zu diesem Ereignis stellt die *New York Times* am nächsten Morgen (7. Mai) auf ihrer Titelseite fest:

„Durch den Gewinn North Carolinas mit 14 Prozentpunkten Abstand verzeichnete Mr. Obama – dessen Wahlkampf bedrängt war durch die Kontroverse um die aufhetzenden Bemerkungen seines früheren Pastors – seinen ersten Gewinn in fast zwei Monaten. Sein Wahlkampf war gerade dabei, eine neue Front in seiner Schlacht mit Mrs. Clinton zu öffnen und dadurch die Argumentationslinie gegenüber unentschiedenen demokratischen Super-Delegates zu stärken: Er habe den Sturm überstanden, und dass es an der Zeit sei für die Partei, sich auf die ‚general election', sprich die eigentlichen republikanischen Gegner zu konzentrieren."

Viele Amerikaner sind Anfang 2008 müde von diesem ständigen Gezänk. Das Team Obama liest die Stimmungslage völlig richtig. Amerika braucht jemanden, der die Friedenspfeife austeilt und selbst tief inhaliert. Mein Gedanke im Juni 2008: Obama wird diese Wahl gewinnen, weil Amerika sich wieder wohlfühlen will. Dieses Land lechzt nach *feels good.* Damit meine ich nicht so sehr die außenpolitische Misere mit dem Irakkrieg, der öffentlich immer stärker umstritten ist. Die Amerikaner spüren den Liebesentzug der Welt. Sie verstehen zwar als Kollektiv immer noch nicht so richtig, warum ein beträchtlicher Teil der Welt Amerika nicht leiden kann, aber instinktiv gibt es dieses: „We want to be the good guys, again."

Das empfinde ich als das kollektive Unterbewusstsein in der ersten Hälfte des Jahres 2008. Auf der *feel good*-Front hat Hillary als Kandidatin sicherlich versagt. Aber da hatte sie schon von vornherein einen schweren Stand, da sie traditionell die Gemüter erhitzt und die Demokraten gespalten hat. Ich war nie ein Riesenfan von ihr. Dieser zickige Überehrgeiz. Ich denke da an meine Wette mit Kollegen vor einem Jahr.

Ich habe die Wette um ein Bier gerade gewonnen.

„Hillary Clinton wird nicht die Präsidentin." – „Wer sonst? Die Demokraten haben niemand anderen, und die Republikaner werden die Wahl diesmal garantiert verlieren." – „Ja, aber die Frau ist einfach zu unbeliebt. Brillant, aber als Präsidentin?"

Man darf nicht vergessen, was George Bush Jr. (und auch ihren Mann Bill) zum Präsidenten gemacht hat, neben seinem berühmten Namen: Der Mann war den Amerikanern sympathisch. Ein biertrinkender evangelikaler Witzbold. Und damit für *Joe Sixpack* „one of us". Und das ist jetzt wirklich nicht böse gemeint. Wohlgemerkt, das war alles, bevor es wirtschaftlich so richtig den Bach runterging. Graue Vorzeit.

Mein Wettpartner argumentierte damals mit der Logik des Physikers. Keiner von uns hatte zu diesem Zeitpunkt Obama auf der Rechnung. Ich selbst habe zum ersten Mal von ihm gehört und ihn gesehen, als ich am 4. Dezember 2007 in meinem Hotelzimmer in Charlotte wie in einer Premiere bewusst CNN gesehen habe.

Ich stelle fest: Einiges hat sich in den letzten Monaten geändert. Obama hat mich schon im Dezember in seinen Bann gezogen. Aus folgenden Gründen: 1) ein schwarzer Präsidentschaftskandidat, 2) ein hervorragender und überzeugender Redner, 3) offensichtlich intelligent und mit moralischem Anspruch, 4) endlich jemand, der nicht dem amerikanischen Politikerklischee entspricht, 5) endlich jemand, der den politischen Dynastismus von Bush und Clinton herausfordert. Der Mann kommt für mich am 4. Dezember aus dem Nichts. Der Mann erscheint am 4. Dezember auf CNN für mich als Phänomen. Ich bin sicher, so ist es vielen anderen auch gegangen.

„Obama – who?"

Ein Jahr vor seiner Wahl zum Präsidenten. Barack Hussein, der Name allein ist ja schon die schiere Provokation für weite Teile von *Small Town America*. 4. Dezember, 4. Februar, 4. Juni, und dann später der 4. November – innerhalb eines Jahres reitet Obama auf einer Welle von völlig unbekannt zu Retter der Welt.

Das dürfte in seiner Geschwindigkeit und seiner Dimension in der Geschichte der Menschheit ziemlich einzigartig sein. Das Internet lässt grüßen.

End of Oil, 25. September 2008.
Charlotte, North Carolina.

So fühlt sich das also an, wenn es in Amerika kein Benzin mehr gibt. Meine Tankanzeige ist im roten Bereich, und es gibt kein Benzin. Der amerikanische Albtraum schlechthin. Aber wahrscheinlich so unvorstellbar, dass die Amerikaner nicht mal im Traum daran denken. Um von etwas zu träumen, muss es ja zumindest irgendwie im Unterbewusstsein verankert worden sein. Jedenfalls hier und heute ist dieser Albtraum für mich zum denkbar ungelegensten Moment handfeste Wirklichkeit geworden. Dazu mein Kollege Dave heute Morgen trocken: „The last time it was in the seventies that I didn't get fuel at the pump."

Nur die Älteren können sich an solche Zeiten erinnern. Die Ölkrise Mitte der Siebziger. Wir haben aber gerade keine Ölkrise, sondern einen allgemeinen Systeminfarkt. Man erinnere sich: Gestern Abend zur *prime time* taucht der Präsident aus der Versenkung auf, mittlerweile geradezu eine Figur aus der Vergangenheit mit Ablehnungsraten auf rekordverdächtigem Niveau (wo war der eigentlich in den vergangenen Wochen und Monaten?), und pumpt den amerikanischen Steuerzahler mal eben auf 700 Milliarden US-Dollar an. Woraufhin der Präsidentschaftskandidat John McCain prompt ankündigt, dass er am Freitag nicht zum Fernsehduell mit seinem Widersacher erscheinen will.

Mal langsam – was hat das eine mit dem anderen zu tun? Störfeuer. McCain will damit Autorität in Sachen Wirtschaftsfragen zurückgewinnen. Und außerdem hat er ja noch das kleine Problem, dass er zufällig in derselben Partei ist wie der derzeitige Präsident. Er muss sich also profilieren und differenzieren. Indem er das Thema zur Chefsache erklärt und verspricht, aufzuräumen. Auf *National Public Radio* höre ich, dass General Electric und Google auf dem Energiesektor kooperieren wollen. Der Google-Boss ist in diesen Tagen auch als *Chief Technology Officer* für die USA im Gespräch.

Zurück zu meinem Problem. Lange wird es bei mir nicht mehr reichen. Rot-weiße Absperrbänder und mit gelben Plastikbändern umwickelte Zapfsäulen. Schließlich finde ich eine Tankstelle mit Benzin. Man darf für maximal 10 Dollar tanken. Nur gut, dass ich keinen der in Charlotte so üblichen Benzinschlucker fahre. Da kann schon Panik aufkommen. Vor allem ohne vernünftigen öffentlichen Nahverkehr. Charlotte verfügt noch nicht einmal über einen Bahnhof. Ich vermute, die Leute kommen sich gerade vor wie „Hansel and Diesel" im gleichnamigen Bilderbuch von David Gordon von 2006, das mein Vater neulich bei seinem Besuch in Charlotte beim mittlerweile quasimonopolistischen Buchladen Barnes & Noble entdeckt hat. Es beginnt so:

„Am Rande eines großen Schrottplatzes lebten Bruder und Schwester Pick-Up-Truck. Sie hießen Hänsel und Diesel. Hänsel und Diesel hatten Hunger. Das Benzin war fast alle. ‚Wir haben bald kein Benzin mehr', sagte ihr Vater. ‚Ich weiß nicht, wie wir durch den Winter kommen sollen', stimmte ihre Mutter zu." Natürlich hat diese Geschichte nach einigen Bilderbuch-Seiten ein Happyend: „Die Familie entschied sich, aus ihrer alten Garage aus- und in die schöne Tankstelle einzuziehen, wo sie genug Benzin hatten. Und wenn sie nicht gestorben sind, dann leben sie noch heute." Zwischendrin werden die beiden allerdings noch fast von der bösen *winch*, der Hubwinde, geschreddert.

Welches Ende die Geschichte nehmen wird, die sich gerade abspielt, weiß heute keiner. Jedenfalls: Wenn ich ein *Pickup-truck*-Fahrer in Charlotte, North Carolina wäre (und von denen gibt es einige) und meiner Hausbank Wachovia, der viertgrößten Bank in den USA, gerade die Kröten ausgehen, würde ich mir auch ernsthafte Sorgen machen. Aber die Lage soll sich in kurzer Zeit normalisieren. Die Tanklaster aus Texas sollen innerhalb der nächsten zehn Tage wieder rollen. Beruhigend. Hurrikan Ike, vor dem ich vor ziemlich genau zwei Wochen aus Houston geflohen bin, sorgt jetzt im Nachhinein dafür, dass uns in North Carolina der Saft ausgeht. Hat er mich also doch noch erwischt. Heute ist jedenfalls mit Sicherheit für die Leute im Wahlkampf-*battleground-state* North Carolina ein vorläufiger Tiefpunkt erreicht.

Kirkn'n Spock, 26. September 2008.
Oxford, Mississippi.

Nachdem mittlerweile die letzten drei Wochen im Wahlkampf im Wesentlichen mit der Analyse herumgegangen sind, was Obama mit dem Satz „You can put lipstick on a pig, but it's still a pig" im Zusammenhang mit seiner Gegnerin Sarah Palin gemeint haben könnte, hat es nebenbei in der Wall Street den finanziellen Super-Gau gegeben. Die Kernschmelze fand vom 14. bis 21. September statt, ein Zeitraum, in der die gesamte Wall

Street im Orkus der Geschichte verschwunden ist. (Als groteske Metapher hierzu gibt es bald darauf auf der Homepage des *Wall Street Journal* die Klickfläche *Death of Wallstreet.*) Es sprengt einem schier den Verstand. Gordon Gecko erledigt. Der große, mächtige Gordon Gecko, der faszinierende Kotzbrocken aus dem Film „Wallstreet" und seine unvergesslichen Worte: „Gier, lassen Sie sich das gesagt sein, wird die Firma Teldar retten, und dieses andere kaputte Unternehmen namens USA."

Ich war fünfzehn, als der Film herauskam, das war 1987. Wohin diese Lebenseinstellung geführt hat, wissen wir heute. Und der Kampf der finanziellen Paradigmen tobt immer noch.

Wie nannte mein Freund Armin, als Mathematiker für eine Investmentbank in der Wall Street tätig, die Gordon Geckos dieser Welt so schön? The Big Swinging Dicks, die großen schwingenden Schwänze.

Es ist, als wenn Hurricane Ike sich nach der Vernichtung von Galveston, einem Küstenvorort von Houston, am 13. September die Südspitze von Manhattan vorgenommen hätte.

Hier die nüchterne Sequenz der finanziellen Ereignisse der letzten zwei Wochen laut dem *New York Times*-Almanach:

14.9. Brokerfirma Merrill Lynch willigt ein, sich selbst an die Bank of America zu verkaufen, wohingegen Lehman Brothers ankündigt, dass sie keinen Käufer gefunden haben und daher Konkurs anmelden werden.

15.9. Der Dow Jones fällt um 4,4 Prozent (504 Punkte), der stärksten Rückgang seit 2001.

16.9. Die US-Notenbank bewilligt eine 85 Milliarden Dollar-Rettungsaktion des Versicherungsriesen A.I.G. Die radikalste Intervention in der Privatwirtschaft in der gesamten Geschichte der Zentralbank.

17.9. Kreditmärkte auf der ganzen Welt werden enger, und

die Kosten für Kreditaufnahme steigen sprunghaft an, weil Investoren Wertpapiere verkaufen und Schatzanweisungen kaufen. Washington Mutual bietet sich selbst zum Kauf an, und Wachovia geht Merger-Gespräche mit Morgan Stanley ein.

18.9. Kongressführer beginnen Gespräche mit dem Finanzministerium und der US-Notenbank über eine massive Rettungsaktion für die Hypothekenindustrie.

19.9. Die U.S. Securities und Exchanges Commission kündigt an, das sog. *Short Selling,* also den trickreichen Leerverkauf, von über 800 Aktientiteln zu verbieten, was zu Herausforderungen für Wall Street-Händler führt. Aber die Aktienkurse steigen.

20.9. Das Weiße Haus schlägt eine gewaltige Rettungsaktion, den sog. *Bailout,* für Kreditinstitute vor, inklusive der Zustimmung des Finanzministeriums, bis zu 700 Milliarden Dollar an hypothekenbezogenen Vermögenswerten von Privatfirmen aufzukaufen.

21.9. Die US-Notenbank kündigt an, dass die Investmentbanken Goldman Sachs und Morgan Stanley in Bankholdinggesellschaften, die viel größerer Regulierung unterliegen, umgewandelt werden.

22.9. Kongressführer beider Parteien bringen ihren Ärger zum Ausdruck über die Kosten und die fehlenden Kontrolle in der vorgeschlagenen finanziellen Rettungsaktion.

23.9. Investor Warren Buffett sichert zu, durch seine Firma Berskhire Hathaway 5 Milliarden Dollar in Goldman Sachs zu investieren.

25.9. Washington Mutual wird von staatlichen Aufsichtsbehörden beschlagnahmt und der größte Teil an JP Morgan Case verkauft; der größte Konkurs einer Bank in der US-Geschichte.

26.9. Die U.S. Securities und Exchanges Commission gibt zu, dass Versäumnisse in einem freiwilligen Aufsichtsprogramm für Investmentbanken zur globalen Finanzkrise beigetragen haben;

die meisten Aufsichtspflichten der U.S. Securities und Exchanges Commission verlagern sich jetzt auf die US-Notenbank.

Unterm Strich: Am Abend der ersten Fernsehdebatte zwischen den beiden Präsidentschaftskandidaten hat das finanzielle Herz Amerikas aufgehört zu schlagen. Und keiner weiß, ob die Wiederbelebungsversuche glücken werden. Dementsprechend hölzern und abstrus verläuft die Debatte. Die zwei diskutieren wie gelähmte Marionetten aneinander vorbei. Wahrend Barack Obama sein Gegenüber ständig John nennt und sich körpersprachlich ihm zuwendet, kommt von der anderen Seite jedes Mal zurück: „Senator Obama".

Das Ganze entbehrt nicht einer grotesken Komik. Ich muss während der Debatte viel lachen, sehr viel. Sein politisches „Meisterstück" in diesem Wahlkampf hat McCain bereits am 15. September abgeliefert:

„Sie wissen schon, es gab gewaltige Turbulenzen in unseren Finanzmärkten und an der Wall Street und es ist – die Leute sind verängstigt von diesen Ereignissen. Unsere Wirtschaft, ich denke, dennoch, die Grundlagen unserer Wirtschaft sind solide. Aber es sind sehr, sehr schwierige Zeiten. Und ich verspreche Ihnen, wir werden Amerika nie mehr in diese Situation bringen. Wir werden Wall Street aufräumen. Wir werden den Staat reformieren."

Das Einzige, was davon in den Medien übrig geblieben ist, ist das für seine öffentliche Wahrnehmung verhängnisvolle „The fundamentals of the US economy are solid".

Dieser Satz symbolisiert einen Wendepunkt im Wahlkampf und auch in der Selbstwahrnehmung der Vereinigten Staaten. Dem Mann auf der Straße ist eine Woche später völlig klar, dass alles auf Sand gebaut ist. McCain hätte keinen schlechteren Zeitpunkt für diesen Satz wählen können. Und das, während sich gleichzeitig der wirtschaftliche Abgrund von *Wall Street* auf

Mainstreet verlagert. Ich weiß nicht, wie man das in der US-amerikanischen Sportlersprache nennt. In Deutschland hieße das jedenfalls: ein Eigentor von der Mittellinie aus. Ich glaube, dieser eine Satz wird John McCain bis ans Ende seiner Tage verfolgen.

Seit dem 15. September gibt es nur noch ein Thema in den USA, die Bankenkrise. Von der Bedeutung der wirtschaftlichen Lage für den Amerikaner macht man sich in Europa und insbesondere in Deutschland überhaupt keinen Begriff. In einem Land, in dem die Renten in Form von Aktiendepots angelegt sind, hat der Dow Jones eine reale Bedeutung: Er ist die Fieberkurve der Nation. Darüber hinaus gilt der alte Spruch „The Business of America is Business."

Ein Teil der kulturellen DNA des Landes. Umso absurder wirkt es, dass die beiden heute Abend in ihrer Debatte dieses Thema völlig ignorieren. Wie zwei Borgs in einem Raumschiff mit blauen Wänden und rotem Fußboden (Tatsächlich – der Fußboden ist dunkelrot und die Wände sind dunkelblau, das macht das Ganze noch surrealer) verläuft der Dialog nach dem folgenden Muster (vergleiche: Star Trek – Errand of Mercy):

McCain (Captain Kirk): „Was würden Sie sagen, wie sind die Chancen, dass wir hier rauskommen?"

Obama (Mr. Spock): „Es ist schwer, das präzise zu sagen, John. Ich würde meinen, ungefähr 7824,7 zu eins."

McCain: „Schwer, genau zu sein? 7824 zu eins?"

Obama: „7824,7 zu eins."

McCain: „Das ist eine ziemlich genaue Näherung."

Obama: „Ich bin bestrebt, genau zu sein."

McCain: „Sie machen sich ziemlich gut."

Und weiter (vergleiche Star-Trek – Catspaw)

McCain: „Senator Obama, irgendwelche Kommentare?"

Obama: „Sehr schlechte Poesie, John."

McCain: „Irgendeinen nützlicheren Kommentar?"
Obama: „Was wir gerade gesehen haben, ist nicht real."
McCain: „Das ist hilfreich."

Der Grund für den Tanz um den heißen Brei ist klar: Die beiden bewegen sich auf einem Minenfeld. Jeder Fehltritt kann jetzt tödlich sein. Es sind genau 38 Tage bis zur Wahl. McCain hat sich im Grunde bereits mit seiner oben zitierten unvorsichtigen Bemerkung vor ein paar Tagen in die Luft gesprengt und versucht, das Thema heute Abend auf seine Stärken als *Maverick* zu lenken – in unserem *dictionary* steht dazu folgender Eintrag:

mav·er·ick – Substantiv

1. Im Südwesten der USA Ausdruck für ein unmarkiertes Kalb, Kuh oder jungen Ochsen, insbesondere ein unmarkiertes Kalb, das von seiner Mutter getrennt wurde.

2. Ein einzelner Andersdenkender, als Intellektueller, Künstler oder Politiker, der einen unabhängigen Standpunkt abseits von den Kollegen einnimmt.

3. (Mit großem Anfangsbuchstaben) Eine elektro-optisch gesteuerte taktische U.S. Luft-Boden-Rakete zur Zerstörung von Panzern und anderen Zielen in einer Reichweite von bis zu 15 Meilen (24 km).

4. 1865-1879, Amerikanismus; nach Samuel A. Maverick (1803-1870), Texas-Pionier, der seine Kälber unmarkiert ließ;

Synonyme: Non-Konformist, Unabhängiger, Einzelgänger

McCain also, der Maverick und Kriegsheld. Und Barack Obama, alias Mr. Spock, gibt als Kontrast den leicht unterkühlten Professor. McCain kocht, das merkt man. Aber er hat keine Chance.

McCain und Obama, das sind heute Abend die beiden Pole Amerikas:

Zukunft – Vergangenheit
Alt – Jung
Schwarz – Weiß
Erfahrung – Intellekt
Locker – Steif
Emotion – *Cool*
Aggressiv – Verbrüdernd
Reich – Arm
Hoffnung – Realität
Krieg – Diplomatie
Groß – Klein
Gesund – Krank
Formell – Informell
Weniger Staat – Mehr Staat
Maverick – Intellektueller
Humor – Ernst

Master Painter, 27. September 2008.
Charlotte, North Carolina.

Unsere Nachbarschaft ist das, was im Amerikanischen so treffend als *suburbia* bezeichnet wird. Mittelklassen-Idylle. Wir wohnen auf *Fairway Ridge Road*, womit schon angedeutet ist, dass sich unser Haus unweit eines der angeblich über dreißig Golfplätze von Charlotte befindet. Seit wir im Mai eingezogen sind, haben wir bereits zur großen Freude unseres zweijährigen Sohnes den einen oder anderen nagelneuen Golfball auf unserer Straße gefunden. Was ich erst vor Kurzem entdeckt habe, ist, dass man, vor unserer Garage stehend, die Fahne von Loch sieben sehen kann, direkt zwischen den beiden Häusern unserer Nachbarn auf der gegenüberliegenden Straßenseite. Das Fähnchen befindet sich keine zehn Meter hinter dem Gartenzaun unserer Nachbarn.

Unser Nachbar Cary selbst ist ein netter Kerl, er ist verheiratet mit Sarah. Cary ist blond, während Sarah glatte dunkelbraune Haare hat. Beide sind Mitte dreißig. Cary verlässt das Haus morgens um sechs mit einem weißen Hemd und einer Krawatte. Er arbeitet in einer *brokerage*-Firma. Neulich, als wir in ihrem Garten am *pool* waren, lag da ein Buch mit dem vielsagenden Titel „Managing the Risks of Hedge-Funds". Sarah fährt einen Minivan, um die Kinder zu ihren diversen Aktivitäten zu kutschieren. Natürlich kommt man von hier aus nirgendwo zu Fuß hin. Die Familie hat auch einen Hund: einen schwarzen Mischling. Der nächste Supermarkt ist etwa fünf Minuten mit dem Auto entfernt. Die beiden haben drei Kinder zwischen drei und acht Jahren, und Sarah ist hochschwanger. Der älteste heißt Noah. Alle Kinder sind aschblond – eine süße und sehr liebenswürdige Familie. Neulich hat sich Alberta mit Sarah über Politik unterhalten, und irgendwie sind die beiden auf ihre Namensvetterin Sarah Palin zu sprechen gekommen: „Sarah Palin, I kinda like her."

Die beiden sind politisch konservativ, wissen aber angeblich diesmal noch nicht, wen sie wählen werden. Laut Sarah ist Carys Vater ein Rassist. Er kommt aus Maryland, Sarah aus New Jersey. Sie sind vor vier Jahren wegen seiner Arbeit hierhergezogen. Sarah ist zu Hause mit den Kindern, sie hat vorher auch irgendetwas im Finanzbereich gemacht, hat darauf aber nicht nur wegen der Kinder keine Lust mehr. Schön ist an unserer Wohngegend, dass hier überall hohe alte Bäume stehen, die angenehmen Schatten spenden. Es ist immer noch über dreißig Grad. Die Häuser sind alle individuell gebaut. Beides im Gegensatz zu den neuen sogenannten *developments*, die hier in Charlotte überall wie Champignons (auch in derselben Farbe) aus dem Boden schießen. Wo vorher ratzeputz planiert wird und dann innerhalb von drei Monaten oft einige Dutzend völlig identische Häuser auf den rostroten Lehm geknallt werden. Ohne Baum und Strauch. Dann wird Gras gesät, natürlich mit ordentlich Wachstumsbeschleuniger drauf, und es werden Bäumchen gepflanzt.

Heute ist das jährliche Nachbarschaftsfest. Cary kommt rüber, um zu fragen, ob wir mitkommen. Gerne, hatten wir sowieso vor. Während wir einige Straßen weiter gehen, wiederholt er seine Einladung, uns mit in seine Kirche zu nehmen, *Southern Baptist*, bereits zum zweiten Mal. Wieder lehne ich dankend ab mit dem Hinweis, wir würden schon Sonntags in die katholische Kirche gehen.

„That's fine. But you should check out the rock music service at our church at some point."

„We will", antworte ich, um ihn nicht zu enttäuschen.

Mittlerweile sind wir beim Straßenfest angelangt, in einem Wendehammer ein paar Straßen von unserer entfernt. Organisiert hat das Ganze unser „Blockwart", wie ich ihn mittlerweile schon nenne. Kaum waren wir ein paar Tage in unserem Haus, und wir hatten noch nicht mal einen Rasenmäher, da hatten wir auch schon eine E-Mail, der Rasen sei zu schneiden. Cary meinte neulich: „He's a nazi."

Offensichtlich erfreut der Blockwart sich hier allgemeiner Beliebtheit. Angeblich ein pensionierter Polizist. Im direkten Umgang ist er allerdings sehr nett und herzlich und meint, ich solle mir doch erst mal gleich was vom *barbeque* oder einen *hot dog with all the fixins* nehmen. Es stehen einige Kühlboxen mit Bier und Coca Cola herum. Sogar Spielgeräte Made in China hat man bei Walmart besorgt, mit denen die Kinder auch schon eifrig beschäftigt sind. Im Wesentlichen sind allerdings ältere Leute aus der Nachbarschaft gekommen, im Ganzen nicht mehr als dreißig Leute. Hier müssen einige Hundert wohnen. Bis auf zwei Mädchen sind alles Weiße. Die Wohngegenden in Charlotte und die Kirchen sind fein säuberlich nach Hautfarbe getrennt.

Im Wendehammer parken zwei uralte VW-Bullies, beide wie frisch aus dem Ei gepellt. Einer der Nachbarn kommentiert: „He's a guy who buys them, puts them back to work and sells them. He's done this already with more than fifty of them."

Jemand spricht mich plötzlich akzentfrei auf Deutsch an: „Guten Tag. Wie geht es Ihnen?"

Vor mir steht ein relative kleiner älterer Herr mit einem gestutzten Vollbart.

„Mir geht es gut", antworte ich.

Ein breites Grinsen. „Hey, I'm Bill and I just heard you speak German to your son. I've lived in Germany a long time ago."

„That was when?"

„Nineteensixtyone to nineteensixtythree. Aber ich spreche immer noch Deutsch."

Der Mann hat praktisch keinen Akzent, was für Amerikaner, die Deutsch sprechen, schon für sich genommen sehr ungewöhnlich ist. Bill hat sein Deutsch angeblich vor fünfzig Jahren gelernt und seither nie mehr richtig benutzt.

„Es ist jetzt ein bisschen eingerostet", fährt er fort.

„Sie haben ja gar keinen Akzent. Ihr Deutsch ist hervorragend."

Er lächelt verlegen. „Darf ich Ihnen meine Frau vorstellen?" An sie gewandt: „This man here is from Germany. "

Er blickt wieder mich an: „Ich war in Erlangen stationiert – von 1961 bis 1963. Eine sehr schöne Zeit." Man sieht, wie er ins Sinnieren kommt.

„Alle die Frräuleins – sehr schön. Meine Frau hört das aber nicht gern, wenn ich ihr von den schönen deutschen Frräuleins in Errlangen errzähle."

Seine Frau beschwert sich, dass auf seinen deutschen Fotos immer *Fräuleins* zu sehen sind – ich muss jetzt bestätigen, dass sich das in Deutschland gar nicht vermeiden lässt. Er rollt das R immer etwas hart.

„Und die Brrötchen mit Wurrstsalat. Ich liebte diese Brrötchen mit Wurrstsalat."

Wieder an seine Frau gewendet, übersetzt er so gut es geht ins Amerikanische.

„Und ich habe das beste Foto in meinem Leben gemacht vom Ulmer Münster. A painter in the foreground with his easel painting the Münster – and in the background the Münster. And you know, you know that the Ulmer Münster is the hightest church tower in the world. You know that, don't you?", fragt er mich. Ich nicke.

„I have been there. I'm from Cologne. There is another big gothic cathedral there."

Bill kennt natürlich auch den Kölner Dom. Aber das Ulmer Münster ist definitiv sein Favorit. „You know, I had a stroke some years ago. I think my German has suffered from it."

Wenige Minuten später, ich habe den Themenwechsel noch gar nicht mitgekriegt, zieht Bill ein altes braunes Portemonnaie aus der hinteren Tasche seiner verwaschenen Blue Jeans. Es ist relativ klein, prallvoll und hat bereits ein langes Leben hinter sich. Zum Vorschein kommt: ein kleines, etwas mitgenommenes Farbfoto. Er hält es mir direkt unter die Nase, zunächst ohne Kommentar. Ein Originalfoto von Ronald Reagan. Links von ihm ein junger Mann: offensichtlich mein Freund Bill in jüngerer Ausgabe.

„I was organizing the Republican campaign in my area back then and I even got the chance to ride with Reagan in the cab back to the airport."

Seine blauen Augen leuchten jetzt.

„How was he?“, frage ich ihn.

„A really nice guy.“

Ein zweites Bild, ebenfalls ein verblichenes kleines Farbfoto, kommt zum Vorschein: Bill mit Präsident Bush senior. Ebenfalls aus den Achtzigern. Dann das andere Highlight seines Lebens: Als Statist in einem Hollywoodfilm, dessen Name mir allerdings nicht geläufig ist und den ich gleich wieder vergesse. Als er hört, wo ich arbeite, schließt sich eine fachliche Diskussion über seine berufliche Leidenschaft an: Wie Anstrichfarben glatte Filme bilden, die selbst andersfarbigen Untergrund abdecken können. Und am Schluss drückt er mir seine Visitenkarte in die Hand.

Big Bang, 29. September 2008.
Charlotte, North Carolina.

Wie jeden Abend in diesen letzten Wochen vor der Wahl schalte ich um neun Uhr *Larry King Live* ein. Das erste Mal war ich am 4. Dezember 2007 auf diesem Kanal gelandet. Die Stimmung im Fernsehen ist heute geradezu apokalyptisch. Bei unserem Sohn auch. Er war schon eingeschlafen, wacht aber plötzlich auf, am ganzen Körper zitternd und wiederholt immer wieder: „Ich kann nicht mehr.“

So etwas hatte er noch nie. Er lässt sich nur dadurch beruhigen, dass Alberta sich neben ihn legt, sodass er wieder langsam zur Ruhe kommt. Es dauert ungewöhnlich lange, bis er wieder einschläft. Er ist außer sich und zittert. Ähnlich treffend hatte er letzten November als Zweijähriger die Trauerfeier seiner Urgroßmutter auf den Punkt gebracht – nach dem letzten Orgelakkord: „É finito.“

An diesem heutigen denkwürdigen Abend hat Larry King zwei Männer mittleren Alters zugeschaltet, die ich nicht kenne, einen Vollbart und einen Kahlkopf: Paul Krugman und Ben Stein. Der Dow Jones ist heute um 777 Punkte gefallen. Der stärkste Absturz seit dem Wiedereröffnen der Aktienmärkte nach 9/11, mit damals 684 Punkten. Der höchste jemals verzeichnete Tagesverlust in der Geschichte. Na und, fragt man sich. Ein Kommentator übersetzt im Laufe des Abends: „1,2 Billionen US-Dollar – sprich eine Eins mit zwölf Nullen – wurden heute in sechseinhalb Stunden verloren. Das sind 3 Milliarden Dollar pro Minute."

Immer noch abstrakt, aber irgendwie unheimlicher. Kernschmelze. Larry erwähnt den Blogger, der den Tag so zusammenfasst: „Über eine Billion (ja, ein Dollarbetrag mit zwölf Nullen) wurde heute am Aktienmarkt verloren."

Das Merkwürdige an solchen Tagen ist, dass man nie weiß, was der nächste Tag bringen wird. Das ist wieder so ein Tag wie 9/11 – später weiß man, dass die Welt an diesem Tag nicht zu Ende ging. Aber heute Abend kann einem schon mulmig werden. Das Ganze erinnert mich wirklich etwas an den 11. September 2001. Da wusste auch niemand in den USA, was als Nächstes kommen würde.

In der Werbepause kommt ein Clip aus dem neuen Film über Michael Moore, „An American Carol", mit Szenen, in denen Moore richtig was aufs Maul bekommt. Von einem Typen in Soldatenuniform. Szene wie aus dem Unterbewusstsein der Amerikanischen Rechten. Michael Moore was aufs Maul hauen, und alles wird gut. Unglaublich, dass dafür auf CNN Werbung gemacht wird. Das ist völlig geschmacklos. Es entwickelt sich der folgende Dialog zwischen den beiden Herren mittleren Alters und Larry King:

[Ben Stein:] „Es ist ein stinkender Plan ... Hier geht es um die größten Gehälter für einige der schlechtesten Jobs in Management."

[Paul Krugman:] „Es ist ein entsetzlicher Plan, aber wir mussten etwas tun. Ihn abzulehnen war schrecklich ... Wir spielen jetzt mit dem Feuer." Um dann mit einem griffigen Bild fortzufahren: „Meine Frau meinte zu mir, wir sind momentan eine Bananenrepublik mit Atomwaffen."

Fünf Wochen später wird Paul Krugman übrigens mit dem Nobelpreis für Ökonomie 2008 ausgezeichnet werden – für „seine Analyse von Handelsmustern und Standorten von volkswirtschaftlicher Aktivität", wie es offiziell in der Pressemitteilung des Nobelkomitees heißt.

„Wenn er (der Plan) am Donnerstag durchfällt, dann muss man wieder komplett neu anfangen."

Ben Stein macht einen Vorschlag: „Vielleicht sollten sie einen Plan entwickeln, in dem das Geld zu den Leuten geht, um ihre Hausschulden abzuzahlen."

Ich glaube, da trifft er den Nerv vieler Zuschauer, denen immer noch nicht erklärt worden ist, warum sie als Steuerzahler für 700 Milliarden Dollar aufkommen sollen, während sie selbst nicht *gebailoutet* – also finanziell gerettet werden wie die großen Finanzinstitutionen. Und weiter: „Wir könnten die hirnrissigen Experimente von Henry Paulson stoppen, der Lehman Brothers scheitern ließ."

Dieser Satz ist definitiv erklärungsbedürftig. Henry Paulson, der kahlgeschorene US-Finanzminister und Ex-Goldman-Sachs-Oberindianer, hat in den letzten Tagen im Gespann mit seinem Alter Ego Ben Bernanke, dem Chef der *Federal Reserve*, den sog. *Bailout*-Plan zusammengezimmert. Dieser ist heute im Senat durchgefallen. Und warum? Paul Krugman hat eine passende Erklärung: „Es sind einfach zu viele Lügen aus dem Weißen Haus gekommen."

Für mich trifft er damit genau ins Schwarze. Was ist eine Kreditkrise? Ich meine, genauer betrachtet. Es ist eine Glaubenskrise. Und diese Glaubenskrise im Herbst 2008 ist weit mehr als eine klassische Kreditglaubenskrise. Nach dem simplen Motto meiner Großmutter: „Wer einmal lügt, dem glaubt man nicht, und wenn er auch die Wahrheit spricht."

Die Bush-Regierung wird sieben Jahre nach 9/11 in geradezu biblischem Ausmaß von den Folgen ihres Verhaltens eingeholt. George W. Bush ist sicherlich nicht verantwortlich für die Kreditkrise im engeren Sinne. Das ist eine unheilvolle Gesamtleistung des Systems USA der letzten drei Jahrzehnte. Das Bush-Dilemma ist, dass während seiner gesamten acht Jahre Regierungszeit ständig Dinge passiert sind, die selbst neutralen Beobachtern den Atem verschlagen haben. Die gesamte Regierungszeit Bush junior ist eine Fallstudie, wie man mit Sicherheit dafür sorgt, dass man keine freiwillige Unterstützung mehr bekommt.

Das fing ja eigentlich schon mit seinem symbolischen Wahlsieg im Jahr 2000 an, der bei näherer Betrachtung keiner war. Und setzte sich dann fort in der Zeit nach 9/11. Es gibt sicher wenige Beispiele in der Weltgeschichte, in der ein Regime einen derart großen politischen Kredit innerhalb weniger Jahre auf eine solche Art verzockt hat.

Ich werde es nie vergessen: Die USA unmittelbar nach 9/11 waren ein politischer Meinungs-Monolith, der fast das gesamte politische Spektrum umfasste. Dieser Mann hatte am 12. September 2001 das Land hinter sich, wie vielleicht noch kein Präsident in der Geschichte der Vereinigten Staaten vor ihm. Selbst im ultra-liberalen Cambridge war das Ausmaß an politischem *goodwill* in den Tagen und Wochen danach enorm. Wäre es nicht so groß gewesen, ich glaube nicht, die US-Regierung wäre damals in der Lage gewesen, mit letztlich an den Haaren herbeigezogenen Argumenten das Augenmerk von Osama bin Laden und al Qaida auf Saddam Hussein zu lenken.

Aber war es wirklich jemals das Vertrauen in Bush? Oder war es nicht vielmehr eine Investition in die „Angstbank" Bush? In die perfektionierte Fähigkeit, die kollektiven Urängste Amerikas zu mobilisieren? Man darf nicht vergessen, die USA sind ein Land von ehemaligen Flüchtlingen, die das gelobte Land gefunden haben. Das Spielen auf der Klaviatur der Ängste ist die größte Stärke dieser Regierung, immer wieder neu in den acht Jahren. Und nach 9/11 hat es ja auch genug Gelegenheit gegeben und man hat die richtigen Schalter gefunden, um politische Ziele durchzusetzen. Wie hat es eine Bekannte aus San Francisco neulich so schön formuliert: „Jage dem Durchschnittsamerikaner Angst ein, und er wird aufhören zu denken."

Interessanterweise, so stelle ich später fest, war diese Bekannte mal die Freundin von Ben Stein. Klein ist die Welt. Ein weiterer Werbespot unterbricht jetzt die Diskussion: „Morgen auf CNN – Thema Nummer 1: IST IHR GELD SICHER?"

Der heutige Tag war ein klarer taktischer Sieg für Obama: McCain als selbsternannter Retter des *Bailout*-Plans kann dessen Ablehnung nicht verhindern. Aber der Tag ist noch nicht vorbei:

Als ich nach drei Stunden CNN-Marathon mit quadratischen Augen um 23.30 Uhr ins Zimmer komme, liegt unser Sohn Marco immer noch neben Alberta, quer auf meiner Seite des Bettes. Er schläft seelenruhig.

Ich schiebe Marco leicht zu Seite, immerhin wacht er nicht gleich auf. Ich habe mir etwas Platz erkämpft und schlafe bald ein.

Ich wache auf von einem lauten Knall.

Meine erste Reaktion, als ich halbwegs klar denken kann: Ein Nachbar hat sich erschossen, weil sich gerade sein ganzes in Aktien angelegtes Geld in Luft aufgelöst hat. Alberta ist auch wach.

Wir horchen. Alles ruhig. Nach ein paar Minuten der Strahl einer Taschenlampe durch unsere weiße Lamellengardine. Alles wird vergrößert, wie auf einer Leinwand beim Schattenspiel. *Oh shit!* Leichte Panik steigt in mir auf, was geht hier ab? Alberta hat eine beruhigende These: „Der Nachbar hat eins der Rehe erlegt, die sogar bei Tageslicht in den Gärten herumlaufen, und sucht jetzt danach."

Ich möchte ihr gerne glauben, doch an Schlaf ist nicht zu denken. „Sollen wir die Polizei rufen?"

„Ja, sollten wir vielleicht."

Ich lasse mich vom Bett rollen und robbe zum Telefon im Wohnzimmer. Ich will nicht von einem, der gerade sein ganzes Geld verloren hat, erschossen werden. (Beim Nachbarn meines Kollegen Matt, der in einer soliden Wohngegend wie unserer wohnt, ist neulich am helllichten Tag eingebrochen worden. Matt hat fünf Schüsse gezählt.) Ich rufe vom Bad aus 911 an – man vergleiche mit *9/11*.

„We will send someone."

Ich brauche nur die Adresse anzugeben. Alles bleibt ruhig, eine Ewigkeit lang. Plötzlich tanzt erneut eine Taschenlampe auf unserer Gardine. Keine Panik jetzt. Das ist dann wohl die bestellte Polizei, die sich unseren Garten vornimmt. Die Blätter tanzen als Schatten. Das Licht schwenkt hin und her. Mal etwas näher, mal etwas weiter weg. Ruhig bleiben. Stimmen. Ruhige Stimmen. Eine Stimme, ruhig und beruhigend. Alles in Ordnung. Die Lichter verschwinden. Alles okay.

Ich kann nicht schlafen.

Ein Strahl von einer extrem starken Taschenlampe, von oben direkt durch eine leicht verschobene Lamelle. Verdammt, mein Puls rast. Das muss ein Albtraum sein. Langsam bewege ich mich kriechend um das Bett herum zu Albertas Seite. Um aus der Schusslinie zu kommen. Marco schläft weiter wie ein Murmeltier, ein Glück! Das fehlte noch – ein schreiender Marco und das hier. Mein Gehirn arbeitet. Ist das wieder der Nachbar, der vom Balkon sein erlegtes Reh in den Büschen sucht? Oder sucht er uns? Plötzlich knackende Äste. Ich spüre, wie sich meine Nackenhaare sträuben. Wieder Lichter auf der Leinwand. Knacken im Unterholz. Kommt näher. Will jemand etwas von uns? Macht keinen Sinn. Hier gibt's nichts zu holen – außer Marco und uns. Also ruhig bleiben.

„Sollen wir noch mal die Polizei rufen?"

„Dann haben wir Ruhe."

Ich frage die Polizeizentrale nach den Polizisten, die unseren Garten abgesucht haben. Mit denen kann ich leider nicht sprechen, wird mir mitgeteilt. Die Polizei wird wiederkommen und an der Haustür mit uns reden. Richtig Lust habe ich nicht darauf. Ich komme an der halb offenen Tür vom Arbeitszimmer vorbei und sehe Blinklichter.

Blinklichter?

Ich höre jemanden eine Autotür zuschlagen. Eins der typischen weißen Pickup-Handwerkerfahrzeuge fährt vor unserem Haus ab. Es ist halb vier. Hat der das Reh drin?

Das Telefon klingelt. Ich habe es noch in der Hand. Noch einmal die Dame von der Polizeizentrale: „The people of Duke-Energy are in your area."

„Ahhhh? And the explosion?"

„The transformer exploded – they have been climbing up the power pole to work on the problem."

Joe vs. Sarah, 2. Oktober 2008.
St. Louis, Missouri.
Die Bühne sieht aus wie bei einem Großmeister-Schachturnier. Und der Vollständigkeit halber sei erwähnt: Die Moderatorin ist African-American. *Political Correctness* oder Zufall? Der Eröffnungszug von Palin: „Nice to meet you – may I call you Joe?"

Nach ein paar Eröffnungszügen kommt Biden zur Sache: „Focus on middle Class."

Palin hat definitiv Charisma, geht es mir durch den Kopf. Dann wendet sich Joe Biden an mich: „When you do well, America does well!"

Hmm. Im Gegensatz zu ihren Chefs vor einer Woche überbieten sich die beiden in freundlichem Lächeln zu mir und in gegenseitigen Freundlichkeiten. Die reinste Charmeattacke!

„She can talk, if you let her", geht es mir weiter durch den Kopf. Und er ist ein echter Charmebolzen mit ihr.

„In my own area of expertise, and that's energy ..." (Palin)

Wie übersetzt das die Basis so treffend auf ihren Wahlkampfauftritten? Mit dem Schlachtruf: *Drill, baby, drill!* Gemeint ist natürlich Öl – sie ist ja der Gouverneur von Alaska.

Auffallend ist übrigens, dass das Zuschauerbarometer – zusammengesetzt aus unentschiedenen Bundesstaat-Ohio-Wählern – nur bei stark vereinfachten Statements ausschlägt. Und zwar sowohl nach oben als auch nach unten. Sarah Palin gibt eine sehr gute Vorstellung ab. Locker, unverkrampft. So wie bei ihrem phantastischen Coming-Out am 3. September.

„... energy independence key to America's future ..." (Palin)

Das Barometer zeigt deutlich, dass die Gruppe der Unentschiedenen, die möglicherweise bei der Wahl zum Zünglein an der Waage wird, keinerlei Interesse am Thema alternative Energie hat. Biden lehnt sich jetzt etwas weiter aus dem Fenster und unterstützt *same sex marriage*.

Deutlich wird, dass die Fokusgruppe der Unabhängigen in Ohio die Schnauze voll hat vom Irakkrieg (starker Ausschlag bei dem von Biden vorgeschlagenen Truppenabzug). Biden hält Pakistan und Iran für nukleare Bedrohungen.

„Al Qaida is in Pakistan." (Biden) Und weiter: „We will go for bin Laden."

„Al Qaida is in Iraq." (Palin)

Wortschach. Biden is doing a good job, geht es mir durch den Kopf.

„McCain doesn't even want to sit down with the president of Spain."

Außenpolitisch setzt Biden voll auf *diplomacy*. Biden wiederholt insgesamt fünf Mal: „I haven't heard how McCain's policy will be different."

Strong, denke ich. Biden kommt laut Stimmungsbarometer sehr gut bei den weiblichen Unabhängigen in der Fokusgruppe an, und zwar speziell wenn es um Kriegsthemen geht. Biden hat den Ruf eines Interventionisten. Er war angeblich einer der ersten, der eine Intervention in Bosnien empfohlen hat. Er befürwortet eine Intervention in Darfour. Aber er wollte 2003 nicht in den Irak einmarschieren.

Zum Äußeren der beiden Figuren: Palin – sehr amerikanisch, dicke Farben, große amerikanische Flagge am Revers. Biden – eleganter *elder statesman*. Auffallend, dass Palin irgendwie ständig über Krieg redet. Auf die Frage, was er als Präsident tun würde, wenn Obama etwas zustoßen sollte, kommt von Biden wie aus der Pistole geschossen: *health, energy, tax, jobs, kill bin Laden, engage allies, reject Bush doctrine* – und siehe: Das Stimmungsbarometer schlägt stark nach oben aus. Dann wendet er sich wieder an mich: „This is the most important election you will vote in since 1932."

Abgesehen davon, dass ich selbst weder wahlberechtigt bin,

noch 1932 auf der Welt war: Wie viele der Fernsehzuschauer haben damals bereits gewählt? Riesige Barometerzustimmung beim folgenden Palin-Statement: „Get rid of greed and corruption on Wall Street and in Washington."

Sie ist wirklich archetypisch – d.h. klischeemäßig – amerikanisch. Was für eine Riesenshow!

Biden: „Cheney has probably been the most dangerous vice president we ever had in American history." Nimmt kein Blatt vor den Mund, der Mann. Als er über seinen Sohn spricht, der im Irak stationiert ist, verliert er beinahe die Fassung. Biden ist real. Palin macht – wie üblich – reichlich Gebrauch von der Vokabel maverick. „Change is coming and John McCain will be the leader of this change."

„Champ – when you get knocked down, get up and fight." Bidens offensichtliche Anspielung auf die derzeitige Situation Amerikas.

Es ist vorbei. Ein sehr guter und fairer Schlagabtausch. Die Familien von beiden fluten die Bühne. Wie ein Taubenschlag. Plötzlich sind zwanzig Leute auf der Bühne und alle sind nett zueinander. Ein schönes Bild, und in dieser Form völlig undenkbar auf deutschen Bildschirmen. Mal abgesehen davon, dass nicht viele Politiker in Deutschland fünf Kinder haben.

Zu den unmittelbar folgenden Kommentaren auf CNN: John King, einer der Moderatoren (sieht aus wie Bill Clinton und ist berühmt für seine virtuosen Fertigkeiten auf dem überdimensionierten Wahl-Touchpanel – einer Art mega-iPod): „Conservatives are happy with her in this debate", ist der erste Kommentar von ihm. Das Internet macht's möglich. Kaum ist die Debatte beendet, hat man schon die ersten Kommentare.

„Biden has made the best speech of his life", so der immer anwesende David Gergen.

Ein anderer: „It was a real indicator what's at stake in this election. When you looked at Palin tonight, you saw America.“

Die Fokusgruppe der Unentschiedenen in Ohio entscheidet mit überwältigender Mehrheit, dass Biden die Debatte für sich entschieden hat.

„We got straight talk tonight“, sagt jemand aus dieser Gruppe. Sehe ich auch so. Nur einer von den etwa fünfzig hat sich während der Debatte entschieden, für McCain zu wählen. Die meisten sind überzeugt, dass Obama die Wahl gewinnen wird. Das Ganze war übrigens gesponsert von der *American Clean Coal Initiative.*

Mir ist immer noch nicht klar, was *clean coal* sein soll.

Die Abstimmung unter CNN-Zuschauern ergibt folgendes Bild bei der Frage, wer den besten Job gemacht hat: 51 Prozent nennen Biden, 36 Prozent sind für Palin.

Gergen: „Es scheint auf eine ernsthafte Rezession hinauszulaufen.“ Die Dynamik der wirtschaftlichen Ereignisse marschiert im Gleichschritt mit den Kandidaten. Aber eigentlich sind die Kandidaten schon längst abgehängt worden. Momentan wird die *Low Tax*-Einstellung von McCain immer unattraktiver, während Obamas Politik mit jedem Tag, der schlechte wirtschaftliche Nachrichten bringt – und die Hiobsbotschaften kommen täglich im Dutzend –, mehr Rückenwind bekommt. Amerikaner lieben Statistiken.

Wer hatte eine bessere Verbindung zu den Leuten? 50 % Biden, 44 % Palin.

Wer war mehr ein Politiker? 70 % Biden, 21 % Palin.

Interessant ist in diesem Zusammenhang, dass die Amerikaner mehr und mehr die Schnauze voll haben von „Washington“. Und Biden ist der archetypische *Insider*. Dazu Palin vor einiger Zeit: „Ich war zwölf, als Biden schon Kongressabgeordneter war.“

Noch ein interessanter Kommentar aus der *Panel*-Diskussion: „McCains beste Chance wäre gewesen, gegen den *Bailout*, die Bankenrettung, zu stimmen." Damit wären ihm zwei Dinge gelungen: sich gegenüber seinem politisch toten Vorgänger abzugrenzen und sich populistisch auf die Seite der öffentlichen Mehrheit zu stellen. Außerdem könnte er damit glaubwürdiger seine konservative Position von möglichst niedrigen Steuern und möglichst wenig staatlicher Intervention vertreten. Das ist überhaupt die absurde Komik dieser ganzen Situation. Dass ausgerechnet ein republikanischer Präsident vom rechten Spektrum mit staatlichen Subventionsprogrammen ankommt. Und zwar mit gewaltigen. Das macht Bush nicht freiwillig, das wird ihm von den Sachzwängen und seinen Experten diktiert. Er steckt in einem totalen Dilemma. Wenn nicht schnell gehandelt wird, versichern einhellig Wirtschaftsexperten aus allen Lagern, würde die Wirtschaft völlig kollabieren. Mit weiteren katastrophalen Folgen für die Reputation Bushs und seiner Präsidentschaft sowie anderen schwerwiegenden Folgeerscheinungen. Er muss sich also für das de facto kleinere Übel entscheiden und nimmt dabei in Kauf, dass er das Paradigma seiner ganzen politischen Kaste verrät. Ist das Größe oder einfach nur völliges Ausgeliefertsein an den Zwang der Ereignisse? Wer regiert Amerika im September und Oktober 2008? Hank Paulson und Ben Bernanke? Sie jedenfalls eher als Bush. Ich kann mir vorstellen, er denkt (wie wir alle), er sitzt im falschen Film.

Goldrausch, 3. Oktober 2008.
Stanfield, North Carolina.

Was wenige Amerikaner wissen: Die Gegend um Charlotte war Schauplatz des ersten Goldrauschs auf amerikanischem Boden – abgesehen von den frühen Eskalationen in Südamerika durch die spanischen Eroberer, die den ersten Treibstoff zur Erschließung des gesamten Kontinents lieferten. Er wurde ausgelöst durch den Fund eines Goldklumpens, der acht(!) Kilo reines Gold enthielt, ein zwölfjähriger Junge war der Finder.

Die Geschichte liest sich in den Dokumenten, die in der Goldmine, die heute ein Museum ist, ausliegen, wie folgt:

„Die erste dokumentierte Entdeckung von Gold in den USA ereignete sich 1799 in Cabarrus County, in der Nähe von Charlotte, North Carolina. Das Grundstück gehörte einem früheren hessischen Soldaten und jetzigen Bauern namens John Reed. Die Entdeckung von Gold auf dem Reed'schen Grundstück durch Reeds zwölf Jahre alten Sohn Conrad initiierte eine neue Ära von Industrie und Einwanderung in North Carolina. Von seinem Ursprung bei Reed verbreitete sich der Bergbau schnell durch die südöstlichen Vereinigten Staaten. North Carolinas Goldproduktion blieb unerreicht bis zum kalifornischen Boom in den 1850iger Jahren.

Die Goldgewinnung brachte eine Anzahl von neuen Einflüssen nach North Carolina. Bergbauingenieure aus Zinnminen in Cornwall, von deutschen Universitäten sowie mexikanischen Silberminen gesellten sich zu den Locals auf der Suche nach dem wertvollen Metall. Die erste staatliche Münzprägeanstalt der USA wurde 1837 in Charlotte eröffnet. Das Bankwesen und der Handelsverkehr folgten dem Zufluss von Bergbaufamilien in die Piemont-Region, und Investoren begannen damit, Goldminenaktien zu kaufen. Die Auswirkungen von Reeds Entdeckung halfen, den Grundstein zu legen für die anfängliche ökonomische und strukturelle Entwicklung North Carolinas.“

Die Beschreibung der eigentlichen Entdeckung:

„Vermutlich im Frühling 1799, an einem sonnigen Sonntagvormittag, während seine Eltern in der Kirche waren, nahm ihr Sohn Conrad, damals 12 Jahre alt, zwei seiner Schwestern mit zum Angeln am Little Meadow Creek. Er bemerkte einen glänzenden Gesteinsbrocken im Bach und hob ihn auf. Es war ein schweres steinartiges Objekt, ungefähr von der Größe eines Bügeleisens. Conrad nahm ihn schließlich mit nach Hause und zeigte ihn der Familie. Der Überlieferung nach wurde der ‚Stein‘ von John Reed bei seinem nächsten Besuch in Concord zu einer Einkaufs- und Handelsmission mitgenommen. Wie es weiter heißt, hatte er dort einen Bekannten namens William Atkinson, ein Silberschmied. Der ‚Stein‘ wurde Atkinson gezeigt, aber dieser war verblüfft von seiner gelben Farbe. Daher wurde er zurück zur Farm gebracht, wo er die nächsten zwei oder drei Jahre als Türstopper benutzt wurde. Atkinsons Wissen über Metalle muss limitiert gewesen sein.

Mündlich ist von John Reed überliefert, wie es weiterging. 1802 nahm er das merkwürdige Exemplar mit nach Fayetteville, North Carolina, wo er wiederum einen Silberschmied bat, es zu identifizieren. Dieser sagte ihm sofort, es sei fast pures Gold und schlug vor, dass er ihm erlaubte, es zu testen. Reed ließ das Objekt bei ihm zurück, und als er wiederkam, wurde ihm ein Goldbarren von etwa 7,7 Kilogramm ausgehändigt. Reed, der keine Ahnung von dem Wert von Gold hatte, trat in eine Verhandlung mit dem Silberschmied und verkaufte es ihm für den vereinbarten Preis von $ 3.50. Die Geschichte endet damit, dass Reed zu einem späteren Zeitpunkt zu dem Schmied nach Fayetteville zurückgeht. Nach einer weiteren Diskussion bezahlte ihm der Schmied weitere $ 1200.“

John Reed selbst bleibt bis heute eine geheimnisvolle Figur.

„Es scheint mehr über John Reed und seine Goldmine geschrieben worden zu sein als über jeden anderen Soldat aus Hessen-Kassel, der in Nordamerika geblieben ist. Sein Name erscheint unzählige Male in Magazinen, Bergbaujournalen, Gerichtsprotokollen, Zeitungsankündigungen und Landes- bzw. staatlichen Dokumenten. Die Reed Goldmine in Stanfield, North Carolina ist eine von North Carolinas historisch-touristischen Hauptattraktionen. Trotz all seiner Bekanntheit bleibt der Mann ein Rätsel. Für den Historiker, egal ob Amateur oder Profi, umgibt ihn weiter eine Aura von Geheimnis. Der einzige militärische Eintrag, der im Staatsarchiv in Marburg ans Licht gekommen ist, verzeichnet seinen Namen als Johannes Rieth und seinen Heimatort als Appenfeld, mit einem computerberechneten Geburtsjahr von 1757/58. Appenfeld war damals und ist noch heute ein kleines Dorf, das noch nicht einmal eine eigene Kirche besitzt. Um zur Kirche zu gehen, muss man etwa vier Kilometer zum Nachbarort Hülsa zurücklegen, das sich wiederum im Verwaltungsbereich von Homberg befindet."

Appenfeld liegt zwanzig Kilometer Luftlinie vom Geburtsort meines Vaters entfernt, Gilserberg, in Hessisch-Sibirien, wie man sagt, am Rande des heutigen Nationalparks Kellerwald.

Und Wachovia heißt Wachau, und sie war bis heute die viertgrößte Bank der USA. Hauptsitz in Charlotte, North Carolina. In meinem Tagebucheintrag schreibe ich u.a. lapidar: „Wachovia jetzt doch von Wells Fargo übernommen", sowie: „*bailout* verabschiedet". Die lokale Tageszeitung, der *Charlotte Observer*, hat zum ersten Thema einen Artikel auf der Titelseite. Neben der eigentlichen Headline „2008 Vice Presidential Debate – Biden, Palin – Schlagabtausch über Konjunktur und Irak", steht der Artikel „Wachovia: What Will Remain?" und weiter unten auf der Titelseite: „New York's Citigroup is buying Wachovia's consumer bank investment bank and wealth management unit ...“

Das Absurde daran: Die Druckerschwärze für diesen Artikel war gestern Abend buchstäblich noch nicht trocken, da ist die Nachricht auch schon Geschichte – was gleichzeitig die Problematik von gedruckten Zeitungen in diesen Zeiten illustriert: Sie können leicht von den Ereignissen überholt werden. Und das ist in den letzten Wochen häufig der Fall gewesen.

Wie üblich höre ich während meiner Fahrt zur Arbeit Radio, NPR. Und die behaupten, dass jetzt doch Wells Fargo Wachovia übernimmt. Wie bitte? Zeitungen und Radio, national wie lokal, sind seit ein paar Wochen voll mit der bevorstehenden Übernahme von Wachovia durch Citigroup. Die vergangenen Tage waren ein einziger langer dramatischer *showdown* – mit den Banken von Charlotte als größtem Kreditgeber für US-amerikanische Privatleute (angeblich über zwei Billiarden US-Dollar allein für Bank of America) im Auge des Sturms.

Bei der *New York Times* verfasst heute Eric Dash einen Artikel mit der Überschrift „Wells Fargo Swoops In – While Citigroup Was Still Signing Papers, Wachovia Got A Surprise Suitor“, in dem er die Ereignisse schildert. Dieser Artikel beginnt mit den folgenden Zeilen (veröffentlicht am 4. Oktober auf der ersten Seite des *business*-Teils):

„Der gewagte Schachzug, der die gesamte amerikanische Bankenindustrie neu sortieren könnte, begann mit dem Piepen eines Handys in Charlotte, North Carolina. Es war kurz nach 21 Uhr am Donnerstag [2. Oktober], und Robert K. Steel, der Vorstandsvorsitzende von Wachovia, hörte sich alarmierende Nachrichten an, als er aus dem von New York kommenden Flugzeug stieg: Wells Fargo war dabei, eine Verschwörung anzuzetteln, um seine angeschlagene Bank den Händen von Citigroup zu entreißen. Lediglich vier Tage vorher, unterstützt von staatlichen Regulierungsbehörden, hatte Mr. Steel zugestimmt, Wachovia an

Citigroup zu verkaufen – in einem Notverkauf für 1 Dollar pro Aktie. Wells Fargo hatte sich zurückgezogen, und Richard M. Kowachewich, ihr Vorsitzender, hatte Mr. Steel angerufen, um ihm viel Glück zu wünschen ..."

Man vergleiche das mit Zeilen aus einem Artikel über Charlotte, die vom *Time Magazine* und seinem Autor Michael Grunwald gerade erst letzten Donnerstag (25. September) unter der Überschrift „North Carolina's Financial Center is Riding High" veröffentlicht wurden: „Mit 2 Billionen Dollar in Vermögenswerten, verwaltet von den glänzenden Banktürmen von Tryon Street [in Charlotte], ist die Stadt jetzt das zweitgrößte Finanzzentrum des Landes hinter New York ... Während der Rest des Landes versinkt, schwingt sich Charlotte in die Höhe, mit 28 Konstruktionskränen im Stadtzentrum. Es hat den am wenigsten angeschlagenen großstädtischen Häusermarkt, die wenigsten leerstehenden Büros und den am schnellsten wachsenden Flughafen."

Und etwas weiter: „Am 11. September 2001", so der Bürgermeister mit einem heimlichen Grinsen, evakuierten die lokalen Banken zügig ihre Wolkenkratzer: ‚Jeder in Charlotte dachte, dass wir als Nächste dran sind.' "

Dieses Mal war es dann wohl tatsächlich so weit ...

Aber zum eigentlichen Ereignis des heutigen Tages: Nach dramatischem Hin und Her ist der sogenannte *Bailout*-Plan heute vom Kongress verabschiedet worden, mit 263 zu 171 Stimmen. Und jetzt das Interessante hinter diesen Zahlen: 172 *Democrats* stimmten für den Plan, aber nur 91 *Republicans*. Mit anderen Worten heißt das: Bush kommt mit einer Notmaßnahme zur Wiederbelebung der komatösen amerikanischen Wirtschaft, und seine politischen Gegner bringen seinen Vorschlag durch, während seine eigene Partei – wie schon vor Kurzem im Senat – dem Ganzen immer noch mehrheitlich ablehnend gegenüber steht. Die letzten Wochen im Amt sind für Bush kein Zuckerschlecken. Ein Artikel auf der Frontseite der *New York Times* kommentiert das Ereignis unter dem Titel „Bush unterzeichnet Gesetzentwurf – US-Repräsentantenhaus mit 263 zu 171 Stimmen – Börse im Keller wegen Arbeitsmarktdaten" mit den folgenden Worten:

„Washington. Nachdem das US-Repräsentantenhaus seinen Kurs revidiert und seine finale Zustimmung zum 700 Milliarden-Rettungspaket gegeben hatte, verlieh ihm Präsident Bush schnell mit seiner Unterschrift Gesetzeskraft und autorisierte damit das Finanzministerium zur möglicherweise teuersten Regierungsintervention der Geschichte ..."

Das Ende der Ära Bush ist von geradezu apokalyptischer – unter anderem Blickwinkel grotesk-komischer – Absurdität. Ein Präsident, der sich immer als Verfechter des Neoliberalismus betrachtet hat, muss den Kongress und das Land in bereits gewohnter Manier mit vorgehaltener Waffe geradezu erpressen, etwas zu tun, was sozusagen gegen den genetischen Code Amerikas verstößt: die größte Staatssubvention der Geschichte!

Noch drei weitere Überschriften des heutigen Tages sind aufschlussreich: „Obama und Bombenleger aus den 60igern: Blick in überkreuzte Wege"; „Wirtschaftskrise befeuert Obama in schwierigem Bodenkrieg in Florida"; „159.000 Arbeitsplätze weg im September, der schlechteste Monat in fünf Jahren".

Der Tag der Wahl ist fast genau noch einen Monat entfernt. Das Endspiel beginnt.

Pro Life, 5. Oktober 2008.
Charlotte, North Carolina.

Noch genau ein Monat bis zur Wahl am 4. November. Aber eigentlich stimmt das gar nicht wirklich, denn in Ohio hat das sogenannte *early voting* schon am 30. September begonnen. McCain kündigt an, dass er den Rest des Wahlkampfs darauf fokussieren möchte, Obama runterzumachen – *to tear down Obama.* Das kann ja heiter werden ...

Wie fast jeden Sonntag machen wir uns auf den Weg zur nächstgelegenen katholischen Kirche. Als Italienerin ist Alberta natürlich katholisch. Wir nähern uns dem Eingang. Auf der Einfahrt zum Parkplatz prangt das Riesenschild mit der Aufschrift:

Respect Life – From The Beginning To The Natural End
John Paul II

So weit, so gut. Das Unterbewusste des Protestanten in mir wird allerdings schon leicht skeptisch. Ich bin mittlerweile schon an einiges in dieser Kirche gewöhnt. Nicht nur an die Suche nach einem der mindestens fünfhundert Parkplätze um das Kirchengebäude herum. Wir nähern uns dem Eingang, links und rechts vor dem Eingang eine Reihe von Schildern auf Bodenhöhe, etwa dreißig mal vierzig Zentimeter. *Vote Pro-Life* auf Amerikafahnen-Hintergrund. Ich halte die Klappe. Drinnen wie üblich etwa dreitausend(!) Menschen. Der Priester spricht in seiner Rede den heute beginnenden *Pro-Life Month* an. Na, so ein Zufall! Genau in den entscheidenden vier Wochen eines Wahlkampfs mit einer aggressiven *Pro-Life*-Kandidatin veranstaltet die katholische Kirche ihren *Pro-Life*-Monat. Interessante Koinzidenz. In die Gewissensnöte des durchschnittlichen Kirchenbesuchers übersetzt heißt das: Wählt die republikanische Partei oder ... Na, ihr wisst schon!

Nichts gegen subtile Marketingmethoden – aber das hier ist weder subtil noch Marketing. Das ist nichts anderes als billige

Instrumentalisierung von religiösen Überzeugungen nach Art der Ablassbriefe zu Luthers Zeiten. Ich bin hier mittlerweile einiges gewöhnt, aber das schießt den Vogel ab. In der Ecke neben dem Altar ein Banner, wieder mit dem Spruch Johannes Pauls. Am Ende des Gottesdienstes wird der Banner durch die Kirche getragen. Ein paar Reihen schräg vor mir sitzt ein Typ mit einem *GO SARAH*-T-Shirt. Und weiter hinten im Hintergrund das Banner. Das perfekte Bild. Sarah Palin und Papst Johannes Paul II. im selben Bildausschnitt, nicht zu fassen. Und keiner scheint sich aufzuregen. Schlimmer noch: Niemand scheint etwas zu bemerken. Also entweder haben hier die Leute ein extrem dickes Fell oder sind völlig apolitisch oder völlig bescheuert. Oder sie wählen sowieso alle *Republican*. Ich vermute Letzteres. Der moralische Druck, ausgelöst durch Bilder, Text und Worte, ist geradezu greifbar. Wer hier trotzdem Obama wählt, hat ein dickes Fell! Die Kirche wird übrigens am 4. November das Wahllokal sein. Jedenfalls brauche ich am Ende des Gottesdienstes frische Luft.

Entgegen unserem normalen Verhalten verlassen wir die Kirche durch einen anderen Eingang als wie wir gekommen sind. Alberta ist zu diesem Zeitpunkt noch völlig *relaxed*. Das wird sich gleich ändern. Die Menge quillt wie üblich förmlich aus dem Eingang, und jeder wird vom Priester per Handschlag nett verabschiedet. Es gibt insgesamt vier Ausgänge. Draußen eine Gruppe von Leuten, die mit Flugblättern für *Pro-Life* wirbt und dabei die Kirchenbesucher anspricht. Plötzlich wacht Alberta auf.

„Geht schon mal vor – ich komme nach."

Ich weiß, was los ist. Ich mache mich mit Marco auf den Weg zum Auto und sehe beim Zurückblicken, wie sie begonnen hat, sich mit einer Dame mittleren Alters zu unterhalten. Eine Viertelstunde später kommt sie zum Auto. Unter Starkstrom. Sie ist außer sich.

„Was denken diese Leute eigentlich, wer sie sind!"

Und sie lässt weiter Dampf ab. „Und weißt du, was der Gipfel war? Am Ende meinte die Dame zu mir: ‚I will pray for you.'"

Sie fährt jetzt noch förmlich aus der Haut. „Und weißt du was? Sie behauptete, alles sei in Übereinstimmung mit entsprechenden Anordnungen aus Rom. Unglaublich. Ich werde einer italienischen Zeitung einen Brief schreiben."

Es wird ihr erster Leserbrief. Aber der Tag ist noch nicht zu Ende. Später am Nachmittag mache ich mich auf zum *shopping center* – direkt gegenüber der katholischen Kirche. Die Kirche liegt an einer großen befahrenen Straßenkreuzung, und ich traue meinen Augen kaum: Da stehen etwa zweihundert Leute unterschiedlichen Alters auf beiden Seiten am Straßenrand. Strategisch, sodass beide Straßen versorgt sind. Eine Dame um die sechzig hält ein Schild hoch mit der Aufschrift: „Ich bedauere meine Abtreibung!"

Der Verkehr rauscht vorbei. Ich beobachte keinerlei Reaktion der vorbeifahrenden Autofahrer. Von der anderen Straßenseite kann ich auch den Priester von heute Morgen erkennen, mit verschränkten Armen. Der ist offensichtlich Teil der Aktion. Ich habe zufällig meine Digitalkamera dabei und schieße ein paar Fotos und kleine Videoclips. Gut, dass Alberta nicht dabei ist. Ich könnte für nichts garantieren.

Ihre Enttäuschung über diese Instrumentalisierung zu Wahlzwecken ist riesig. Wenige Tage später schickt sie ihren Brief als Leserbrief an einen italienischen Zeitungsjournalisten. Der Brief wird nicht abgedruckt. Ich sage zu ihr: „Diese Dinge sind einfach zu weit entfernt von der europäischen Realität. Der Journalist kann mit dem Brief wahrscheinlich gar nichts anfangen. Es ist dem europäischen Leserpublikum gar nicht vermittelbar, was sich hier als Normalität abspielt." Sie befürchtet, dass ich recht habe.

Das Interessante hier im sozialen Kontext von Charlotte wiederum ist, dass diese Dinge offensichtlich öffentlich als völlig normal wahrgenommen werden. Als Teil des vielbeschworenen amerikanischen *mainstream*. Wohlgemerkt, das eigentliche Phänomen ist nicht so sehr die Diskussion um *Pro-Life*, sondern die platte Instrumentalisierung von Religiosität zu Wahlzwecken. In Europa ist das in dieser Form heute völlig undenkbar.

Und es beginnt eigentlich schon viel früher. Wir hatten Schwierigkeiten, für unseren Sohn einen vernünftigen nicht-konfessionellen Kindergarten zu finden. Am Ende haben wir schließlich einen Montessori-Kindergarten genommen, überkonfessionell. Marcos Kindergärtnerin ist allerdings – was wir damals noch nicht wussten – im Vorstand der *Pro-Life*-Aktivitäten unserer katholischen Kirche und stand heute Nachmittag natürlich auch am Straßenrand. Eine liebe Frau, sie hat ein Jahr ihrer Studentenzeit in Freiburg im Breisgau verbracht.

The Last Frontier, 8. Oktober 2008.
Braselton, Georgia.

Chateau Elan liegt idyllisch mitten in Weinbergen. Sanft wellen sich die Hügel, gegen die sich der riesige Gebäudekomplex erhaben abhebt. Ein veritables ockerfarbenes französisches Chateau mit einer gewissen Patina. Erst wenn man direkt vor dem Gebäude steht, wird klar, dass es nicht älter als zehn Jahre alt ist. Innen ist alles sehr vornehm und auf Hochglanz getrimmt. Wir befinden uns mitten im Niemandsland des Bundesstaates Georgia, bei einem mehrtägigen Treffen mit Verkaufskollegen. Ausgerechnet heute, es gießt bereits seit einer Stunde, steht Golf auf dem Tagesprogramm. Zum zweiten Mal in meinem Leben werde ich heute Golf spielen: das erste Mal war auf *Stewart Island*, der dritten Insel von Neuseeland, mit dem südlichsten Golfplatz auf dem Planeten. Allerdings nur neun Löcher.

Ich steige als Letzter in den Bus ein. Wir werden zu dem ein paar Kilometer entfernten Golfplatz gekarrt. Weder habe ich eine Golfausrüstung, noch etwas gegen Regen. Mit ein paar von den anderen mache ich mich daher auf in den *store* und werde schnell fündig. Ein Golfhut mit breiter Krempe und mit dicker Aufschrift *Titleist* – einem wie ich finde ziemlich komischen Markennamen. Jetzt werden wir in Zweiergrüppchen auf die weißen Golf-*carts* verteilt, und wer keine eigene Ausrüstung mitgebracht hat, bekommt eine Golftasche mit Schlägerarsenal auf den Karren aufgesattelt. Mein *cart*-Kumpan stellt sich vor als Jim aus Wisconsin. Drei *carts* bilden jeweils ein Team. Insgesamt also sechs Leute. Sechs Teams verteilen sich jetzt auf unterschiedliche Löcher.

Schon am ersten Loch stellt sich heraus, dass Jim und ich die Einzigen sind, die golfmäßig stark unterbelichtet sind. Bei den vier anderen handelt es sich um Routiniers. Was bei US-amerikanischen Geschäftsleuten einfach Standard ist. Als Europäer braucht man allerdings normalerweise keine Entschuldigung, da man in der Regel weiß, dass Golfen in Europa – außer natürlich auf der britischen Insel – eben nicht gerade Volkssport ist. Am Abschlag ist es ziemlich nass, und ich bin froh, dass ich meinen *Titleist* aufhabe. Die ersten zwei Abschlagsversuche bewegen lediglich Rasenstücke. Der dritte sitzt und landet nach etwa fünfzig Metern irgendwo zwischen schönen alten hohen Bäumen. Wir hüpfen in unser Golf-*cart* und fahren zu unseren Bällen. Im Gegensatz zu den anderen brauchen wir allerdings nicht weit zu fahren. Während die anderen Grüppchen bereits weiter vorn sind, beschäftige ich mich weiter mit dem Vertikulieren des Golfplatzes. Nach einigen missglückten Versuchen ist der Ball deutlich näher am Loch. Und Jim stellt sich als unterhaltsamer Zeitgenosse heraus. Wir holen zwei andere Golfwägelchen an Loch zwei wieder ein, und mein schnauzbärtiger Kollege von einem der anderen *carts* hat trotz des heftigen Regens eine dicke Zigarre in der einen und eine Dose Bier in der anderen Hand. Was seinen Golfkünsten allerdings keinerlei Abbruch tut. Mit einem satten *Pock!* fliegt der Ball kerzengerade aus unserer Sichtweite. Ein zweiter Kollege, der seinen Ball ebenfalls mit einem *Pock!* abschickt, gibt mir ein paar Instruktionen in punkto Schlägerhaltung, für die ich ihm dankbar bin. Und tatsächlich fliegt der Ball diesmal schon im zweiten Versuch beträchtlich weiter. Was es diesmal etwas schwieriger macht, den Ball wiederzufinden. Mit Jim fahren wir jetzt im Zickzack über den Golfplatz, immer unseren Bällen hinterher. Die Stimmung im Cart ist prächtig, und das obwohl wir alkoholfrei unterwegs sind. Am vierten Loch guckt uns ein Reiher von seinem Platz am Rande eines Hindernisteichs aus zu. Er lässt sich von uns in seiner Jagd nach Essen nicht im Geringsten stören. Und der Regen strömt weiterhin ununterbrochen vom Himmel. Es regnet jetzt bereits seit über eineinhalb Stunden so heftig.

Am sechsten Loch bin ich trotz überdachtem *cart* bereits bis auf die Haut durchnässt – lediglich *Titleist* hält meinen Kopf beharrlich trocken, was mir wie ein kleines Wunder vorkommt. Wir fahren durch die herrliche Hügellandschaft mit schönen großen Bäumen. Es ist geradezu eine Märchenlandschaft. Vereinzelt stehen grandiose Villen am Rand des Golfplatzes – ausnahmslos von gigantischen Ausmaßen. Plötzlich stellt Jim trocken fest: „These homes are the last frontier in the US!"

Ich verstehe sofort, was er mit dieser plötzlichen Erkenntnis meint – normalerweise wird in den USA Alaska wegen seiner Weite und Unerschlossenheit als *The Last Frontier* bezeichnet. Ich kriege schon nach wenigen Augenblicken vor Lachen fast keine

Luft mehr. Ich höre, wie er fortfährt: „They are so big with so many rooms that their inhabitants can discover something new every day. They might even get lost in them."

Er fängt dabei selbst lauthals wiehernd und mit einem sarkastischen Unterton an zu lachen. Es dauert ein paar Minuten, bis wir uns nach seiner durchschlagenden Erkenntnis wieder einigermaßen beruhigt haben und losfahren können, um die anderen Wägelchen einzuholen.

Mittlerweile verlangsamt sich das Spiel weiter. Wir sind jetzt an Loch zehn, und jetzt hat auch *Titleist* aufgegeben. Jetzt werden erste Diskussionen von den Profis darüber geführt, ob wir die Runde wirklich zu Ende spielen sollen. An Loch zwölf gelingt mir das Kunststück, vor einem schier unbezwingbaren Überhang stehend, den Ball so kunstvoll gegen einen der malerisch in die Gegend drapierten Felsklötze zu hämmern, dass er fast senkrecht nach oben spritzt und nach Beendigung seines Fluges dicht am Loch auf dem Grün landet. Was natürlich mit entsprechendem Gejohle und Gelächter allerseits begrüßt wird. Es kommt mir fast so vor, als würde der Regen immer noch stärker werden, aber das Schöne ist ja, dass nach völliger Durchnässung jede weitere Nässe nichts mehr ausmacht, was ich so durchdringend wohl zuletzt als Gärtner im Zivildienst erlebt habe. Und davor in meiner frühen Kindheit.

Am vierzehnten Loch steht mein Kollege mit der Zigarre im Mund auf dem Grün, etwa zwei Meter vom Loch entfernt. Er schwingt den *putter* etwas nach hinten aus. Der Ball rollt mit recht hoher Geschwindigkeit auf das Loch zu, und plötzlich bleibt der Ball fast stehen – und beginnt, etwa fünfzehn Zentimeter vom Loch entfernt zu schwimmen. Meinem Kollegen reicht es jetzt, und er beschließt für uns alle, dass jetzt die Zeit gekommen ist, uns ins Chateau zurückzuziehen. Was allgemein begrüßt wird.

Kurze Zeit später im Hotel und inzwischen wieder trocken, ist es wieder so weit: *Obama vs. McCain.*

Die zweite Fernsehdebatte. Und es geht gleich wieder in die Vollen bei Obama: „Alternative energy can create jobs the way computers have done."

Er erwähnt zuerst die Solarenergie. Das Publikum sitzt im Gegensatz zur ersten Debatte, bei der die beiden hinter jeweils einem Podium festgenagelt waren, extrem nah an den beiden – und die Kandidaten können herumgehen. Man nennt das auch *Town-Hall.* McCain nennt die Runde – mich vor dem Fernseher eingeschlossen – permanent *my friends.* Das soll wohl kumpelhaft wirken, ich empfinde es allerdings eher als zwanghaft einstudierte Anbiederei. Jetzt bleibt McCain vor einem Zuschauer in der ersten Reihe in Uniform stehen und schüttelt ihm in seiner etwas unbeholfen wirkenden Art die Hand und gibt ihm mit der anderen einen freundlichen Klaps auf die Schulter. John McCain hat nach Ende des Vietnamkrieges vier Jahre in einer Einzelzelle als Gefangener des Vietkong gesessen und währenddessen angeblich mehrfach die Freiheit ausgeschlagen, wenn er im Gegenzug seine Kameraden verraten müsste. Während der Folter wurden unzählige seiner Knochen gebrochen, daher noch heute die Steifheit seiner Armbewegungen. Daraufhin fühlt sich Obama zum Gegenzug genötigt und gibt ein reichlich distanziert-professoral-hölzern wirkendes „first of all, we honor your service" an den Mann in Uniform gerichtet zum Besten. Ich habe am Bildschirm nicht das Gefühl, dass Obama wirklich mit seiner Zuhörerschaft auf einer persönlichen Ebene eine Verbindung eingeht. McCain nennt weiterhin die ganze Bildschirm-Nation *my friends* und bezeichnet Obama mehrfach als *that one.* Ziemlich grotesk, der humpelnde Zinnsoldat und der deplatziert wirkende hölzerne Akademiker auf rotem Boden mit roten Wänden. Ein bisschen klapsmühlenhaft. Irgendwann während der Debatte erwähnt Obama „the extraordinary journey that we call America".

Die Experten direkt nach der Debatte sind sich jedenfalls schnell einig: Es war ein Unentschieden. Auf mich wirkte das Ganze nur künstlich und einstudiert – nach dem Motto: bloß keine Fehler, jeder könnte der letzte sein. Ein seltsamer Kontrast zu dem, was gerade draußen außerhalb der roten Wände im Land los ist.

Einer der Experten fasst das so zusammen: „Today, nine percent of Americans are satisfied where America is going. This is the lowest percentage ever."

The Truth Squad, 17. Oktober 2008.
Charlotte, North Carolina.

„Ja, ich habe heute Morgen mein gesamtes Team entlassen, und ‚Joe, der Klempner' hat übernommen."
Ich stehe mal wieder an der Ampel vor der Auffahrt auf den Highway und höre Radio, als ich McCain diesen Satz sagen höre. Der Mann hat wirklich Humor, ich muss unwillkürlich lachen. Auf der Humorschiene, insbesondere unter der Rubrik Selbstironie, ist McCain der überlegene Kandidat. Aber das ist in den USA nicht unbedingt eine Stärke. McCains Wahlkampfteam nennt sich übrigens *The Truth Squad.* Wenn man mal von subversiven Programmen wie den Simpsons absieht (passenderweise Zeichentrickfiguren – Frage: Wären die Simpsons in den USA erfolgreich, wenn sie keine Zeichentrickfiguren wären?), glänzt der öffentliche Diskurs im Wesentlichen durch das Fehlen von Ironie. Eine mögliche Erklärung ist die grundsätzliche

Humorlosigkeit und der Ernst, mit dem der ausgeprägte Nationalismus oder die eigentümliche Form christlicher evangelikaler Religiosität von weiten Teilen der Bevölkerung gelebt werden. Oder wie mit Symbolen wie der Fahne umgegangen wird. Aber zurück zu Joe. Joe wurde vor einigen Wochen während des Wahlkampfs „geboren". Und „Joe" ist mittlerweile eine Metapher. Eine Metapher auf die Metapher *mainstreet*. Es ist der Mann von der Straße – und eine real existierende Person in Toledo, Ohio. Und darüber hinaus ein Beispiel, wie sich eine Attacke im Wahlkampf plötzlich gegen denjenigen wenden kann, der sie zuerst benutzt hat. Vor ein paar Tagen, am 12. Oktober, fragte Joe auf einer Obama-Wahlkampfveranstaltung, was er denn steuerlich für einen Klempner wie ihn tun würde, mit weniger als zweihunderttausend Dollar Jahreseinkommen. Eigentlich ein klarer Fall für den gewieften Sophisten Obama, aber irgendwie schafft er es nicht, Joe mit seiner Antwort davon zu überzeugen, dass er unter Präsident Obama steuerlich besser dastehen wird als unter Präsident McCain. Jetzt fragt man sich natürlich sofort und zu Recht: „Ja und?"

In den nächsten Tagen mutierte der Klempner Joe allerdings als Werkzeug McCains zum Sprecher der amerikanischen Kleinunternehmer. Und davon gibt es eben verdammt viele. Und das Unglaubliche geschieht: Der McCain-Wahlkampf, der eigentlich seit dem Satz „Die Grundlagen unserer Wirtschaft sind solide" vor ziemlich genau einem Monat im entscheidenden Moment seine Talfahrt angefangen hat, nimmt plötzlich wieder Fahrt auf. McCain hat seinen Sprecher gefunden. Es ist nicht die charismatische, attraktive fundamentalistische Christin Sarah Palin. Es ist ein arbeitsloser kahlgeschorener Glatzkopf Mitte dreißig aus Ohio – Joe Wurzelbacher, genannt *Joe the Plumber*. Zu seinen ganz wichtigen Attributen, neben seinem Klempnerberuf, gehört die Tatsache, dass er aus Ohio kommt.

Ohne einen Sieg im Zentrum des amerikanischen *rust belt* Ohio kein Präsident McCain. So viel haben die Wahlexperten schon errechnet.

A Love Supreme, 19. Oktober 2008.
Fayetteville, North Carolina.
Auf dem Weg zu meinem nächsten Live-Auftritt von Obama komme ich zufällig am kleinen Örtchen Hamlet vorbei – *nomen est omen*, Hamlet heißt ja auch direkt übersetzt „Dörfchen", dem 6.500 Einwohner-Geburtsort des großen afroamerikanischen Saxophonisten und Jazzkomponisten John Coltrane. Das Leitmotiv und Mantra seines Albums „A Love Supreme", wegen seiner ungeheuren musikalischen Dichte mein Lieblingsjazzstück, geht mir jetzt durch den Kopf. „A Love Supreme ... A Love Supreme ... A Love Supreme ... A Love Supreme", mal lauter, mal fast unhörbar skandiert, was die Wirkung nur noch mehr steigert. Ein echter Ohrwurm, oder ist es nicht eher ein Hirnwurm? Wahrhaft große Musik, für mich hat das beim Anhören eine ähnliche Wirkung wie beispielsweise die Solosonaten für Violine von Bach.

Coltranes Anmerkungen auf dem Album beginnen so: „Lobpreis zu Gott, dem aller Lobpreis gebührt. Lasst uns Ihm folgen auf dem rechtschaffenen Weg. Ja, es ist wahr: ‚Suche und du wirst finden.' Nur durch ihn können wir das wunderbarste Vermächtnis erkennen."

Das Album ist laut seinem eigenen Kommentar ein expliziter Dank an Gott, dass er nach einem Erweckungserlebnis 1957 und nachfolgenden Ab- und Ausschweifungen jetzt im Jahr 1964 wieder auf den Pfad des Glaubens zurückgekehrt ist.

Nicht umsonst besteht das Album also aus den vier Teilen:

1. Acknowledgement – Bestätigung
2. Resolution – Vorsatz
3. Pursuance – Ausübung
4. Psalm

Und in San Francisco gibt es sogar die „Saint John Coltrane African Orthodox Church“, deren liturgischer Eckpfeiler eben dieses Album bildet.

Kein Geringerer als Martin Luther King schrieb übrigens ziemlich genau drei Monate vor der Aufnahme von „A Love Supreme“ am 9. Dezember 1964 im Programmheft des allerersten Berliner Jazzfestivals folgende Sätze – er war gerade als Gast von Willy Brandt in Deutschland, auf dem Weg zur Entgegennahme des Friedensnobelpreises in Stockholm: „Gott hat menschlicher Unterdrückung viele Dinge abgerungen. Er hat seine Kreaturen mit der Fähigkeit ausgestattet, zu erschaffen. Und aus dieser Fähigkeit flossen die bewegenden Songs von Leid und Freude, die es uns Menschen erlaubt haben, mit unserer Umgebung und vielen verschiedenen Situationen zu Rande zu kommen. Jazz steht für das Leben. Der Blues erzählt die Geschichte der Herausforderungen des Lebens. Und wenn wir einen Moment nachdenken, erkennen wir, dass er die schwierigsten Realitäten des Lebens hernimmt und in Musik verwandelt, um so zu neuer Hoffnung oder einem Gefühl des Triumphes zu gelangen. Es ist triumphierende Musik.

Der moderne Jazz hat diese Tradition fortgesetzt und singt die Songs einer komplizierteren, urbanen Existenz. Wenn das Leben selbst keinen Halt und Sinn bietet, erschafft der Musiker Halt und Sinn aus den Klängen der Erde, die durch sein Instrument fließen.

Es ist kein Wunder, dass so viel von der Suche nach Identität der Afroamerikaner vertreten wurde durch Jazzmusiker ... Viel der Kraft unserer Freiheitsbewegung in den USA kam von dieser Musik ... Denn in dem partikulären Ringen der Schwarzen in den USA gibt es etwas dem universellen Ringen des modernen Menschen Verwandtes. Alle suchen nach dem Sinn. Alle wollen lieben und geliebt werden. Alle wollen klatschen und glücklich sein. Alle suchen nach Glauben. In der Musik – speziell in dieser breiten Kategorie namens Jazz – gibt es ein Sprungbrett zu alldem."

Es sind dies übrigens die einzigen jemals öffentlich bekannt gewordenen Worte von Martin Luther King über Jazz. In einer öffentlichen Rede in Berlin sagte er dann auch noch Folgendes: „Hier in Berlin kommt man nicht umhin wahrzunehmen, dass Ihr das Zentrum seid, um das sich das Rad der Geschichte dreht. So wie wir das Versuchsfeld sind für das Zusammenleben der Rassen trotz ihrer Unterschiede, so testet Ihr die Möglichkeit der Koexistenz der zwei Ideologien, die jetzt um die Weltherrschaft streiten. Wenn es jemals Menschen gab, die sich permanent ihres Schicksals bewusst sein sollten, dann diejenigen von West- und Ost-Berlin."

Unterwegs fragen mich dann zwei Afroamerikaner, unabhängig voneinander, nach dem Weg zum Crown Coliseum in Fayetteville, wo Obama heute auftritt. Ich weiß, ich bin definitiv nicht zu früh. Ich verpasse natürlich trotzdem die Autobahnauffahrt. Nach ein paar Kilometern halte ich an der nächstbesten Tankstelle und frage einen Schwarzen, den ich kaum verstehen kann, u.a. deshalb, weil er fast keine Zähne mehr hat. Ich gehe zum Kassierer und frage wieder. Die Zeit rennt. Es ist ein kurzer Weg zurück. Wieder über die Autobahnbrücke. Nach zehn Minuten Fahrt hätte ich beinahe wieder die Auffahrt verpasst – diesmal von der anderen Seite. Die Kassiererin an der Tankstelle hatte von einem großen Gebäude rechts von der Autobahn gesprochen. Nicht zu verfehlen. Mal sehen.

Nach einiger Zeit habe ich das dumpfe Gefühl, es schon verpasst zu haben. Sie hatte von ein paar Minuten Fahrt geredet. Der *Highway* wird zu einer normalen Straße. Plötzlich sehe ich vor mir rechts und links überall Autos parken. Hier muss es sein. Ich sehe überall Schwarze, die alle in eine Richtung strömen. Tatsächlich, ich sehe eine runde geschlossene Kuppel – nicht übermäßig groß, aber das muss es sein: Crown Coliseum. Ich parke in einer Seitenstraße am Straßenrand. Kann ich das Teleobjektiv mitnehmen? Ich frage einen Verkehrspolizisten. „It's okay", seine Antwort, und er hält gleich den Verkehr für mich an und winkt mich über die Straße.

Anders als vor einigen Wochen in Charlotte sind hier fast alles Schwarze. Leute mit *Obamaware* überall. Stände mit T-Shirts, Stickern, Kaffeetassen links und rechts am Straßenrand. Die Händler sind ausnahmslos Schwarze. Mit anderen Gruppen gehe ich seitlich am Stadion vorbei. Wo ist hier der Eingang? Es geht um die Ecke, und der Vorplatz vor mir sieht aus wie der Marktplatz in Siena beim jährlichen Palio-Pferderennen. Vollgepackt mit Leuten. Auch hier Weiße in der deutlichen Minderheit. Ich mache mir Sorgen, dass ich gar nicht erst ins Stadion reinkomme. Schließlich habe ich mein Ticket und stelle mich in die Schlange. Ein relativ gut organisierter Haufen. Im Anstehen sind die Amerikaner tatsächlich deutlich disziplinierter als die Deutschen. Einer der Helfer, ein freundlicher Rapper-Typ von enormen Ausmaßen, versucht der Masse einzuheizen: *Obama, Obama, Obama.*

Aber die Kiste fliegt nicht so richtig. Zehn Minuten später fängt derselbe Typ an, die Schlange umzubauen. Und zwar so, dass ich plötzlich nicht mehr am Ende stehe. Das war nicht so richtig intelligent von ihm. Aber die Leute, die eigentlich vor uns waren – und die Rede ist hier von mehreren Hundert – und jetzt hinter uns sind, nehmen es gelassen. In jeder anderen Menschenansammlung, die ich kenne, hätte das zu Recht zu lautstarken Kommentaren der Benachteiligten geführt.

Ein sympathischer älterer Schwarzer fängt an, mich in einen kleinen Smalltalk zu verwickeln. Es stellt sich heraus, dass er gute Freunde in Deutschland hat.

„Irmgard."

„You can tell from the name", erwidere ich und grinse.

Er fährt fort: „I have been to several rallies recently. Some days ago I went to an event with Michelle Obama – thousand fivehundred people."

Ein anderer Schwarzer neben uns steigt in das Gespräch ein: „I have lived in Bremerhaven for four years."

„So you speak German, eh?"

„Nah."

Seine Frau und sein Sohn sind mit von der Partie. Er ist *retired military*. Ein Typ links vor mir, der uns zugehört hat, stellt sich vor. Adam. Eines der ganz wenigen weißen Gesichter um mich herum. Er pendelt zwischen Washington und Pinehurst.

„Oh, Pinehurst? Das ist doch da, wo der berühmte Golfplatz ist, oder?" Ich habe keine Ahnung vom Golfen und wusste nie, wo der Platz wirklich liegt.

„Yeah – my girl friend basically grew up on it. Their parents live right next to the course." Und wenig später: „I studied political sciences for a year in Strasbourg. I was not in the US for the last election."

Im Jahr 2000 hat er bei den Vorwahlen John McCain gewählt. „Das war seine Wahl. Er hätte damals gegen Bush gewinnen sollen. Das hätte verhindert, was passiert ist. Aber jetzt wähle ich Obama. Weißt du, das Problem in den USA ist, dass die Leute lediglich wegen bestimmter Themen wählen gehen: Abtreibung,

Irak, Waffen und solche Sachen. Die Leute sehen einfach nicht das ganze Bild.“

Leider kann ich meine volle Packung Oreo-Kekse nicht mit reinnehmen. Vielleicht Angst vor Terroranschlägen mit Oreo-Keksen?

Einer der Ordner wendet sich mit einem Megaphon an die Menge: „There are only thousand fivehundred people out here. Call your friends to come.“

Nach meiner Schätzung sind es bereits hier unten auf dem Platz eher viertausend.

Hinter dem Metalldetektor geht es entspannter zu. Jetzt ist auch die Sache mit den Keksen sofort klar: Es geht hier nicht um Terror, sondern um Business: Es gibt nämlich drinnen überall *fastfood*-Stände, und die sollen schließlich Umsatz machen.

Es ist bereits halb voll, natürlich sind die besten Plätze schon weg. Ich schätze, dass hier etwa zehntausend Leute reinpassen. Das Podium ist unten auf dem Basketballfeld, wo gerade einige Typen Spontan-Rap anfangen. Natürlich zu entsprechender Musik. Die Stimmung ist bereits so wie vor einem richtig guten Basketballmatch. Neben mir veranstaltet eine überdimensionierte Frau mit ihrem Burger-King-Papptablett eine Riesenschweinerei auf der Treppe.

Die ersten La-Ola-Wellen wandern durchs Stadion, und nach ein bisschen Training bekommen wir dreizehn am Stück hin. Nach und nach füllt sich das Stadion bis auf den letzten Platz. Das Basketballfeld um das Podium herum füllt sich ebenfalls. Mit Honoratioren und anderen Privilegierten. Rechts unter mir in der Ecke des Feldes trudeln die Reporter ein und setzen sich an Tische. Die Kamerateams sind schon in Stellung. Musik dröhnt über die Lautsprecher, die Stimmung ist bestens. Links vor mir unter dem Stadiondach eine riesige Amerikaflagge. Auf der gegenüberliegenden Tribünenseite ein offizielles Transparent mit der Aufschrift: *North Carolina for Change*, genau hinter und zwischen den Leuten, die hinter dem Rednerpult von den Filmkameras erfasst werden. Auf der linken Seite, da wo sonst die Basketballfans ihre Banner aufspannen, prangt jetzt in riesigen Lettern *Hope* und *Change*. Barack, der Basketballer, hat hier heute definitiv ein großes Heimspiel.

Endlich beginnt das Programm. Zehntausend Zuschauer minus einer erheben sich. *Pledge to the Flag* und danach die Nationalhymne. Ich fühle mich jetzt schon etwas einsam. Merkwürdiges Gefühl. Als Nächstes Gospelchor. Vier Leute, zwei Frauen und zwei Männer, versammeln sich um das Mikrophon. Ich bin ein großer Freund von Gospelmusik. Die Solosängerin singt fürchterlich schief. Jetzt bin ich nicht mehr allein. Wir lassen es über uns ergehen. Dann ein uralter schwarzer Pfarrer, ein verschrunzeltes charismatisches Männlein. Betet für Obama, für seinen Sieg. Das dauert etwa drei Minuten. Es kommt die erste weiße Person auf die Bühne, Irakkrieg-Veteranin. Sie erklärt den Zuschauern, von denen die meisten im Stadion direkt oder zumindest indirekt mit der Armee zu tun haben, warum sie alle Obama wählen müssen. Fayetteville ist die Stadt mit der größten Militärbasis in North Carolina. Ob es da einen Zusammenhang gibt zwischen so vielen schwarzen Zuschauern und dieser Tatsache? Als vorläufiger Höhepunkt eine Lokalpolitikerin. Sie macht ein bisschen Blabla, und endlich kommt Basketball-Superstar Barack Obama aus einem Eingang unter der Tribüne auf die Bühne gehüpft. Es ist das erste Mal, dass ich ihn wirklich richtig *live* sehe. Er umarmt die Politikerin unter tosendem Jubel. Das Stadion ist aus dem Häuschen. Nur langsam kann er uns beruhigen. Danach kommt er direkt zur Sache: Seit heute werde er vom schwarzen Ex-US-Verteidigungsminister Colin Powell unterstützt.

Das ist das Wahlkampfäquivalent einer Atombombe, denn es

handelt sich bei ihm um einen *Rebublican* und gleichzeitig wohl um das angesehenste Mitglied der Regierung Bush. Die Ankündigung wird mit entsprechend tosendem Jubel begrüßt.

Eine Frau hinter mir strukturiert Obamas Rede – immer wenn er einen Gedanken abschließt – abwechselnd mit gutturalem *Yeah!* und *Right!*

Er redet im Wesentlichen über dieselben Dinge, die ich von ihm schon oft im Fernsehen gehört habe. Sehr professionell, beinahe glatt.

Am Ende löst sich die Menge in Windeseile auf. Ich gehe die steile Treppe hinunter. Unten angekommen, gehe ich zuerst nach rechts, dann drehe ich um und gehe nach links. Ich versuche, auf das Basketballfeld zu gelangen. Geht nicht. Ich werde von einem Aufpasser gestoppt. Die Halle ist jetzt bereits fast leer. Ich mache noch einige Bilder – das *Hope*-Banner zusammen mit dem Sternenbanner.

„Can I do an interview with you? What did you think about this *rally*?"

Eine junge Reporterin steht plötzlich vor mir. Kein Entkommen. Ich befinde mich zwischen den Stuhlreihen. „Are you a reporter?", fährt sie fort in offensichtlicher Anspielung auf die Tatsache, dass ich hier immer noch herumstehe, mit einer Leica um den Hals.

„What did you think about his *rally*? I am with ABC."

Sie denkt offensichtlich wirklich, ich sei ein Pressefotograf.

„Oh yeah – sure", antworte ich etwas verlegen.

„Which news source are you working with?"

Jetzt muss ich offensichtlich doch etwas klarstellen.

„Ich bin eigentlich nur so für mich hier. Ich bin kein Reporter." Macht nichts. Wir machen trotzdem ein Interview. „Nun, Sie müssen wissen, ich bin aus Europa."

„Oh – dann können wir es nicht machen."

„Ich kann Ihnen trotzdem sagen, was ich über diese ganze Sache denke. Und was übrigens die meisten anderen Europäer auch denken: ‚Just get this done!' Ich meine, ihr Amerikaner habt es doch schon 2004 vergurkt. Da hattet ihr die Chance."

Sie lacht zustimmend. „Da stimme ich Ihnen total zu."

„Und es kommt nur auf euch Presseleute an, sicherzustellen, dass es dieses Mal nicht wieder passiert."

„Wir werden es sicherstellen."

So weit mein ABC-Interview. Amerikaner wollen halt von uns schlauen Europäern einfach nicht belehrt werden. Die Halle ist allmählich komplett leer. Ich steige die Stufen des Stadions hoch, und freundliche Wärter geben mir zu verstehen, dass es jetzt langsam Zeit ist, zu verschwinden.

Als ich durch die Metalldetektoren wieder zurück auf den Vorplatz komme, ist er fast leer. Ganz schöner Kontrast zu den einigen Tausend vor etwa zwei Stunden. Eine kleine Gruppe von Leuten klumpt auf der rechten Seite des Eingangs, wo sie denken, dass Obama demnächst das Gebäude verlassen und ein Auto besteigen wird – mit Highway-Zugang direkt vom Stadion. Logistisch perfekt. Sonst wohl für die Basketballer reserviert. Ich hänge hier noch etwas herum und mache ein paar Fotos von den Leuten. Dann mache ich mich auf den Rückweg zum Auto.

Auf dem Weg kaufe ich dem ersten Straßenverkäufer ein paar Obama-*Sticker* ab. Auf der Straße stauen sich die Autos, Volksfeststimmung. Alle sind bester Laune. Ich gucke mir die T-Shirts an den verschiedenen Ständen an. Meine Favoriten *Time for a Change* als *Time-Magazin*-Titel und eine Fotomontage von Martin Luther King und Barack Obama – händeschüttelnd.

Tim's Network, 22. Oktober 2008.
Boston, Massachusetts.
Wieder mal bin ich auf *BarackObama.com* und entdecke zwischen den ganzen *events* zum Thema einen Eintrag *GetOnTheBus.* Für ganze 350 Dollar vier Tage Washington, vom 17.-21. Januar 2009. Im Bus 700 Kilometer von Charlotte nach Washington und zurück. Sozusagen Obama-Butterfahrt mit allem Drum und Dran. *Martin-Luther-King-Day*-Feierlichkeiten und am Tag drauf die *inauguration.* Die offizielle Amtseinführung des Präsidenten. Und für den Fall, dass Obama nicht gewinnt, gibt's sogar Geld zurück. Ich bin ganz aufgeregt. Muss das natürlich noch mit Alberta klären, es ist ziemlich ausgeschlossen, dass wir alle fahren.

Was man hier so alles auf dieser Website findet ... Seit einigen Tagen, genauer gesagt seit dem 27. September, bekomme ich auch regelmäßig persönlich adressierte E-Mails von Barack. Die letzte, von vorgestern, war die folgende:

„Gero –

momentan haben wir eine letzte Chance, unsere Feldoperation zu stärken und unsere Reichweite noch weiter auszudehnen. Diesen Freitag treffen wir die allerletzten, harten Entscheidungen über unsere Ressourcenzuteilung. Und alles kommt darauf an, wo wir Donnerstagmitternacht finanziell stehen. Wir müssen Entscheidungen darüber treffen, wie wir unsere Anstrengungen in entscheidenden *battleground*-Bundesstaaten verstärken sowie Möglichkeiten zur Expansion identifizieren.

Du kannst entscheiden, wo wir kämpfen und wie stark unser Team sein wird. Bitte spende 5 Dollar oder mehr vor dem Ablauf der Frist.

Ich weiß, es war ein langer Wahlkampf. Und ich weiß, Dir ist viel abverlangt worden. Ich habe Dich schon verstanden.

Aber gerade jetzt frage ich Dich, was für unser Land auf dem Spiel steht. Nach 20 Monaten Kampf, um die Veränderungen einzuleiten, die wir brauchen, können wir jetzt nicht nachlassen. Wir müssen tief graben, weil das, was wir tun – oder eben nicht tun – von heute bis zur Wahl, den ganzen Unterschied ausmachen wird.

Bitte spende 5 Dollar oder mehr vor dem Ablauf der Frist, um die finale Landkarte der *battleground*-Staaten auszuweiten und unsere Feldoperation zu stärken:

https://donate.barackobama.com/finaldeadline

Ich möchte in allen Ecken des Landes um Stimmen kämpfen. Aber realistisch betrachtet müssen wir uns fokussieren und unsere Anstrengungen für den finalen Vorstoß verdoppeln.

Danke für Deine Hilfe, sicherzustellen, dass dieser Wahlkampf die Mittel hat, in so vielen Bundesstaaten wie möglich anzutreten.

Barack"

Barack, der Feldherr, der seinen Bodentruppen zu einem letzten Kraftakt im finalen Gefecht aufruft.

Vor ein paar Tagen war ich bei Barnes & Noble und bin auf den *MIT Technology Review* gestoßen. Angezogen von einem großen Foto von Obama auf der Titelseite, was momentan ja nichts Ungewöhnliches ist. Trotzdem muss man immer hingucken. Aber da ich das Magazin noch von meiner MIT-Zeit kenne – die Studenten am MIT bekommen sie immer gratis zugeschickt, die Artikel sind manchmal etwas reißerisch, aber oft gut gemacht – und der Titel vielsagend ist: „How Obama Really Did It", greife ich zu. Eigentlich müsste es ja heißen „How Obama Is Really Doing It", aber das Heft ist nach eigenem Anspruch seiner Zeit immer einen Schritt voraus. Geschrieben vom Chefredakteur höchstpersönlich und mit dem vielsagenden Untertitel „Die Social-Networking-Strategie, die einen unbekannten Senator bis an die Türen des Weißen Hauses brachte".

Später lese ich: „Hillary Clintons Lager hatte etwa 20.000 freiwillige Helfer in Texas. Aber 104.000 Texaner waren Obamas Social-Networking-Site, www.my.barackobama.com, auch bekannt unter MyBO, beigetreten ... (Im Februar 2008) erzielte der frischgebackene Senator aus Illinois einen Rekord in der amerikanischen Politik, indem er 55 Millionen US-Dollar an Spenden kassierte ... Das Obama-Wahlkampfbüro konnte den unter MyBO registrierten Texanern mit minimalem Aufwand Marschbefehle erteilen. Die MyBO-Datenbanken konnten die Listen von Freiwilligen nach geographischen Mikroregionen analysieren und Leuten passende Aufgaben zuordnen ...“

Die echten Experten wissen also schon länger, welcher Film hier gerade läuft. Der Autor kommt zum entscheidenden Punkt: „Natürlich, viele der Kandidaten hatten 2008 Websites, ‚Klick-to-Donate‘-Werkzeuge sowie Social-Networking-Funktionen – sogar John McCain, der persönlich keine E-Mail benutzt. Aber das Obama-Team machte derartige Technologien zum Kern ihres Wahlkampfs – unter anderem indem es den 24-jährigen Chris Hughes einstellte, einen Mitbegründer von Facebook, um diese zu entwickeln. Und das Team setzte diese Werkzeuge sehr gut ein. Unterstützer hatten beträchtlichen Verfügungsfreiraum, die Website zu benutzen, um selbst damit zu organisieren. Das Wahlkampfteam betrieb kein Mikromanagment, sondern hielt eine Balance zwischen Top-Down-Kontrolle und Anarchie. Kurz gesagt, Obama, der frühere Chicago Community Organizer, hat die ultimative Online-Politikmaschine kreiert.“

Es ist eben eine Sache, Werkzeuge zu verwenden, und eine völlig andere, sie strategisch einzusetzen. Und das Schwierigste besteht darin, das Ganze auch wirklich zielführend in die Tat umzusetzen. Für mich nicht überraschend, befindet sich das Nervenzentrum der Aktion in Boston, sozusagen in Gehweite von MIT und Harvard.

Der Autor weiter: „Eine Reihe von eleganten, renovierten Industriegebäuden aus dem 19. Jahrhundert säumen Bostons Congress Street. An jedem beliebigen Tag tippen 15 bis 20 lässig gekleidete Programmierer auf Computern vor sich hin ... Hier ist das Nervenzentrum von Blue State Digital, und damit gleichzeitig auch das seiner zwei größten Kunden, dem Barack Obama Wahlkampf- und Democratic National Committee. Die Server der Website summen in einer Bostoner Vorstadt vor sich hin und werden in der Umgebung von Chicago ‚gebackupt'."

Der letzte Satz ist schon fast eine Metapher auf das politische Geschehen in Amerika in diesen letzten Wochen und Monaten. Sozusagen der Titel des Spektakels (zumindest des politischen Teils): Harvard & MIT-Nerds versuchen die Macht von den Ölbaronen & religiösen Eiferern aus den Südstaaten (sprich Bush and *The Gang*) zurückzuerobern. Und richtig, eine Zeile weiter wird der Autor des Artikels von einem gewissen Jasche Franklin-Hodge, 29, begrüßt:

„... mit einem freundlichen Händedruck und breitem Grinsen. Er hat eine tiefe Stimme und ein herzliches Lachen, und sein Gesicht ist umrahmt von einem schmalen Bart. Franklin-Hodge brach sein MIT-Studium als ‚freshman' nach dem ersten Jahr ab und verbrachte ein paar Jahre in Musik-Start-ups, bevor er die Internet-Infrastruktur für den Howard Dean Wahlkampf 2004 leitete, der bis dahin unerreichte 27 Millionen US-Dollars in Online-Spenden einbrachte. Er sagt: ‚Als der Wahlkampf endete, dachten wir, Howard Dean war nicht berufen, Präsident zu werden, aber was wir online machen – das ist zu bedeutend, um es einfach verschwinden zu lassen.' Er und drei andere gründeten *Blue State Digital*, wo er als Chief Technology Officer fungiert. (Ein andere Mitbegründer, Joe Rospars, ist gerade beurlaubt und fungiert als New-Media-Direktor in Obamas Wahlkampfteam.)"

Sozusagen der alte Computer-Klassiker mit den zwei Jungs

in der Garage ... Angefangen mit Steve Wozniak und Steve Jobs (– weiß noch jemand, wer Wozniak ist? Jedenfalls hat Steve Jobs nicht den Apple Computer erfunden ...). Offensichtlich hat man die Zeit seit 2004 gut genutzt und an den Werkzeugen gefeilt. Nebenbei sind auch noch einige neue dazu gekommen. Mark Zuckerberg hat 2004 Facebook von seiner Studentenbude in Harvard aus mit 1500 Adressen gegründet – und seitdem selbst ordentlich angehäuft. Timing ist eben auch wichtig.

„Die MyBO-Werkzeuge sind im Wesentlichen erneuerte und verstärkte Versionen, wie sie für den Dean-Wahlkampf entwickelt wurden. ‚Deans Website ermöglichte es Unterstützern, Geld zu spenden, Treffen zu organisieren und Medien zu verteilen', sagt Zephyr Teachout, Deans Internet-Direktor und heute Jura-Gastprofessor an der Duke Universität. ‚Wir haben (damals) sämtliche Werkzeuge entwickelt, die der Obama-Wahlkampf benutzt: SMS, telefonische Werkzeuge, Web-Leistungsfähigkeit. ... *(Blue State Digital)* hat viel gute Arbeit gemacht, aus diesem groben Set von unzusammenhängenden Applikationen eine komplette Suite anzufertigen.'" Es besteht eben ein großer Unterschied zwischen einzelnen Werkzeugen und einem voll integrierten Ansatz, in dem die einzelnen Elemente Teile eines größeren Ganzen werden.

Und damit kommt der Artikel zum wichtigsten Punkt: „MyBO und die Wahlkampfwebsite machten es einfach, Geld zu spenden – der Treibstoff für jeden Wahlkampf, weil man damit Werbung und Mitarbeiter bezahlen kann. Besucher konnten Kreditkarten benutzen, um einmalige Spenden zu machen oder für monatliche Beiträge."

Schon verrückt, dass mitten in der größten Kreditkrise aller Zeiten Kandidat Obama Hunderte von Millionen über Kreditkarten im Internet einsammelt. Ein weiterer wichtiger Aspekt: „MyBO machte Geldspenden auch zu einem sozialen Event:

Unterstützer konnten sich persönliche Ziele setzen, ihr eigenes Fundraising organisieren und dann ihren persönlichen Spendensammlungs-Thermometern beim Steigen zusehen."

Auch hier wird noch einmal deutlich, wie genial die zur Verfügung stehenden Werkzeuge von *Blue State Digital* in den US-amerikanischen Kontext eingebettet wurden. Am deutlichsten wird hier das basisdemokratische Element des Wahlkampfs. Neudeutsch könnte man das ein *personal empowerment* des einzelnen Wählers nennen.

Doch die Strategie hat auch einen totalitären Aspekt: „Um die Leute zunächst mal zur Website zu bringen, versuchte der Wahlkampf, Obama auf möglichst vielen New-Media-Plattformen omnipräsent werden zu lassen."

Das stimmt, weder in den klassischen noch in den neuen Medien gab es in den letzten Monaten ein Entrinnen. Der Unterschied zwischen den beiden Formen ist, dass die neuen Medien grundsätzlich interaktiv gestaltet sind, d.h. entweder dazu auffordern, die Kreditkarte zu zücken, oder anderweitig aktiv zu werden. Insofern ein genialer Ansatz, der zum ersten Mal in der Geschichte der Vereinigten Staaten erlaubt, die unglaublichen geographischen Entfernungen zu überbrücken und *Small-Town*-Amerika und *Suburbia* mit Nervenzentren wie Boston und Harvard zu vernetzen. Insofern hat die Firma *Blue State Digital* unter der Führung der Obama-Truppe das alte politische Problem der totalen Kontrolle über das Wahlvolk – ohne Gewaltanwendung oder Betrug – erreicht. Und das gegenüber mehr als 300 Millionen Einwohnern. Insofern könnte man auch behaupten, dass das Ganze eigentlich nicht in erster Linie ein Wahlkampf ist, sondern die größte sozial-mediale Operation, die die Welt je gesehen hat. Unterm Strich hatte Obama im Juli 2008 200 Millionen Dollar von einer Million Online-Spendern erhalten. In Iowa waren es die „House Partys", mit dem Ziel eines hoch engagierten lokalen Netzwerks, in South Carolina war es eher ein massiver „Bringt-die Leute-zum-Wählen"-Einsatz, der dem Wahlkampf seinen Schub gab.

Das Ganze ist also eine mit dem Chirurgenskalpell durchgeführte Operation, ganz auf die Bedürfnisse der jeweiligen Patienten zugeschnitten. Der entscheidende Punkt ist, dass es den Dirigenten gelungen ist, Online-Aktivität mit konkreten Aktionen, die die Leute in der realen Welt ausführen können, zu verbinden.

Wie die Weltgeschichte wohl verlaufen wäre, wenn die Bolschewiken diese Werkzeuge vor hundert Jahren mit ähnlicher Präzision zur Verfügung gehabt hätten? Ich glaube, die Welt würde heute mit anderen Problemen als der Kreditkrise zu tun haben.

Im Rückblick scheint also alles ganz einfach. Gute Strategie, die richtigen Werkzeuge, perfekte Implementierung. Obama und seine Boston-MIT-Nerds haben der Welt gezeigt, dass die Annahme, das Scheitern von Howard Dean sei eine Aussage darüber, dass „das mit dem Internet" nicht funktioniere, offensichtlich völlig falsch war. Was Innovationen betrifft, kann, was gestern falsch war, heute goldrichtig sein ...

Und das war vielleicht auch der entscheidende Unterschied zu Obamas Gegnerin Hillary Clinton.

In den Worten von Joe Trippi, Howard Deans Presidential Campaign Manager und Internet Impresario 2004: „Du kannst die schlauesten bottom-up-Computerfreaks in deinem Team haben: wenn der Kandidat eine top-down-Wahlkampf machen will, kannst du nichts machen. Das ist in etwa das, was mit dem Hillary Clinton Wahlkampf passiert ist."

Die historische Singularität ist eben das Zusammentreffen des professionellen *community organizer* Obama mit den Werkzeugen – just in dem Augenblick, als der totale wirtschaftliche Systemkollaps eintritt. Denn das ist, was Obama von der Pike auf gelernt hat in Chicago: In schwarzen Unterklassenvierteln die Leute zum Gebrauch ihres Bürgerrechts zu animieren – also wählen zu gehen. Die ihm zur Verfügung stehenden medialen Werkzeuge erlauben ihm, dieses Wissen zu skalieren. Und auf diese Weise das bis dahin Unmögliche in den Bereich des Möglichen zu bringen: einen schwarzen US-Präsidenten. Obamas Gegner hatten diesen fundamentalen Wandel nicht begriffen. David All, ein republikanischer Berater für Neue Medien, formulierte das so: „Sie haben eine ganze Generation von Leuten unter 25, die keine E-Mails mehr benutzen, noch nicht mal Facebook. Die Mehrheit benutzt SMS. Ich bekomme Obamas SMS, und jede einzelne ist exakt, was sie sein sollte. Sie ist nie unnütz, immer lesenswert, und sie enthält eine Maßnahme, die ich ergreifen soll."

Man könnte auch sagen: Obama verändert die Welt durch virale SMS. Was wird das nächste Ziel sein von MyBO, fragt der Autor in seinem Artikel? „Der offensichtliche nächste Schritt für MyBO ist, als ‚Geht-zur-Wahl'-Maschine zu fungieren. Alle Wahlkämpfe analysieren öffentliche Datenquellen, wer als Wähler registriert ist und ob sie bei vergangenen Wahlen gewählt haben. Der Obama-Wahlkampf wird darüber hinaus in der Lage sein, diese Daten mit den MyBO-Daten zusammenzuführen. Alle Aktivitäten der MyBO-Mitglieder werden aufgezeichnet sein: jede Hausparty, an der sie teilgenommen haben, jeder Online-Kontakt, das Datum und der Betrag jeder Spende. Die verlässlichen Wähler, die sich auf MyBo registriert haben, werden wahrscheinlich in Ruhe gelassen. Die aktivsten jedoch werden eingesetzt werden, um die unzuverlässigen Wähler – egal ob MyBO-Mitglieder oder nicht – zu den Wahlurnen zu bringen."

Aber das ist noch nicht alles: „Sollte Obama gewählt werden, könnte sein Internet-orientierter Wahlkampf in seine Präsidentschaft übertragen werden. Er könnte seine Anhänger ermuntern, Kongressmitglieder mit Anrufen und E-Mails zu überschütten.

Aber egal, ob ein Präsident Obama MyBO in den Westflügel des Weißen Hauses mitnimmt oder nicht, es steht fest, dass das Phänomen als solches für immer den politischen Wahlkampf transformieren wird."

Trippi ist begeistert: „Wir kratzen lediglich an der Oberfläche ... Wir sind alle aufgeregt, weil er eine Million Leute dazu gebracht hat, sich zu registrieren – aber es gibt 300 Millionen Menschen in diesem Land. Wir stecken immer noch in den Kinderschuhen, wenn es darum geht, was Social-Networking-Technologien alles erreichen werden, nicht nur in unserer Politik, sondern überall."

Professor Lessig warnt aber auch: „Was das Obama-Lager noch nicht ganz kapiert hat, ist, wie viel ihrer enormen Unterstützung herrührt von der Wahrnehmung, dass hier mal ein anderer daherkommt. Wenn sie sich dann am Ende verhalten wie alle anderen, wie stark wird das die Leidenschaft seiner Unterstützer eindämmen?"

Eine berechtigte Frage. Der Autor David Talbot fährt weiter fort: „Aber jetzt ist erst mal Party-Time. Ende Juni, nachdem Clinton ihren Wahlkampf aufgegeben hatte, rief MyBO die Gläubigen dazu auf, sog. ‚House-Partys' unter dem Slogan ‚Unite for Change' zu organisieren. Mehr als 4.000 dieser Partys wurden landesweit am 28. Juni abgehalten."

Eine dieser Partys, die David Talbot aufsucht, findet in Somerville, Massachusetts statt. Der Vorort von Boston, in dem ich 2003/04 in einer zugigen Baracke mit Alberta gehaust habe. Sein Abend endet in „einer brechend vollen Postgraduiertenparty in einer Etagenwohnung in Somerville. Gastgeberin Rebecca Herst, eine 23-jährige Programmassistentin für die jüdische Initiative, sagte uns, dass MyBO, anders als Facebook, ihr erlaubte, ihr gesamtes *gmail*-Adressbuch hochzuladen und damit ihr eigenes Netzwerk in das von Obama zu transplantieren."

Interessantes Experiment. „,Es wird interessant sein, was sich nach dieser Party entwickeln wird, jetzt wo ich mit all diesen Leuten vernetzt bin', rief sie über den anwachsenden Lärm hinweg. Zwei junge Männer mit Bierfahne, unterwegs zum Ausgang, steckten ihr zwei Schecks über zwanzig Dollar zu."

2002 hätte ich einer dieser beiden jungen Männer sein können. Damals, in grauer Vorzeit, als ich in der Kirche in Cambridge, in Gehweite von Somerville, Tim Berners-Lee zugehört habe. Er erzählte von seiner Entwicklung des Internets in den späten Achtzigern am CERN in Genf.

In der kleinen Kirche hatten sich damals vielleicht hundert Leute eingefunden. Die Szene, an die ich mich am besten erinnern kann, war allerdings nicht Berners-Lees Vortrag selbst, sondern ein Moment danach: Als ein etwas älterer Herr aufstand und – anstatt wie seine Vorgänger eine Frage an Herrn Berners-Lee zu richten – ihm dafür dankte, wie er seine derzeitige Lebensgefährtin in den Neunzigerjahren über das Internet gefunden hatte. Seine Lebensgefährtin saß neben ihm unter den Zuschauern.

Als ich damals Tim Berners-Lee, der im Übrigen im Gegensatz zu den meisten anderen medialen Weltveränderern aus seiner Idee niemals Kapital schlagen wollte, zuhörte, hatte der zukünftige Harvard-Student Mark Zuckerberg noch nicht einmal seine Studentenbude in Cambridge bezogen, um seine Urversion von Facebook mit Uni-Kommilitonen zu bestücken.

WalMart & Hugo Chavez, 25. Oktober 2008.
Charlotte, North Carolina.

Ich kaufe bei WalMart für Marcos Geburtstagsfeier ein. Bevor ich nach einem Kostüm für Helloween suche, noch schnell ein paar Unterhemden von Fruit of the Loom. Ich komme an einem T-Shirt-Ständer mit Jesus-T-Shirts vorbei. Das muss ich festhalten. Während ich um die Box mit dem Slogan *live better and save®* herumgehe und die Motive fotografiere, werde ich von einem freundlichen Herrn mittleren Alters in Jeans und Jeans-Hemd angesprochen.

„Was machen Sie denn da?"

„Ich fotografiere die T-Shirts, die Jesus-T-Shirts hier."

„Ach, wie schön. Und warum?

„Weil es interessant ist. Ich bin aus Deutschland, und so etwas gibt's da nicht."

„Wie meinen Sie das?"

„Glaube ist dort viel privater."

„Ah."

Nach einigem Hin und Her über seine Scheidung, sein religiöses Erweckungserlebnis, über die Information, dass er jetzt Prediger ist, kommt er auf das Unvermeidliche:

„Also, was halten Sie von dieser Wahl?"

„Na ja, ich glaube, vieles ist schiefgelaufen nach 9/11. Ich meine, von einer europäischen Warte aus betrachtet hat George Bush einen ziemlichen Schlamassel fabriziert. Die Verlagerung der echten Bedrohung durch bin Laden hin auf den Irak ..."

Ich merke ihm an, dass er sich mit meiner Antwort nicht ganz wohl fühlt.

„Hm – ja. Aber er hat auch etwas Gutes gemacht, die Homeland Security."

„Ja, da war er erfolgreich."

„Was wäre passiert, wenn 9/11 in Deutschland passiert wäre?"

„Es hätte wohl erst mal eine längere Diskussion gegeben. Und nach zwei Jahren hätte man vielleicht eine Entscheidung getroffen. Nicht wie hier, wo Bernanke und Paulson einen Vorschlag für einen Finanzrettungsplan in einer Woche ausarbeiten und die Entscheidung darüber zwei Wochen später getroffen wird. Also, ich wünschte, es ginge manchmal nicht ganz so schnell hier in den USA."

Pause. Wieder er: „Ich würde nie Obama wählen. Er ist ein Linker."

Pause. „Ich bin für Freiheit, das Recht, eine Waffe zu tragen."

Pause. Ich: „Darf ich ein Foto von Ihnen machen?"

„Äh, ja. Wollen Sie das verkaufen?"

Wir lachen beide. „Ich mache das Bild nur für meine Freunde in Deutschland."

Er posiert für die beiden Bilder mit ernster Miene.

Frauenstimme von hinten: „Äh – sprechen Sie deutsch?"

Ich drehe mich um. Eine zierliche Frau mit ihrem kleinen Kind.

„Ah – yes. I am German."

„My husband is, too. It's so rare to meet a german at WalMart."

„Ah – yeah."

Mein neuer Freund unterbricht – ich wende mich wieder ihm zu. „Sehen Sie – nicht alle sind erlöst. Auch viele Leute, die in die Kirche gehen, nicht."

Pause.

„Hey, I really need to go home to my family. It's my son's birthday party."

„Yeah – I guess you need to go, then. God bless you!"

Zwei Stunden später auf der Geburtstagsfeier unseres Sohnes, die einzigen Gäste sind unsere venezuelanische Nachbarin mit ihrem Mann, der aus Atlanta stammt, fragt sie mich über die Häppchen hinweg: „Also, was denkst du über Hugo Chavez?"

Hmmm. „Vor Kurzem traf ich einen hispano-amerikanischen Kollegen von mir“, beginne ich, „ironischerweise mit einem urdeutschen Vor- und Nachnamen, der für meine Firma in Mexiko tätig ist. Jetzt erzählte er mir, dass er eigentlich aus Venezuela kommt. Er arbeitete dort in der Ölindustrie, bevor Chavez an die Macht kam, und verdiente viermal so viel wie danach, als er bei meiner jetzigen, global tätigen deutschen Firma anfing. Du kannst dir also seine Gefühle über ihn vorstellen.“

„Ich habe selbst einen Abschluss in der Ölindustrie“, antwortet sie, bis vor Kurzem hatte sie übrigens mit ihrem Mann zusammen einen Blumenladen in Atlanta, „und der Typ, für den ich gearbeitet habe, wurde von Chavez live im Fernsehen gefeuert. Seine Freunde erzählten es ihm, er war vorher nicht informiert worden. Chavez hat das Land verändert. Deshalb habe ich so Angst vor Obama. Ist es nicht dasselbe wie mit Chavez? Alle waren begeistert von ihm, und als er an die Macht kam, veränderte er alles. Er ersetzte Experten in der Ölindustrie durch seine Freunde.“ Kurze Zeit später wechseln wir das Thema.

Noch zehn Tage bis zur Wahl. Abends berichtet CNN über die Tragödie in der Familie von Jennifer Hudson, der bekannten Popsängerin aus Chicago. Was sieht der Fernsehzuschauer, der noch nicht entschieden hat, wie er wählen soll? Er sieht den Fall einer schwarzen *celebrity*, in deren Heimatstadt ihre Mutter und Schwester ermordet aufgefunden werden. Ihr zwölfjähriger Neffe wird von der Polizei als vermisst gemeldet. Die übliche Story einer zerrütteten schwarzen Familie. Ich überlege, welchen Einfluss dieses Ereignis auf den Ausgang der Wahl haben wird. Immerhin ist Chicago die Stadt, in der Obama wohnt.

CNN meldet als Prognose: 50 Prozent Obama, 42 Prozent McCain und 8 Prozent Unentschiedene. Um sie geht es. McCain kommentiert heute: „Die Experten haben uns abgeschrieben.“

Bereits in den Vorwahlen hatte er das *comeback kid* gegeben. In den letzten Wochen hat er mehr und mehr damit kokettiert. Allerdings hat er jetzt zusätzlich ein internes Problem. „Palin hört zunehmend nicht mehr auf die Leute um sie herum", so ein Kommentator heute. Geht McCains größte Waffe jetzt in die falsche Richtung los?

Das McCain-Team wird heute zitiert: „Sie kümmert sich mehr um sich selbst als um den Wahlkampf ... Sie wird abtrünning ... Die Berater von McCain und Palin scheinen sich jetzt wirklich gegenseitig an den Hals zu gehen."

Die beiden Kandidaten treten heute in acht (!) Bundesstaaten auf. George W. Bush hat alle diese Staaten für sich entschieden. Obama wird in den nächsten Tagen eine halbstündige Werbesendung kaufen. Für CNN wird das Thema Nummer eins in den nächsten zehn Tagen sein: „Die wirtschaftliche Lage. Die Stimmung hat sich in den letzten Wochen gewandelt vom Thema Bankenrettung zu einer Krise von Otto-Normalverbraucher." Diese Dynamik war in der Tat geradezu atemberaubend, und McCain hat seit seiner wegen der derzeitigen Wirtschaftslage unfreiwillig komischen Bemerkung „Die Grundlagen unserer Konjunktur sind robust" noch nicht die passende wahlkampftaktische Antwort gefunden.

Obama dazu heute: „McCain hat mich sogar einen Sozialisten genannt."

Eine CNN-Umfrage ergibt, dass die folgenden Themen dominieren: Wirtschaft, Mittelklasse, Gesundheitswesen. Zweistellige Führung für Obama bei allen drei Themen. Die Besessenheit Amerikas mit Statistiken treibt ihre Blüten. Alan Greenspan, der frühere US-Notenbankchef, hat heute vor dem Kongress ausgesagt, er wird mit folgendem Satz zitiert: „Ich verstehe immer noch nicht genau, warum es passiert ist."

Die Jüdin Sara Silverman hat den greatschlep.com, eine Vereinigung jüdischer Intellektueller und Künstler, die für Obama mobilisieren, organisiert und behauptet live auf CNN: „Falls Obama nicht Präsident wird, wird es die Schuld der Juden sein." Eine Umfrage sagt allerdings angeblich voraus, dass 75 Prozent aller jüdischen US-Amerikaner Obama wählen werden.

Das beeindruckendste Fernsehbild für mich heute ist das der hundertjährigen Schwarzen, die bereits Obama gewählt hat, *early voting* macht's möglich, weil sie endlich einen schwarzen Präsidenten sehen will.

Diane, 26. Oktober 2008.
Charlotte, North Carolina.

„You will recognize my car by the white, red and blue balloons that I'll fix to the car."

Die amerikanischen Nationalfarben. Ich komme vor der verabredeten Zeit auf dem Parkplatz vor dem Supermarkt an, um mich als Teil von Obamas Bodentruppen zu betätigen – sozusagen als letztes Aufgebot. Ich hole mir die Sonntagsausgabe der *New York Times*. Als ich einige Minuten später von meiner Lektüre hochblicke, sehe ich als einziges anderes Fahrzeug in meiner Nähe ein altes silbernes Auto, über dem drei Luftballons schweben: blau, rot und weiß. Ein paar Augenblicke später stehe ich an der Fahrertür. Ein etwa sechzigjähriger schwarzer Hüne entsteigt dem Wagen, grinst breit und streckt mir die Hand entgegen: „Hi, ich bin Ben. Wie geht's?"

In diesem Augenblick parkt eine weiteres altes Auto mit vielen Aufklebern neben Ben. Eine kleine quirlige Dame um die ein Meter sechzig und etwa in Bens Alter kommt auf uns zu und wird von Ben umarmt. „Das hier ist Diane. Eine Veteranin. Ich werde dich mit ihr verkuppeln."

Dianes Wagen ist voll mit *bumper*-Stickern. Einer davon: „George W. hat Frodos Ring gestohlen" – offensichtlich eine Anspielung auf den „Herrn der Ringe". Diane trägt uns in eine Liste ein. Ich bemerke, dass sie wie ich Linkshänderin ist: „Hey, du bist ja auch ein Linker."

Freudig auflachend ihre Antwort: „Ja, in mehr als einem Sinne."

Ben bemerkt: „Obama übrigens auch."

„Und McCain", ergänze ich.

Diane weiht mich in unseren genauen Auftrag ein: „Unsere Targets tendieren entweder zu den *Democrats,* oder sie sind bereits registrierte *Democrats.* Unser Ziel Nummer 1 ist es, herauszufinden, ob sie für Obama stimmen werden."

Danach erklärt sie mir, was als Nächstes folgt, und sie entwirft folgendes Schema für mich:

Wählt Obama? Falls ja: Aufforderung zur Voraus-Wahl (d.h. Briefwahl oder spezielles Wahllokal bereits vor dem Wahltag). Dann: Information bereit stellen (wo, wann, wer zur Wahl stehen wird, Präsidentschaftswahl vs. regional). Im Falle von Unsicher/Nein: Wir geben neue Argumente und Perspektiven.

Mit diesen Instruktionen sowie mit Adresslisten und Obama-Pamphleten bewaffnet rollen wir in ihrem alten Ford vom Parkplatz und dringen kurze Zeit später in eine der umliegenden Mittelklasse-Wohngebiete ein. Diane parkt das Auto am Straßenrand. Ich bin immer noch nicht ganz sicher, wie ich mich verhalten soll. Daher frage ich noch mal: „Was willst du, dass ich sage? Ich meine, ich bin Europäer. Der einzige wirkliche Beitrag, den ich leisten kann, ist, meine Perspektive als Deutscher zu geben. Ich könnte ihnen sagen, dass es aus unserer Perspektive ein No-brainer ist, in dieser Wahl für Obama zu stimmen."

Dianes fröhliche Miene verdunkelt sich leicht. Ich beobachte sie von der Seite.

„Ich glaube nicht, dass das eine gute Idee ist. Amerikaner mögen es nicht, von Europäern erzählt zu bekommen, was sie tun sollen. Erwähne es einfach nicht. Du wirst sehen, es wird alles glattgehen. Achte einfach darauf, dass wir machen, was ich dir gesagt habe: herausfinden, wo sie stehen, und sie dazu drängen, zur Wahl zu gehen."

Ich nicke. Wir steigen aus. Aus dem braunen Papierumschlag holt sie den Googlemaps-Ausdruck mit den eingezeichneten Häusern. Dazu gibt es eine entsprechende Liste mit den Namen aller Personen, die im jeweiligen Haushalt leben, wobei die Person oder die Personen, um die es geht, speziell markiert sind. Hier wird nichts dem Zufall überlassen. Des Weiteren befindet sich auf dieser Tabelle die Angabe, ob es sich um registrierte Demokraten handelt oder lediglich um Personen, die den Demokraten zugeneigt sind. Wir sollen die leeren Spalten ausfüllen und die gegebenen Informationen verifizieren und bei Bedarf ändern. Das ist gleichzeitig eine großangelegte Marktstudie und Volkszählung des Fußvolkes der *Democrats*. Darüber hinaus haben wir einen Zettel mit sog. *talking points* von Ben bekommen. Darauf ist eine Reihe der häufigsten Fragen aufgelistet mit den entsprechenden vorgeschlagenen Antworten. Diane dazu nur lapidar: „Zu diesem Zeitpunkt brauchen wir die nicht. Jetzt sind die Leute nicht mehr an so was interessiert. Die wollen höchstens grundlegendere Sachen diskutieren."

Vor uns eine Straße mit den typischen Charlotte-Suburbia-Mittelklassehäusern, die alle gleich aussehen. Alles nagelneu, praktisch keine Bäume. Vor zwei Jahren war hier wahrscheinlich noch Wald. Jetzt bin ich wirklich ein bisschen aufgeregt. Gut, mit der Veteranin Diane unterwegs zu sein.

Auf unserer Liste identifizieren wir das erste Haus. Vor der

Garage steht ein SUV. Wir nähern uns dem Eingang. Klingeln. Warten. Ein Typ im Muscle-Shirt öffnet. Freundliches Gesicht.

„Hi."

„Hi. Wir werben für den Obama-Wahlkampf." Diane macht eine kurze Pause. „Gehen Sie zur Voraus-Wahl?"

Sein breites Grinsen.

„Nein, mache ich nicht. Es ist eine Tradition, dass ich immer am Wahltag selbst gehe. Aber ich stimme für Obama."

Das ging ja ziemlich glatt. Wir gehen einige Häuser weiter und klingeln erneut. Wieder öffnet sich die Tür. Diesmal erscheint eine Inderin um die vierzig in der Tür, die, sobald sie Dianes Obama-*stickers* auf ihrem T-Shirt sieht, schnell eine physische Abwehrhaltung einnimmt. Ich denke: Die macht direkt wieder die Tür zu. Aber Diane ist ein Profi und verwickelt sie doch in eine Unterhaltung. „Na ja, ich traue beiden nicht", sagt sie.

Sie spürt unsere fragenden Blicke. „Ich glaube, wenn ich Obama wähle, wird er von Leuten im Hintergrund gesteuert."

Gefragt, von wem, kann sie keine Namen nennen. Diane hilft daher: „Den Kennedys."

„Ja, zum Beispiel", gibt sie zur Antwort. Und kurz darauf zum Abschied wie als Entschuldigung: „Meine Tochter liegt mir in den Ohren, Obama zu wählen."

Wieder auf der Straße, möchte ich ein bisschen über Dianes Erfahrungen beim *canvassing* erfahren. „Normalerweise sind die Leute freundlich, aber neulich hatte ich ein paar seltsame Erfahrungen. Es gab da eine Angelegenheit mit einer Frau, die Pro-Obama war, aber ihr Ehemann nicht. Es ging um Abtreibung. Es war mir peinlich, weil er mit ihr vor mir böse wurde."

Wir gehen eine Weile schweigend nebeneinander her. „Es gab einen anderen Fall, wo ein Vater mit seiner Tochter an der Tür war. Und sie sagte mir, dass sie die Demokraten wählen würde.

Und dann sagte der Vater neben ihr: Nein, das wirst du nicht tun."

Wir kommen zu Haus Nummer drei auf unserer Liste. Vor dem Haus steht ein weißer Ford-Lieferwagen mit der Werbeaufschrift eines Klempners, an dem sich der farbige Besitzer gerade zu schaffen machte. Er ruft uns ein fröhliches „Hello!" zu. Ja, seine Tochter, nach der wir suchen, ist zu Hause. Eine hübsche junge Frau öffnet die Tür. Hinter ihr öffnet sich wie immer bei diesen Häusern das Wohnzimmer, und wir können sehen, dass offensichtlich ein großer Teil der Familie sich zum sonntäglichen Zusammensein hier eingefunden hat. Ich sehe mindestens acht Personen.

„Ich wollte zur Voraus-Wahl gehen, aber ich hab es nicht auf die Reihe gebracht", lässt sie uns wissen. Wählen wird sie allerdings auf jeden Fall. Und wen, ist auch klar. Kurze Zeit später taucht ein weiteres Gesicht hinter ihr auf. Klar erkennbar die Mutter, die jetzt mit großem Interesse den Details von Diane zum Wählen zuhört. Am Ende ihrer Erklärungen angelangt, werden beide noch mit den entsprechenden Informationsbroschüren versorgt. Wir verabschieden uns, und ihr Vater bzw. Ehemann blickt von seiner Tätigkeit auf und ruft uns sein freundliches „Bye, guys!" herüber.

Wir gehen weiter. Diane erläutert mir eines der Erfolgsrezepte von Obamas Wahlkampfstrategie: „Howard Dean wollte sich auf ausgewählte Bundesstaaten konzentrieren – so wie das in Wahlkämpfen traditionell der Fall ist. Als Obama seine Kandidatur ankündigte, sagte er, er habe es auf sämtliche Bundesstaaten abgesehen. Es gab eine große Diskussion. Am Ende bekam Obama, was er wollte. Und das ist es, was die Wahl für ihn entscheiden könnte."

Das nächste Haus unterscheidet sich rein äußerlich wiederum nur in kleinsten Details von ihren Vorgängern. Die übliche Prozedur, Diane drückt auf den Klingelknopf.

Wir treffen auf einen klaren Fall: „Daumen hoch! Ich werde für Obama stimmen."

Danach reißt unsere Glückssträhne ab. Bei den restlichen Häusern macht keiner auf. Bei der Mehrheit bin ich nicht wirklich überzeugt, dass keiner da ist, nun ja.

Wir kehren zu Dianes Auto zurück. Während der Fahrt erzählt sie mir, dass sie mit einem der zur Wahl stehenden lokalen demokratischen Kandidaten befreundet ist. Ich erfahre auch ein bisschen mehr über sie selbst. Ihr Bruder ist ein Laserchemiker und Forscher bei IBM in Tarrytown bei New York. Sie selbst ist Buchhalterin, eine eher untypische, wie ich finde, und im New Yorker Stadtteil Brooklyn aufgewachsen. „Und ich mag Boxen und Baseball", fügt sie hinzu.

Sie lacht dabei entschuldigend mit ihren zierlichen eins sechzig, so als hätte sie gerade einen dreckigen Witz gemacht. Vor sechzehn Jahren ist sie wegen der Arbeit ihres Ex-Mannes, einem Banker, nach Charlotte gezogen. Sie ist jetzt wieder verheiratet und hat zwei erwachsene Kinder. Ihre jetzige Firma wurde vor Kurzem von einer internationalen Firma übernommen.

Nach einer etwa zehnminütigen Fahrt kommen wir in die zweite Wohngegend unseres „Häuserkampfs". Ich sehe lauter ziemlich große Häuser.

In der ersten Zeit in Charlotte ist es mir regelmäßig passiert, dass ich Einfamilienhäuser für Mehrfamilienhäuser gehalten habe. Nur die Tatsache, dass ich jeweils lediglich eine Garage ausmachen konnte, hat mich davon überzeugen können, dass es sich um Häuser für nur eine Familie handelt. Mittlerweile ist mein Auge geschult: Natürlich handelt es sich auch hier ausschließlich um Einfamilienhäuser.

Wieder stellen wir das Auto am Straßenrand ab und gehen zu Haus Nummer eins. Ein sportlicher Typ öffnet, um die vierzig. Bevor Diane ihre Offensive starten kann, empfängt er uns mit den Worten: „Oh, ihr wart doch gestern schon hier. Ich werde Obama wählen."

Wieder können wir einen Haken in unserer Liste machen. Dann meint er noch: „Wisst ihr was? Es ist wie immer: Die weißen Kerle wollen, dass der schwarze Typ die Sauerei aufräumt."

Alle drei lachen wir herzlich. Dann wird er plötzlich ernst: „Sorry, Leute, es war nicht so gemeint."

Gerade in diesem Augenblick steigen seine Frau und seine zwei Kinder, ein etwa siebenjähriger Junge und ein etwa elfjähriges Mädchen, aus dem Auto. Beide in voller Helloween-Geister- und Hexen-Montur. Bevor die drei den Eingang erreicht haben, sind wir schon auf dem Weg zum Gartentor. Mir fällt gerade auf: Jeder hier scheint einen Hund zu haben – auch in der anderen Wohngegend. Manchmal scheint es, als seien sie die eigentlichen Besitzer des Hauses, besonders dann, wenn niemand aufmacht. Herr oder Frau Hund erscheinen immer hinter der Tür. Vielleicht sollten wir uns auch mal mit denen unterhalten.

Wieder auf der Straße, meint Diane: „Die ganzen Leute, die von New York hier herunterziehen und die die Chancen für Obama erhöhen ..."

Sozusagen feindliche Übernahme der eher rechtslastigen Southerners durch die tendenziell liberaleren und ungeliebten Yankees. Unsere Nachbarin, selbst eine geborene Südstaatlerin, hat neulich auf unserer Terrasse das Verhältnis zwischen dem Norden und dem Süden so auf den Punkt gebracht: „Diese Yankees denken wirklich, dass wir alle so drauf sind wie Forest Gump."

Während unserer Unterhaltung auf dem Weg zu Haus Nummer zwei meint Diane: „Seit heute unterstützt der *Charlotte Observer* endlich Obama. Es war höchste Zeit. Warum haben die so lange gewartet?

Ich lege mir eine plausible Antwort zurecht: „Na ja, der Effekt ist wahrscheinlich größer mit diesem Timing – kurz vor dem Wahltag."

„Yeah, aber *Time Magazine*, die *Washington Post* und andere haben das bereits vor einiger Zeit getan."

Ich bin nicht sicher, ob sie mein Argument verstanden hat. Bis zu der Veranstaltung in Fayetteville, als Obama das ofenwarme und tränenreiche *endorsement* Colin Powells bekanntgab, des farbigen Republikaners und ehemaligen Außenministers unter Bush junior (sowie General unter Bush senior), war mir diese Vokabel völlig unbekannt. Wie bitte? Die lokale Tageszeitung in Charlotte hat heute Barack Obama offiziell als Kandidaten ihrer Wahl gekürt?

Und ich dachte, nach den letzten Wochen und Monaten könnte mich in diesem Land so leicht nichts mehr überraschen. Gerade ist es gelungen. Ich kann erst mal für ein paar Augenblicke gar nichts sagen. Also nicht nur, dass öffentliche Persönlichkeiten von allen gebilligt sich auf die Seite eines Kandidaten stellen. Nein, damit nicht genug. Die ach so unabhängige Presse als demokratische Kontrollinstanz zwingt ihren jeweiligen Lesern jeweils einen Kandidaten wie Sauerbier auf. Immerhin, könnte man jetzt einwenden, sind sie damit ehrlich. Aber *New York Times*? *Washington Post*? Jedenfalls: Eine dumme Sache ist das schon für die Kandidatin aus dem fernen Alaska, Sarah Palin.

Während wir so mitten auf der unbefahrenen Straße zwischen diesen klotzigen Einfamilienschlössern nebeneinander gehen, beschleichen mich mal wieder merkwürdige Gefühle. Sie werden bald von unserem nächsten Hausbesuch unterbrochen. Haus Nummer zwei und drei. Klingeln. Warten. Jeweils die Zusicherung „Ja, wir werden für Obama stimmen" sowie übereinstimmend: „Jemand war gestern schon hier."

Offensichtlich ist hier trotz aller Planung etwas schiefgegangen. Diane meint, *Pro-Life* und Abtreibung seien Riesenthemen bei dieser Wahl. *Pro-Life* ist der Slogan, unter dem die Abtreibungsgegner operieren. „Meine Eltern sind katholisch und haben in den Sechzigern Kennedy gewählt. Jetzt wird meine Mutter Obama wählen. Obwohl die katholische Kirche dieses Mal stark für *Pro-Life* plädiert." Dianes Mutter hat offensichtlich starke Nerven.

„Oh, ich habe für dich auch eine Story dazu. Aber es wird ein bisschen länger brauchen, sie zu erzählen. Ich erzähle sie dir, wenn wir mit diesem Haus fertig sind."

Wir stehen wieder vor einer Haustür. Außer dem obligatorischen kleinen Kläffer kein Lebenszeichen. Ich weiß wirklich nicht, warum alle hier einen Hund haben – Angst? Gewohnheit? Sozialer Druck? In unserer Nachbarschaft habe ich jedenfalls noch nicht so viele Hunde bemerkt. Wieder zurück auf der Straße beginne ich, die Geschichte in der katholischen Kirche von vor ein paar Wochen zu erzählen.

Diane kichert. „Überrascht mich nicht. St. Matthews ist bekannt für solche Sachen. Aber nicht alle Kirchen in Charlotte sind so. Noch nicht mal Southern Baptist."

Dann beginnt sie zu erzählen. „Weißt du, ich begleite Frauen, die zu einer Klinik in Charlotte gehen, wo sie Abtreibungen machen. Es ist merkwürdig. Es gibt da diesen Typen, der durch ein Megaphon schreit und diese armen Frauen einschüchtert, die sich eh schon nicht gut fühlen, wenn sie hierherkommen. Und nicht alle lassen dort eine Abtreibung machen. Es gibt auch andere ‚Frauensachen'. Die Katholiken kommen auch dorthin. Aber die sind wenigstens still – oder lesen laut aus der Bibel vor."

Noch ein vorletztes Haus auf der Liste. Wir müssen nicht lange warten – zuerst zeigt sich ein kleiner Hund im türhohen Fenster neben der Haustür. Gleich darauf wird uns geöffnet, und eine Afroamerikanerin mittleren Alters steht in der Tür, während sie in der anderen Hand ihr Handy ans Ohr hält. Auch dieser Fall ist schnell erledigt. Sie sieht sofort unser Anliegen und bestätigt hauptsächlich per Mimik und *thumbs up*: Alles klar – sie stimmt für Obama.

Abschließend treffen wir nur einen Hund hinter dem Glasfenster am Eingang. Allerdings gibt es hier offensichtlich sowieso nichts zu tun, denn hinter der Glasscheibe kann man im Eingangsbereich mitten auf einem kreisrunden Perserteppich ein Obama-Wahlkampf-Schild aufgestellt sehen.

Zwanzig Minuten später kommen wir wieder an unserem Ausgangspunkt an, dem Parkplatz vor dem Supermarkt. Ben empfängt uns buchstäblich mit offenen Armen, nachdem er sich aus seiner Klapperkiste geschält hat, während sich Diane von uns verabschiedet. Sie hat vor, am nächsten Samstag wieder anzutreten.

Ich erzähle Ben, dass auf der Obama-Ralley in Fayetteville ungefähr neunzig Prozent der Teilnehmer Afroamerikaner waren. „Ich weiß nicht, was das zu bedeuten hat. Ob das gut oder schlecht ist für Obama?"

„Oh, das ist gut. Es gibt eine starke Militärgemeinde dort, und das heißt viele Afroamerikaner. Die Dienstgrade hoch bis zum Offizier wählen normalerweise *Democrats*. Wenn die unterwegs waren, dann ist das ein sehr gutes Zeichen."

„Was könnte Obama diese Wahl kosten?"

„Rassismus. Die jüngeren Leute haben das hinter sich, aber in meiner Generation ist das immer noch ein Faktor."

„Also, kann ich wieder behilflich sein?", frage ich ihn zum Abschied.

„Yeah, von jetzt an jeden Tag."

„Wann braucht ihr mich am dringendsten?"

„Sonntag – dann sind nämlich alle mit anderen Sachen beschäftigt. Baseball und solche Sachen."

„Ich werde da sein."

Würden die Leser der britischen Wirtschaftszeitschrift *The Economist* wählen und nicht die Amerikaner, wäre der Fall schon heute erledigt: 9.103 Stimmen des *Global Electoral College* für Obama – 171 für John McCain. In fünf Ländern weltweit liegt John McCain vorne: Kuba (58 Prozent : 42 Prozent), Namibia (52:48), Kongo (54:46), Georgien (53:48) sowie Mazedonien (54:46).

In einem Land würde McCain heute gewinnen: Irak (71:29). Über die Gründe lässt sich spekulieren. Die Geschäftsleute im Irak haben wahrscheinlich einfach Angst, dass Obama, wie angekündigt, die Truppen abziehen und das Land sich selbst überlassen würde.

Zum Vergleich ein paar Zahlen aus Europa: Deutschland (10:90), Italien (10:90), Österreich (9:91). Und das Votum der *Economist*-Leser in Nordamerika: Kanada (11:89), USA (19:81).

CNN betritt heute übrigens Neuland: Mit einem Afroamerikaner, D.L. Hugley, betritt man die Unterhaltungsbühne. Ich finde den Typen witzig. Einer seiner Kommentare heute: „An Politik interessiert mich nur die damit verbundene Ironie. Und ich habe davon noch nie so viel gesehen wie momentan." Er lacht laut aufwiehernd, genau wie ich.

Jemand kommentiert McCains Change: „Yeah – jeden Tag eine andere Botschaft."

Dieser Satz trifft ins Herz dieses Endspiels. Während Obamas Wahlkampf jeden Tag aufs neue dieselben Vokabeln ins Hirn der Wählerschaft hämmert, ist McCains Botschaft bis heute ziemlich unklar. Sein Programm ist irgendwie: Wählt mich – ich bin der *Maverick*, der Außenseiter, der große Kriegsheld. Damit hat er es schon weit gebracht in diesem Wahlkampfmarathon. Obamas Mantra in diesen Tagen ist dagegen: „In vier Jahren wird's uns besser gehen."

Das ist natürlich eine verlockende Botschaft für die Amerikaner.

O-Ton McCain heute: „Tatsache ist, ich bin nicht George Bush. Aber uns eint eine gemeinsame Philosophie."

Die Zustimmungsbarometer für Bush zeigen heute: 27 Prozent. Die niedrigste jemals gemessene Quote für einen amtierenden US-Präsidenten. Das ist wirklich ein blödes Timing für McCains Satz: „uns eint eine gemeinsame Philosophie".

In einem TV-Interview wird Vizepräsidentschaftskandidat Biden gefragt: „Inwiefern ist Obama kein Marxist, wenn er doch den Wohlstand verteilt?"

„Den Wohlstand verteilen" ist etwas, das bei Amerikanern nicht so gut ankommt. Obama hat diesen Ausdruck vor ein paar Tagen benutzt. Er entwickelt sich gerade zum Bumerang.

Jemand sendet eine E-Mail zu CNN: „Ich bin wirklich nervös, dass Rassismus diese Wahl kippt."

Obama führt mit 8 Prozent. Niemand weiß, wie viele Leute diesmal wirklich wählen werden. Die Lage ist unklar. Der Zuschauer bringt etwas zum Ausdruck, was in diesem Wahlkampf geradezu tabuisiert wurde. Und Obama hat während des gesamten Wahlkampfs ausdrücklich vermieden, jemals eine Anspielung auf seine Hautfarbe zu machen.

Die Abstimmung zwischen zwei parallel existierenden US-Paradigmen – personifiziert durch die jeweiligen Protagonisten Obama und Palin – rückt naher.

Blue Ocean, 27. Oktober 2008.
Charlotte, North Carolina.

Interessant, was Diane gestern gesagt hat: Es war eine aktive Entscheidung und gegen das Establishment der *Democrats*, als Obama entschieden hat, in allen fünfzig Bundesstaaten um den Sieg zu kämpfen. Das ist eine neue Strategie im US-amerikanischen Wahlkampf der Demokraten. Normalerweise werden bestimmte Bundesstaaten ausgewählt, in denen man verstärkt operiert, und andere, für die man keine Zeit und Energie verschwendet – entweder, weil die Bundesstaaten bereits sicher sind oder weil man für sich keine Chancen sieht. Obama und seine Strategen haben sich zu Beginn des Wahlkampfs dazu entschieden, um alle Bundesstaaten zu kämpfen. Nach dem Motto: Der Markt für mein Produkt (Obama) ist so groß. Es gibt so viele potenzielle Käufer (Wähler). Warum soll ich mich beschränken?

Ich lese gerade ein interessantes Buch: „Blue Ocean Strategy". Darin beschreiben die Autoren Kim und Mauborgne, wie Unternehmer aus den üblichen *red oceans* – da wo alle sind und sich gegenseitig zerfleischen – in von ihnen sogenannte *blue oceans* gelangen können. Das Buch ist erschienen bei Harvard University Press und wurde seit 2005 über eine Millionen Mal verkauft (so steht es zumindest auf dem Umschlag). Über die Komponenten einer effektiven *Blue Ocean*-Strategie heißt es darin:

1. Fokus
2. Andersartigkeit
3. Überzeugender Slogan

Fangen wir mal mit Letzterem an. *Hope* und *Change*. Obama und sein Team haben es geschafft, innerhalb von etwa einem Jahr zwei recht alte Vokabeln zu einer Marke zu machen. Jeder, der sich ein bisschen mit dem Thema Marketing auseinandersetzt, weiß, wie schwierig es ist, Symbole oder Slogans synonym mit einer Marke werden zu lassen. Normalerweise dauert das

Jahre oder Jahrzehnte, in Deutschland gelang das z.B. Tesafilm oder Tempotaschentüchern. Wenn jemand heute in den USA das Wort *Hope* oder *Change* in den Mund nimmt, muss ich sofort an Obama denken. Meisterleistung. Und mittlerweile ein kleines Problem für seine Gegner. Ganz genial auch die Nähe der Vokabeln zu: *Hope for Change*.

Wir haben es sogar in Zahlen: 73 Prozent der US-amerikanischen Bevölkerung kennen momentan *Hope* und *Change*. Das ergibt sich nahtlos aus der Tatsache, dass Bushs Zustimmungsrate derzeit auf dem Allzeit-Tief von Präsidenten steht. Natürlich versucht auch die Gegenseite seit Monaten krampfhaft, das Thema zu besetzen. Mit wenig Erfolg. Das hängt zunächst mal damit zusammen, dass die Marke McCain mit der Marke Bush über die Marke *Republicans* eng gekoppelt ist. Aber es hat auch damit zu tun, dass Obama es geschafft hat, *Change* zum Synonym für seinen Wahlkampf zu machen.

Zum Thema *Hope*: Das war sicherlich im Februar 2007, als Obama seine Kandidatur angekündigt hat, die schwächere Vokabel, was die breite Masse an Wählerstimmen anging. Insbesondere die der schwankenden Wähler der *Republicans*. Seitdem vor etwa sechs Wochen die US-Wirtschaft eingebrochen ist und die Krise wie ein Lauffeuer von *Wall Street* auf *Mainstreet* übergreift, bekommt das Wort *Hope* einen geradezu messianischen Unterton, den es für weite Teile der US-amerikanischen Öffentlichkeit selbst im August noch nicht hatte. Obamas Wahlkampf zeigt in diesen Tagen, was eine gute Strategie auszeichnet: „In der Tat, eine gute Art, die Effektivität und Stärke einer Strategie zu testen, ist nachzusehen, ob sie einen starken und authentischen Slogan enthält."

Hope und *Change*.

Wenn es zwei Wörter gibt, die in der englischen Sprache seit dem 14. September 2008 zunehmend besser klingen, dann diese beiden. Als hätte eine unsichtbare Hand Obama diese Krise zum perfekten Zeitpunkt gebracht. Besser hätte es sich kein Hollywood-Drehbuchautor ausdenken können. Zur strategischen Stärke der einen Seite gehört allerdings auch die Schwäche der anderen.

Der eigentliche Wahlkampf spielt sich seit dem 3. September nicht zwischen den beiden Kandidaten ab, sondern zwischen den zwei Lagern im amerikanischen Kulturkampf, einem kalten Bürgerkrieg, der im Stellvertreterwettstreit zwischen Barack Obama und Sarah Palin seinen neuen Höhepunkt erlebt. Jane Mayer schreibt im *New Yorker* in der heutigen Ausgabe zur strategischen Entscheidung für Sarah Palin als Kandidatin: „David Keene, der Vorsitzende der American Conservative Union, der einer Reihe von McCains Top-Beratern nahesteht, sagte mir, dass McCain und Lindsay Graham, der South Carolina-Senator und McCains engster Wahlkampf-Gefährte, eigentlich Joe (Lieberman) wollten. Aber Keene glaubte, dass McCain am Ende Angst hatte, nach Warnungen von seinen Beratern, dass die Wahl Liebermans einen kontroversen Bodenkampf auf der Parteiversammlung entfachen würde, weil Sozialkonservative gegen Lieberman unter anderem als Abtreibungsbefürworter revoltieren würden. ‚Sie haben ihm (diese Entscheidung) aus der Hand genommen', so ein langjähriger Freund von McCain, der nicht genannt werden wollte. Er war wütend. Er war stinksauer. Es war nicht, was er wollte."

Damit war McCain im Grunde von vornherein als Kandidat intern geschwächt. Die Wahl Palins zeigt sich in den letzten (und wichtigsten) Tagen des Wahlkampfs als zweischneidiges Schwert. Ganz klar: Palin hat McCain an die Lebensader der Parteibasis angekoppelt. Der triumphale Einzug auf die nationale Bühne bei ihrer Rede auf dem Parteitag der *Republicans* verdeutlicht das. In den sechs Wochen seitdem ist sie im Grunde aus seinem Schatten herausgetreten und hat die Basis mit den alten Kernbotschaften hinter sich gebracht – und gleichzeitig für deutliches Stirnrunzeln bei Teilen der konservativen Intellektuellen gesorgt. Im Grunde läuft hier in den letzten vier Wochen eine Abstimmung zwischen zwei persönlich attraktiven und charismatischen Vertretern der zwei gegenwärtigen US-amerikanischen Paradigmen, deren Kampf um die Vorherrschaft gerade kulminiert.

Wie berechnend man Palin positioniert hat, zeigt der weitere Ausschnitt aus obigem Artikel: „Zusätzlich favorisierte angeblich auch McCains Chefwahlkampfberater Palin. ‚Wenn du jemand anderen (als Palin) auswählst, wirst du verlieren. Aber wenn du Palin nimmst, könntest du gewinnen.'"

Es ist überhaupt keine Frage – bei aller medialen Häme, der Palin hauptsächlich durch ihre missglückten Interviews ausgesetzt wird, ist sie die charismatische Figur, die zumindest in dieser Hinsicht mit Obama mithalten kann. Das finden übrigens nicht alle Konservativen toll: Peggy Noonan, die *Wall Street*-Kolumnistin, schrieb neulich, „die Palin-Kandidatur ist ein Symptom, ein Ausdruck einer neuen Vulgarisierung in der US-Politik. Das ist nicht gut, nicht für den Konservativismus und nicht für das Land."

Was illustriert, wie ambivalent und problematisch Palin von konservativen Intellektuellen wahrgenommen wird. Ein weiteres Problem, das illustriert, welche strategischen Schwachpunkte McCains Wahlkampf hat: „In dem Moment, als er (McCain) sie (Palin) als seine Wahl bekannt machte, hatte er weniger als drei Stunden in ihrer Gegenwart verbracht."

Aua! Und das gegen einen Gegner, der umgeben ist von Beratern, die gleichzeitig enge persönliche Freunde sind (wie z.B. Obamas Oberstratege David Axelrod). Es ist daher auch nicht weiter überraschend, die Einschätzung eines alten Freunds von

McCain zu hören: „Johns Komfortlevel mit egal wem ist momentan niedrig. Er ist wütend. Aber es war seine Entscheidung."

Wenn es ein Wort im Englischen gibt, das besser beschreibt, welchen Eindruck John McCain in den letzten Wochen auf mich macht, dann ist es: *angry*. Damit erinnert er mich übrigens an Hillary Clinton zwischen März und Juni. *Angry*. Frustriert. So, als würden beide sagen: Hier kommt jemand und nimmt mir das weg, was mir zusteht. Es ist schon faszinierend zu sehen, wie zwei Giganten (Clinton und McCain) der US-amerikanischen Politbühne irgendwie keine Mittel finden, sich gegen das Phänomen Obama zu stemmen. Man könnte auch sagen – sie sind strategisch und taktisch schlecht (oder gar nicht) vorbereitet.

Heute höre ich von McCain im Fernsehen den folgenden (Halb-)Satz: „Dieser Wahlkampf läuft darauf hinaus, ob du dein Geld in der Tasche behalten willst oder ..." Da werden Amerikaner schnell hellhörig. Dagegen Obama: „Noch eine Woche bis zum Wechsel."

Irgendjemand sagt auf CNN: „Das Faszinierende an diesem Wettlauf ist, dass er sehr ideologisch geworden ist."

Ja, Kulturkampf pur. Die nackten Eingeweide der Volksseele – wie nach 9/11.

Ich habe heute ein paar Fragen an mich selbst:

Warum wirken die *Republicans* auf CNN (und auf anderen Kanälen noch mehr) im Durchschnitt weniger sympathisch, weniger natürlich, aggressiver, kurzum: gemeiner?

Warum kann ich nicht über den Humor von *Saturday Night* (*Comedyshow*) lachen?

Wenig später kommt auf CNN ein Bericht über den Neffen der schwarzen Popsängerin aus Chicago. Er ist ebenfalls tot.

CNN-Umfrage heute: Obama 51 Prozent, McCain 43 Prozent.

Das Obama-Wahlkampflager meint, sie hätten eine sehr gute

„Wahlbeteiligungsmaschine". Eine der besten der Geschichte, und das war normalerweise eine republikanische Stärke. Das ist für mich der Faktor, der diese Wahl entscheiden könnte. Diese perfekte Organisation eines Heeres Freiwilliger, die die Massen mobilisieren. Faszinierend zu beobachten, wie der Sozialarbeiter Obama sein Handwerk, das er auf den Straßen Chicagos von der Pike auf gelernt hat, hier offensichtlich zur vollen Blüte bringt. Das Internet macht's möglich. Ich glaube, wir beobachten den ersten erfolgreichen Fall einer Massenmobilisierung via Internet.

O'Reilly Factor , 28. Oktober 2008.
Charlotte, North Carolina.

Morgens auf dem Weg zur Arbeit, die Ampel. Es ist immer dieselbe Ampel. Das Auto vor mir mit dem Aufkleber: „If you are not outraged, you are not paying attention."

Wie wahr. Allerdings ist nicht klar, was den Autofahrer so auf die Palme bringt. Ein anderer Aufkleber auf dem Auto links vor mir fragt dagegen kryptisch: „Who is John Galt?"

Google verrät, dass es sich um den ersten Satz des über tausendseitigen Romans „Atlas Shrugged" von Ayn Rand aus dem Jahr 1957 handelt. Bei diesem Namen handelt es sich um ein Pseudonym der 1905 geborenen jüdisch-russischen Emigrantin Alisa Rosenbaum. Diese versammelte ab 1951 eine Reihe von Jüngern um sich in einer Gruppe, die bekannt wurde unter dem Namen *The Collective* – unter anderem auch einen jungen Mann namens Alan Greenspan, den Präsidenten der US-Notenbank von 1987-2006 und damit den federführenden Architekten des globalen Finanzsystems der Jahrtausendwende.

Immerhin wird nach zwei Dritteln des Buches verraten, um wen es sich bei John Galt handelt. Dieser sagt dann einen Satz, auf den sich das Gedankengut der Begründerin der Philosophie des *Objectivism* vielleicht am stärksten reduzieren lässt: „Ich schwöre bei meinem Leben und meiner Liebe zu ihm, dass ich niemals um eines Anderen willen leben werde, noch werde ich einen Anderen fragen, um meinetwillen zu leben."

Im Radio wird jetzt verkündet, dass heute John McCain seinen Wahlkampfauftritt im Crown Coliseum in Fayetteville hat. Ich kann nur spekulieren, was sich da heute abspielen wird. Aber die Stimmung ist sicherlich eine andere als neulich bei Obama. Und es wird weniger Afroamerikaner im Publikum geben, mit Sicherheit. Das Thema Hautfarbe wird von niemandem offen angesprochen werden. Zumindest von niemandem, der als politisch korrekt gelten will. Einschließlich Obama. Tatsache ist aber, dass die Hautfarbe sozusagen den Hintergrund dieser Wahl abgibt.

Im Radio auf NPR höre ich gerade: „Deshalb sind die Leute so aufmerksam – sie suchen die Person, die sie aus dem Loch herausholen kann." Die Ampel springt auf grün. „Die Leute wollen nicht mehr von ausländischem Öl abhängig sein."

Heute lese ich in der *FAZ-Online*: „Überraschend, dass ein Erwachsener so weit gekommen ist ..." (gemeint ist Obama). Das würde man so in einer amerikanischen Tageszeitung nicht finden. Ich muss schmunzeln. General Motors und Chrysler diskutieren gerade angeblich über einen *merger* und wollen dafür erst mal fünf Milliarden Dollar von der Regierung. Die General Motors-*bonds* wurden gerade auf *junk* heruntergestuft. Die Kollegen von Chrysler sind mit ihren schon da. Aktien haben in diesem Monat so viel an Wert verloren wie in keinem anderen seit sechzig Jahren. Man muss sich dabei vor Augen halten, dass in den USA (im Gegensatz zu Deutschland) die Renten in Form von Aktiendepots angelegt sind. Was das momentan heißt, kann man sich genauso wenig vorstellen wie die Zahlen mit zwölf Nullen, die plötzlich als Staatsverschuldung auftauchen.

Ein weiteres Thema, das von Obama in souveräner Manier behandelt wurde: Als die Schwangerschaft der siebzehnjährigen Tochter von Sarah Palin vor Kurzem rauskam, war die Antwort von Obama, dass seine Mutter ihn mit achtzehn bekommen hat. Er trennt – auch da ganz Harvard-*negotiation-style* – sauber Personen von Problemen.

Heute lese ich wieder *Blue Ocean Strategy:* „In der Tat, wenn wir Führungskräfte fragen, was der Auslöser ihrer Suche nach ‚Blue Oceans' und der Einführung von Veränderungen ist, dann sagen sie normalerweise, dass es entweder einer sehr entschlossenen Führungspersönlichkeit oder einer ernsthaften Krise bedarf."

Hurra – hier haben wir gerade beides gleichzeitig. Eins ist völlig klar: Obama & the Gang operieren nach modernsten *Business-School*-Prinzipien.

„Ein Unternehmen sollte niemals seine Augen ‚outsourcen'. Es gibt einfach keinen Ersatz für das eigene Sehen. Große Künstler malen nicht nach der Beschreibung anderer Leute oder sogar nach Fotografien. Dasselbe gilt für große Strategen."

Es kommt mir wieder so vor, als hätten Obama und die Seinen dieses Buch fleißig studiert und setzten nun genau diese Prinzipien im Wahlkampf um. Noch etwas anderes fällt in diesem Zusammenhang auf. Obama und seine Leute verstehen den Zusammenhang zwischen Dynamik und Timing von Ereignissen und Entscheidungen mit geradezu traumwandlerischer Sicherheit. Was auch immer passierte in den letzten Wochen und Monaten, man war innerhalb von vierundzwanzig Stunden auf der Höhe des Geschehens, hat eine Entscheidung getroffen und diese konsequent und professionell durchgezogen. Ich muss mir immer wieder vor Augen halten, was sich hier gerade abspielt.

Vielleicht noch nie zuvor in der Geschichte ist die ganze Welt so schnell in eine alle Lebensbereiche umfassende Krise gerutscht, und nebenbei müssen die Wahlkampfstrategen beider Seiten auch noch den ganz alltäglichen Schmutz, den der Wahlkampf nun mal mit sich bringt, abwickeln.

Und noch etwas ist interessant: Die Tage scheinen sich immer mehr zu dehnen. Es geht mir so, aber ich habe das auch von Leuten auf CNN gehört. Es fühlt sich für mich etwa so an, wie zu der Zeit, als ich als Kind auf die Weihnachtsgeschenke gewartet habe. Ich weiß nicht, warum mir dieser Vergleich in den Sinn kommt, aber es ist so. Jeder Tag fühlt sich zurzeit ein bisschen länger an als der vorangegangene.

Das Fernsehen – und ich habe seit meiner Kindheit und seit den Zeiten von Boris Beckers Wimbledonsiegen nicht mehr so viele Stunden täglich vor dem Fernseher verbracht – unterstützt diesen Wahrnehmungsprozess, indem es wie bei einer überlangen Kurzgeschichte die Spannung permanent auf dem Höhepunkt hält. Eigentlich weiß man ja, dass das nicht funktioniert. Aber unter diesen Umständen ist der Spannungsbogen verdammt lang. Ich bin richtig gestresst.

Ich lese heute auf den ersten Seiten des *Economist*, dass die Charlotter Bank Wachovia gerade den höchsten jemals von einer amerikanischen Bank eingefahrenen Quartalsverlust verbucht hat: 23,7 Milliarden Dollar! Aufs Jahr hochgerechnet wären das 100 Milliarden Dollar. Nach den Ereignissen der letzten Wochen und der permanenten Reizüberflutung mit immer größeren Zahlen, nehme ich das als Leser und Einwohner der Stadt ungerührt hin. Es ist einfach zu abstrakt. Aber ich befürchte, für viele Einwohner von Charlotte ist diese Zahl schon jetzt nicht mehr abstrakt. Mal sehen, wann die ersten gefeuert werden. Es kann nicht mehr lange dauern.

Ich höre einen Kommentar auf NPR über die General Motors/Chrysler-Diskussion: „Unternehmen, die es seit vielen Jahren nicht geschafft haben, Autos zu entwickeln, die Kunden haben wollen, sollten auch nicht mit 50 Milliarden Dollar gerettet werden."

Es gibt sicher viele in Amerika, die derzeit so denken. Heute probiere ich mal einen neuen Fernsehsender. Ich schalte zum ersten Mal in meinem Leben auf *Fox News:* „Obama führt in Pennsylvania mit zehn bis elf Prozentpunkten ... Obama muss lediglich einen einzigen Bundesstaat mit unklarer Wahlprognose für sich entscheiden ...", gefolgt von Werbung: Brinks Haussicherungssysteme. Man zeigt einen Einbrecher bei der Arbeit. Dann eine Obama-Werbung: „McCain stimmte in neunzig Prozent der Fälle (bei Parlamentsentscheidungen) mit Bush ..." Und last but not least: „Starten Sie Ihre Alpaca-Farm ..."

Offensichtlich sind das tatsächlich Dinge, die die Amerikaner derzeit am meisten beschäftigen. Der Frontmann auf dem Bildschirm fuchtelt ständig mit seinem Zeigefinger herum, er zeigt entweder auf mich oder auf seine Gesprächspartner. Er verbreitet bei uns im Wohnzimmer eine aggressive Stimmung. Auffallend im Gegensatz zu seinen Kollegen von CNN ist, dass er in der Regel seinen Gästen nicht zuhört und vor allem eine Eigenschaft hat: Er lässt seine Gesprächspartner nicht ausreden. DAS IST JA ZUM KOTZEN. Ein Clip wird eingeblendet, der den katholischen Bischof Arthur Serratelli zeigt, wie er Obama zum Thema Abtreibung verunglimpft. Dieses ständige den Gästen das Wort abschneiden, sie beleidigen. „Ah, come on! Come oooonnn!!"

Sein Name: Bill O'Reilly. Wenig später wird mir klar, dass das Methode hat. Seine Kollegen schneiden ihren jeweiligen Gesprächspartnern ausnahmslos und ständig das Wort ab. Das verbreitet einen schön aggressiven Unterton. O'Reilly: „Und ratet mal, wer sich gerade um die kümmert?" Er meint die *Liberals*. „Sie machen es für ihre Freunde von der Upper East Side."

Das ist der Code für: Obama und seine Truppe sind Handlanger der superreichen liberalen New Yorker in Manhattan. Immerhin wird Amerikas Kulturkampf – ich nenne ihn auch gerne Bart vs. Lisa Simpson – hier offen ausgetragen. „Sie haben bereits ABC, NBC, MSNBC und NPR und CNN auf ihrer Seite ..."

Da hat er recht. Was mir in den letzten Wochen immer klarer geworden ist, ist die geradezu totalitäre Verknüpfung von Medien und Meinung in der amerikanischen Öffentlichkeit. Ich war schockiert, als mir Diane während unseres *canvassing* erzählte, dass sie meinte, „*New York Times* endorsed Obama".

Wie kann eine Presse glaubhaft unabhängig berichten, wenn ihr selbsternanntes bestes Mitglied (die *New York Times* gilt unbestritten als eine der besten Zeitungen der Welt – ich überzeuge mich selbst davon täglich) sich offiziell und in aller Öffentlichkeit auf die Seite eines der Kandidaten stellt? Dass Medien per se nicht absolut neutral sein können, ist mir schon klar. Aber wie kann ich nach so einer Ansage noch Berichten über die Wahl Glauben schenken? Und es ist noch nicht mal der Vorwurf, Fakten zu verdrehen. Es beginnt bereits mit der Auswahl berichtenswerter Ereignisse. Ironischerweise prangt ja auf der Frontseite jeder gedruckten Ausgabe der *New York Times* ein Kästchen mit dem Slogan „All the news that's fit to print".

In den letzten Wochen konnte man so seine Studien treiben. Wenn ich über bestimmte Dinge einfach nicht berichte, existieren sie für meine Leser nicht. Und wenn das viele Medien (z.B. die von O'Reilly oben Genannten) so machen, dann kreiere ich aktiv eine wahrgenommene, subjektive Wirklichkeit. So einfach ist das. Das Verrückte dabei ist: Das ist keine Zensur – das ist Selbstzensur der Konsumenten.

Achtung, jetzt kommt auf dem Bildschirm gerade das große *American culture quiz.* Heute gesucht: *Elvis.* Was ist Kultur? Was ist Popkultur? Was ist Trivialkultur?

Hier auf *Fox News* sind die Grenzen jedenfalls fließend.

Später Auszüge von O'Reilly als Gast in der Letterman Show: „Eigentlich gehöre ich eingesperrt ... Palin, ich bewundere sie ..."

Auf seine Art ist der Mann entwaffnend. Und sicher einer der einflussreichsten Männer in den USA. Dann Newt Gingrich. Eine Stimme aus der Vergangenheit. War das nicht der Vordenker der *Republicans* in den Achtzigern? Jetzt ist er zu vernehmen mit dem Slogan „Hier bohren, jetzt bohren, weniger zahlen".

Gemeint ist so viel wie: Wir müssen hier in den USA die Ölquellen vor den Küstengewässern erschließen. Und zwar jetzt. Dann wird das Benzin auch wieder billiger. Das ist die vornehme Version dessen, was die Palin-Fans bei den *rallys* seit Wochen als Schlachtruf skandieren, wo immer sie auftritt: *Drill, baby, drill!*

Obama heute bei einem Wahlkampfauftritt im strömenden Regen in Pennsylvania mit schwarzer Sportjacke. Sieht aus wie einer von den *Black Panthers,* der radikalen afroamerikanischen Bewegung aus den Sechzigern und Siebzigern. Ob ihm das hilft? Ich bemerke, dass auf *Fox News* der Vizepräsidentschaftskandidat nicht Joe Biden, sondern Joseph Biden ist. Das erinnert mich an die FAZ, die Joschka Fischer immer Josef Fischer nennt. Es sind die Feinheiten. Ich bin nicht Freund mit Dir. Ich nenne Dich nicht bei Deinem Spitznamen.

Newt Gingrich macht eine interessante Beobachtung: „Die ‚Spreading-the-wealth-around'-Aussage (Obamas) hat die letzten zwei Wochen des Wahlkampfs verändert."

Er hat recht. In den letzten Tagen wird offensichtlich, dass er damit einen empfindlichen Nerv der Volksseele getroffen hat.

Spreading the wealth around ...

Wohlstand verteilen: Das ist, für sich genommen, so ziemlich das un-amerikanischste Statement, das ein Politiker abgeben kann. In einem anderen, weniger desperaten Kontext hätte dieser Satz den sofortigen Kandidatentod bedeutet.

Werbepause.

Toyota mit einem bio-abbaubaren Auto mitten auf einem Feld.

„In landesweiten Umfragen verkürzt sich der Abstand (auf Obama) ... der Terrorist Jassir Arafat ..."

Die *Los Angeles Times* hat ein Videotape zugespielt bekommen. „Ich weiß, die Elitemedien haben sich komplett Obama verschrieben", sagt Newt Gingrich.

Jetzt muss Newt den Moderator beruhigen. „Obama hat die USA auf einem Video mit den Nazis verglichen", das Video stammt angeblich aus dem Jahr 2001. Newt: „Ganz klar, wir machen nicht, was die Nazis gemacht haben." Gefolgt von: „Peptobismol hält dich auf dem Damm, egal was du gegessen hast ..."

Vieleicht brauche ich jetzt so eine Tablette.

Obama heute: „Schreibt am Wahltag Geschichte!"

Es wird lebhaft auf *Fox News* diskutiert, dass Obama heute dazu aufgerufen hat, sich am Wahltag frei zu nehmen, um auf jeden Fall zu wählen (oder anderen dabei zu helfen): „Redet mit eurem Chef – nehmt euch den Tag frei."

Obama verlangt vollen Einsatz von seinen Truppen. Durchaus interessant, in einer Situation, in der mehr und mehr Leute konkrete Angst haben, gefeuert zu werden. Dementsprechend wird das natürlich auch von *Fox News* kommentiert.

Die *Fox News*-Zahlen des Tages: Obama 49 Prozent, McCain 47 Prozent. Plus Kommentar: „McCain fokussiert sich rasiermesserscharf auf die Themen ..."

Es wird auch langsam Zeit. Ein *Democrat* kommentiert, wie das zu verstehen sei: „Wenn einer von den *Republicans*, die gerade das Bankensystem verstaatlicht haben, die *Democrats* als Sozialisten verunglimpfen ..."

Ich bin gespannt, ob die zukünftige Geschichtsschreibung dieses Detail berücksichtigen wird. Und immer wieder auffallend bei *Fox News*, dass eigentlich permanent alle durcheinander reden. Kakophonisches Durcheinander – passend zur Lage der Nation.

Werbepause.

Slogan vor Beginn der TV-Spots: „*Fox News – Fair and Balanced*".

Ich muss lachen.

„... Spenden sammeln für die Leute im Militär ‚who were killed in action'."

In action?

Wieder so ein schöner Euphemismus, der die eigentlichen Tatsachen verharmlost. Heute steigt das Aktienbarometer, der Dow Jones, um 889 Punkte. Das ist der zweithöchste jemals beobachtete Tagesanstieg. Die Achterbahnfahrt geht weiter.

McCain heute: „Die Sache mit ‚Joe dem Klempner' hat sich wirklich zu einem Katalysator entwickelt."

Da hat er recht. In den letzten Tagen hat McCain seinen stärksten Verbündeten gefunden: Joe der Klempner. Unglaublich, aber wahr.

Ich schalte um auf CNN. „... haben wir die Talsohle erreicht?"

Das ist eine Anspielung auf den heutigen Dow Jones.

Heute auf CNN: Obama 51 Prozent, McCain 43 Prozent. Interessanter Vergleich mit den Zahlen vor einigen Minuten auf *Fox News*.

„Das ist ein Wahlkampf auf Cruise Control ...", gemeint ist der von Obama, so ein Kommentator auf CNN.

Bill Clinton ist heute zum ersten Mal überhaupt während des Wahlkampfs zusammen mit Obama auf Tour. Ich nenne das einen *Maximum Impact*-Auftritt wenige Tage vor der Wahl. Timing perfekt, Pulver nicht zu früh verschießen. Obama redet gerade *live* in Norfolk, Virginia. Ich erinnere mich an meinen Besuch bei Verwandten dort mit fünfzehn und an den gigantischen Flugzeugträger im Hafen von Norfolk, wo die größte *Marine Base* der USA stationiert ist.

Ich kann mich an kein einziges Mal während des letzten Monats erinnern, wo Obama ohne den sogenannten *Teleprompter* vor Publikum auftritt. Es ist jetzt mehr oder weniger immer dieselbe Rede – feinpoliert von seinen Redenschreibern, um die Angriffsfläche zu minimieren. Umfrageergebnis im kritischen Bundesstaat Pennsylvania heute: Obama 52 Prozent, McCain 42 Prozent.

Zehn Prozent der Wahlberechtigten haben bereits beim *early voting* – der Vorauswahl vor dem eigentlichen Wahltag – in Florida gewählt. Das ist schon eine verrückte Sache mit dem *early voting*. Ich frage mich, ob all diese Leute genauso am eigentlichen Wahltag wählen würden. Die Wahl hat schon längst begonnen – während gleichzeitig die heißeste Phase im Wahlkampf läuft. Merkwürdig, merkwürdig. Der CNN-Moderator Alison Cooper: „Die Wahl spitzt sich gerade zu. Wir wollen, dass Sie die ganze Spannung, das ganze Drama mitbekommen."

Eine echte Seifenoper ist das hier. Jetzt die Ansage auf CNN: „Dieses Programm wird gesponsert von Owens Corning (dem größten Hersteller von Isoliermaterialien) – es ist so leicht, zu isolieren ..."

Macht in den USA trotzdem fast keiner. Ich zappe zwischen *Fox News* und CNN hin und her. Eins ist klar. Die amerikanische Volksseele ist mal wieder nackt wie zuletzt nach 9/11. Mit dem fundamentalen Unterschied, dass in den Wochen nach dem 11. September das Land so vereint war wie selten zuvor in seiner Geschichte: „*United We Stand*" war der Slogan des Moments.

Und heute? Das Land ist gespalten. Reife Leistung. Nicht leicht in einem Land, das naturgemäß aus verschiedenen Gründen (u.a. Faulheit) zum Einparteiensystem tendiert – historisch betrachtet waren die ideologischen Unterschiede zwischen den beiden einzigen relevanten Parteien, *Democrats* und *Republicans*, nie sehr groß. Und man hat oft mit vertauschten Rollen gespielt. So war es der Republikaner Lincoln, der die Sklaverei abgeschafft hat, und neulich habe ich gelesen, dass die *Democrats* in den Südstaaten bis in die zweite Hälfte des 20. Jahrhunderts die Partei der *White Supremacy*, der Vorherrschaft der Weißen, waren.

Heute Morgen hatte ich eine Unterhaltung mit meinem Chef, und er sagte: „Ich bin zur Voraus-Wahl gegangen – hab eine Stunde in der Schlange gestanden."

„Hast du nach europäischer Manier gewählt?", frage ich ihn.

Ich will nicht zu direkt sein und füge hinzu „Na ja, laut einer Umfrage der britischen Zeitschrift *The Economist* gibt es nur ein Land auf der Erde, das McCain zum amerikanischen Präsidenten wählen würde."

„Äh – welches?"

„Irak."

„Uhhh." Er macht eine vielsagende Pause. „Ich sag dir nur so viel: Ich habe siebzig Prozent für eine Partei gestimmt."

Er sieht die Fragezeichen in meinen Augen.

„Schau mal – wir wählen hier oft nach Themen. Daher kann es passieren, dass du bei einigen Themen für den Kandidaten der einen Partei und bei anderen für den der Gegenpartei stimmst."

Ich kann's mir nicht verkneifen zu sagen: „Das würde in Deutschland so nicht passieren."

Themenwechsel.

„Mein Sohn hat gestern seinen Job gekündigt. Ich kann's nicht glauben. In dieser wirtschaftlichen Situation kündigt man nicht, wenn man nicht schon einen neuen hat."

„Warum ist er gegangen?"

„Er wollte keine Kaltakquise von neuen Kunden machen. Man muss zufällige Nummern aus dem Telefonbuch wählen und die Leute anrufen."

Ich kann seinen Sohn verstehen.

„Also, das Geschäft liegt darnieder, und um neue Kunden zu bekommen, hat sein Chef ihn gebeten, das zu machen. Er hätte es ja einfach nicht machen können, aber zu kündigen ..."

Einige Stunden später beendet Alberta den Tag mit dem Satz: „Ich kann mir das nicht mehr ansehen. Ich habe Angst. Ich glaube, McCain gewinnt."

Infomercial, 29. Oktober 2008.

Heute im Büro eines Kollegen: „Gestern habe ich zum ersten Mal *Fox News* eingeschaltet."

„Uh – die bringen mich auf die Palme!", platzt es aus ihm heraus.

Matt, so heißt mein Kollege, ist vor zwölf Jahren aus England gekommen und mittlerweile mit einer *Indian American* verheiratet. Er ist übrigens nicht der einzige Engländer auf meinem Korridor. Es gibt noch Alan, der nebenbei Geigen baut. Und drei waschechte Inder.

„Ich habe zum ersten Mal diesen O'Reilly gesehen. Unglaublich."

„Der ist übel. Und diese Typen lügen offen im Fernsehen, und weißt du, was das Schlimmste ist? Niemand steht auf und sagt was."

Matt ist normalerweise, typisch Engländer, schwer aus der

Reserve zu locken. Hier kommt er mal richtig in Form: „Aber ich habe Sorge, dass McCain jetzt eine sehr starke Botschaft gefunden hat: Obama, der Sozialist. Und die Leute schlucken das. Ich bin nicht so sicher mit nächster Woche.“

Es ist merkwürdig. In den letzten Tagen, schwer zu sagen, seit wann genau, ich glaube, es fing an mit Joe dem Klempner, entwickelt das Thema Obama = Sozialist eine Eigendynamik. Eine tickende Zeitbombe für die Obama-Truppe, die dringend entschärft werden muss. Es scheint, dass McCain endlich den richtigen Angstknopf gefunden hat. Sozialismus. Russland. Kalter Krieg. Die alten Feindbilder. Man darf nicht vergessen, dass der Ausdruck „He's a liberal“ übersetzt ungefähr so viel heißt wie: Er ist das US-Äquivalent eines europäischen Sozialdemokraten – allerdings de facto normalerweise absolut gesehen weit rechts davon in den persönlichen Ansichten. Der Ausdruck wird in den USA momentan allerdings hauptsächlich als verächtliches Schimpfwort eingesetzt. Wenn jemand in den letzten Wochen und Monaten sich herablassend über Obama äußern wollte, dann oft in der Form von: „He's a liberal.“ Der Satz „He's a socialist“ geht da schon einen Schritt weiter und überschreitet die Grenze der Political Correctness.

„He's a socialist“, das ist in den USA schon in derselben Kategorie wie das *f-word* zu benutzen. Nicht stubenrein.

Es ist übrigens interessant, wie unterschiedlich die emotionalen Mobilisierungstaktiken der beiden Lager funktionieren: diametral entgegengesetzt. Die *Republicans* setzen wie üblich in den letzten Jahren auf *fear*, Angst. Kernkompetenz: die Angstschalter bei den Leuten finden.

In diesem Fall die amerikanische Ur-Angst vor den Bolschewiken. Also einzahlen in die „Angstbank“. Obama und Co. dagegen setzen ganz konkret auf *hope*. Einzahlen in die „Hoffnungsbank“.

Think positive.

Reduktion aufs Wesentliche.

Der Wahlkampf 2008 in seiner Endphase ist: Angst gegen Hoffnung. Der *Governor* von Florida hat gerade den Ausnahmezustand ausgerufen – wegen so vielen Früh-Wählern. Und ein Richter in Ohio hat entschieden, dass Obdachlose ihre Parkbank als Adresse bei der Wahl angeben können. Mit Sicherheit kommt Letzteres dem „Sozialisten" Obama entgegen.

Was North Carolina angeht: Die Demokraten haben hier seit 1976 nicht mehr gewonnen. Also seit dem Jahr, als ich mit meinen Eltern als Dreijähriger die USA aus New Martinsville, West Virginia, Richtung Deutschland verlassen habe.

Also lange. Ich höre eine Diskussion mit dem Herausgeber des Automagazins *Edmunds* auf *National Public Radio:* „Glauben Sie, dass die amerikanischen Autofirmen wieder profitabel werden können wie früher, oder ist das ein einziges schwarzes Loch?"

„Schauen Sie, in Ländern wie Frankreich ist es ganz normal, dass der Staat einen Teil der Autofirmen besitzt. Die amerikanischen Autofirmen werden wiederkommen, es ist lediglich eine Frage der Zeit. Die Konjunktur war nicht sehr kooperativ in der letzten Zeit."

Ja, so könnte man es sagen.

Heute Mittag gehe ich bei einem *all-you-can-eat*-Chinesen essen. Er ist voll mit Mexikanern. Ich nenne sie Rasenmäher-Mexikaner. Denn wenn man in Charlotte einen Mexikaner sieht, ist die Wahrscheinlichkeit hoch, dass er auf einem Aufsitz-Rasenmäher sitzt. Ich gehe mal davon aus, dass keiner hier im Restaurant wahlberechtigt ist. Was geht wohl in ihren Köpfen vor?

Heute ist übrigens der erste Tag seit einigen Wochen, dass mir der Gedanke kommt, dass McCain am Ende doch gewinnt: THIS RACE IS COMPLETELY OPEN ...

Mir geht wieder das Bild von der Obama-*rally* in Pennsylvania durch den Kopf und die Assoziation: Obama, der schwarze Sozialist, mit der schwarzen Jacke im Regen von Pennsylvania. Ob ihm das Bild geholfen hat?

Ich lese erneut *Blue Ocean Strategy*: „Sogar ein unschlagbares Geschäftsmodell ist oft nicht genug, um den kommerziellen Erfolg einer Blue-Ocean-Idee zu garantieren. Beinahe definitionsgemäß bedroht diese den Status quo, und dadurch erzeugt sie Angst und Widerstand bei den drei hauptsächlichen Interessenvertretern des Unternehmens: den Angestellten, den Geschäftspartnern und der allgemeinen Öffentlichkeit. Vor dem Weitermarschieren und dem Investieren in die neue Idee muss das Unternehmen zuerst diese Ängste überwinden, indem sie die Ängstlichen aufklärt."

Hm. die Ängstlichen aufklären ...

Ich glaube, das ist ziemlich genau das, was die Obama-Truppe momentan die ganze Zeit macht. Das Buch erklärt auch die hauptsächlichen organisatorischen Hürden für die Umsetzung einer solchen Strategie: „... die Mitarbeiter aufwecken für die Notwendigkeit eines strategischen Wechsels ... limitierte Ressourcen ... motivieren, mit dem Status quo brechen ... politische Interna ..."

Wenn man den gesamten US-Wahlkampf als *business* betrachtet, erkennt man, wie unglaublich clever das Obama-Lager sein Geschäft aufgezogen hat. Das Buch geht noch weiter und beschreibt sogenannte *tipping point leader*, ein Konzept, das der kanadische Journalist Malcolm Gladwell in seinem gleichnamigen Buch im Jahr 2000 eigeführt hat.

„Die Schlüsselfragen, die von den Tipping-Point Führungspersonen beantwortet werden, sind die folgenden: Welche Faktoren oder Handlungen üben einen überproportional positiven Einfluss aus im Hinblick auf den Bruch mit dem Status quo?

Im Hinblick auf die maximale Nutzung jedes einzelnen Euros? Im Hinblick auf das Motivieren von Schlüsselfiguren, um den Wechsel aggressiv voranzutreiben? Und im Hinblick auf das Überwinden von Hindernissen, die oft selbst die beste Strategie stolpern lassen? Durch den zielstrebigen Fokus auf Aspekte mit überproportionalem Einfluss können Tipping-Point-Führungspersonen die vier Hürden umstürzen, die die Ausführung einer Blue-Ocean-Strategie limitieren. Sie können dieses schnell und zu niedrigen Kosten erreichen."

Das fasst gut zusammen, was ich seit letzten Dezember von Obama gesehen habe, als ich ihn zum ersten Mal in den USA auf CNN sah. Und noch etwas Interessantes, das perfekt zu der Frage passt, warum Obama in diesem Wahlkampf überhaupt so weit kommen konnte:

„Die neuro- und kognitionswissenschaftliche Forschung zeigt, dass die Menschen auf das, was sie sehen und erleben, am effektivsten reagieren: ‚Sehen heißt glauben.' Auf dem Gebiet der Erfahrung verstärken positive Stimuli bestehende Verhaltensweisen (USA vor 2007), wohingegen negative Stimuli Einstellungen und Verhaltensweisen verändern." (Spätestens seit September überwiegen letztere in den USA für praktisch alle Einwohner.)

Und jetzt wird es richtig modern – für Politiker und Manager gleichermaßen: „Wenn Individuen mit emotionaler Anerkennung behandelt werden, fühlen sie sich der Strategie emotional verbunden und dazu inspiriert, alles zu geben. Und in der Tat, in Frederick Hertzbergs klassischer Studie über Motivation wurde herausgefunden, dass Anerkennung eine starke intrinsische Motivation weckt. Das führt dazu, dass Menschen über ihre Pflicht hinausgehen und sich freiwillig engagieren."

Dazu kann ich nur sagen: Hier sehen wir das Prinzip ausgeführt in Perfektion. Ich glaube, ein Teil der *Republicans* (aber nicht nur die) hat ein leicht veraltetes Bild davon, wie Menschen ticken.

„Hingabe, Vertrauen und freiwilliges Engagement sind nicht lediglich Einstellungen oder Verhaltensweisen. Sie sind immaterielles Kapital."

Obama hat im Verlauf des Wahlkampfs große Mengen dieses Kapitals angehäuft.

American Evolution – Creative Destruction, 30. Oktober 2008.

North Carolina ist jetzt ein zentrales Schlachtfeld des Wahlkampfs. Die Kandidaten sind diese Woche insgesamt fünfmal hier. Gestern Abend war es schwer, Obama zu entgehen:

a) *rally* in North Carolina

b) *Infomercial* auf sieben Kanälen gleichzeitig zur *prime time*

c) Danach *live*-Schaltung zu *rally* in Florida auf der Bühne mit Bill Clinton, der für Obama sein Bestes gibt

d) Obama bei der *Late Night Comedy Show* im Fernsehen

Dazu kann ich nur sagen: perfekt, perfekt, perfekt. Und zwar sowohl was das Timing als auch die Orchestrierung angeht. Marketing in Perfektion und in gigantischem Stil. Volle visuelle Kontrolle über den *battleground* USA – vier Tage vor der Wahl.

Hat das in dieser Perfektion jemals ein Wahlkampf auf diesem Planeten gesehen? Jetzt macht Obama sogar Sozialistenwitze: „Jetzt nennen sie mich sogar einen Sozialisten. Und das nur, weil ich als Kind eine Scheibe Erdnussbutterbrot geteilt habe."

Es illustriert noch einmal den Stellenwert des Begriffs Sozialismus in den USA, wenn sich der in den Umfragen deutlich führende – angeblich „linke“ – Kandidat zu solchen Aussagen bewegen lässt. Und das, während die letzte Inkarnation des US-Kapitalismus gerade im Orkus der Geschichte verschwindet. Der Sozialismus kann Obama noch die Präsidentschaft kosten. Und noch ein anderes Thema lauert:

„Obama hat die Rassenfrage bei den *Democrats* überwunden. McCain hat dieses Thema sehr gut gehandhabt. Ich meine allerdings, dass Leute in McCains Umgebung Codewörter benutzt haben, z.B. ‚riskant‘.“ So der afroamerikanische Bürgermeister von Columbus, South Carolina auf CNN.

Und weiter: „Palin hat behauptet, dass Obama das Land nicht so liebt wie sie ... Egal, was nächsten Dienstag passiert, unter den Jungwählern ist die Frage der Hautfarbe nicht unter den Top-Ten-Themen ... Als Afroamerikaner bin ich sehr stolz auf Barack, er hat die Frage nach der Hautfarbe transzendiert ...“

Obama selbst: „Hier geht es nicht um Schwarz oder Weiß. Es geht ums Amerikanische.“

Viele Community Organizer sind schwarz. Obama frequentierte Pastor Wrights Kirche zwanzig Jahre lang. Wright nach dem 11. September: „Das weiße Amerika hat seinen Weckruf bekommen.“

Ich glaube übrigens, Hautfarbe war bisher ein Vorteil für Obama in diesem Rennen. 97 Prozent aller Afroamerikaner sind auf seiner Seite. Das sind Werte, wie man sie sonst nur in totalitären Systemen sieht.

Ich lese wieder im *Blue Ocean* und stelle fest, dass Henry Ford sein Berühmtes *Model T* 1908 auf den Markt gebracht hat. Niemand in den USA hat das in den letzten Monaten zum Thema gemacht – einschließlich der Firma Ford. Was nicht überrascht. Es gibt nichts zu feiern. Vor hundert Jahren hat Ford mit der Fließband-Technologie die moderne Autoindustrie – und nebenbei die gesamte moderne Fertigungsindustrie – erfunden, und 2008 liegt die ganze US-Autoindustrie in Schutt und Asche. Was Detroit als Stadt selbst angeht – im buchstäblichen Sinn.

1908, als die fünfhundert US-amerikanischen Autohersteller von damals maßgeschneiderte Neuigkeitsautos herstellten, führte Henry Ford sein Modell T ein. In genau einer Farbe erhältlich: schwarz.

Und siebzig Jahre später liest sich eine andere Geschichte wie folgt: „Jedoch 1978, als die führenden Computerhersteller sich darauf konzentrierten, größere und leistungsstärkere Maschinen für den kommerziellen Markt herzustellen, schuf Apple Computer Inc. einen völlig neuen Markt mit dem Apple II Homecomputer."

Während des Lesens erkenne ich ein interessantes Muster. Ich nenne es die *Amerikanische Selbstempowerment Evolution* oder auch „Die Erfindung des 21. Jahrhunderts".

1908	Transport/Produktion	*Henry Ford*
1978	Computer	*Steve Wozniak und Steve Jobs*
1998	Internet	*Tim Berners Lee, Sergey Brin, Larry Page*
2008	Politik	*Barack Obama, David Axelrod*

Interessant ist auch, dass die Abstände zwischen diesen Paradigmenwechseln immer kleiner werden. Diese Revolutionen bauen aufeinander auf und bereiten den Weg in das 21. Jahrhundert (etwas verspätet).

Eben hatte ich noch nach einem Link zwischen 1908 – 1978 – 2008 gesucht. Moment – wann wurde Google gegründet? Ich *google* es: 1998! Das *missing link*.

Heute kaufe ich Q-Cells Aktien, weil ich glaube, dass der Tiefpunkt der Aktienkurse erreicht ist und Obama auf *green industry* setzen wird – im Nachhinein ein Fehlschluss zumindest für Q-Cells: Am 3. April 2012 ist Q-Cells pleite und die Aktie wertlos.

Ich lese wieder im *Blue Ocean*: „Es gibt im Grunde genommen zwei unterschiedliche Sichtweisen darüber, wie Industriestruktur mit den strategischen Aktivitäten der industriellen Akteure verbunden ist. Der strukturalistische Ansatz: Firmen versuchen hauptsächlich, Reichtum zu erobern und neu zu verteilen, anstatt ihn zu generieren. Nach Sicht der Rekonstruktionisten jedoch sieht die strategische Herausforderung ganz anders aus. Erkennend, dass Struktur und Marktgrenzen lediglich im Kopf von Managern bestehen, lassen Fachleute mit dieser Ansicht existierende Marktstrukturen ihr Denken nicht limitieren. Für sie existiert zusätzliche Nachfrage, großenteils unerschlossen. Die Crux des Problems ist, wie sie zu generieren ist."

Übertragen auf politischen Wahlkampf heißt das: Wie erreiche ich die Nicht-Wähler? Obamas Truppe macht hier einen sehr guten Job.

„... Generierung von innovativem Wert, um neue Nachfrage zu erschließen ... Systematisch über etablierte Wettbewerbsgrenzen hinwegsehen und existierende Elemente in unterschiedlichen Märkten zu einem neuen konstruieren ... Durch Stimulation der Nachfrageseite der Wirtschaft vergrößert die Strategie der Wert-Innovation existierende Märkte und generiert neue. Wert-Innovatoren erreichen einen Wertsprung durch das Schaffen von neuem Wert, und nicht auf Kosten von Wettbewerbern im herkömmlichen Sinn ..."

Genau das macht Obama mit seinem Wahlkampf. Er spricht Leute an, die vorher noch nicht mal gewählt haben. Obama hat eine *cutting-edge*-Marketingstrategie, während sein Gegner vergleichsweise mit Steinzeit-Methoden agiert: Guckt mich an – ich bin toll – wählt mich.

Oder in seinen Worten: Ich bin ein „Maverick".

Die eigentliche Innovation im Fall von Obama ist natürlich die meisterhafte Nutzung des Internet als Mobilisierungs-, Partizipations- und Kommunikationswerkzeug.

Aber schalten wir um auf O'Reilly. Gerade ist eine gewisse

Margret Hoover zu sehen. „Es ist bemerkenswert, wie gut es bei McCain läuft. Er kann immer noch gewinnen." Hoover ... Hoover? Ja, sie ist die Urenkelin des Hoover, Herbert Hoover – des 31. Präsidenten der USA. Dieser konnte als Präsident nach acht Monaten im Amt nach dem Wall-Street-Crash 1929 dem Lauf der Dinge nur machtlos zusehen. Auch die Erbauung des Hoover-Damms – eine groß angelegte Arbeitsbeschaffungsmaßnahme – konnte die große Depression und alles, was folgte, nicht eindämmen.

Neueste *Fox News*-Umfrage: Obama 47 Prozent, McCain 44 Prozent.

Der Boss der Gallup-Umfragen teilt dem *Fox News*-Fernsehpublikum mit, dass bereits 21 Prozent der Wähler gewählt haben. Und O'Reilly beeilt sich hinzuzufügen: „Die meisten Voraus-Wähler sind *Democrats*."

Noch fünf Tage.

Terminator, 31. Oktober 2008.

Im Radio auf dem Weg zur Arbeit auf *National Public Radio*: „Neue *New York Times*-Umfrage: Obama führt zweistellig – aber er arbeitet wie ein Außenseiter." Vierunddreißig Millionen Amerikaner haben Obamas *Infomercial* gesehen. Und jetzt kommt auch *Joe-the-Investor* an die Reihe. Der Investorengroßmeister Warren Buffett „ermahnt seine Landsleute, jetzt Aktien zu kaufen". Natürlich ganz neutral. Ach ja, und die *Pick-Up-Truck*-Verkaufszahlen für den US-Automarktindikator *Ford 150* gehen wieder rauf. Und zwar derart, dass Ford „tausend Leute für eine Fabrik ein(stellt), aus einem Pool von neulich entlassenen Arbeitern ..."

Das ist ja wirklich nicht zu fassen. Die Angst vor dem sogenannten *R-word* (R wie Rezession) geht um. Apropos *socialism* – George W. Bush ist gerade dabei, im Eiltempo das Bankensystem zu verstaatlichen.

Heute Mittag auf dem Weg zum Mittagessen traue ich meinen Augen kaum. Eine Riesenschlange vor der lokalen Bibliothek – *early voting*, Voraus-Wahl. Ehrlich gesagt, die sehen eher aus, als wenn sie mehrheitlich Obama wählen.

Und wieder ein Tag der personellen Superlative. Nachdem Obama gestern praktisch alle wichtigen Nachrichtenkanäle für eine halbe Stunde am Stück blockiert hat, kommt heute der Auftritt vom *Terminator* (dem Ex-Bodybuilding-Weltmeister, Schauspieler und derzeitigem Gouverneur von Kalifornien, Arnold ‚Arnie' Schwarzenegger) mit McCain – mit österreichischem Akzent dröhnt es: „Therrre's corrrruption in Washington, therrre is corrrruption therrre."

Und Rudi (Giuliani), New Yorks 9/11-Bürgermeister, ist auch mit von der Partie. McCain widmet jetzt zwei volle Tage Ohio, während sein Kollege Obama weiterwalzt: „Wir können jetzt nicht nachlassen, wir müssen das Ding jetzt nach Hause bringen."

Recht hat er, und er weiß, was die letzten zwei Male passiert ist.

Zur Erinnerung: Al Gore hat die Wahl im Jahr 2000 wegen fünfhundert Stimmen in Florida und einer anschließenden *Supreme-Court*-Entscheidung verloren.

„Wir sehen jetzt gerade ein sehr enges Rennen ... niemand weiß, wie diesmal die Wählerschaft aussehen wird."

McCain: „Obama, der Ober-Umverteiler ..."

Es sind immer wieder diese sogenannten *soundbites*. Wer schafft es, mehr *soundbites* in den Medien in immer kürzeren Zeitabständen zu landen?

„Einige von diesen *Democrats* aus den südlichen Bundesstaaten im Kongress sind so konservativ wie manche *Republicans* ..."

Auf CNBC kommt eine Umfrage unter Investoren: 48 Prozent für McCain – 45 Prozent für Obama.

Die Benzinpreise sind heute bei 2.49 Dollar für die Gallone in Charlotte. Ende Juni, vor vier Monaten, waren sie doppelt so hoch. Die armen Amerikaner sind auf der Achterbahn ihres Lebens.

„... Obama ist eine derartig messianische Gestalt ... auf kurze Sicht wird das funktionieren ..."

Ich lande mal wieder auf *Fox News*, nur der Ton fehlt. Sie zeigen gerade McCain. Da fällt mir erneut auf, dass der arme Mann sich – wegen seiner Kriegsverletzungen – wie ein Roboter bewegt. Und das gegen die Katzenhaftigkeit von Obama. Der Ton springt an, gerade rechtzeitig für: „... die Leute wählen (mit Obama) ihre Träume und nicht die Realität ..."

Cadillac-Werbung mit einem völlig übermotorisierten Fahrzeug. Vor drei Tagen habe ich auf unserem Satellitenprogramm den Kanal *Newsmix* entdeckt. So kann man acht Kanäle gleichzeitig sehen und bei Bedarf reinzoomen. Perfekt.

Mal wieder Obama mit seiner Agenda: Gesundheitssystem, Energie, Steuer, Bildung, Einwanderung.

Aber zunächst mal Stabilisierung des Finanzsystems und *energy independence.* Und natürlich *new green energy jobs.* Der Mann hat was vor. Ich zähle die Unsympathen auf *Fox News* heute Abend, und komme auf neun Personen.

O'Reilly war zu Gast bei der Letterman Show. Ein Talkmaster interviewt den anderen. Letterman zu O'Reilly: „Ich halte Ihnen zugute, dass Sie über Palin reden, weil viele Konservative sich jetzt dazu weigern ..."

Werbung: „Niemand bringt Ihnen bei, wie man Kinder großzieht – die kommen nicht mit einer Gebrauchsanweisung. Jetzt habe ich eine für Sie. Ändern Sie das Verhalten Ihres Kindes im Handumdrehen ... "

Thema auf *Fox News* jetzt, die Latinos: „Latinos mögen die Marke der *Republicans* nicht wegen dem Thema Einwanderung ... ansonsten (sind sie ebenfalls) Abtreibungsgegner, Familienmenschen, (christlichen) Glaubens ..."

Ein gewisser Geraldo Rivera, Latino und gleichzeitig jüdischer Abstammung, zu O'Reilly: „Schauen Sie, das Bild, das Sie zeigen – es ist eine Beleidigung für Latinos ... John McCain wird den Preis dafür bezahlen, in Nevada, New Mexico, Texas, Arizona ..."

Zwischendurch muss sich Geraldo noch beschimpfen lassen – „Sie sind verrückt!"

Er lässt sich aber von Bill O'Reilly nicht aus der Ruhe bringen: „Das wird das Ende der rechten Radio-Talkshow-Moderatoren sein mit diesem ‚*hate stuff*' ...und Sie (O'Reilly) sind übrigens nicht einer von denen. Ich verteidige Sie jedes Mal."

Es wird ein langes Rennen. Ehrlich gesagt bin ich müde und ausgepumpt. Gestern habe ich mich vor zehn Uhr ins Bett gelegt. Ich verbringe in den letzten Tagen den ganzen Abend vor dem Fernseher – vier Stunden im Schnitt. Unser Familienleben leidet mittlerweile merklich.

Side Effects, 1. November 2008.
Charlotte, North Carolina.

Sonja, die indisch-amerikanische Frau meines englischen Kollegen, ruft an. Sie möchte morgen beim *canvassing* mitmachen. Da sie beruflich für einen Pharmakonzern Arzneimittel verkauft, sage ich: „Weißt du, es ist wie beim Verkaufen von verschreibungspflichtigen Medikamenten. Es ist grundsätzlich ‚Good Stuff'. Es könnte ein paar Nebenwirkungen geben."

Sonja lacht. Sie möchte wissen, was man so beim *canvassing* machen muss.

„Im Prinzip redest du mit Leuten, die schon zu den *Democrats* neigen. Es ist nicht so, dass jemand in der Tür steht und dich abknallt, weil du ein *Democrat* bist. In dieser Hinsicht ist es besser, als wenn du es in deiner eigenen Nachbarschaft machen würdest, weil du da nicht weißt, wer die Tür aufmacht."

Sie hatte ursprünglich vorgehabt, in ihrer (wohlhabenden) Nachbarschaft neben einem Golfplatz herumzuziehen. Ich glaube, die vielen McCain-Palin-Schilder vor den Häusern haben sie letztlich davon abgehalten.

„Ja, ich weiß. Das sind alles *Republicans*."

„Yeah – und die wirst du sowieso nicht überzeugen. Die Idee mit dem *canvassing* ist gut. Du versuchst lediglich sicherzustellen, dass die Leute, die zu den *Democrats* neigen, wirklich wählen gehen. Und wenn sie noch unsicher sind, na ja, dann kannst du ihnen mit ein paar guten Argumenten helfen."

„Also, dann ist es ja wirklich wie verschreibungspflichtige Medikamente verkaufen."

„Absolut. Und du bist perfekt dafür. Ich habe es schon Matt gesagt. Obama ist im Grunde wie ein Produkt der pharmazeutischen Industrie. Good Stuff. Mit ein paar Nebenwirkungen."

„Yeah, aber die haben alle."

Sie kichert. Es ist übrigens interessant. Auf den Schildern, die in den letzten Wochen wie Pilze in den Vorgärten aus dem Boden geschossen sind, steht nie „Wählt Republican“ oder „Wählt Democrat“. Es sind immer die Kandidaten Dole, Obama, McCain – Palin. Die Kandidaten sind die eigentliche Marke.

Meine Kondition lässt nach. Vorgestern musste ich mich abends um zehn ins Bett legen, und gestern war offensichtlich selbst der alte CNN-Interview-Haudegen Larry King überanstrengt. Gergen und Anderson Cooper auf CNN sehen auch ziemlich fertig aus – diese Wahl fordert ihren Tribut. Allein Obama wirkt immer noch fit. Heute habe ich beim Büchersupermarkt Barnes & Noble in einem der Wochenmagazine einen interessanten Satz von Michelle Obama über Barack Obama gelesen. Nach seiner Wahl zum Senator sagte sie zu einem Reporter: „Barack is not a politician first and foremost. He’s a community activist exploring the viability of politics to make change. – Barack ist nicht in erster Linie ein Politiker. Er ist ein Community-Aktivist, der die Realisierbarkeit von Politik erkundet, um Veränderungen herbeizuführen.“

Ich weiß nicht warum, aber ich muss an den African American denken, der unseren Übersee-Möbelcontainer vom Hafen in Charleston zu uns gebracht hat. Einer der fröhlichsten Menschen, die ich je getroffen habe. In Charlotte auf dem Bauernhof war er großgeworden – mit dreizehn Geschwistern. Auf die Frage, ob alle gut durchgekommen sind: „Ja, fast alle sind bei der Armee gelandet.“

Sell, Sell, Sell, 2. November 2008.
Charlotte, North Carolina.

Sonja kommt um kurz nach halb zwei, um zwei soll's losgehen. Wir fahren mit meinem Auto. Sie ist ganz aufgeregt. Ich beruhige sie. Alles ganz einfach. Die Leute sind nett. Außerdem alle registrierte *Democrats*. Also wirklich nichts zu befürchten.

Auf dem Parkplatz wieder die rot-weiß-blauen Luftballons als Erkennungszeichen. Diesmal ein anderes Auto – eine nette Afroamerikanerin, etwa Anfang dreißig, steigt aus.

„Hi, I'm Christie."

„Sonja."

„Gero."

„Nice to meet you guys. I guess you're here to canvas."

„Ja, ich habe das schon letzten Sonntag gemacht."

„Okay, also weißt du, wie es läuft. Inzwischen sollten noch viel mehr von den Leuten hier zur Voraus-Wahl diese Woche gegangen sein. Hier sind eure Unterlagen."

Sie fummelt einen braunen Umschlag aus einem Pappkarton mit noch mehr braunen Umschlägen. Sie kontrolliert, ob die Adressen mit den Checklisten und die *googlemaps*-Beschreibungen mit dabei sind. Sie überlegt.

„Wisst ihr was – diese Gegenden sind ein bisschen weiter weg von hier. Ich schau mal nach, ob ich nicht etwas hier in der Nähe für euch habe. Dann müsst ihr nicht so viel fahren."

Bestens, die ewige Fahrerei in Charlotte nervt uns sowieso schon. Sie ist echt nett. Sie friemelt noch ein paar braune Umschläge heraus, und nach ein paar Minuten hat sie das Passende für uns gefunden. Wir nehmen den Umschlag, und Sonja holt die *googlemaps* raus. Wir machen uns auf den Weg.

Wir suchen die erste Adresse. Komisch, ist auf der Karte nicht eingezeichnet. Die zweite auch nicht. Uns dämmert, dass Karte und Adressenliste nicht zusammengehören. Noch ein Versuch weiter unten. Wir haben offensichtlich zwei unterschiedliche Sets. Mist, wir müssen wieder zurück zu Christie. Es ist ihr schrecklich peinlich. Sie kontrolliert einen anderen Umschlag – passt auch nicht zusammen. Einen dritten. Wieder nicht. Fällt unsere Aktion ins Wasser? Schließlich wird sie fündig.

Ist uns auch recht, solange diesmal die Infos zusammenpassen.

Wir suchen nach dem ersten Haus. Diesmal sind die Häuser viel weiter auseinander als beim letzten Mal. Das muss doch hier irgendwo sein. Schließlich finden wir eine kleine Einfahrt, die in ein lichtes Wäldchen führt.

Wir kommen zu einem kleinen Haus und klingeln. Eine Frau mittleren Alters öffnet. Und ist schnell im Bilde. „Ja, ich werde Obama wählen."

Early voting ist jetzt seit ein paar Tagen keine Option mehr. Das ging nur vom 16. bis zum 31. Oktober.

„Und die Dame dort, sie wohnt in dem größeren Haus da drüben, wird auch Obama wählen. Da brauchen Sie nicht hinzugehen."

Sie ist offensichtlich die Haushälterin oder so etwas Ähnliches.

„Ich bin nicht sicher, ob sie uns nicht angelogen hat." Sonja ist skeptisch.

„Warum sollte Sie uns deswegen anlügen?"

„Keine Ahnung, sie wirkte einfach nicht ehrlich."

Hm – immerhin ist Sonja beruflich Vertreterin. Sie sollte sich also mit solchen Aussagen an der Tür auskennen.

„Was sollte ihr Motiv sein, zu lügen?"

Wir vertiefen das nicht, sondern machen uns stattdessen zum nächsten Haus auf. Während der Fahrt erwähne ich zu einem bestimmten Zeitpunkt: „Was Obama mit Sicherheit zugute kommt, ist sein Charisma. Und er sieht gut aus."

Sie fängt an zu kichern – wahrscheinlich weil sie das eher von einer Frau erwartet hätte.

Ihre Eltern sind aus Indien eingewandert. Sie ist in den USA geboren und aufgewachsen, in der Nähe von San Francisco. Und hat danach in Boston gelebt. Das erklärt auch ihre Haltung zu Charlotte – total langweilig und spießig. Ihr Bruder hat für McDonald's die erste Dependance in Indien eröffnet. In der Sprache der US-Eingeborenen ist sie ein klassischer *coast liberal*.

Das nächste Haus ist ziemlich winzig und etwas heruntergekommen. Mitten auf der Wiese. Am Eingang ein kleiner Kläffer. Ein hübsches afroamerikanisches Mädchen öffnet, etwa um die sechzehn.

„Yeah – wir wählen auf jeden Fall."

Wir brauchen nicht zu fragen für wen. Der Rest der Familie ist im Wohnzimmer versammelt. Sehr typisch: Man geht durch die Haustür und steht direkt im Wohnzimmer. Die nächsten Häuser sind wieder in einer Wohngegend. Wir parken – und können die erste Hausnummer nicht finden. Das Haus existiert einfach nicht. Wir fangen an zu lachen. Wir dackeln noch etwas die Straße rauf und runter und gehen dann zur nächsten über. Auf der Straße ist noch ein anderes Haus auf unserer Liste. Niemand öffnet. Wir hinterlassen eine Wahlbeschreibung mit Instruktionen für die ganze Wahlliste der Demokraten.

Zu Fuß machen wir uns zur nächsten Straße auf, wo noch ein Haus auf uns wartet. Wir witzeln herum. Es öffnet wieder keiner, der nächste harte Schlag für Sonjas Motivation. Die Ausbeute ist deutlich schlechter als am letzten Sonntag.

Wieder zurück zum Auto und in die letzte *neighborhood*. Die Häuser sind älter, Mittelklasse, aber höher als die letzte Nachbarschaft. Man kann, wie immer in Charlotte, sozusagen die Preisschilder ablesen. Dreihunderttausend. Dreihundertfünfzigtausend. Zweihunderttausend. Wäre was für „Wetten, dass ..."

Wir gehen zuerst zum Haus am Kopf des Wendehammers. Das Übliche, wieder ein Hund. Diesmal allerdings zur Abwechslung mit menschlichem Anhang. Der Hauseingang ist hier an der Terrassentür. Egal. Die Bewohner sind Anfang fünfzig und sympathisch. Wie übrigens auch ihr Hund.

Wahlen sind ein Spiegel der Gesellschaft, und Hunde ein Spiegel ihrer Besitzer. Also sind die Hunde ein Spiegel der Wahlen.

Die beiden signalisieren – alles okay. Soll heißen: Wir wählen Obama.

Dann ein altes Haus, bei dem wir wieder Probleme mit der Nummer haben. Schließlich haben wir es per Ausschlussverfahren eingekreist und finden am Ende sogar die passende Hausnummer. Wieder nur Herr oder Frau Hund.

Das letzte Haus einige Meter weiter. Der Besitzer ist in der Garage.

„Ich werde wählen."

„Haben Sie schon entschieden, wen?"

„Ja, aber das ist privat. Das werde ich Ihnen nicht sagen."

Diese Antwort hatte ich bisher noch nicht gehört.

Wir machen uns zurück auf den Weg zu Christie. Wir haben vergessen, die Checkliste auszufüllen. Christie nimmt es uns nicht krumm, und wir verabschieden uns von ihr. Ich glaube, Sonja hatte sich das Ganze irgendwie aufregender vorgestellt.

Ein paar Stunden später lese ich in einem der Magazine für evangelikale Christen bei Barnes & Noble, dass bei den jungen *evangelicals* Obama und McCain sich die Stimmen 50:50 teilen. Das ist mit großer Sicherheit bei der älteren Generation nicht so.

McCain – Palin

Country First

So lese ich mal wieder auf dem vor mir fahrenden Auto. „Er

stellt sein Land allem voran", wird McCain von allen Seiten, auch von seinen Gegnern, immer wieder zugute gehalten. Nicht ein Mal habe ich gehört, dass das eventuell Teil seines Problems sein könnte. Und das spricht Bände. Amerika immer zuerst, dann die anderen. Ich glaube, wenn die Abstimmung weltweit laufen würde, käme die wahre Natur dieses Slogans viel schneller zum Vorschein. In diesem Land jedoch merkt das niemand, bis vielleicht auf ein paar einsame Naturen. Ich glaube übrigens, es ist wieder ein McCain-Palin-Schild aus einem unserer Nachbarvorgärten verschwunden. Bereitet sich schon mal jemand auf das Kommende vor?

Palin ist für mich das Lackmuspapier für die republikanische Partei und auch ein Stück für Amerikas Zukunft. An ihrem politischen Schicksal in den nächsten Tagen – und darüber hinaus – werden wir ablesen können, wie es um die Dinge bestellt ist. McCain ist zweiundsiebzig Jahre alt und war angeblich bereits viermal an Krebs erkrankt. Eine Präsidentin Palin ist heute also ein realistisches Szenario innerhalb der nächsten vier Jahre. Wenn McCain verliert, könnte Palin 2012 und sogar auch 2024 erneut antreten, sie ist erst 44 Jahre alt.

Um es mal festzuhalten: Obama steht weit links vom amerikanischen Mainstream am 2. November 2008 – und übrigens immer noch weit rechts vom europäischen. Mal sehen, wie lange die Liebe dauert. So viel steht jedenfalls fest: Die politische Mitte in Deutschland und im kontinentalen Westeuropa ist deutlich links von der politischen Mitte der USA. Ich muss wieder an den Wortwechsel mit Diane beim *canvassing* denken. Ich sagte: „Ich kann den Leuten ein bisschen die europäische Sicht der Dinge vermitteln." Und sie konterte mit einem leicht ängstlichen Blick: „Ich weiß nicht, ob das eine gute Idee ist. Kommentare von Europäern werden in den USA meistens nicht so wohlwollend aufgenommen."

Es sind also nicht nur die Politiker.

Mir kommt das Bild in den Kopf: Der Vater und wie er pikiert guckt, als Diane mit ihren Obama-Stickern nach seiner Tochter fragt.

Ich muss daran denken, was für unterschiedliche Schicksale die beiden Großbanken in Charlotte, Wachovia und Bank of America, in den letzten Wochen erlitten haben. Und daran, dass die Banken den amerikanischen Wohlstand – mit breiter Unterstützung der Bevölkerung – in die Luft gesprengt haben. Und wie Bush zeitgleich mit seinem Irak-Abenteuer seinem Volk den moralischen Boden unter den Füßen weggezogen hat. Das Land ist finanziell und moralisch heute am Tiefpunkt. Tiefer geht nicht – nicht hier. Im Gegensatz dazu dürfte der Marktwert der Obama-Hoffnungsaktie gerade ihren vorläufigen Höhepunkt erreicht haben – der Sticker mit seinem Konterfei für 5 *bucks*. Wird er weiter ansteigen, oder hat er damit seinen Höhepunkt erreicht?

Die Tage nach 9/11 und die letzten Tage vor dieser Wahl sind gesellschaftliche Extremsituationen – wie bei Individuen: Man kann sehr schön den wahren Charakter beobachten. Ein Freiluftlabor.

Bohr, Baby, bohr!, ist jetzt völlig verstummt, aber jetzt ist der Benzinpreis ja auch wieder auf 2.50 Dollar für die Gallone gesunken. Kann man als Masse noch kurzsichtiger sein? Das macht das Timing hier so kritisch, und das Obama-Lager hat das verstanden. Der letzte Monat entscheidet in den USA eine Wahl. Es sind sowohl die externen als auch die wahlkampfinternen Ereignisse. Wer hier schlecht wegkommt, verliert. Endspiel. Die letzten vier Wochen sind ein sogenanntes *losers game*. Man kann die Wahl jetzt eigentlich nur verlieren. Ein schwerwiegender taktischer Fehler, und man ist erledigt.

McCains Angriffsspiel – und er ist ein Angreifer – war sehr gefährlich für ihn, aber er musste nach dem Wall-Street-Desaster angreifen. Die letzten Wochen sind wie eine spannende Schachpartie – mit dem Unterschied: Das Brett und selbst die Figuren ändern sich täglich durch die äußeren Ereignisse. Es hat sich jedenfalls in den letzten Wochen mal wieder deutlich gezeigt, wie wichtig bei komplexen Vorhaben die Elemente Strategie, Implementierung, Flexibilität und eine in sich konsistente Kommunikation sind.

In unserer katholischen Kirche St. Matthews wird vom Priester heute gebetet „für die Wähler der anstehenden Wahlen". Wie üblich ist es brechend voll – ein paar tausend Leute.

Weiterhin auffallend: Schätzungsweise ein Promille Afroamerikaner in der Kirche – ich sehe einen. Ich sehe keinen Latino, in der ganzen Kirche sind etwa drei Schwarze. Ich weiß wirklich nicht, warum, aber während ich so vor mich hin sinniere – ich bin Protestant, also *Lutheran* –, höre ich meinen kleinen Sohn neben mir: „Ist das unsere Kirche? Warum?"

Gute Frage.

Momentan gibt es in den Vorgärten entweder McCain- oder Obama-Schilder oder Helloween-Schmuck. Nie zusammen! Das fällt mir deshalb auf, weil ich seit einigen Tagen nach fotogenen Politmotiven nebst Helloween-Gruselinventar Ausschau halte. Nichts zu machen.

Weiterhin auffallend: Es gibt Straßenzüge, in denen man vor vielen nebeneinander liegenden Häusern Obama- und McCain-Schilder sieht. Wie an einer Perlenkette aufgereiht. Ist das ansteckend? Was dafür sprechen könnte, ist die Negativprobe: Etwas weiter unten in derselben Nachbarschaft sieht man dann vor vielen Häusern gar keine Schilder. Und dann wieder Obama. Und dann McCain. Schon merkwürdig. Clusterbildung.

Ich sinniere über das Thema Werte in den USA.

Buchstäbliche Nummer eins: Geld.

Nummer zwei: Die amerikanische Fahne.

Nummer drei: Familie.

Interessen: Der harte Kern ist das Ich.

Die Schale drum herum: Geld.

In welchem Alter fängt das eigentlich an? Charlotte ist angeblich die Stadt mit der höchsten Lebensqualität in den USA.

Diane meinte vor ein paar Tagen, dass unser Wahlkreis hier aus 45 Prozent *Republicans* und zu 35 Prozent aus *Democrats* besteht. Das deckt sich in etwa mit den Schildern. Irgendwie habe ich den Eindruck, dass ich mehr McCain-Schilder sehe.

Nach der Kirche auf den Spielplatz: Der Spielplatz ist ein *melting pot* – unsere Kirche ist jedenfalls keiner.

Amerika und die Marken.

Im Gegensatz zu Deutschland ist hier allen klar, dass Politiker und politische Parteien in erster Linie Marken sind, sie werden dementsprechend auch als solche wahrgenommen und beim Namen genannt. Momentan sind die folgenden Marken stark: Obama, Palin, McCain, *Democrat.* Bidens Marke ist irgendwie unklar. Die Marken *Republican* und Bush sind derzeit im Eimer. Und Letzterer völlig in der Versenkung verschwunden. Kein Wahlauftritt gemeinsam mit den Kandidaten, nichts. Ich weiß nicht, ob er sich seinen Abgang so vorgestellt hat.

Auf NPR höre ich einen interessanten Kommentar von einem Korrespondenten, der den Wahlkampf von Giuliani, Hillary Clinton und McCain beschrieben hat und jetzt aus Afghanistan berichtet:

„Die Journalisten auf der Wahlkampftour sind in der merkwürdigen Lage, gleichzeitig sowohl die Analysten als auch die Schiedsrichter zu sein."

Auf die Frage, warum er jetzt in Afghanistan sei: „Man hat die Gelegenheit, etwas Originelles zu sagen, wenn sich nicht die Augen aller darauf richten."

Heute auf der Titelseite vom *Charlotte Observer*: Der Lokalmatador und Seelsorger der Nation Billy Graham wird neunzig. Ich lese über die einflussreichste religiöse Gestalt der USA im 20. Jahrhundert: „Der Prediger der Präsidenten hat gute Tage, aber auch solche, an denen er sich nicht aus dem Bett erhebt. Die Welt kommt jetzt zu Graham, auf CNN, Fox, ein paar Zeitschriften und ein Rinnsal von Besuchern ..."

Man zeigt ein Bild von ihm mit McCain vom Sommer. „Was das Fernsehen angeht, ist er ein Zapper – CNN, vor allem Larry King Live oder *Fox News*. Grahams Kinder sagen, dass dieser langjährige Pastor von Präsidenten das Rennen um das Weiße Haus mitverfolgt. Niemand, einschließlich Graham selbst, sagt, für wen er die Daumen drückt. Aber Tochter Gigi sagt: „Er findet Sarah Palin verdammt hübsch ..." Präsidentschaftskandidat John McCain kam im Juni für einen Plausch und Fototermin vorbei, Barack Obama sollte eigentlich letzten Monat vorbeikommen, aber Graham musste absagen. Auf die Frage, worauf Lehrer in der Schule besonderes Gewicht legen sollten, antwortet Graham – ohne sein übliches Zögern – wie aus der Pistole geschossen: ‚Christus und das Evangelium'. Dreimal bat er seine Mitarbeiter, ihm den Spruch vorzulesen, den sich seine Frau für ihren Grabstein ausgesucht hatte: ‚End of Construction – Thank you for your patience.'"

Das orangenfarbene End-of-Construction-Schild steht in den USA normalerweise am Ende einer Straßenbaustelle.

Ich meditiere über Obamas historische Bedeutung als eventueller Präsident, und zwei Dinge kommen mir als Erstes in den Sinn: erster Afroamerikaner als Präsident, und Revolutionierung der Wahlkampfmethodik.

Werbung im Fernsehen: Obama – *endorsed*, unterstützt von Warren Buffett, Colin Powell. Der eine der reichste Mann Amerikas, der berühmteste Investor. Der andere der erste afroamerikanische Außenminister – und Republikaner.

McCain wird von Schwergewichten umstellt. „... wegen dieses harten Wahlkampfs muss die gesamte Nation einen Heilungsprozess durchlaufen ..."

Wer schon immer wissen wollte, wo die ganzen Schilder herkommen, die während der *rallys* hochgehalten werden: Sie werden eigens dazu kurz vor dem Auftritt des Kandidaten ausgehändigt.

Obama gerade: „Ohio, ich habe nur zwei Worte für dich – zwei Tage!"

Als Antwort skandiert das Publikum: „Yes, we can! Yes, we can!"

Wenig später: „Ihr müsst nicht buhen, ihr müsst nur wählen gehen. Nach 21 Monaten ... wir sind zwei Tage vom Wechsel entfernt ... so, dass alle die Chance haben, Erfolg zu haben – der CEO und die Sekretärin ... hier (in Cincinnatti, u.a. Stammsitz von Procter & Gamble, die neben vielen anderen Dingen auch die Seifenoper im Fernsehen erfunden haben) müssen wir es verwirklichen ... So werden wir dieses Land verändern, mit eurer Hilfe. Wir befinden uns in der schlimmsten Wirtschaftskrise seit der Großen Depression ..."

Auf dem Fernsehbildschirm wird unten eingeblendet: „Obamas Schlussplädoyer – Ihr müsst nicht buhen – Was müsst ihr tun?"

Die Masse: „Wählen!"

„Senator McCain hat hart gearbeitet für die Unterstützung von Dick Cheney ... George Bush befindet sich an einem geheim gehaltenen Ort ... Wir würden George Bushs Wirtschaftspolitik und Dick Cheneys Außenpolitik bekommen ... Wenn du nicht gewinnen kannst, zieh einfach deinen Gegner in den Dreck ... Wir sind die Vereinigten Staaten, wir sind eine Gemeinschaft, und Ohio wurde stärker getroffen als andere Bundesstaaten ..."

Gute Rede. Ich finde sie besser als die in Fayetteville. Diese ist mit Sicherheit auch wichtiger – zwei Tage vor der Wahl im vielleicht entscheidenden Bundesstaat.

„Wir brauchen eine intelligentere Regierung ..."

Die Amerikaner geben in ihrer Gesamtheit zu, dass Obama intelligent ist.

„... 50.000 neue Jobs pro Jahr in erneuerbaren Energien ... das sind gute Jobs, die nicht ausgelagert werden können, aber sie benötigen Leadership ..."

CNN verschiebt den Auftritt des afroamerikanischen Komikers D.L. Hughley, um die Rede Obamas in voller Länge auszustrahlen.

„Als Präsident werde ich diesen Krieg stoppen. Ich werde endlich den Krieg gegen bin Laden und al Qaida beenden. Ich werde sie aus dem Markt drängen ... wir werden Programme beenden, die wir nicht brauchen ... Das ist es, wofür wir kämpfen – die Einheit dieses Landes ... Ich frage euch nicht so sehr danach, an meine Fähigkeit zu glauben, Veränderungen zu bringen, sondern an eure eigene ..." Im Original: „I ask you not so much to believe in my ability to bring change but in yours ..." Amerika braucht wirklich etwas mehr HOPE als CYNICISM.

„There are better days ahead if we are willing to work on it ... the time for change is here ... and you and I together will change America and the world."

Toot, 3. November 2008.
Charlotte, North Carolina.
Jetzt ist es amtlich: Amerika befindet sich in einer Rezession. John McCain ist heute in sieben Bundesstaaten. Ich höre NPR, Interviews mit Leuten von der Straße. Eine ältere Dame in North Carolina: „Ich bin Southern Baptist, und wir beten jeden Abend um neun für die Nation, dass McCain Präsident wird."

Eine andere ältere Dame: „Ich mag John McCain, aber seine Gesundheit ist nicht die beste, und ich mache mir Sorgen um ihn. Ich glaube nicht, dass es gut für Amerika wäre, wenn das kleine Mädchen aus Alaska einspringen und Präsident werden würde."

Eine Afroamerikanerin in Indiana: „Ich würde in der Schlange warten (um zu wählen) – selbst wenn die Schlange bis über die Stadtgrenzen hinaus wachsen würde."

Und ein Afroamerikaner: „Mein Großvater, der noch ein Sklave war, sagte mir einmal: ‚Wenn du erwachsen bist, erlebst du vielleicht einen schwarzen Präsidenten.'"

Ich stehe mit meinem Auto an der Ampel. Diese Ampel, die wirklich jeden Morgen rot ist. Die letzte Zeit war anstrengend, viele Dienstreisen, geschäftliche Diskussionen. Abends stundenlanges Fernsehen mit dem Neuesten vom Wahlkampf. Nicht genug Zeit für Alberta und Marco. Mein Körper und Geist sehnen sich nach ruhigeren Gewässern.

Vor einigen Tagen war Joe Biden in Charlotte. Ich stand genauso an dieser Ampel und habe, zum Teil aus Ermattung, entschieden, nicht hinzufahren.

Obama absolviert heute seine letzten beiden Wahlkampfauftritte – einen davon in Charlotte. Ich gebe Gas und fahre ins Büro. Um elf ist es klar – ich nehme mir den Tag frei, und eine halbe Stunde später sitze ich wieder im Auto. Highway Richtung Unigelände. Die *rally* beginnt um halb sechs. Die Fahrt dauert eine halbe Stunde. Dieses Mal möchte ich ganz nah ans Geschehen ran. Ich habe sechs Rollen Schwarz-Weiß-Film im Gepäck. Ein Parkplatz ist schnell gefunden – auf dem Oberdeck des Parkhauses auf dem Unigelände. Ich schlendere über den Campus. Die Veranstaltung ist auf dem riesigen Sportgelände. Ich kann mir schon denken, wo das ist. Um sicherzugehen, frage ich eine Studentin.

„Da drüben."

Sie zeigt in die Richtung, die ich vermutet habe. Ich betrete die Mensa, eine Ansammlung von Fastfood-Ständen. Immerhin gibt es eine Art Salatbar – wir sind an der Uni. Nerdzone. Jetzt brauche ich erst mal etwas zu Essen. Das Publikum hat so ziemlich gar nichts mit dem in unserer Nachbarschaft oder überhaupt im Rest von Charlotte zu tun. Es sind ganz normale Studenten, viele pickelig, mit *flip flops* und *hoodies*. Das Übliche. Wie ein anderer Planet. Zottelige Haare und bunt gefärbt. Angenehm, hier zu sein. Ich stelle mich in die Warteschlange, und zehn Minuten später habe ich meinen *wrap* in der Hand, den ich mit Heißhunger runterschlinge.

Ich sondiere das Gelände. Es ist halb eins – es bleiben noch fünf Stunden. Ich nähere mich dem Sportareal. Nichts deutet darauf hin, dass hier in einigen Stunden ein Massenevent abgehalten wird. Eine Gruppe von Jugendlichen kommt mir auf dem Weg entgegengeschlendert. Der Pfad macht eine kleine Kurve. Aha – ich kann das gesamte Areal überblicken. Ein riesiges Sportfeld. Etwa dreißig Sendewagen aller namhaften Stationen, auf der linken Seite. Rechts, relativ klein, eine Tribüne mit Sitzen – wie ein kleines Football-Stadion. Hier ist noch niemand. Wahrscheinlich komme ich noch gar nicht rein. Vorsichtshalber frage ich eine Frau hinter einem Absperrband.

„Oh – die Schlange ist da drüben."

Für einen Moment dachte ich, ich hätte mich verhört. Mein

Blick folgt ihrem Finger. In etwa fünfhundert Metern Entfernung sehe ich eine Schlange von schätzungsweise dreihundert Leuten. Also war es doch eine gute Idee, dass ich so früh hergekommen bin. Es wird also ein langer Nachmittag. Ich erreiche das Ende der Schlange. Es ist kühl. Kühl für Charlotte um diese Jahreszeit. Direkt vor mir ein Grüppchen von Studenten. Keine echte Überraschung. Sie sind zu dritt. Zwei Mädchen und ein Junge. Der Junge hat nur ein T-Shirt an und bereits jetzt Gänsehaut. Für einige Zeit bilde ich das Schlusslicht. Einige haben es sich schon auf ihren Jacken auf dem Boden bequem gemacht. Interessanterweise bewegt sich die Schlange nach und nach vorwärts, obwohl vorne niemand durch den Metalldetektor geht. Hinter mir wächst die Schlange. In der ersten halben Stunde nur vereinzelte Leute. Nach und nach wächst die Schlange schneller. Es sind etwa vier bis fünf Personen nebeneinander. Ich beobachte, höre den Gesprächen vor und hinter mir zu und warte. Das Grüppchen mit dem Kollegen im T-Shirt kommt aus Asheville, einer Studentenstadt am Fuß der Appalachen zwei Autostunden von hier, und es ist nicht die erste Obama-*rally*, die der Student mitmacht.

Der Himmel ist grau. Unüblich für Charlotte. Kinder spielen auf dem großen Feld vor mir. Die Leute in den Sendewagen treffen ihre Vorbereitungen. In der Mitte des Platzes versammelt sich eine Gruppe, die sich durch eine bestimmte Sorte Sticker auszeichnen – die *volunteers*. Ein Buttonverkäufer arbeitet sich an der Schlange entlang. Die üblichen Motive. Mir gefällt eins mit der Frontseite der *Washington Post* besonders – Titel: *Victory!* Das Kleingedruckte auf der Zeitungsseite berichtet bereits über die gewonnene Wahl vom 4. November.

Gegen zwei Uhr befinde ich mich in der Mitte der Schlange. Es ist kalt, hoffentlich fängt es nicht noch an zu regnen. Ich habe keinen Schirm dabei. Der Metalldetektor sorgt dafür, dass eigentlich niemand einen Schirm dabei hat. Vor mir kann ich von Weitem erkennen, wie sich jemand mit einem Fragebogen langsam durch die Schlange arbeitet. Hinter mir geht die Schlange jetzt so weit das Auge reicht. Nach etwa fünfhundert Metern macht der Pfad einen Knick und verschwindet hinter den Bäumen.

Das Publikum ist eine interessante Mischung. Die Grundmenge bilden Studenten. Es gibt wieder viele Afroamerikaner. Die Menge wird ergänzt von den verschiedensten Typen. Viele machen auf mich den Eindruck, als wären sie in irgendeiner Weise mit dem Universitätsleben verbunden. Nicht verwunderlich. Die Person mit dem Fragebogen kommt näher.

„Wir rekrutieren Leute für die Wahl morgen. Um an Türen zu klopfen und die Leute dazu zu bringen, rauszugehen und zu wählen."

Auf der Liste stehen bereits einige Namen.

„Hey – hallo, wir kennen uns."

Sie guckt mich genauer an. „Hey – was machst du denn hier?"

Es ist Christie, vom Sonntag. Sie hat eine knallrote Outdoorjacke an. Ein netter Kontrast zu ihren rabenschwarzen Locken. Ihre Augen strahlen.

„Du solltest nicht hier draußen warten. Hast du nicht den Sticker bekommen, der dir erlaubt, in den inneren Abschnitt zu gelangen?" Die Rede ist von den Stickern der Freiwilligen, der *inner circle* ist das innere Areal des Football-Stadions.

„Warte, wenn ich hier fertig bin, komme ich zurück und besorge dir einen Sticker."

Sie entfernt sich langsam. Sie hat noch viel zu tun. Ich behalte sie im Blick. Ihr roter Parka leuchtet von Zeit zu Zeit aus der Menge auf. Langsam wird sie immer kleiner. Manchmal, wenn ich mich nach ein paar Minuten wieder zu ihr umdrehe, denke ich, dass ich sie aus den Augen verloren habe. Doch jedes Mal taucht sie mit ihrer knallroten Jacke wie eine kleine Leuchtboje wieder auf.

Der sichtbare Teil der Schlange ist jetzt deutlich über fünfhundert Meter lang. Es ist etwa drei Uhr. Der Student vor mir hat mittlerweile blaue Lippen. Aber ihm ist ja nicht kalt in seinem Obama-T-Shirt – oh nein, überhaupt nicht. Seine Freundinnen sind nicht ganz überzeugt. Aber er lehnt felsenfest das Angebot von einer der beiden ab, ihre Jacke überzuziehen. Ich überlege: Was, wenn Christie nicht rechtzeitig zurückkommt und sich die Schlange in Bewegung setzt? *Worst-case*-Szenario. Die Schlange wird jetzt zum Pulk, und Christie kann nichts für mich tun. Ich beschließe, noch etwas zu warten und dann mal zu fragen, wie ihre Pläne aussehen. Ich bitte meine Kollegen hier, mich wiederzuerkennen, wenn ich zurückkehre, und mache mich auf den Weg. Nach etwa fünf Minuten habe ich sie gefunden. Sie diskutiert gerade mit einer Gruppe. Ich drehe mich um. Es geht los. Was, wenn Christie mich doch nicht hineingeschleust bekommt und sich die Schlange in den Pulk auflöst? Dann habe ich mir umsonst die Beine in den Bauch gestanden.

„Keine Sorge – wir werden dich da hineinbekommen", versichert mir meine Freundin. Sie gibt sich einen Ruck und erklärt ihre Rekrutierung für beendet. Vorne an den Metalldetektoren werden die Ersten durchgelassen. Da, wo ich noch vor weniger als zehn Minuten gestanden habe, stehen jetzt andere. Die Schlange setzt sich komplett in Bewegung. Wird breiter. Mein *worst-case*-Szenario tritt ein. Es gibt keine Zeit zu verlieren. Ich frage sie, was sie vorhat.

„Ich werde dafür sorgen, dass du durch die Metalldetektoren kommst."

„Und dann?" Das hätte ich auch ohne sie geschafft. Sie fängt an zu telefonieren. Kann aber ihren Kontakt nicht erreichen. „Ich muss Dennis anrufen."

Ich bereue bereits meine Entscheidung. Ich hätte einfach schön weiter in der Schlange stehen können und hätte mir einen guten Platz direkt außerhalb des inneren Zirkels sichern können. Wir sind am Metalldetektor, und Christie schafft es tatsächlich, mich ohne weitere Verzögerung an der Menge vorbeizuschleusen. So weit, so gut. In diesem Moment wäre ich auch ohne sie hier gewesen, weil die ersten dreihundert Leute durch den Metalldetektor gelangt sind. Ich sehe bekannte Gesichter. Die Menge strömt und rennt an mir vorbei und sichert sich die besten Plätze direkt hinter der Absperrung, keine zwanzig Meter vom Rednerpult. Okay, jetzt muss es schnell gehen.

Die deutsche Ordnung bricht in mir durch. Christie telefoniert wieder. Die Menge strömt und rennt weiter an mir vorbei. Wir müssen hier zu einer Entscheidung kommen. Besser der Spatz in der Hand als die Taube auf dem Dach. Christie hat Dennis wieder nicht erreicht.

„Christie, vergiss es. Ich muss jetzt was machen. Ich werde versuchen, einen der besten Plätze außerhalb zu ergattern."

Ich renne zur Absperrung. Kein schlechter *Spot,* etwa zwanzig Meter vom Rednerpult entfernt. Ich bin in der dritten Reihe hinter der Absperrung, mit bestem Blick von der Seite aufs Rednerpult. Eigentlich perfekt. Hinter mir füllt sich das Areal schnell. Das Strömen geht weiter. Wenn ich mich umdrehe, kann ich das gesamte riesige Areal überblicken. In etwa zweihundert Meter Entfernung die lange Reihe der Sendewagen. Weitere zweihundert Meter entfernt die Schlange. Es gibt nur diesen einen Zugang – alle müssen durch die sechs Metalldetektoren. Das Gelände ist komplett abgeriegelt. Ein Polizeihubschrauber kreist permanent über uns. Von Weitem kann ich erkennen, wie sich die Schlange langsam vorwärtsbewegt. Der Platz hinter mir wird weiter mit Leuten geflutet. Die Menge ist ruhig, gespannt und diszipliniert. Freundlich. Im Wesentlichen sind es Studenten und

Afroamerikaner, Durchschnittsalter etwa dreißig. Frauen und Männer etwa halbe halbe – vielleicht etwas mehr Frauen. Neben mir machen es sich einige auf dem Boden bequem. Ein Mann packt ein Buch aus und fängt im Schneidersitz an zu lesen. Der Himmel bleiern. Die Luft riecht nach Regen. Die Flutlichter des Sportareals werden eingeschaltet und tauchen die Szenerie in ihr eigentümlich gleißendes Licht. Rechts von mir kann ich in etwa dreißig Metern Entfernung die Tribüne mit den auf das Rednerpult gerichteten Fernsehkameras überblicken. Die ersten Kameraleute gehen in Stellung, bauen ihr Equipment auf. Direkt vor mir zwei etwa Zwanzigjährige mit Schirmmützen. Rechts von mir ein lustiges Grüppchen – Studentinnen. Direkt hinter mir eine ganze Reihe von Afroamerikanern. Eine Frau hat ein Obama-Logo auf ihre Wange gemalt. Sie hat einen etwas grimmigen Gesichtsausdruck.

Die ersten Regentropfen. Das hat gerade noch gefehlt. Es ist deutlich unter zehn Grad. Ich habe eine winddichte Fließjacke, schön warm, aber nichts gegen Regen. Den meisten anderen geht es ähnlich. Jemand vor mir spannt einen riesigen Regenschirm auf. Keine Ahnung, wie er den durch die Kontrollen geschleust hat. Hinter mir regt sich Unmut. Der Blick auf die Bühne ist durch den gigantischen Regenschirm verstellt.

Der *inner circle* füllt sich. Hinter dem Rednerpult sieht man jetzt eine ganze Reihe von Kriegsveteranen und anderen Honoratioren. Schräg links von mir, ebenerdig, bestuhlte Sitzreihen. Es sind im wesentlichen Afroamerikaner, die jetzt nach und nach die Ehrenplätze einnehmen. Die meisten sind wahrscheinlich freiwillige Wahlkampfhelfer. Einige ältere und sehr alte Afroamerikaner werden hereingeführt und lassen sich auf den Ehrensitzplätzen links von mir nieder. Einer der wenigen Weißen, ein ungefähr Zwanzigjähriger, hat sich den besten Platz gesichert. Direkt links einen Meter unter der Rednertribüne. Ich muss schmunzeln. Er bewegt sich für mehrere Stunden nicht vom Fleck. Er weiß, wenn er sich bewegt, ist sein Platz weg. Tja, hätte ich vorhin nicht eine Fehlentscheidung getroffen, würde ich jetzt da stehen und so wie er in meine Richtung auf die Menge vor mir blicken. Statt auf dem blödsinnigen Sticker zu bestehen, hätte ich mich von Christie einfach einschleusen lassen sollen. Das hätte ohne Probleme funktioniert. So viel zu irreversiblen Fehlentscheidungen unter Zeitdruck.

Der Regen wird stärker. Es wird dunkler. Die nasse Masse glänzt unter dem Flutlicht. Es ist Viertel nach fünf. Obama ist für halb sechs angekündigt. Es fängt an zu schütten. Ich finde zwei Plastiktüten in meiner Jacke (oder hatte ich die absichtlich für diesen Zweck mitgenommen?) und stülpe mir eine über den Kopf. Zur Erheiterung der jungen Damen rechts von mir. Die andere Plastiktüte biete ich zuerst ihnen an. Unter Gekicher lehnen sie ab. Jemand hinter mir freut sich über den sehr effektiven Regenschutz. Eine von den Frauen neben mir fragt, ob sie ein Foto von mir machen darf.

Ich drücke ihr anschließend meine Digitalkamera in die Hand. Sie macht auch noch ein Bild mit meiner Kamera von mir. Wir kommen kurz ins Gespräch.

„Ihr Fotoapparat sieht sehr professionell aus. Ich will mir auch eine manuelle Kamera wie Ihre besorgen. Können Sie die empfehlen?"

Die Rede ist von meiner Leica, die ich um den Hals baumeln habe und mit der ich in den letzten zwei Stunden eine paar Rollen vollgemacht habe. Eine ihrer Freundinnen lacht.

„Hey – das ist eine gute Kamera. Das ist eine Leica."

Das Flutlicht lässt die dichten Regentropfen wie einen Silbervorhang erscheinen. Es gießt in Strömen. Alles glänzt und glitzert unter dem krassen Flutlicht. Plötzlich werde ich von hartem Gegenlicht geblendet und kann kaum noch das Rednerpult erkennen. Das gibt's doch nicht, denke ich. Es regt sich Protest. Alle auf meiner Seite gucken jetzt genau in diesen Riesenscheinwerfer hinter dem Rednerpult. So ein Mist. Fotos von Obama kann ich jetzt wohl vergessen. Zwei Reihen vor mir steht ein schwarzer Hüne mit Rastamähne. Er ist deutlich über zwei Meter. Wenn ich mich etwas nach rechts bewege, blockiert er die Lichtstrahlen und ich kann das Rednerpult erkennen.

Hinter der Tribüne mit den Honoratioren tut sich was. Die Spannung steigt. Es ist halb sechs. Alle recken die Hälse. Herein kommt – ein weißes Partyzelt. Vier Helfer tragen das Partyzelt zum Rednerpult. Es schüttet. Wir warten.

Es ist sechs Uhr. Ein Reisebus auf der Wiese oberhalb und außerhalb des Areals. Die Spannung steigt. Wieder Halsrecken. Die Journalisten. Der Schwarm rennt auf ihre Tribünenplätze auf der gegenüberliegenden Seite des Rednerpults. Die Spannung wird greifbar. Limousinen. Jemand kommt im Dunkeln die Wiese herunter. Schwer zu erkennen, da wir von allen Seiten von Flutlichtern angestrahlt werden. Die Menge wird zum gespannten Flitzebogen. Tausende von Hälsen recken sich. Ganz hinten, hinter den Fernsehwagen, bewegt sich die Menge immer noch Richtung Metalldetektoren. Das geht jetzt schon seit etwa drei Stunden so.

Wie viele sind mittlerweile im Stadion? Auf den gesamten Platz passen bestimmt hunderttausend. Das abgesperrte Areal ist allerdings deutlich kleiner. Ich habe keine Anhaltspunkte für eine Schätzung.

Das kontinuierliche Einströmen der Menge ist beeindruckend. Ich habe so etwas noch nie gesehen. Dunkle Gestalten betreten die Rednerbühne. Leichter Jubel brandet auf. Eine Frau, weiße Hautfarbe, und drei Afroamerikaner betreten die Bühne. Ein alter schwarzer Mann erhebt seine Stimme am Rednerpult unter dem Partyzelt. Ein Gebet.

„Und beschütze Barack Obama", ist einer seiner letzten Sätze. Das Gebet dauert etwa drei Minuten. Die Choreographie ist ähnlich der in Fayetteville. Wieder Gesang. Dann Applaus.

Auftritt Bev Perdue, die Kandidatin für den *Governor*-Posten in North Carolina. Sie ist die Zielscheibe für die üble Kampagne ihrer Konkurrentin Elisabeth Dole. Sie klingt zuversichtlich. Ihre Rede ist kurz, vielleicht fünf Minuten. Das Rednerpult ist wieder leer. Die Tribüne hinter dem Rednerpult ist jetzt gerappelt voll. Alles Schwarze. Über ihnen ein angestrahltes Banner: *North Carolina for Change*.

Der Regen lässt etwas nach. Das weiße Partyzelt wird weggetragen. Vielleicht habe ich jetzt auch wieder eine Chance, ein vernünftiges Foto zu schießen. Ich ärgere mich ein bisschen, dass ich vorhin nicht kaltblütig meine Gelegenheit wahrgenommen habe. Egal. Ich bin hier. Der vorletzte Wahlkampfauftritt Obamas von Hunderten seit der Ankündigung seiner Kandidatur am 10. Februar 2007.

Ein in der Öffentlichkeit völlig unbekannter Senator kündigte damals seine Kandidatur gegen die Machtmaschine Nummer eins der Demokraten, Hillary Clinton, an. David gegen Goliath. Zwei Jahre später stehe ich hier in dieser bunten, freundlichen Menge von jungen Amerikanern. Am Vorabend einer historischen Wahl.

Ich muss lachen. Ausgerechnet Helmut Kohl, ich muss an Helmut Kohl denken. An Kohls „Der Mantel der Geschichte". Hier weht er. Ich kann ihn *hören* – ganz deutlich. Ich bekommen Gänsehaut. Ich verschmelze mit der Masse. Alle Menschen werden Brüder.

Wieder schwarze schemenhafte Limousinen. Die Luft ist feucht und streut das Scheinwerferlicht. Magische Stimmung. Es ist etwa halb sieben. Man sieht eine Gruppe von Gestalten die Wiese herunterkommen. Die Spannung ist zum Greifen.

Dann Entladung: Obama springt auf den Gang zur Tribüne. Links von ihm eine sechs mal zehn Meter große amerikanische Flagge. Rechts von ihm die Tribüne mit den Kriegsveteranen. Jubel brandet auf und pflanzt sich nach hinten durch die Menge fort. Obama federt über der jubelnden Masse zum Rednerpult. Kurze schwarze Sportjacke, offenes weißes Hemd. Strahlend. Fahnenmeer. Ich drehe mich nach hinten um. Fahnenmeer, Hälse, Arme, Jubel.

Die ersten Worte: „Einige von euch haben es vielleicht schon gehört. Heute Morgen ist meine Großmutter gestorben. Friedlich im Schlaf. Es ist ein Moment von großer ..." Der so geölte Redefluss stockt, Emotionen. Ich denke an meine eigene geliebte Omi. Eine Woche vor ihrem Tod im letzten November hatte ich mit ihr telefoniert. „Ich komme in zwei Wochen", hatte ich ihr gesagt. „Da bin ich schon nicht mehr da", hatte sie geantwortet.

Drei Tage später stehe ich an ihrem Sterbebett. Sie war kurz davor gestorben. Meine Mutter war im Zimmer und hatte es noch gar nicht bemerkt.

Der Rest von Obamas Rede ist geölter Redefluss.

Nach zwanzig Minuten ist sie zu Ende. Mein Film auch. Ich hole einen neuen Film aus meiner Jackentasche, spule den Film in der Kamera zurück, hole ihn raus. Lege den neuen Film ein. Fädele das Ende in die Aufwindspule, schließe die Kamerarückwand. Spule vor. Löse aus. Spanne den Film. Spule wieder und löse aus. Ich werde vom Strom nach vorne mitgerissen. Ich blicke hoch. Keine zehn Meter vor mir ist Obama auf Augenhöhe. Ich lasse mich weiter nach vorne mitspülen. Er kommt genau an mir vorbei. Mittlerweile sind es nur noch vier Meter. Ich komme noch etwas weiter mit nach vorne. Spüre keinen Widerstand. Drei Meter. Jetzt streckt er seine linke Hand aus, und ich könnte seine greifen – meine Entscheidung fällt in einem Sekundenbruchteil, mehr Zeit habe ich nicht – doch ich schieße stattdessen mein historisches Foto von ihm. Er ist schon vorbei, strömt nach links weg. Drei Geheimdienstleute vor ihm, drei hinter ihm. Das Ganze geht rasend schnell, keine zwanzig Sekunden. Jetzt ist er schon fünf Meter weg. Gerade Zeit für zwei Fotos. Jetzt ist er in der Nähe des Ausgangs – direkt vor der riesigen Amerikaflagge. Winkt noch mal und wird mit Geheimdienst-Entourage von der Dunkelheit verschluckt. Um mich herum entrückte Gesichter.

„Ich habe seine Hand geschüttelt."

„Ich habe ihn berührt."

Meine zwei Schirmmützenfreunde springen wie wildgeworden über das Sportfeld und recken beiden Hände hoch. „Wir haben seine Hand geschüttelt!!! Yeeeahhhh!!! Wir haben seine Hand geschüttelt!!!" Die zwei sind total aus dem Häuschen.

Das Feld leert sich innerhalb von kurzer Zeit. Flutlicht, gefiltert durch den Wattedampf aufsteigender Feuchtigkeit – der Nebel einer dunklen, nassen, erregten Menschenmenge. Ich gucke den beiden hinterher, wie sie immer noch wie die Rumpelstilzchen über die Wiese hüpfen. Pärchen Hand in Hand. Studenten, Schwarze, Weiße. Über der grell erleuchteten Kuppel aus Wasserdampf ist es jetzt stockdunkel. Ich nähere mich langsam dem Ausgang des Sportfelds. Ich schlendere den Pfad zurück zur Straße, gehe weiter über den Campus zu meinem Auto. Gehe auf das Dach des Parkhauses. Eine einzige Autoschlange. Das kann dauern. Ich gehe denselben Weg wieder zurück. Menschenmassen an Bushaltestellen, viele Busse. Ich überquere die Straße und gehe zurück zum Sportfeld. Leer. In einiger Entfernung sehe ich das erleuchtete Stadion-Schild. Arbeiter sind bereits mit dem Abbau beschäftigt. Die Sendewagen sind noch da und schicken ihre Kommentare von hier aus ins Land. Das war das erste und vorerst wohl das letzte Mal: ein Barack Obama, dem Tränen übers Gesicht fließen.

Heute also die Klimax: Die Person, die Obama an Eltern statt aufgezogen hat, als seine Mutter gestorben war, verlässt ihn am

Vorabend seines wichtigsten Tages. Sie hat ihre Rolle erfüllt. Zur selben Zeit gibt Obamas Chefstratege in einem Hotel in Charlotte der *New York Times* ein Interview:

„Bei Sonnenuntergang streift David Axelrod durch die Lobby eines Hotels in Charlotte, NC, und sieht dabei regelmäßig auf seine Uhr. Axelrod ist der Gründungsführer des anderen Zirkels, der der Experten. Als früherer Reporter der *Chicago Tribune* und jetziger Politikberater hat er schon für verschiedene Kandidaten gearbeitet, inklusive dem früheren Senator aus Illinois, Paul Simon, bevor er 2004 Obamas Senatskandidatur leitete. Axelrod weiß nicht genau, was er mit sich selbst machen soll. David Plouffe, der Wahlkampfmanager, lässt seine Armeen in präzisen Formationen sich über das ganze Land bewegen. Die Umfragen sind solide, alles scheint zu funktionieren. Axelrod sagt, er sei sich nicht sicher, worüber er sich Sorgen machen sollte – was schon ein Problem in sich selbst darstellt. Und jetzt gilt es, die Zeit totzuschlagen. Der Tag, angefangen mit einer Veranstaltung in Jacksonville, Florida, ist jetzt halb rum. Bei einer *rally* in der Nähe der University of North Carolina, Charlotte, verursachen Sicherheitsvorkehrungen – 20.000 Leute gehen durch Metalldetektoren – Verspätungen. ‚Ich habe nicht viel Zeit, darüber nachzudenken, was passiert – die Fragen nach dem ‚Warum?' zu stellen –, und Barack auch nicht', sagt Axelrod. Aber dann, während er auf dem Teppich hin- und hergeht, denkt er zurück an das, was er die ursprüngliche ‚Warum-Frage' nennt – womit alles begonnen hatte im Dezember 2006. Barack, Michelle und acht andere befanden sich in Axelrods Büro im Zentrum von Chicago. Sollte Barack kandidieren, musste er schnell entscheiden – ein Punkt, den die Gruppe illustrierte, indem sie die Terminpläne der Primaries, der Vorwahlen, und die Schlachtpläne für Spendensammlungen und den Aufbau einer Organisation entwarf.

Einsichten von Beteiligten im Raum wurden geäußert. Es war Michelle, erinnert sich Axelrod, die die Show stoppte. ‚Du musst dich fragen: Warum will ich das Ganze machen?', sagte sie ohne Umschweife. ‚Was hoffst du Einzigartiges zu erreichen, Barack?' (‚You need to ask yourself, Why do you want to do this?' she said directly. ‚What are you hoping to uniquely accomplish, Barack?') Obama saß einen Moment lang ruhig da, und alle warteten. ‚So viel ist mir bewusst: Wenn ich meine Hand hebe und den Amtseid ablege, ich glaube, die Welt wird uns anders betrachten', sagte er. ‚Und Millionen von Kindern in diesem Land werden sich selbst anders betrachten.' (‚This I know: When I raise my hand and take that oath of office, I think the world will look at us differently', he said. ‚And millions of kids across this country will look at themselves differently.')

Obama verstand durch seine eigene Suche nach Identität, dass Amerikas grundlegendes Ringen um die Rassenfrage Teil einer größeren Geschichte war – nämlich einer Suche nach Achtung und Hoffnung, die das Leben unzähliger Menschen auf der ganzen Welt prägte. Ein angeschlagenes Amerika, so fühlte er, war bereit, geradezu begierig, die Wahrheit seiner geheiligten Eide zu beweisen – Freiheit, Gerechtigkeit und Gleichheit. Sie der Welt zu zeigen. Wenn er durch seine eigenen Ambitionen seinem Land eine Chance geben könnte, hervorzutreten, würde es sich vielleicht der Situation gewachsen zeigen."

Das also war der vorletzte Stopp dieses längsten und wohl härtesten Wahlkampfmarathons der US-Geschichte. Vor zwei Jahren hatte Obama den Handschuh in den Ring geworfen. Der Underdog ohne Erfahrung beginnt seinen Feldzug als Außenseiter. Als Farbfleck in einem von kampferprobten Kandidaten nur so wimmelnden Feld. Vor einem Jahr begann das dramatische Rennen zwischen ihm und Hillary Rodham Clinton als erster weiblichen demokratischen Präsidentschaftskandidatin. Mit einem klaren Favoriten: Clinton, das ultimative demokratische Powerhaus der letzten fünfzehn Jahre. Bill Clinton als einflussreicher Ex-Präsident mit einer eigenen Stiftung und Mission. Sozusagen ein zweiter, humanitärer Außenminister der Vereinigten Staaten. Hillary als einflussreiche Senatorin aus New York. Eigentlich ein klarer Fall, aus damaliger Perspektive.

Dann der 27. August 2008. Obama wird unter dem tosenden Beifall der *Democratic Convention* in Denver offiziell zum Kandidaten gekürt. Eindeutig. Ohne Kampfabstimmung der Superabgeordneten oder dem Machtwort der Sprecherin des Kongresses, Nancy Pelosi.

Der nächste Gegner wartet schon: John McCain. Kriegsheld. *Maverick.* Patriot. Kämpfer. Ein *comeback kid.* Nachdem er in den Vorwahlen schon abgeschrieben war, holte er sich früh die Nominierung. Seit Wochen wartet er wie die Spinne im Netz auf seinen Gegner. Hat Zeit zur Vorbereitung. Das ist seine Stunde. Im Jahr 2000 ist er dem späteren Präsidenten G.W. Bush bei den Vorwahlen unterlegen. Er wird sich den Triumph dieses Mal nicht nehmen lassen. Nicht von einem schwarzen *polit-newcomer.*

Heute Abend also ist der allerletzte Wahlkampfauftritt Obamas in Virginia. Obama sitzt schon im Hubschrauber – während Amerika gerade vom Verlust der wichtigsten Brücke zu Obamas Vergangenheit erfährt.

Ich stehe allein auf dem Riesen-Sportfeld, auf dem sich vor nicht mehr als einer Stunde dieses vorletzte Kapitel des Wahlkampfs abgespielt hat. Was wird morgen geschehen? Glaubt man den Hochrechnungen und Umfragen, sollte es für Obama auf jeden Fall reichen. Und wenn nicht? Massenproteste? Aufruhr aufgebrachter Schwarzer? Massenauswanderungen nach Kanada? In dieser Menge gab es jedenfalls eine klare Erwartungshaltung. Eine Art ängstliche kollektive Vorfreude.

Ich gehe langsam wieder zurück in Richtung Auto. Immer noch volle Bushaltestellen und Busse. Das Parkdeck ist leer. Ich mache mich auf den Heimweg.

Es ist inzwischen nach neun.

Zu Hause angekommen, schalte ich sofort den Fernseher ein – und jemand auf CNN kommentiert gerade den Tod von „Toot", Obamas geliebter Großmutter: „Hollywood hätte dieses Drehbuch nicht mit mehr Drama schreiben können."

Innovation, 4. November 2008

Heute Morgen sitze ich in einem Golfresort in Charlotte, North Carolina – interessanterweise dasselbe, in dem 2012 Obama und Familie bei der *Democratic Convention* in Charlotte übernachten werden –, und muss mir bei einem Tischgespräch von zwei meiner Kollegen anhören, dass der Marxist Obama so ziemlich das Letzte ist, was die USA gebrauchen können.

Ich sinniere. Amerika ist eine Demokratur – eine Medien-Demokratur. Derzeit allerdings etwas entmachtet durch die sozialen Netzwerke im Internet.

Abends Fernsehen, CNN, 6.54pm.

Meine Wette für heute Abend mit mir selbst: Obama gewinnt 55:45.

11. September 2001 bis 4. November 2008 – die sieben fetten Jahre sind vorbei. Was kommt als Nächstes?

7.20pm. *battleground* Virginia: McCain führt, *battleground* Florida: Obama führt, Georgia: McCain 70 Prozent, Obama 30 Prozent.

McCain holt die acht *electoral votes* (die für das Wahlmännergremium) in Kentucky, Obama drei in Vermont. Das Rennen gewinnt, wer als Erster bei 270 ankommt.

7.30pm. David Gergen: „Einige Obama-Leute beim Ansehen der ersten Zahlen senden uns E-Mails. „Hey – ich habe Angst.“ Zum jetzigen Zeitpunkt hält sich Obama besser als vor vier Jahren Kerry .

battleground North Carolina: McCain 48 Prozent, Obama 51 Prozent.

battleground Florida: McCain 43 Prozent, Obama 57 Prozent.

Indiana: McCain 51 Prozent, Obama 48 Prozent.

Wählerstimmen: McCain 48 Prozent, Obama 51 Prozent.

Das Rennen ist knapp.

Gergen: „McCain muss unbedingt Pennsylvania gewinnen ... Insgesamt lief es bei Obama am Ende immer schlechter als in Wählerumfragen.“

Der Moderator John King an der *Magischen Wand*: „Obama läuft wesentlich besser als Kerry.“

7.55pm. South Carolina: 8 *electoral votes* für McCain, jetzt insgesamt 16 für McCain, 8 für Obama.

8.00pm. Gewinner laut Hochrechnung: Obama in Massachusetts, Illinois, Connecticut, New Jersey, Maine, Delaware, Maryland, District of Columbia, Washington; McCain in Oklahoma, Tennessee. Jetzt McCain 34 Wahlmänner, Obama 77. Afroamerikaner für Obama in South Carolina 96 Prozent, Weiße für McCain in South Carolina 72 Prozent. McCain liegt gegenüber George W. Bush vor vier Jahren im ländlichen Virginia zurück. CNN verfügt über unglaublich detailliertes Datenmaterial.

„Obama führt im kritischen Gürtel von Florida (wo Bush 2004 gewann), McCain liegt gegenüber George W. Bushs Wahl im ländlichen Indiana zurück.“

Beispiellose Sicherheitsvorkehrungen für Obama im Grand

Park Hotel in Chicago. Derweil singt auf McCains Wahlparty in einem Hotel in Phoenix ein Chor. Der Kontrast könnte markanter nicht sein.

Realismus ist wahrscheinlich das beste Wort, um die *Republicans* in diesem Moment zu beschreiben. Ohio: Obama vorn, West Virginia: Obama vorn, Georgia: McCain vorn, New Hampshire: Obama vorn. Auf dem großen Bildschirm wird David Axelrod zugeschaltet.

Der Moderator Wolff Blitzer: „Was siehst du momentan?"

„Gute Dinge, Wolff."

„Was macht Obama gerade?"

„Er ist zu Hause. Wir haben zwei Jahre gewartet – wir können jetzt ein paar mehr Stunden warten. Hier geht es nicht um einen glücklichen Zufall, sondern ob dieses Land sich in eine neue Richtung bewegen möchte. Sie (Obamas Großmutter) war eine prägende Figur. Aber es kommt nicht als Überraschung. Gestern war er sehr froh, dass er sie vorher noch einmal sehen konnte."

Axelrod macht einen sehr professionellen Eindruck. „Wir würden gerne die Uhr schneller ticken lassen, alles sieht momentan positiv aus."

„Ihr habt Tausende von Rechtsanwälten auf Abruf im ganzen Land."

„Ja, aber bisher sehen wir keine Unregelmäßigkeiten."

8.28pm. New Hampshire geht an Obama, 4 *electoral votes*. Sehr schmerzhaft für McCain. Er war sehr sentimental bezüglich New Hampshire, es brachte seinen Wahlkampf auf Touren. Hochgebildete Wählerschichten sind normalerweise ein starker Rückhalt für Obama, 70 Prozent für Obama in New Hampshire.

North Carolina: Dole 40 Prozent, Hagan 57 Prozent.

8.36pm. North Carolina: 54 Prozent für Obama, 46 Prozent für McCain. Texas: McCain 51 Prozent, Obama 49 Prozent. Pennsylvania geht an Obama.

Ein *community organizer* aus Chicago: „Ich staune, wie gut die Wähler informiert waren."

Menschenmassen am Times Square in New York. Menschenmassen in Chicago, die sich selbst auf großen Bildschirmen auf CNN sehen.

Für den Senat: red 30 Sitze, blue 46 Sitze.

Die *western band* für McCain im Biltmore Luxushotel in Phoenix, und die Menschenmassen, die in Chicago auf Obama warten.

„Nach seiner Niederlage gegen Hillary in Pennsylvania fanden sich Top-Berater in seinem Haus ein, und sie analysierten, was passiert war. Seitdem hatten sie zu diesem Thema eine tägliche Konferenzschaltung. Obama persönlich übernahm hier das Kommando."

Gergen: „Der Sieg ist zum Greifen nah für Obama. Das könnte tatsächlich ein sehr deutlicher Sieg werden."

Gloria Borger: „Laut unserer Hochrechnung würden 50 Prozent der Leute, die für ihn (in den Vorwahlen) stimmten, ihn nicht als Präsident wählen. Tatsächlich haben fast 100 Prozent für ihn gestimmt. Hillary war ein toller Soldat für Obama. Hillary hat mit 10 Prozent gegen Obama in Pennsylvania gewonnen. Und es war dort, wo Obama sein größter – und einziger – Fauxpas unterlief, bezüglich der Leute, die sich an ihre Waffen und an Religion klammern."

8.55pm. Key Hagan gewinnt North Carolina.

Wir öffnen zu Hause eine Flasche Moscato D'Asti: „Auf die Zukunft!"

Alabama: Es wird erwartet, dass John McCain gewinnt.

8.58pm. Für Obama: Rhode Island, Michigan, Wisconsin, Minnesota, New York State ; für McCain: Wyoming, North Dakota. Das bedeutet für die *electoral votes:* Obama 174 – McCain 49. McCAIN WILL GET WIPED OUT.

Mehr Statistik:

Unter Leuten, denen die Frage der Hautfarbe wichtig war, stimmten 55 Prozent für Obama, und 44 Prozent für McCain. Wenn die Hautfarbe nicht wichtig war: 53 Prozent für Obama. Die Hautfarbe hatte keinen Einfluss auf den Wahlausgang.

Unter Leuten, die meinten, Alter sei wichtig, stimmten 78 Prozent für Obama.

9.02pm. David Gergen: „Ich glaube, das wird einen großen Meilenstein darstellen. Ich glaube, das ist echter Fortschritt (beim Thema Hautfarbe)."

Alison Cooper: „Sehen Sie ein Durchkommen für McCain am heutigen Abend?"

Gergen: „Sehr schwierig."

„Für ältere Leute in Florida bedeutet ein wirtschaftlicher Zusammenbruch wie dieser viel, die Menschen hatten alles investiert ..." McCain gewinnt Georgia mit 60:39. In Ohio ist Obama vorn.

9.17pm. In Kentucky ist der republikanische Senator und Parteichef McConnell wiedergewählt.

Gergen: „Obama macht sich sehr, sehr gut. Reagan war der letzte Präsident, der viele Menschen mitgenommen hat."

Was mir in diesem Zusammenhang auffällt: McCain hat sich während der *rallys* nie bei den lokalen Politikern bedankt, während Obama das immer tat.

Gergen: „Wir wissen immer noch nicht, ob South Carolina an Obama gehen kann – falls ja, wäre das eine große Sache."

McCain gewinnt West Virginia, der Bundesstaat, wo ich die ersten drei Jahre meines Lebens verbracht habe. Während im Biltmore Hotel in Phoenix weiter Countrymusik gespielt wird.

Nachdem in einigen *battlegrounds* 50 Prozent der Stimmen ausgezählt sind, ergibt sich das folgende Bild:

Virginia: McCain 50 Prozent, Obama 49 Prozent.

North Carolina: McCain 48 Prozent, Obama 51 Prozent.

Florida: McCain 48 Prozent, Obama 51 Prozent.

Ohio: McCain 43 Prozent, Obama 56 Prozent.

Nach 15 Prozent der Auszählung im kritischen Bundesstaat Ohio: McCain 43 Prozent, Obama 56 Prozent.

Kein *Republican* hat jemals ohne Ohio gewonnen, die Wirtschaftslage ist ein riesiges Thema in Ohio. Pennsylvania hat bisher noch keine „roten", sprich „republikanischen" Flecken, Obama hat in Pennsylvania Wähler zurückgewonnen. Obama ist stärker als Kerry vor vier Jahren, Ohio geht an Obama: 56 Prozent zu 43 Prozent!

GAME OVER!

Fernsehbilder aus Phoenix: Abgehalfterte Western-Musiker spielen Countrymusik in einem Hotel.

Fernsehbilder aus Chicago: Riesengroße aufgeregte Massen im Park.

9.38pm. Es ist verrückt – an der Westküste wählen die Leute noch!

Electoral votes: 194 Wahlmänner für Obama, 69 für McCain.

Mir geht durch den Kopf: Die bin-Laden-Drohung in den europäischen Medien vor ein paar Tagen tauchte in den US-Medien nicht auf.

9.46pm. Obama gewinnt New Mexico, McCain gewinnt Louisiana. Das bedeutet 199 Wahlmänner für Obama, 78 für McCain.

Gergen: „Das setzt Obama stark unter Druck, etwas abzuliefern."

Obamas nächstes Projekt als Projektleiter.

Ein anderer Kommentator: „Das ist fast schon *perfect storm* für Obama, dieses Mal waren (die Amerikaner) wirklich wütend auf den Typen im Weißen Haus."

Gergen: „Im Grand Park in Chicago fiel die Partei der *Democrats* 1968 auseinander. Das ist sehr symbolisch. Das war nicht nur ein

Kandidat – es war eine Bewegung. Amerikaner lieben es, sich in ihren Kandidaten zu verlieben. Der Wahlkampf McCains ging von der Annahme aus, Amerika ist *Joe der Klempner*. Aber Amerika hat sich verändert – ist es immer noch ein Mitte-rechts-Land?“

9.58pm. Obama gewinnt Iowa, McCain gewinnt Utah und Kansas

10.09pm. Arkansas geht an McCain, die Latinos stimmen US-weit mit 67 Prozent für Obama.

Der Moderator John King: „Große Rennen um die Präsidentschaft werden zunehmend in den Vorstädten gewonnen. Die *Republicans* werden sich morgen die Zahlen ansehen und sich fragen, wie sie umorganisieren werden.“

10.19pm. Texas geht an McCain. E-Mails an den Seniorberater von McCain: „Sehen Sie noch einen Weg zum Sieg?“

„Nein.“

McCain und Palin sind jetzt in der Barry Goldwater Suite in ihrem Hotel. Barry Goldwater war Mr. Conservative, der in den 1960-igern maßgeblich die konservative Bewegung ins Leben gerufen hatte.

10.21pm. McCain gewinnt Mississippi, Wahlmänner: 207 für Obama, 135 für McCain.

Gergen: „Das hier ist der Niedergang einer alten Struktur. Was wir sehen, ist das Entstehen einer neuen Struktur: Latinos, Schwarze, die jungen Wählerstimmen. Sie haben stark für Obama gewählt. Dieses Mal gibt es eine Jugendbewegung innerhalb des Systems (im Gegensatz zu den Sechzigern außerhalb des Systems). Obama mit seinen siebenundvierzig Jahren sitzt zwischen den Generationen, es gibt kulturelle Kluften in diesem Land. Werden die Kongressabgeordneten der *Republicans* willens sein, mit Obama zu arbeiten?“

John King stellt jetzt *the virtual capital* vor, eine 3-D-Projektion, wie ich sie im Fernsehen noch nicht gesehen habe. CNN ist technologisch absolut *cutting edge*. Ich schalte um auf *Fox News*. Der Gastgeber ist bezeichnenderweise Karl Rove, ein führender republikanischer Intellektueller und Architekt, so Bush selbst in seiner Siegesansprache von 2004.

Obama 220 – McCain 138.

Auch hier eine sehr kultivierte Diskussion. Rove über die Prioritäten von Obama: Steuererleichterungen – „Green" – Schulen.

Zurück auf CNN: Ich traue meinen Augen kaum. Der Rap-Künstler will.i.am steht gerade als Hologramm mitten im Raum.

CNN hat Zuschauer in 240 Ländern. Ich wusste noch nicht mal, dass es so viele Länder gibt. So viel zum Thema Medieneinfluss. Gergen: „Wäre es nicht nett, wenn Hawaii es über das Limit bringen würde?"

Roland Martin: „Drei Jahre später kandidiert er zum Präsidenten – das ist atemberaubend. Er ist in die Parteiversammlung der *Democrats* im Jahr 2000 noch nicht mal reingekommen. Die letzten fünf Kandidaten mit Kriegsvergangenheit haben das Rennen jeweils verloren, McCain kam in den Vorwahlen von den Toten zurück ..."

10.58pm. Obama gewinnt Virginia mit 51:49, mit 61.000 Stimmen Vorsprung.

11.00pm. *BARACK OBAMA PRESIDENT.*

Nach einem ähnlichen Ereignis vor fast 150 Jahren schrieb der britische *Economist* am 24. November 1860:

Jedoch – insgesamt – kein Zweifel, die große Bedeutung dieser Wahl besteht weniger in den sofort sichtbaren Ergebnissen, als vielmehr darin, aufzuzeigen, dass das Blatt der öffentlichen Meinung sich in den Staaten gerade gegen die Sklaverei wendet.

Wir sollten uns daran erinnern, was das bedeutet. Es ist weit bedeutender als der Ausdruck von Überzeugung, die eine englische Wahl mit sich bringt. Der bitterste Feind der reinen Demokratie – niemand betrachtet ihre Übel in einem ernsteren Licht als wir – muss zugeben, dass wenn die am wenigsten aufgeklärte, die schlechteste Überzeugung einer Nation, endlich nach langem Zögern, sich gegen ein nationales Verbrechen erklärt, dann ist der Sieg vollständiger als da, wo sich die beste Intelligenz und Kultur einer Nation dagegen erklärt. Je absoluter wir davon überzeugt sind, dass allgemeines Wahlrecht die Stimme der am besten ausgebildetsten und kultiviertesten Stimmen in den Nordstaaten erstickt, umso zufriedener müssen wir sein, aus den Wahlen zu lernen, dass die öffentliche Meinung sich gegen die Sklaverei wendet. Es zeigt, dass das Grauen und die Opposition gegen sie sich allgemein auf einem sozialen Niveau verbreitet hat, das in England von so etwas relativ unberührt bleiben würde – trotz einer perfekten Einträchtigkeit unter den Wählerschichten hierzulande. Die Stärke einer Kette zeigt sich an ihren unzuverlässigsten Gliedern, und die am wenigsten zuverlässigsten Glieder der sozialen Kette in den amerikanischen Nordstaaten haben uns bewiesen, dass sie stark genug sind, den Bestechungen und Drohungen der Südstaatenpartei zu widerstehen.

Es handelte sich bei diesem Ereignis um die Wahl Abraham Lincolns zum Präsidenten der Vereinigten Staaten von Amerika. Schon wenige Wochen nach Veröffentlichung dieses Artikels sollte sich herausstellen, dass die Wahl von Lincoln, des Gegners der Sklaverei, im Begriff stand, zum Auslöser des *Civil War* zu werden.

Der Bundesstaat, der dann anschließend im damaligen „heißen" Bürgerkrieg die meisten Toten zu beklagen hatte: North Carolina.

Was würde aus Amerikas „kaltem Bürgerkrieg“ am heutigen Wahlabend, wenn man heute Nacht die Fläche der USA auf die Frankreichs eindampfen würde?

Billy's Birthday, 7. November 2008.
Charlotte, North Carolina.
Ich bin immer noch groggy von der Wahl. Nach mehrtägigem und wiederholtem Auszählen der Stimmen hat Obama in North Carolina mit zwölftausend Stimmen Vorsprung gewonnen.

Billy Graham, der Prediger der Nation, wird heute neunzig, und ich stehe um 16.55 Uhr vor seiner Tür, der *Billy Graham Society*. Ich habe Pech: kein Einlass mehr. Man schließt um 17.00 Uhr. „Come back tomorrow!“

Es ist der 90. Geburtstag des Mannes, den Amerika als *Pastor-in-Chief* kennt. Hier steht sein Geburtshaus. Aber es ist genaugenommen nicht sein Geburtsort. Vor ein paar Jahren, als das IBM Center in Charlotte gebaut wurde, hat man das Haus kurzerhand auf einen Tieflader verfrachtet und hier neu aufgestellt. Auf alle Fälle lässt der Pförtner nicht mit sich reden, und ich kann heute nicht mehr mitfeiern. Nicht so schlimm. Billy selbst hätte ich sowieso nicht gesehen. Der ist in seinem Haus in den Bergen von North Carolina. Er ist angeblich zu schwach, um wirklich zu feiern.

Am nächsten Morgen rücke ich wieder an, mit Familie. Der relative große Parkplatz ist etwa halb voll. Wir parken neben einem SUV – zugepflastert mit *bumper stickern,* u. a.: *God is a Republican.*

Wir steigen aus und nähern uns einer großen Scheune, aus

deren Front ein gigantisches Kreuz herausgesägt ist. Daneben ein für das ländliche Amerika so typischer metallener Schober. Wie eine silberne Zigarre, die auf dem glimmenden Ende steht. Man könnte auch sagen: ein riesiger silberner Phallus.

Eine Gruppe von älteren Herrschaften positioniert sich auf der Wiese vor der Scheune zum Gruppenfoto. Ich bleibe stehen. Merkwürdig. Leise Musik. Vom Gras kommend. Aus welcher Richtung? Ich horche. Wo kommt die Musik her? Meine Augen wandern über den Rasen. Ein bisschen erinnert mich die Musik an die aus dem Supermarkt. Aber die hier ist leiser. Säuselnd. Nicht unangenehm. Wo ist die Quelle? Macht das Gras die Musik?

Das Gruppenfoto ist mittlerweile entstanden. Die Gruppe, alle über siebzig, bewegt sich auf die Scheune zu. Ich weiß immer noch nicht, woher die Musik kommt. Sie verleiht der Szene einen skurrilen Zauber.

Links neben der Scheune, etwa in fünfzig Meter Abstand, das muss das besagte Geburtshaus sein. Unscheinbar. Klein. Hier, das heißt in diesem Haus, aber etwa fünf Kilometer Luftlinie von hier, ist Billy Graham, geboren 1919, auf einer Farm aufgewachsen.

Und jetzt entdecke ich sie: die kleinen grünen Pilze, die an den Rasenkanten aus dem Boden wachsen. Lautsprecher. Das Geheimnis der Musik ist gelüftet.

Warum bin ich hier?

Bewusst wahrgenommen hatte ich den Namen ja zum ersten Mal, als ich mich im Juni in Toledo, Ohio nach der Sache mit dem Tornado mit meiner Tischnachbarin bei der Benefiz-Gala unterhalten habe. Billy Graham ist *Southern Baptist.* Und *Baptists* sind immer noch die größte religiöse Denomination der Vereinigten Staaten. Auch ein anderer Billy, Bill Clinton, ist *Southern Baptist.* Von ihm ist auch folgende Begebenheit überliefert.

Während Clinton neben Graham bei der Kanzel stand, sagte der frühere Präsident (das war während Grahams letzter Crusade 2005 in Flushing Meadow, New York), seine Bewunderung für den Prediger habe seine Wurzeln in einer integrierten Graham *rally*, an der er als Kind in Little Rock, Arkansas teilgenommen hatte. Clinton ging in einem Interview mit dem *New Yorker* näher auf diesen Gottesdienst aus dem Jahr 1959 ein. Er sprach, trotz aller Civil Rights Probleme, zu den Leuten: „Und dann zu sehen, wie Schwarze und Weiße gemeinsam die Gänge des Football-Stadions herunterkamen, das natürlich der Schauplatz unserer großen Football-Rivalität ist, zu sehen, was das für die Leute in Arkansas bedeutete – das war eine erstaunliche, ganz erstaunliche Sache. Wenn du nicht dabei gewesen bist und nicht aus den Südstaaten kommst und die ganze damalige Zeit durchlebt hast, ist es schwer zu erklären. Es machte einen unglaublichen Eindruck auf mich."

An jenem Tornadoabend in Ohio ist mir zum ersten Mal die Bedeutung dieses Mannes für die Vereinigten Staaten – und damit für die Welt – klar geworden. Nach dem Satz meiner Tischnachbarin: „Wenn Billy Graham stirbt, wird es so sein, wie als Papst Johannes Paul II. starb."

Was ich im ersten Moment für übertrieben hielt. Immerhin hatte sie damit jedoch einen Samen in mir gepflanzt, und immer wenn ich im Laufe der nächsten Wochen in Charlotte im Zuge meiner wöchentlichen Dienstreisen vom Flughafen kommend über den direkt daneben liegenden *Billy Graham Parkway* fuhr, musste ich an diesen Satz denken. Und das passiert oft, denn immer wenn ich in Charlotte vom Flughafen in Richtung Stadt fahre, bewege ich mich unweigerlich auf diesem Parkway und komme an seinem Geburtshaus vorbei.

Ich betrete die Scheune. Innen ein gleißender Strahl, der bis in die Ecke der holzverkleideten Scheune scheint. Ich drehe mich um und bin geblendet. Sozusagen eine Scheunenkathedrale. Gleißendes Licht quillt durch das Kreuz in den Innenraum und lässt die Staubkörner tanzen. Allerlei Bilder aus dem Leben Grahams an den Wänden. Moment mal, war nicht die offizielle Bezeichnung dieser Einrichtung *Billy Graham Library*? Da fällt mir wieder der Werbeslogan über der Gepäckausgabe am Flughafen ein, die sog. *tagline*: „No books to check out – just his life."

Nettes Wortspiel. Und gleichzeitig geschicktes Marketing. Übersetzt: Macht euch keine Sorgen, Leute, wir wollen euch nicht mit Büchern langweilen. Wer liest, macht sich verdächtig. Man muss hier in Charlotte vorsichtig sein. Sonst wird man schnell zum Nerd gestempelt. Was vielleicht in Städten wie Boston eine Ehrenbezeichnung ist, doch Obama leicht die Wahl hätte kosten können. Hier ist es ein Unwort. Neulich hat mir Alberta erzählt, dass sie auf einem Elternabend von Marcos Montessori-Kindergarten – oder war es die *fundraiser party?* – im Haus dieser Superreichen während eines Gesprächs mit zwei anderen Frauen keine Lust mehr hatte, sich weiter mit ihnen zu unterhalten, als sich die eine der beiden abfällig über jemand als Nerd äußerte.

Jedenfalls ist die Nerddichte hier in dieser Scheune heute Morgen wahrscheinlich nicht sehr hoch. Ich beobachte die Leute. So viele, wie ich gedacht hatte, sind es nicht. Graham ist natürlich auch nicht mehr so *in*. Seinen letzten wirklich großen Auftritt hatte er im ersten offiziellen Gottesdienst nach 9/11 am 12. September 2001 in der Kathedrale von Washington. Ja, die Vereinigten Staaten haben so etwas wie eine Staatskirche, es ist diese wunderschöne gotische Kathedrale aus dem 19. Jahrhundert. Eigentlich ja ein Widerspruch, aber was soll's, der Kölner Dom ist auch erst 1812 fertig geworden.

Billy Graham damals, in Anwesenheit von George W. Bush und der versammelten Nomenklatura:

„Die Lektion dieses Ereignisses ist nicht nur die von Schuld und Unheil, sondern außerdem eine Lektion darüber, dass wir einander benötigen. Was für ein Beispiel New York und Washington in diesen Tagen der Welt gegeben haben ... Eine Tragödie wie diese hätte unser Land auseinanderreißen können. Aber stattdessen hat sie uns vereinigt – united –, und wir sind eine Familie geworden. So haben die Täter, die uns mit ihrer Tat auseinanderreißen wollten – es ist genau andersherum gekommen. Wir sind mehr vereinigt – united – als jemals zuvor. Für mich wurde das in einer sehr bewegenden Weise symbolisiert, als neulich die Kongressabgeordneten Schulter an Schulter standen und ‚*God bless America*' sangen ..."

2005 war dann endgültig Schluss. Im Stadion von Flushing Meadows in New York City gab er nach einem halben Jahrhundert seine Abschiedsvorstellung als Prediger der Nation – und der Welt. Billy Graham hat angeblich *live* vor 231 Millionen Menschen gepredigt – mehr als jeder andere religiöse Führer jemals vor oder nach ihm.

Ich beobachte eine Gruppe von Afroamerikanerinnen, die aufmerksam einer weißen Rednerin zuhören. Ich mag die Gesichter. Ansonsten kleine Grüppchen, die mehr oder weniger ziellos durch die Scheune streunen und ab und zu an Ausstellungsgegenständen stehen bleiben. In einer Ecke, ich beobachte es nur von Weitem, gibt es eine Ausstellung mit Stallartigem. Kein Wunder.

Und es gibt doch Bücher! Gar nicht wenige. Aber nicht zum Ausleihen, sondern zum Kaufen. Billy Graham hat im Laufe seines Lebens über achtzig Bücher verfasst. Ich bin wieder versucht, seine Autobiographie zu kaufen, mache es dann aber doch nicht. Auch deshalb, weil ich bereits seit ein paar Monaten seine ungelesene Biographie aus dem Jahre 1979 zu Hause stehen habe. Auf dessen Frontseite steht ein Zitat aus der *New York Times*: „Billy Graham ist unsere am wenigsten studierte nationale Institution.

Marshal Frady hat ihm endlich die ihm gebührende Aufmerksamkeit zuteil werden lassen."

Und im Buch, vor dem eigentlichen Prolog, findet sich ein Zitat von Herman Melville aus „Billy Bud": „Aber die Form von Billy Bud war heroisch ... die moralische Natur dabei selten hinter der physischen Erscheinung zurückstehend. Eine Tugendhaftigkeit ging von ihm aus, das Saure versüßend. Viel von einem Kind-Mann ... er besaß diejenige Art und den Grad von Intelligenz gepaart mit der unkonventionellen Rechtschaffenheit einer gesunden menschlichen Natur, einer, dem noch nicht der fragwürdige Apfel menschlicher Erkenntnis angeboten worden war. Auch war ihm der eigentümliche Effekt seiner Person und seines Auftretens auf die intelligenteren Gentlemen des Quarterdecks nicht bewusst ..."

Offensichtlich ist das – für eilige Leser – gemeint als Zusammenfassung des Buches durch den Autor über einen anderen Billy. Ich arbeite mich durch die Bücherreihen. Dieses Buch ist nicht unter den hier verkäuflichen.

Im Vorwort der Biographie von 1979 steht auch der Grund dafür: „Billy Grahams Leute waren nicht glücklich über das Buch, als es herauskam, weil – während es in keinster Weise hart oder gefühllos war – es den Pastor in nicht geringem Grade entmythologisierte und menschlich machte."

Also nur zu verständlich, dass ich es hier nicht finde. Was ich aber finde, sind jede Menge DVDs mit seinen sogenannten *crusades* und Filme über das Leben und Wirken Grahams. Eine davon reizt mich, und ich kaufe sie, zusammen mit zwei Nachdrucken des *Time Magazine* aus dem Jahr 2007 mit Billy Graham auf der Titelseite. Übrigens das fünfte Mal seit den Fünfzigern, dass er das Cover schmückt. Wahrscheinlich auch das ein Rekord.

Es gibt eine Cafeteria, doch ich gehe wieder zurück durch die Mitte der Scheune. Die Gruppe afroamerikanischer Damen lauscht immer noch aufmerksam ihrer Führerin. Ich werfe einen letzten Blick auf die Schwarz-Weiß-Fotografien eines jugendlichen Predigers vor Menschenmassen, die in übergroßem Format überall an den Wänden hängen. Ein Bild drängt sich mir auf: Die verblüffende Ähnlichkeit zu den Aufläufen bei Obamas Wahlkampfreden.

Ich verlasse die Scheune durch das gleißende Lichtkreuz und stehe wieder im grellen Sonnenschein. Rechts vor mir das Geburtshaus des Predigers. Wieder der Musikteppich. Ich bewege mich nach links, zum Grab seiner Frau. Das Originalgrab. Links der schlichte Grabstein von Ruth Graham. Darunter die bereits erwähnte originelle Inschrift: *End of Construction – thanks for your patience.*

Irgendwie gefällt mir das. Angeblich hatte sie die Idee dazu, als sie in einer Straßenbaustelle im Verkehr der *boom town* Charlotte im Stau stand. Wozu ein Stau alles gut sein kann. Rechts davon ein freies Grabfeld – reserviert für Billy Graham. Hinter mir kommen zwei Afroamerikanerinnen, etwa um die vierzig. Eine flüstert: „Wow ... ich kriege Gänsehaut."

Überall diese schwarzen Frauen, die offensichtlich das Bedürfnis haben, Billy Graham zu seinem 90. Geburtstag irgendwie nahe zu sein. Die beiden bleiben noch eine Weile, bevor sie sich dann auf den Weg machen. Ich folge ihnen und treffe Alberta und Marco.

Zur Einweihung der *Billy Graham Library* im Jahr 2007 waren sämtliche lebenden amerikanischen Präsidenten anwesend. Ein Bild von diesem Tag hing irgendwo in der Scheune. Wir fahren zurück auf den *Billy Graham Parkway* und von da auf den Highway 77.

Zwei Tage später sehen wir uns die DVD an. Natürlich wird Graham hier ins Bild gesetzt. Beeindruckend seine Reisen durch die Ostblockländer während des Kalten Krieges. Überall füllt er

Stadien mit zigtausend Leuten, Momente, die den Charakter echter Erweckungserlebnisse haben. Er ruft in die Menge.

Menschen stehen auf, erst Einzelne, dann immer mehr. Bis sich ein regelrechter Strom von Erweckten in Richtung Altar bewegt. Immer wieder dieselben Bilder. Das Gleiche in Südkorea im Jahr 1973, wo zum Abschlussgottesdienst der einige Tage dauernden *crusade* 1,1 Millionen Menschen erschienen. Am Ende des Films macht der Kommentator die Bemerkung: „Billy Graham is one of the last lions of the 20th century – together with Pope John II, Ronald Reagan and Nelson Mandela."

Ich blättere in dem *Time Magazine*-Artikel „Billy Graham, Chef-Pastor". „Wir trafen Billy Graham das erste Mal im Winter 2006, als wir nach langen Verhandlungen eingeladen wurden, um mit ihm über ein von ihm wenig diskutiertes Thema seines viel beleuchteten Lebens zu sprechen: seine intensive persönliche und öffentliche Beziehung zu sämtlichen Präsidenten seit Harry Truman ..."

Harry Truman war Präsident von 1945-53. Gibt es einen anderen Menschen auf diesem Planeten, der das von sich behaupten kann? „Zu einer Zeit, als das Land die Rolle von Religion im öffentlichen Leben verbittert diskutierte, dachten wir uns, dass das 50-jährige Werben um – und Werben durch – elf Präsidenten eine Geschichte war, die erzählt werden musste. Vielleicht mehr als jeder andere hatte er die Konturen des öffentlichen US-amerikanischen Religionslebens geformt und gesehen, welche Auswirkungen das Präsidentenamt auf Leute hat."

Und ich kannte noch nicht mal seinen Namen, bevor ich vor einem Jahr zum ersten Mal auf dem *Billy Graham Parkway* fuhr und mich fragte, wer dieser Graham sei.

Die Leute von *Time Magazine* haben einiges aus ihm herausgekitzelt. „Damals, 1955, als Dwight Eisenhower sein erster richtiger Freund im Weißen Haus geworden war, bedrängte er den

Prediger oft, auf welche Weise man wirklich wissen könne, ob man in den Himmel komme ... John F. Kennedy wollte darüber reden, wie die Welt enden würde ..."

Jedenfalls: „Für einen Prediger ohne Kirche, der sein Leben damit verbrachte, in amerikanischen Footballstadien voll mit Leuten, die er niemals wieder sah, zu predigen, gaben ihm die Präsidentenfamilien die seltene Gelegenheit, ein Familienpfarrer zu sein."

Später stoße ich auf eine vielsagende Episode: „Für mehr als zwanzig Jahre luden Grahams gute Freunde George H. und Barbara Bush ihn und seine Frau jeden Sommer nach Kennebunkport in Maine ein. Sie waren sehr dankbar, als er eines Tages 1985 einen Strandspaziergang mit ihrem ältesten Sohn unternahm. George W. Bush hat gesagt, dass diese Begegnung ihn auf den Pfad einer neuen Beziehung zu Jesus Christus brachte und ein Senfkorn in seine Seele pflanzte ..."

In George W. Bushs eigenen Worten von 1999: „Im Laufe dieses Wochenendes pflanzte Pastor Graham ein Senfkorn in meine Seele *(planted a mustard seed in my soul)*, ein Same, der im Lauf des folgenden Jahres wuchs ... Es war der Anfang eines neuen Weges, auf dem ich mein Herz wieder Jesus Christus übergeben würde *(where I would recommit my heart to Jesus Christ)*."

Was, wenn dieser Spaziergang niemals stattgefunden hätte? Was wiederum einen nahtlosen Übergang zu der im Artikel etwas später folgenden Frage führt: „Aber wie weit konnte ein Pfarrer gehen, ohne Teil des politischen Spiels zu werden? Graham war der berühmteste Prediger der Welt. Einfach durch die Tatsache, dass er neben Präsidenten stand, erteilte er den Segen sowohl über sie als auch ihre Politik."

Interessant, wie in Zeitschriften wie *Time Magazine* das eigentlich Interessante immer zwischen den Zeilen steht. Da man ja über Vergangenes schreibt, kann man weiter ausführen: „Ging er einen Schritt zu weit, wenn er Präsidentschaftskandidaten zu seinen Crusades einlud oder Vorschläge für ihre Reden bei nationalen Gebetsfrühstücken absandte? Oder wenn er Abgeordnete beeinflusste hinsichtlich eines Gesetzentwurfs zum Thema Armut oder Waffenhandel? Oder wenn er sich mit Präsidentschaftskandidaten über ihre Wahlkampfwerbung oder ihre Kandidaten für die Vizepräsidentschaft beriet?"

Wer wird seinen Platz einnehmen? Wird jemand seinen Platz einnehmen? Jedenfalls nicht Jeremiah Wright, Obamas Pastor in Chicago, der ihn im März fast aus dem Rennen geworfen hätte mit seiner bereits zitierten Bemerkung über den 11. September 2001.

Der Artikel führt schließlich noch Grahams Verhältnis zu Nixon und Carter bis hin zu Reagan, Bush I und Bill Clinton aus. Wie weit sein öffentlicher Einfluss noch in die Gegenwart reicht, wird deutlich: „Die Linke verurteilte die Tatsache, dass er am Tag des Beginns des Golfkriegs die Nacht bei Bush verbrachte; die Rechte nahm Anstoß daran, dass er bei Clintons Einführungsfeier das Gebet sprach. Aber Graham hielt zu ihnen allen, einschließlich seinem alten Schützling George W. Bush, den er am letzten Sonntag vor der Wahl im Jahr 2000 öffentlich umarmte – und zwar ausgerechnet in Florida."

Man erinnere sich, Bush gewann dort und dadurch die Wahl zum Präsidenten mit fünfhundert Stimmen Vorsprung.

La Chance, 13. November 2008.
Winnipeg, Manitoba (Kanada).
Es ist mittlerweile das fünfte Hotel, das ich anrufe. Ich bekomme die gleiche Antwort wie überall: Alles ausgebucht – es findet gerade die jährliche Versammlung der kanadischen Konservativen Partei statt, mit mehr als zweitausend Leuten.

Ich habe momentan genug von politischen Versammlungen. Und schon gar von nordamerikanischen Konservativen. Dass ich jetzt noch im kanadischen Fast-Winter ohne Zimmer dastehe, fehlte gerade noch. Schließlich finde ich mit Glück doch ein Zimmer. Hier von meinem *Stopover* in Toronto aus. Ich bin gerade so viel auf Dienstreise, dass ich kaum noch mit dem Zimmerbuchen hinterherkomme. Aber bisher war das nie ein Problem.

Ich bin das erste Mal in Kanada. Der Flug nach Winnipeg soll – mit Verspätung – nach Mitternacht ankommen. Am nächsten Morgen dann die Naturfaser-Konferenz. Ich würde die Nacht schon gern im Bett verbringen.

Der Taxifahrer am Flughafen in Winnipeg ist ein Inder. Als er meine Story hört, lacht er auf.

Ich hätte echte Schwierigkeiten bekommen, meint er, wenn ich kein Zimmer gebucht hätte. Ich frage ihn, warum ich in diesem Fall nicht einfach mit einem Taxi in den nächsten Ort hätte fahren können?

„Die nächste Stadt ist zwei Stunden von Winnipeg entfernt."

„Dann würde ich in ein Dorf außerhalb der Stadt fahren."

„Es gibt kein Dorf. Es gibt Winnipeg, und der nächste Ort im Umkreis ist zwei Stunden entfernt."

„Wie viele Einwohner hat Winnipeg?", frage ich.

„Oh, ungefähr eine Million oder so."

Langsam dämmert mir, dass der Mann recht haben könnte. Ich denke jetzt lieber nicht daran, dass ich das Zimmer nur für eine Nacht bekommen konnte.

Der Taxifahrer und ich kommen ins Gespräch. Es stellt sich heraus, dass er erst seit drei Jahren in Kanada ist. Sein Bruder wohnt auch hier, praktisch die gesamte Familie. Und er hat mittlerweile schon einen kanadischen Pass! Unglaublich, hier in Kanada geht das mit dem Einwandern noch wirklich ruck-zuck.

„Wollen Sie irgendwann nach Indien zurückkehren?", frage ich. Habe ich mich missverständlich ausgedrückt? Jedenfalls beeile ich mich, hinzuzufügen: „Ich meine, klimatisch gesehen ist es ein ziemlicher Unterschied."

Er lacht. „Kein Problem. Nein, wir sind jetzt Kanadier. Viel besser hier als in Indien."

Ich verstehe. Er hat studiert, Sozialwissenschaften, noch in Indien. Jetzt fährt er Taxi. Sein Bruder auch.

„Ich bin glücklich hier." Er klärt mich gleich darauf auf, dass der Winter noch gar nicht angefangen hat. Im Winter müssen die Straßen freigefräst werden, es werden regelrechte Korridore gebildet.

Am nächsten Morgen die *keynote speech* der Konferenz beim Mittagessen. „It's not longer the cost of doing it – it became the cost of not doing it." Es geht um ökologische Nachhaltigkeit.

Ich lerne, dass die Firma Interface die einzige ist, die im Dokumentarfilm „The Corporation" gut wegkommt. Für einen *Vice President of Sales* und für eine Firma, die kommerzielle Fußbodenbeläge herstellt, ist dieser Vortrag jedenfalls ziemlich visionär.

„Ich möchte Teil der Lösung sein und nicht Teil des Problems ... ein einzigartiger Moment gerade ..." Okay, der erste farbige US-Präsident ist vor zwei Wochen gewählt worden.

„Es gibt eine globale Umweltbewegung ohne eine singuläre Führungsperson – das erste Mal in der Geschichte, eine Bewegung ohne Anführer."

Es geht weiter mit Phrasen wie „... aufhören, auf die Teile zu fokussieren, anfangen, das Ganze zu sehen ..."

Ich bin seit ein paar Stunden in Kanada und bin das erste Mal seit dem Sommer außerhalb der USA. Frische Luft. Oder ist es das Thema der Konferenz „Biofibe 2008", einer Konferenz zu Naturfasern als nachwachsendem und nachhaltigem Industrierohstoff?

Ich muss an die letzten Wochen denken, unwillkürlich. „Je weniger Sie einpacken, desto mehr erwartet Sie ..."

Das kann ich für meinen Trip nach Winnipeg jedenfalls schon mal bestätigen. Wo ich wohl heute Nacht übernachten werde? Auf der Powerpoint-Folie erscheint gerade ein Zitat von Kenneth Galbraith: „Der moderne Konservative ist ein Abbild der ältesten Übung der menschlichen Natur ... eine Ausrede für Egoismus."

Ob das wohl auch auf der Veranstaltung der Konservativen gerade behauptet wird?

„Was sind die einflussreichsten Institutionen im Bezug auf Veränderungen? Die Industrie ..." Ja, im Bösen wie im Guten. Und dann kommt ein bemerkenswerter Satz über das Wesen von Unternehmertum: „Unternehmerische Aktivität ist der Ausdruck der Fähigkeit, eine entstehende Realität wahrzunehmen und im Einklang mit dieser zu handeln." Ein sehr kluger Satz.

Was damit in diesem Kontext wohl gesagt werden soll, ist, dass der derzeitige Hype um „Green" – oder empfinde ich ihn nur als so stark, weil ich mittendrin bin? – im kommerziellen Sinne Ausdruck ist eines tieferliegenden Paradigmenwandels in den USA. Ich geben dem Sprecher recht, denn ein Unternehmer kann nur die Bedürfnisse stillen, die zumindest latent schon in der Bevölkerung vorhanden sind. Und das gilt erst recht für *die* unternehmerische Gesellschaft schlechthin, die USA. Der Besitzer von Interface war einer der ersten Industriellen in den USA, die ihre Firma konsequent auf „Green“ umgestellt haben. Bei Interface begann dieser Prozess angeblich bereits 1994. Interessant in diesem Zusammenhang, dass das *US Green Building Council* 1993 von vier Leuten sozusagen in der Garage gegründet wurde. Die „grüne Bewegung“ in den USA im kommerziellen Sinne ist also tatsächlich ein Produkt der frühen neunziger Jahre. Erst wenn in den USA eine Idee kommerziellen Erfolg hat, wird sie gesellschaftlich wirksam. Das ist ein grundlegender Unterschied zu den viel stärker ideologisch-bürokratisch gesteuerten Ländern Westeuropas.

„Die Erde stirbt nicht. Sie wird umgebracht. Und die Mörder haben Namen und Adressen ... Die Natur belohnt viel stärker Kooperation als Konkurrenz ... neues Design von Teppichfliesen durch Nachahmung der Natur, durch sogenanntes Biomimikry.“

Ja, wieso das denn?

„Ihr Auge kann die ausgetauschte Fliese nicht erkennen, die Farbe des Teppichs ändert sich mit der Tageszeit ... Warum sind wir hier?“

Der Saal ist voll mit großen runden Tischen mit jeweils etwa zehn Leuten, typisch für diese Konferenzhotels in den USA, ich meine natürlich: Kanada.

Nach dem Vortrag entwickelt sich eine angeregte Diskussion am Tisch. Die Amerikaner werden von den Nicht-Amerikanern mit Fragen bombardiert. Die Wahl. Nach einer Viertelstunde flaut das Gespräch ab. Einzig der Mann mit der Halbglatze und den schwarzen Augen mir schräg gegenüber löchert mich weiter.

Er ist Kanadier, aus Quebec. Buddhist. Von 1969-1972 hat er bei Seymour Papert, einem der Pioniere der künstlichen Intelligenz, am MIT in Kybernetik graduiert. Den Bereich der Kybernetik definierte deren Schöpfer, der MIT-Professor Norbert Wiener, als das Gebiet, „das unter einer Überschrift das Studium dessen kombiniert, was im menschlichen Kontext manchmal als Denken bezeichnet wird und in den Ingenieurswissenschaften als Kontrolle und Kommunikation bekannt ist." Wieners entsprechendes 1948 veröffentlichtes epochales Buch *CYBERNETICS: OR CONTROL AND COMMUNICATION IN THE ANIMAL AND THE MACHINE* findet sich unter den bereits erwähnten hundert einflussreichsten der Menschheitsgeschichte. Unter anderem ist es auch das grundlegende Werk zum Thema *Artificial Intelligence*. Einige andere Bereiche, für die das Buch die theoretischen Grundlagen gelegt hat, sind Servomechanismus, automatische Steuerung, Neurowissenschaften und verlässliche Kommunikationssysteme. Interessanterweise äußerte Wiener – laut seinem Nachruf in der *New York Times* – in einem Interview kurz vor seinem Tod 1964 die Ansicht, dass die Gefahr bestünde, dass Computer eines Tages die Oberhand über den Menschen bekommen könnten, „falls wir keine realistische Haltung einnehmen". „[Aber] die [eigentliche] Gefahr", sagte er, „ist am Ende [unsere] intellektuelle Faulheit. Einige Leute haben vom Wort ‚Maschine' das Hirn so verkleistert bekommen, dass sie nicht begreifen, was von Maschinen vollbracht werden kann und was nicht – und was menschlichen Wesen überlassen werden kann und was nicht." Auch das heute noch brandaktuell.

Ich durfte besagten Seymour Papert 2002 bei einem gemeinsamen Auftritt mit seinem Kollegen Marvin Minsky, der AI-Legende und einer der Organisatoren der *Dartmouth Conference* im Jahr 1956, dem Geburtsort der Artificial Intelligence, erleben.

Eigentlich ist der Mann mit der Halbglatze und den tiefgründigen Augen vor mir ebenfalls Mathematiker. Sein Name: Michel Lachance. Heute leitet er eine Biotechnologiefirma in Quebec. Als wir vom Tisch aufstehen, die anderen haben sich schon lange erhoben, hat sich das Gespräch komplett zu anderen Themen verschoben. Er liest gerade ein Buch, von dem er fasziniert ist: „Inside Peter Drucker's Brain".

Ein Buch über den Übervater des modernen Managements. Er hat noch etwas zu erledigen, bevor die nächsten Vorträge beginnen. „Wir können uns heute Abend weiter unterhalten beim Empfang im Manitoba Museum of Natural History", ruft er mir noch zu.

Wer hätte das gedacht, dass ich einen Kybernetiker auf einem kommerziellen Kongress über Naturfasern treffen würde?

Der Weg vom Hotel zum Museum of Natural History ist nicht weit, aber es ist kalt. Es hat wieder angefangen zu schneien. Ich brauche noch ein Zimmer für heute Nacht. Ich muss wieder an die Worte des Taxifahrers denken: „There is no next city within two hours."

Am Abend sind schon einige andere im Foyer versammelt. Bevor wir unter den wachsamen Augen der ausgestopften Fauna Kanadas unsere Häppchen einnehmen werden, ist noch ein Vortrag angesetzt: Prof. Barber von der University of Manitoba leitet das weltweit größte Projekt in der Arktis und wird darüber in seinem Vortrag berichten; der Bundesstaat Manitoba reicht in Richtung Norden bis zur Arktis. Vorher nehme ich mir aber erst einmal die Gelben Seiten von Winnipeg vor.

Bei den ersten Hotels, die ich anrufe, wieder nichts. Mittlerweile hat sich meine Situation bei den Anwesenden herumgesprochen. Eine Dame mittleren Alters schlägt mir vor: „Sie können einfach heute Nacht in meinem Haus übernachten."

Wir kennen uns weiter nicht. Wir haben uns noch nicht einmal vorher unterhalten. Ich sehe sie verdutzt an. „Es ist wirklich kein Problem. Ich werde Ihnen die Schlüssel geben und bei meinem Lebensgefährten übernachten."

Entwaffnende Herzlichkeit. Ich bedanke mich und widme mich wieder – erleichtert, ich werde nicht hier im Foyer übernachten müssen – dem Telefonbuch. Doch alle Zimmer sind vergeben. Soll ich es aufgeben? Andererseits – ich kann es nicht glauben. Noch einige Telefonate, wieder vergeblich. Die Dame wiederholt ihr Angebot. Es ist mir schon fast peinlich, weiter zu suchen. Für sie ist das die normalste Sache der Welt. Schließlich finde ich doch noch ein Zimmer: im Quality Inn. Gerade rechtzeitig, bevor der Vortrag beginnt. Der Name des Hotels ist offensichtlich Programm – jedenfalls was die Verfügbarkeit von Zimmern angeht. Angesichts der Tatsache, dass alles andere ausgebucht war, weiß ich allerdings nicht, wie sehr das für die Art der Unterkunft spricht.

Und die Dame neben mir räumt dann auch gleich mit einem Vorurteil meinerseits auf: „Kanada ist ziemlich ähnlich wie die USA – es gibt keinen Fokus auf ‚ökologisch'." Ich hatte bis eben noch meine Illusionen.

Mittlerweile steht Professor Barber am Rednerpult. Der Mann hat eine graue Mähne und einen Vollbart. Ich schätze ihn auf Anfang sechzig. Ein echter Eisbär. Professor Barber ist Polarforscher und Professor. Er ist seit 1981 in der Arktis unterwegs.

Er beginnt einleitend: „1995 dachte ich, dass es sich beim Klimawandel um natürliche Schwankungen handelte", und fährt fort: „Ich änderte meine Auffassung in den späten Neunzigern ..." Dann die Steigerung: „Ich wurde beunruhigt im Laufe der letzten fünf Jahre ..."

Hier steht nicht irgendein neunmalkluger Sesselfurzer, sondern jemand, der seit fast dreißig Jahren in der Arktis unterwegs ist und uns gerade seine Erfahrungen aus erster Hand schildert. Das Projekt, das Professor Barber leitet, beschäftigt sich mit *circumpolar flow*. Er zeigt uns Bilder vom Eisbrecher *Amundsen*, mit dem er und sein Team in der Arktis unterwegs ist und mit dem sie Daten über das Polareis aufnehmen.

„Wäre der Planet 4 Grad Celsius kälter, würden wir in eine Eiszeit eintreten." Das ist nicht der Fall. „Der Planet erwärmte sich um 0,4 Grad Celsius in der Periode 1960-80, aber" – was folgt, lässt mich erschrecken – „heute ist der Nordpol 3,4 Grad Celsius wärmer."

Und jetzt kommt das überzeugendste Argument, das ich je zum Thema Klimawandel gehört habe: „Es gibt neue Wörter in der Sprache der Inuit – Sonnenbrand, Wespenstich."

Professor Barber berichtet jetzt anhand von Diagrammen von seinen eigenen Forschungsergebnissen. Er zeigt eine computeranimierte Grafik, die das Eisschild der Polkappe über den Jahreszyklus zeigt. Wie ein pulsierendes Herz, im Sommer schrumpfend, im Winter wieder wachsend. „Im Jahr 2007 verschwand mehr Eis im Sommer, als Wissenschaftler physikalisch für möglich hielten."

Das hier sind keine spekulativen oder theoretischen Ergebnisse, es sind Messergebnisse, die die pessimistischen Voraussagen der Theoretiker übertreffen. Er zeigt eine Grafik mit der Gesamtfläche der Eiskappe am Nordpol und dem von den Theoretikern vorausgesagten Rückgang. Bis 2007 liegen die Vorhersagen des Modells und der tatsächlich gemessene Bereich fast übereinander. 2007 klappt die Kurve nach unten weg. Professor Barber präsentiert sich hier leider nicht wie ein wissenschaftlicher Scharlatan. „Die Arktis erwärmt sich schneller, als es die Modelle vorhersagen."

Schon komisch: Hier sitze ich mitten in Kanada – genauer gesagt im Museum of Natural History am geographischen Mittelpunkt des nordamerikanischen Kontinents – und höre: „das gesamte arktische Ökosystem verändert sich".

Ein Albtraum. Professor Barber: „Wen juckt das? Den Planeten kümmert's nicht. Aber uns sollte es."

Er hat recht. Wer wohl heute Abend bei der Versammlung der kanadischen Konservativen vorträgt? Dem Planeten ist es egal, wie das Klima aussieht. Entscheidend in diesem Kontext ist allein die Spezies Mensch.

„Neue Industrien entwickeln sich, es gibt neue Schifffahrtsrouten in Kanada ..."

Es ist unglaublich. Wieder gibt es Leute, die ökonomisch von dieser Situation profitieren und sich mit Sicherheit wie üblich für ihr – durchaus berechtigtes – ökonomisches Interesse stark machen werden. Man darf nämlich eins nicht vergessen: Eine schiffbare Route im Norden Kanadas hat mit Sicherheit beträchtliches finanzielles Potenzial, sie ist ein alter Schifffahrtstraum.

Mal wieder geht es mir durch den Kopf: „The business of business is business."

„Ich wünschte, ich könnte Ihnen eine andere Story erzählen. Die Dinge geschehen schneller, als wir uns anpassen können. Der Klimawandel wird bleiben – es ist die Frage, wie viel Risiko wir eingehen wollen. Wir haben einen irreversiblen Punkt erreicht ..."

Und Professor Barber wird politisch: „Wir bewegen uns in ein neues Wirtschaftssystem – es macht keinen Sinn, nur zu ‚bailouten'. Es wäre besser, sich an eine neue Realität anzupassen."

Ich nicke innerlich.

„... langfristiger Nutzen der Rezession könnte eine neue Art von Wirtschaft sein ..." Aber er bleibt realistisch: „... einige Bewohner der Arktis sind ziemlich froh – neue ökonomische Möglichkeiten eröffnen sich ..."

Zumindest was die USA anbelangt, habe ich keinerlei Illusionen: Allein geschäftliche Möglichkeiten werden die Zukunft bestimmen. Auf allen Gebieten, ausnahmslos. So wird es auch hier sein.

„Wie wir uns der neuen Umwelt anpassen, wird absolut kritisch sein ..."

Für die Leute, die ihre geschäftliche Zukunft darauf bauen, hat die Zukunft bereits begonnen. Die neue geschäftliche Realität entsteht, bevor der Rest von uns – der möglicherweise andere Interessen hat – eingreifen kann. Der neue ökonomische Status quo (d.h. die neue arktische Realität) bedeutet: „... Methangas durch abtauenden Permafrost ... Wir haben immer gedacht, die Atmosphäre sei eine Art öffentliches Gut, aber es gibt einen Preis dafür."

Hier in Manitoba, am geografischen Mittelpunkt des nordamerikanischen Kontinents, studierte vor achtzig Jahren übrigens auch ein anderer Prophet, ein gewisser Marshall McLuhan, der 1964 ein Buch mit dem Titel „Understanding Media – The Extensions of Man" veröffentlicht, der in der Einführung ausführt:

„Nach dreitausend Jahren explosionsartiger Spezialisierung und Entfremdung in den technologischen Ausweitungen unserer Körper, ist unsere Welt durch eine dramatische Umkehr anteilnehmend geworden. Elektronisch geschrumpft, ist der Globus nicht mehr als ein Dorf. Elektronische Geschwindigkeit im Zusammenbringen aller sozialen und politischen Funktionen hat die menschliche Wahrnehmung von Verantwortlichkeit in einem hohen Maße erhöht. Es ist dieser implosive Faktor, der die Position des Schwarzen, des Teenagers sowie einiger anderer Gruppierungen ändert. Sie können nicht länger kontrolliert werden im politischen Sinne einer begrenzten Zugehörigkeit. Sie sind jetzt in unser Leben involviert, so wie wir in ihres, dank elektronischer Medien ..."

Nach ein paar hundert Seiten eines faszinierenden Ritts durch die Menschheitsgeschichte schließt McLuhan, der mit dem eben zitierten Satz übrigens den Begriff des Global Village geprägt hat, mit den Worten:

„Nachdem elektrische Energie unabhängig ist vom Ort oder der Art der Arbeitsoperation, generiert sie Muster von Dezentralisierung und Diversität in der zu verrichtenden Arbeit. Dies ist eine Logik, die z.B. völlig klar wird durch den Unterschied zwischen Licht durch Feuer und Licht durch Elektrizität. Personen, die um ein Feuer oder eine Kerze für Wärme oder Licht versammelt sind, sind in geringerem Maße fähig, unabhängige Gedanken – oder gar Tätigkeiten – zu verfolgen, als Menschen, denen elektrisches Licht zur Verfügung steht. Auf dieselbe Art sind die in der Automatisierung latent enthaltenen sozialen und pädagogischen Muster diejenigen von beruflicher Selbständigkeit und künstlerischer Autonomie. Panik wegen Automation als Bedrohung durch Uniformität auf Weltmaßstab ist (lediglich) die Zukunftsprojektion von mechanischer Standardisierung und Spezialistentum."

Silent Spring, 19. November 2008.
Boston, Massachusetts.

Greenbuild – das Hochamt des nachhaltigen Bauens weltweit. Eine gewaltige und rasend schnell wachsende Industriemesse mit über zwanzigtausend Besuchern. Frühstück. So weit das Auge reicht sind im hinteren Teil der riesigen Messehalle lange Tische aufgebaut, jeder von ihnen nicht kürzer als zwanzig Meter. Berge von Croissants, Hummus, *bagels, cream cheese*, Marmelade ... ein Massenfrühstück von biblischen Ausmaßen. Der Saal ist bereits halb voll. Ich nehme mir einen Pappbecher und fülle mir Kaffee ein. Bin noch etwas im Tran heute Morgen.

Das erste Mal wieder nach unserer Abreise nach Europa im März 2003 bin ich für einige Tage in Boston. Um mich herum etwa zehntausend Menschen, auf Stühlen sitzend. Vor mir auf dem Podium der Gründer des *US Green Building Council*, Rick

Fedrizzi. Er heizt dem Publikum ein. Der Führer einer Bewegung. Das *Green Buidling Council* wurde 1993 von Rick Fedrizzi, Mike Italiano und David Gottfried gegründet und hat sich von Anfang an der Verbreitung von Nachhaltigkeit beim Design, der Konstruktion und dem Betrieb von Gebäuden verschrieben. Es ist vor allem bekannt geworden durch die Entwicklung des LEED-Zertifizierungscodes für nachhaltige Gebäude.

Für ihn die Stunde null der Umweltbewegung. Was wiederum die wenigsten Deutschen wissen: Der eigentliche Startschuss für die internationale Umweltbewegung war das Buch aus dem Jahr 1962 „Silent Spring" der US-Amerikanerin Rachel Carson, in der sich die Autorin mit den verheerenden systemisch-ökologischen Folgen des Pestizids DDT auseinandersetzt.

Fedrizzi lässt die Zahlen sprechen, und die sind beeindruckend. Er donnert von der Kanzel herab. Vor fünfzehn Jahren, ruft er: Internet, der erste *Pentium chip*, das Benzin kostete 1.15 Dollar die Gallone.

Seine Schlagworte: Die Grüne Revolution ... Wir stimmen die Leute um, wenn es darum geht, was wirklich zählt ... Wir wachen endlich auf und realisieren, dass es nur eine Welt gibt ... eine holistische Welt ... Übergang zur kohlenstoffarmen Wirtschaft ... In 15 Jahren hat man die Kommunikationsindustrie komplett neu aufgebaut ... Lasst uns Qualität zum Standard für „Green" machen ... Und so weiter.

Wenig später zitiert er Martin Luther King Jr.: „Wir müssen eine Verschiebung erreichen, weg von einer Ding-orientierten Gesellschaft, hin zu einer Mensch-orientierten."

Ich muss daran denken, wie perfekt die Amerikaner es beherrschen, ihren Idealismus mit Geldverdienen zu verbinden. Das hier ist eine Messe, bei der es letztendlich um knallhartes Geschäft geht. im Moment hat die Veranstaltung allerdings gerade mehr von einem religiösen Massen-Sit-in.

„... die Zivilisation neu entwerfen ... Lebensqualität ... Wir haben in Barack Obama eine Führungspersönlichkeit gewählt, die uns inspiriert hat ... Verlagerung von Prioritäten, wie wir es seit dem Zweiten Weltkrieg nicht gesehen haben ...“

Gerade flimmert die Szene von Obama auf der Bühne vor den Massen in Chicago über die gigantischen Bildschirme. Die perfekte Koordination von Bildern und Gesagtem. Dann Abraham Lincoln und die US-Flagge. „Vor auf den Tag genau 135 Jahren die ‚Gettysburg-Adress‘ von Abraham Lincoln ...“

Die einflussreichste Rede der gesamten US-Geschichte. Abraham Lincoln:

„Vor siebenundachtzig Jahren haben unsere Vorväter auf diesem Kontinent eine neue Nation gegründet, erdacht in Freiheit und dem Vorhaben geweiht, dass alle Menschen gleich sind. Jetzt sind wir mit einem großen Bürgerkrieg beschäftigt und testen dabei, ob eine Nation, oder irgendeine Nation, die so erdacht und gewidmet wurde, lange Bestand haben kann. Wir stoßen gerade auf ein großes Schlachtfeld dieses Krieges. Wir weihen einen Teil dieses Feldes als letzte Ruhestätte für jene, die ihr Leben gaben, damit die Nation leben möge. Es passt vollkommen und ist völlig angemessen, dieses zu tun. Aber in einem umfänglicheren Sinne können wir diesen Boden nicht weihen, nicht segnen, nicht heiligen. Die tapferen Männer, die lebendigen und die toten, die hier kämpften – sie haben ihn geweiht, und zwar weit über unser Vermögen, etwas dazuzufügen oder davon wegzunehmen. Die Welt wird wenig zur Kenntnis nehmen und sich nicht lange daran erinnern, was wir hier sagen, aber sie kann niemals vergessen, was sie hier getan haben. Im Gegenteil, wir, die wir noch am Leben sind, sollten geweiht werden dem unvollendeten Werk, das diejenigen, die hier gekämpft haben, bisher so edel vorangebracht haben. Wir sind diejenigen, die hier geweiht werden sollten der großen Aufgabe, die noch vor uns liegt – dass wir uns von diesen geehrten Toten stärkere Hingabe holen für die Sache, für die sie das letzte volle Maß der Aufopferung gaben – dass wir hier uns fest entschließen, dass diese Toten nicht umsonst gestorben sind – dass diese Nation, unter Gott, aus Freiheit neu geboren werden soll – und dass die Regierung der Menschen, durch die Menschen, für die Menschen, nicht von dieser Erde verschwinden darf."

Obama ist seit zwei Wochen Präsident der Vereinigten Staaten.

„Veränderung kommt von innen – von der Boston Tea Party bis zur Berliner Mauer ..."

Rick lässt nichts aus. Bush konnte diese Bewegung nicht unterdrücken. Jetzt hat man hier Rückenwind. Gestern auf dem Harvard Yard: *„Crimson* (das Karmesinrot von Harvard) *goes Green"*.

Im *Harvard Museum of Natural History* wird der Klimawandel ex cathedra verurteilt. Hier ist man unter sich. *Drill, Baby, drill!* ist hier ein unwirkliches pandämonisches Rauschen von einem fernen Planeten. Am Ende seiner Rede hält Fedrizzi inne – und kündigt seinen Nachredner an: Kein Geringerer als der schwarze südafrikanische Friedensnobelpreisträger und die lebende Legende der Anti-Apartheid-Bewegung Desmond Tutu betritt jetzt das Podium.

Vorne am Podium gibt es drei riesige Bildschirme, weiter hinten im Saal ebenfalls. Von Weitem ist Tutu eine kleine Figur. Aber sein Bild wird auf den Bildschirmen gigantisch vergrößert. Kokettierend mit seiner Popularität sogar in den Vereinigten Staaten startet er mit einer Anekdote, die ihm angeblich vor Kurzem in San Francisco widerfahren ist.

Eine Frau rief ihm zu: „Hello, Archbishop Mandela!"

Tutu bricht in meckerndes Lachen aus. Und wird gleich darauf ernst: „Jeder, der sich um den Planeten sorgte, wurde zum Extremisten gestempelt."

Man denke insbesondere an die Grünen in Deutschland Anfang der Achtzigerjahre. In den USA muss man nicht ganz so weit zurückgehen. Es reicht bis zum Jahr 2001.

„Manchmal erkennt man Revolutionen nicht, an denen man selbst teilnimmt. Ich will, dass Sie wissen, dass Ihr die Schnurrhaare von Katzen seid ..."

Tutus Sprache ist bildgewaltig. Von biblischen Ausmaßen.

Tutus Körper ist sein Instrument: Er bebt, zittert, singt, säuselt.

Er lebt das Gewaltige, das er sieht, uns, seinen Zuschauern, vor. „Ich möchte, dass Sie verstehen, dass Sie Teil einer Revolution sind."

Tutu erzählt vom Moment, als er und seine Frau davon hörten, dass Obama zum amerikanischen Präsidenten gewählt wurde. Seine Frau hatte Tränen in den Augen – sie waren irgendwo unter freiem Himmel in Südafrika. In Johannisburg. Die Schockwellen der Erlösung der Wahl Obamas erreichen den Schwarzen Kontinent.

„*... and he's so beautiful ...*"

Tutu singt eine bebende Tremolo-Ode auf Obama. „Und dennoch, es gibt Rassismus in diesem Land ... im Namen der Welt – im Namen GOTTES: Danke für Ihre Leidenschaft. Ihre Anteilnahme. GOTT sagt, es ist nicht gut – es ist sehr gut. Und GOTT sagt, es ist sehr gut! Und Ihr, die Ihr in meinem Bilde seid, ich gebe Euch Herrschaft ... Bitte geht und kümmert Euch, wie ich mich kümmern würde. Diese Herrschaft von Barmherzigkeit und Sanftmut. Es ist schön, aber Dinge können sehr auf Abwege geraten *(things can go desperately wrong) ...*"

Was für eine gewaltige Predigt.

Eine Viertelstunde später schlendere ich durch die riesigen Messehallen. Das hier ist der harte Kern derjenigen, die sich, vorgeblich oder tatsächlich, um eine Erneuerung der amerikanischen Bauweise bemühen. Eine Aufgabe von herkuleischen Ausmaßen. Dabei könnte man doch einfach mal damit anfangen, die Häuser zu isolieren. So wie es der *Pink Panther* in der Werbung den Leuten in der Zeit vor der Wahl auch immer wieder im Fernsehen empfohlen hat. Das hier geht natürlich viel weiter: Es ist ja das Hochamt von „Green“. Es fehlt nichts.

Ich bin am Bücherstand. Neben einschlägigen Fachbüchern zum Thema findet sich auch alles mögliche andere. Mein Blick fällt auf „The Green Bible“. Kein Geringerer als Desmond Tutu hat das Vorwort geschrieben. Ich blättere das Buch der Bücher durch. Die nach der Auffassung der Editoren etwas mit „Green“ zu tun habenden Stellen sind bezeichnenderweise grün hervorgehoben. Ein offensichtlich ernsthaftes Unterfangen, mit aufwendiger Einführung. Ähnlich wie bei der neu bearbeiteten Lutherübersetzung aus dem Jahr 1984, erschienen Anno Domini 2008.

Es ist auffallend: Der Greenbuild-Besucher benutzt Apple Computer. Ob das etwas mit dem Namen zu tun hat? In den Ausstellungshallen tummeln sich über tausend Aussteller. Alles, was im Bausektor in den USA Rang und Namen hat, ist mit einem Stand vertreten. Aber auch Firmen wie Siemens und andere sind mit von der Partie. Daneben viele kleine Aussteller mit Spezialprodukten, von denen sie behaupten, dass sie etwas mit „Öko“ zu tun haben. Jeder will mitmischen. Nur ganz wenige Stände sind besetzt mit Leuten, die ich in Deutschland unter politisch „grün“ einordnen würde. Dazu muss man wissen, dass in den USA „Green“ eben nicht das Gleiche bedeutet, was wir unter „grün“ oder, bessere Übersetzung, dem Label „Öko“ verstehen. Eines ist jedenfalls bei dieser Veranstaltung völlig klar: Es geht um *business*. Und zwar in allererster Linie.

Ich mache mich auf in Richtung Innenstadt. Durch Zufall habe ich in der Zeitung *Metro*, die in der U-Bahn ausliegt, die

Ankündigung gesehen, dass Noam „*The Thruth*" Chomsky, so wird er von dem Redakteur angekündigt, heute Abend einen Vortrag hält. In einer Kirche *downtown* Boston. Ausgerechnet der jüdische Atheist Chomsky. Das Ganze kostet fünfzehn Dollar Eintritt. Es wird als der erste öffentliche Auftritt von Chomsky nach der Wahl von Barack Obama angekündigt. Bin gespannt, was er diesmal zu sagen hat. Erinnerungen an den 18. Oktober 2001 kommen hoch, an seinen ersten öffentlichen Vortrag nach 9/11. Als ich aus dem Parkhaus komme, pfeift mir eine eisige Brise um die Ohren. Die Hochhäuser hier in der Innenstadt haben einen ähnlich windverstärkenden Effekt wie die Messehalle. Als ich dann schließlich an der Kirche bin, fällt mir auf, dass ich mein ausgedrucktes Internet-Ticket im Auto habe liegen lassen. Also wieder zurück.

Ich treffe mich mit Quimet. Meinen Freund Quimet habe ich so kennengelernt: Im völlig überfüllten MIT-Hörsaal beim Chomsky-Vortrag am 18. Oktober 2001 dreht sich vor mir jemand um: „Sprechen Sie Deutsch, sind Sie aus Deutschland?"

Schnell stellt sich heraus, dass der Puertoricaner Quimet als Student ein Jahr in Köln zugebracht hat. Heute, fast auf den Tag genau sieben Jahre danach, sind wir wieder zusammen bei Noam Chomsky. Die Kirche ist gut besetzt, aber das Ganze ist nicht entfernt vergleichbar mit der Veranstaltung nach dem 11. September. Damals war es eine schiere Pilgerwanderung, mit zwei Überlaufhörsälen. Beide brechend voll, und noch viele Zuhörer auf den Fluren. Dagegen ist das hier eher das Stammpublikum. Ich würde es so nennen: Der harte linksintellektuelle Kern Bostons hat sich heute hier versammelt.

Eine der schönen traditionellen Kirchen im Zentrum Bostons. Auch die Emporen sind voll besetzt. Einführung durch die Veranstalter. Das übliche Blabla. Einige Fernsehkameras sind auf Chomsky gerichtet, wie er so auf der Kanzel steht. Quimet hat uns einen guten Platz reserviert. Vierte Reihe in der Mitte, auf neogotischer Holzbestuhlung.

Wenig später: Im typischen unaufgeregten Plauderton erzählt Chomsky erst mal, wie er als kleiner Junge in Philadelphia sozialisiert wurde. „Als ich ein Junge war, wurde ich von den katholischen Jungs in meiner Nachbarschaft in Philadelphia verprügelt."

Nach diesem Vorgeplänkel geht er dann aber direkt in die Vollen: „Nun ja, lassen Sie uns zu den Wahlen kommen. Das Wort, das von jedermanns Zunge rollt, ist ‚historisch' – eine historische Wahl, ich stimme dem zu. Es war eine historische Wahl. Eine schwarze Familie im Weißen Haus zu haben, ist eine Errungenschaft von großer Tragweite. In der Tat, es ist historisch in einem weiteren Sinne. Die beiden Kandidaten der *Democrats* waren ein Afroamerikaner und eine Frau, beides bemerkenswerte Errungenschaften. Wenn wir mal vierzig Jahre zurückgehen, wäre das undenkbar gewesen."

Mit diesen wenigen Sätzen fasst er zusammen, was gerade geschehen ist. Und dass der 4. November 2008 eine Vorgeschichte hat: „Etwas ist in diesem Land geschehen in vierzig Jahren. Und was geschehen ist und was man nicht laut sagen darf" – damit spielt er auf die oft als wundersam dargestellte Tatsache an, dass urplötzliche ein Schwarzer wie aus dem Nichts US-Präsident wird – „ist, dass es einen extensiven und sehr konstruktiven Aktivismus in den Sechzigerjahren gab." Chomsky selbst ist Jahrgang 1928. „Der eine Nachwirkung hatte, wie beispielsweise die Frauenbewegung, hauptsächlich entwickelt in den Siebzigerjahren, die Solidaritätsbewegungen in den Achtzigern, und weiter bis heute."

So weit, so gut.

„Was als Nächstes kommen wird, wird davon abhängen, ob dasselbe passiert. Veränderungen und Fortschritt sind sehr selten Geschenke von oben. Sie kommen aus den Bemühungen von unten.“

Ich ahne schon, worauf Chomsky hinaus will.

„Die Antwort, was als Nächstes kommt, hängt ab von Leuten wie Ihnen. Niemand anders kann es beantworten. Es ist nicht vorhersagbar.“

Chomsky hat seit dem letzten Mal nichts von seiner Brillanz eingebüßt. Dass er ein paar Jahre älter geworden ist, sieht man ihm das an? Er ist dieses Jahr achtzig geworden. Wieder diese umwerfende Präsenz. Er spricht frei, ohne Manuskript. Nicht ganz so druckreif wie noch 2001. Ich hatte vorher und habe nachher viele brillante Köpfe – darunter einige Nobelpreisträger – eine Rede halten hören, aber Chomskys Vortrag am 18. Oktober 2001 bleibt für mich mit Abstand die brillanteste Rede, die ich je gehört habe. Wohlgemerkt: Er sprach fast eine Stunde, ohne Manuskript.

Dazu meinte Quimet, der selbst in Harvard und Princeton studiert hat, vor ein paar Tagen: „Es ist beängstigend – Studenten am MIT haben einfach Angst vor seinem Intellekt. Kein Scherz. Ich kenne einige von ihnen.“

Chomsky fährt fort: „Die Wahl war überraschend in mancher Hinsicht. Um zurückzukommen auf meine schlechte Vorhersage (er meint: dass Obama als Schwarzer nicht Präsident werden könne) – wenn die Finanzkrise nicht in dem Moment stattgefunden hätte, an dem sie stattgefunden hat, wenn sie ein paar Monate verzögert worden wäre, vermute ich, dass diese Voraussage korrekt gewesen wäre.“

Merkwürdig: Genau das, was ich in den letzten Tagen vor der Wahl dachte. Als die Wall Street am 24. September zusammenklappte, bekam Obama Oberwasser. Von da an hatte ich immer das Gefühl, es sei ein Wettlauf mit der Zeit. Und wirklich, in den letzten Tagen vor der Wahl schien die Stimmung in der Öffentlichkeit – bedingt durch die offensichtliche Tatsache, dass die Welt bis dahin noch nicht untergegangen war – schon wieder etwas zu drehen. Das ist von vielen professionellen Beobachtern, sprich Medien, geflissentlich übersehen worden. Und zwar mit Absicht, da ein Großteil ebendieser Medien zu diesem Zeitpunkt bereits das Produkt Obama „endorsed" hatte. Und damit kein Interesse, dieser Stimmung noch Aufwind zu verleihen; außer natürlich Sender wie *Fox News*, die diese Tendenz wiederum versuchten ins Monströse aufzublähen, teilweise mit absurd verzerrten angeblichen öffentlichen Umfragen, die den Vorsprung von Obama in den letzten Tagen vor der Wahl teilweise schon als nicht mehr vorhanden deklarierten.

Chomsky weiter: „Aber ohne zu spekulieren: Eine überraschende Sache in Bezug auf die Wahl ist, dass es kein Erdrutschsieg war. Nach den üblichen Kriterien würde man erwarten, dass die Oppositionsparteien unter den Bedingungen, die heute existieren, mit einem Erdrutschsieg gewinnen ..."

Das ist ein Punkt, der auch mich schon die ganze Zeit fasziniert: Da bricht das Kartenhaus mit Getöse zusammen, und 50 Prozent der Bevölkerung wählen immer noch die Partei, unter deren Führung das Ganze verbucht wurde.

„Der amtierende Präsident für acht Jahre war derart unpopulär, dass seine eigene Partei seinen Namen nicht erwähnen konnte und vorgeben musste, seine Politik abzulehnen. Er präsidierte über die vielleicht schlechteste Bilanz für normale Leute in der Nachkriegsgeschichte, im Bezug auf Beschäftigungswachstum, realem Wohlstand und so weiter. Praktisch alles, was die Regierung angepackt hat, geriet zum Desaster. Das Land hat den niedrigsten Level an Ansehen in der Welt erreicht, den es je hatte, und die Wirtschaft brach zusammen. Mehrere Rezessionen sind im Gange, nicht nur die auf den Titelblättern, die finanzielle Rezession, sondern es gibt auch eine Rezession in der richtigen Wirtschaft – interessante Unterscheidung! –, die produktive Wirtschaft, und die Leute wissen es. Erstaunliche 94 Prozent der Bevölkerung beschweren sich, dass die Regierung sich nicht um den öffentlichen Willen schert. Und so weiter. Unter Bedingungen wie diesen würde man einen Erdrutsch für die Opposition erwarten, fast egal welche. Doch es gab keinen, was einige Fragen aufwirft."

Genau das habe ich mich auch gefragt nach der Wahl. Warum so knapp? In Zahlen: 53 Prozent aller Wählerstimmen für Obama – 47 Prozent für McCain. Chomsky ist in Fahrt, wohlgemerkt alles im Plauderton: „In anderer Hinsicht war der Ausgang ziemlich vertraut. So, wieder mal, war die Wahl im Grunde gekauft. Neun von zehn Gewinnern (bei Präsidentschaftswahlen) haben mehr Geld ausgegeben als ihre Gegner. Obama, natürlich, mehr als McCain, was gezeigt hat, dass sowohl Obama als auch McCain einen großen Teil ihrer Finanzierung von den Finanzinstitutionen bekamen und, was Obama angeht, von Anwaltskanzleien, was eigentlich heißt Lobbyisten."

Chomskys Bemerkungen stimmen mit meinen eigenen Beobachtungen überein. Trotz unserer völlig unterschiedlichen Blickwinkel, politischen Perspektive und einem ganz anderen Erfahrungshintergrund. Dann zitiert Chomsky eine Studie von Tom Ferguson, dem Begründer der *Investment Theory of Politics*: „... die im Grunde genommen argumentiert, dass Wahlen Momente sind, wenn Gruppen von Investoren koaleszieren und investieren, um den Staat zu kontrollieren. Das gibt einige Hinweise darauf, was wahrscheinlich passieren wird. Was die Zukunft bringt, wie gesagt, hängt von Leuten wie Ihnen ab ..."

Chomsky beschreibt damit zusammenfassend seine Wahrnehmung des politischen Prozesses in den USA – bezeichnenderweise beschreibt er ihn als „offenes" System, der von seinen Bürgern aktiv gestaltet werden könnte. Das unterscheidet auch in den Zeiten dieses permanenten *Cold Civil War* die USA von „geschlossenen" Systemen. Dieser sozusagen interne *Clash of Civilizations* in den USA wird vor allem deshalb nicht zum heißen Konflikt, weil sich die Zivilisationen in ihren Paralleluniversen aufhalten – und jedes „Universum" permanent damit beschäftigt ist, immer neue thematische Blasen hervorzubringen und diese vor dem jeweiligen Platzen jeweils wirtschaftlich zu verwerten.

„Die Wahl wurde beschrieben als außerordentliche Zurschaustellung von Demokratie, ein Wunder, das nur in Amerika passieren konnte und so weiter und so fort. Noch mehr sogar in Europa als hier ...", und er erklärt auch ein paar Sätze später, warum: „Europa ist viel rassistischer als die USA, und man würde nicht erwarten, dass so etwas passieren würde. Auf der anderen Seite, wenn wir uns die Welt anschauen, dann ist es nicht ganz so bemerkenswert ..."

Er bringt das Beispiel von demokratischen Grassroots-Basisbewegungen in den ärmsten Ländern der westlichen Hemisphäre, Bolivien und Haiti.

„In Haiti gab es 1990 eine Wahl, die in der Tat eine außerordentliche Zurschaustellung von Demokratie war, viel mehr als diese hier. In Haiti gab es Basisbewegungen, Volksbewegungen, die sich in den Slums und in den Hügeln entwickelten, denen niemand Beachtung schenkte. Und sie brachten es fertig, sogar ohne jegliche Ressourcen, ihren eigenen Kandidaten ans Ruder zu bringen, einen populären Priester, Jean-Bertrand Aristide. Das ist ein Sieg für die Demokratie, wenn Volksbewegungen Programme organisieren und festlegen können und ihren Kandidaten auswählen und ihm zur Macht verhelfen können – was nicht das ist, was hier geschehen ist, offensichtlich ..."

Nein, das ist in der Tat nicht das, was ich in den letzten Monaten am eigenen Leibe erfahren habe.

„Ich meine, Obama hat tatsächlich eine große Menge an Leuten und viele enthusiastische Leute organisiert, das, was die Presse ‚Obamas Armee' nannte. Aber die Armee soll (lediglich) Anweisungen übernehmen und nicht Programme implementieren, einführen oder entwickeln und ihren eigenen Kandidaten heranziehen, um sie zu implementieren. Das ist der kritische Punkt. Wenn die Armee bei diesem Zustand bleibt" – ich muss an Skinners Begriff der Konditionierung denken –, „wird sich nicht viel ändern." Aber: „Wenn, andererseits, es so geht, wie es die Aktivisten der Sechzigerjahre machten, könnte sich vieles ändern – eine der Wahlen, die getroffen werden müssen."

Die Zukunft ist offen. Heute. Für Noam Chomsky. Es folgt das zweite Beispiel Bolivien, in dem ein Volk in 2005 einen indigenen, einen armen Bauern zum Präsidenten wählt.

„Nun, das ist eine echte Wahl. Noch einmal, die Programme werden permanent entwickelt und durchgeführt von Massenvolksbewegungen, die dann ihren eigenen Repräsentanten aus ihren eigenen Reihen auswählen, um ihre Programme umzusetzen. Und das ist ziemlich verschieden vom dem, was hier passiert ist."

Ich muss daran denken, wie frustriert alle unsere Nachbarn – unabhängig von ihrem politischen Standort – von Washington sind. Wie weit, denke ich, sind die USA gerade von einem derartigen Prozess der politischen Willensbildung entfernt!

Chomsky kehrt zurück zu den Vorgängen der letzten Monate. „Die Werbeindustrie, die hierzulande die Wahlen leitet, stellt sicher, dass die Themen innerhalb der vorgegebenen Grenzen bleiben und fokussiert auf Persönlichkeiten, Charakter und so weiter. Sie tun das aus gutem Grund. Sie schauen sich Studien zur öffentlichen Meinung an, und sie wissen ganz genau, dass bei vielen Angelegenheiten von höherer Bedeutung beide Parteien deutlich rechts von der Bevölkerung liegen. Das ist ein guter

Grund, die Themen außen vor zu lassen. Und sie erkennen den Erfolg an. So vergibt die Werbeindustrie jedes Jahr bekanntlich einen Preis für die beste Marketingkampagne des Jahres. Dieses Jahr gewann Obama den Preis und schlug damit Apple, die beste Marketingkampagne 2008, was korrekt ist. Sie wissen schon, das ist es im Wesentlichen, was passiert ist."

The business of business ist eben business ...

„Nun, das ist ziemlich verschieden von dem, was in einer funktionierenden Demokratie passiert. Für unsere Standards war es außerordentlich, ein Wunder, aber nicht für die Standards einer funktionierenden Demokratie."

Als Nächstes stellt er die grundlegende Frage: „Die Frage ist, was sollte eine Demokratie eigentlich sein?" Seine Antwort: „Also, am linken, progressiven Ende sagte der führende öffentliche Intellektuelle des 20. Jahrhunderts, Walter Lippmann", die Rede ist von einem relativ linken amerikanischen Intellektuellen, „dass in einer Demokratie die Bevölkerung eine Funktion habe. Die Funktion ist, Zuschauer zu sein, nicht Teilnehmer. Er nannte es nicht ‚die Bevölkerung'. Er nannte es die ‚ignoranten, lästigen Außenseiter'. Die ignoranten lästigen Außenseiter haben eine Funktion, nämlich zuzuschauen, was passiert, und gelegentlich einen Knopf zu drücken und dann nach Hause zu gehen. Aber die Teilnehmer sind wir, wir privilegierten, smarten Typen. Nun ja, das ist eine Auffassung von Demokratie. Und, ja, das ist es im Grunde genommen, wovon wir eine Episode gesehen haben."

Chomsky ist für amerikanische Verhältnisse außergewöhnlich schonungslos. Das ist nicht die Weichspülersoße, die in den sog. Mainstream-Medien über alle Ereignisse ausgegossen wird. Seine Beschreibung deckt sich ziemlich genau mit meinen Beobachtungen. Doch der Humanist Chomsky öffnet den Türspalt wieder ein bisschen: „Die Bevölkerung akzeptiert so etwas sehr oft nicht. Wie ich erwähnte, gerade in neuesten Umfragen, sind die Leute überwiegend dagegen."

Die Frustration der Amerikaner vor der Wahl war ja geradezu greifbar. Etwas musste geschehen. Bitteschön *Change*. Immerhin darin waren sich die meisten Amerikaner einig.

„Jedoch sind sie atomisiert, separiert. Viele von ihnen fühlen sich hoffnungslos, unorganisiert, und sie glauben nicht, dass sie irgendetwas daran ändern können. Also lehnen sie es ab, aber damit hat es sich dann auch. In einer funktionierenden Demokratie, wie, sagen wir, in Bolivien oder in den Vereinigten Staaten in früheren Stadien, änderten sie etwas daran. Deswegen haben wir die Maßnahmen des ‚Great Deal' (unter Roosevelt in den Dreißigern), die ‚Great Society'-Maßnahmen (unter Johnson in den Sechzigern). In der Tat, praktisch jeder Fortschritt, wissen Sie, Frauenrechte, das Ende der Sklaverei, gehen Sie so weit zurück wie Sie wollen – es passiert nicht als Geschenk."

Das ist im Übrigen nichts Neues, denn vor hundert Jahren, 1911, schreibt Albertas Urgroßvater, der Vater der politischen Soziologie, Robert Michels, in seinem Klassiker „Zur Soziologie des Parteiwesens in der modernen Demokratie. Untersuchungen über die oligarchischen Tendenzen des Gruppenlebens" Folgendes, das dann als „Ehernes Gesetz der Oligarchie" bekannt geworden ist:

„Vielleicht lässt sich zusammenfassend der Satz aufstellen, dass im modernen Parteileben die Aristokratie gern in demokratischer Form auftritt, während der Inhalt der Demokratie mit aristokratischen Substanzen durchsetzt ist. Hier Aristokratie mit demokratischer Form, dort Demokratie mit aristokratischem Inhalt. Die demokratische äußere Form der Basis des parteipolitischen Lebens täuscht jedoch oberflächliche Beobachter leicht über den Hang zur Aristokratie oder, genauer gesagt, zur Oligarchie hinweg, dem jede Parteiorganisation unterliegt. Zur

Beleuchtung dieser Tendenz bietet das innere Wesen gerade der demokratischen Parteien, und unter ihnen wieder der sozialrevolutionären Arbeiterparteien, das tauglichste und wirksamste Beobachtungsfeld. In den konservativen Parteien treten, von der Wahlperiode abgesehen, die Tendenzen zur Oligarchie mit jener selbstverständlichen Unverblümtheit hervor, die dem prinzipiell oligarchischen Charakter dieser Parteien entspricht. Aber die subversiven Parteien fördern dieselben Erscheinungen mit nicht geringerer Evidenz zutage. Nur dass deren Beobachtung hier entschieden wertvoller ist, weil die revolutionären Parteien ihrer Entstehung und ihrer Willensrichtung nach die Negation dieser Tendenzen darstellen und aus der Opposition gegen sie erst entstanden sind.

Das Auftreten dieser Tendenzen im Schoße der revolutionären Parteien ist also ein ganz besonders triftiger Beleg für das Vorhandensein immanenter oligarchischer Züge in jeder menschlichen Zweckorganisation."

Man höre und staune, es handelt sich bei diesem Buch um eine Fallstudie der deutschen Arbeiterbewegung des Fin de Siècle, also um 1900, insbesondere der SPD. Im Besonderen untersuchte Michels die Entwicklung von Entscheidungsstrukturen.

Und dann kommt Chomsky zum Geschäftlichen: „... der *Boston Globe*. Sie haben wahrscheinlich direkt nach der Wahl seine Titelstory gesehen. Die führende Geschichte handelte davon, wie Obama diese wunderbare Basis-Armee entwickelte, aber er hat keine Schulden, was für eine gute Sache gehalten wird. Also ist er frei zu tun, was er möchte, weil er keine Schulden hat. Die normalen Wählerschaften der *Democrats* – Arbeiterschaft, Frauen, Minderheiten und so weiter –, sie haben ihm nicht zu seinem Amt verholfen. Also schuldet er ihnen nichts."

Das ist ein wichtiger Aspekt. Ich muss daran denken, wie das ganze Thema Schuldenmachen – Kredit! – das zentrale Thema in den USA ist. Und selbst hier, ökonomisch, aber auch politisch betrachtet, hat Obama keine wirklichen Schulden.

„Was er hatte, war eine Armee, die er organisierte, von Leuten, die dafür sorgten, dass mehr Leute für Obama zur Wahl gingen für das, was die Presse ‚die Marke Obama' nennt. Das *Wall Street Journal*, am anderen Ende des Spektrums, hatte auch einen Artikel über dieselbe Sache, ungefähr zum selben Zeitpunkt, und sprach über diese gewaltige Basis-Armee, die entwickelt worden war und die jetzt auf Anweisungen wartet."

Wenig später kommt Chomskys entscheidender Satz in kristalliner Klarheit und Härte: „Was sie anscheinend nicht merken, ist, dass das, was sie beschreiben, das Ideal, das sie beschreiben, Diktatur ist und nicht Demokratie."

Der Unterschied zwischen Chomsky und anderen könnte größer nicht sein. Wo normale Redner einen Spannungsbogen aufbauen, ihre Stimme modulieren – ein anderes Extrem ist zum Beispiel Tutu, der ganze Körper als Instrument –, baut Chomsky seine Reden von enormer Komplexität und Fülle an Details so auf, dass auch der normale Zuhörer mühelos folgen kann. Ohne Emotionen, aber mit Empathie. Heraus kommt der ungewöhnlichste Rednerstil, dem ich je begegnet bin. Die Leidenschaften der Menschheit, eingedampft aufs Wesentliche.

Kein Wunder, dass Chomsky von sämtlichen nationalen Medien in den USA, einschließlich den relativ gesehen eher linken, totgeschwiegen wird. Wer die Mechanismen aufdeckt, wird bestraft. Ganz einfach durch Nichtvorhandensein.

Chomsky spricht das zentrale Leitmotiv dieser Wahl an: Veränderung – *Change*.

„In der Tat, für beide Parteien war das Thema *Change*. Sie wissen schon, sich von der Vergangenheit distanzieren, nichts von der alten Politik, neue Dinge werden passieren. Der Obama-Wahlkampf machte es besser, also gewannen sie den Marketing-Preis, nicht der McCain-Wahlkampf." Er beschreibt die Gefahren, die in diesem Marketing-Ansatz von Politik verborgen liegen: „Das Ziel von Werbung ist, uninformierte Verbraucher zu kreieren, die irrationale Entscheidungen treffen."

Wenn ich mein Fernsehexperiment der letzten Wochen betrachte, kann ich dem Mann nur zustimmen. Chomsky ist nicht naiv: „Diejenigen von Ihnen, die einen Kurs in Ökonomie durchlitten haben, wissen, dass Märkte auf informierten Konsumenten beruhen sollten, die rationale Entscheidungen treffen. Aber die Industrie gibt jedes Jahr Hunderte von Millionen von Dollars aus, um Märkte zu unterminieren und sicherzustellen – Sie ahnen es schon, um uninformierte Konsumenten dazu zu bringen, irrationale Entscheidungen zu treffen."

Ich muss an die ganzen außerordentlich dicken Menschen in North Carolina denken.

„Und wenn es darum geht, einen Kandidaten zu verkaufen, machen sie dasselbe. Sie wollen, dass uninformierte Konsumenten irrationale Entscheidungen treffen. So betrachtet, unterminiert man Demokratie ziemlich genau auf dieselbe Art, wie man es mit Märkten tut. Nun, das ist das Wesen einer Wahl, wenn sie von der Geschäftswelt betrieben wird, und man würde erwarten, dass es so läuft. Das sollte keine Überraschung sein. Und es sollte sich auch erweisen, dass der gewählte Kandidat keine Schulden hat. Also können Sie schlussfolgern, dass die Marke Obama sein kann, was immer sie entscheidet, dass sie sein soll – nicht was die Bevölkerung entscheidet, dass sie sein sollte."

Chomsky zuhören bedeutet für mich „Fensteraufmachen und frische Luft reinlassen". Die amerikanischen Medien, einschließlich der von mir abonnierten *New York Times*, sind in der Regel voll mit der Beschreibung des Sichtbaren. Und weniger mit dem Sichtbarmachen des Unsichtbaren.

Noch einmal Chomsky. „Also, lassen Sie mich zurückkommen auf die Befunde, dass wir Rhetorik und Taten vorliegen haben. Die Rhetorik von Obama kennen wir. Nun, was sind die Taten? Nun ja, bis jetzt waren die hauptsächlichen Taten die Auswahl von – tatsächlich, die einzigen Taten sind die Auswahl von Personal, um die Marke Obama zu implementieren. Die erste Wahl war der Vizepräsident, Joe Biden, einer der stärksten Irakkrieg-Befürworter im Senat. Ein langjähriger Washington-Insider, Sie wissen schon, schert selten aus der Parteilinie aus. Und die Male, wo er es tut, sind nicht sehr erbaulich. Also, er scherte aus, als er für eine Senatsresolution stimmte, die verhinderte, dass Leute ihre Schulden loswerden können – die Rede ist von Individuen, die ihre Schulden loswerden durch eine Bankrotterklärung. Das ist ein Schlag gegen Arme, die in diesen immensen Schulden gefangen sind, die einen großen Teil der Basis der Wirtschaft heutzutage darstellen. Die Wahl von Biden muss eine bewusste Verachtung für die Basis der Leute gewesen sein, die Obama gewählt haben. Na ja, die erste Benennung nach der Wahl war die des Stabschefs, eine äußerst wichtige Ernennung, denn sie bestimmt zum großen Teil die Agenda des Präsidenten. Das war Rahm Emanuel, einer der stärksten Befürworter des Irakkriegs im US-Repräsentantenhaus. In der Tat war er das einzige Mitglied der Delegation aus Illinois, der für Bushs eigentliche Kriegserklärung stimmte, und wieder ein langjähriger Washington-Insider. Auch einer der führenden Empfänger im Kongress von Geldern von den Kreditinstituten und Hedge Funds und so weiter. Er selbst war Investmentbanker. Das ist sein Hintergrund. So, also das ist der Stabschef. Die nächste Gruppe von Ernennungen waren das jungfräuliche Problem, dem die Regierung ins Gesicht sehen muss, wie mit der Finanzkrise umzugehen ist. Obamas Entscheidungen, das mehr oder weniger zu leiten, waren Robert Rubin und Larry Summers, Finanzminister unter Clinton. Sie sind unter denen, die im Wesentlichen für die derzeitige Finanzkrise verantwortlich sind. In der Tat, ein führender Ökonom, einer der wenigen Ökonomen, der die ganze Zeit richtig lag vorherzusagen, was passieren würde, Dean Baker, wies darauf hin, diese beiden auszuwählen sei wie Osama bin Laden den ‚*War on Terror*‘ leiten zu lassen.“

Gelächter im Publikum. „Yeah, ich werde jetzt zum Ende kommen. Das erspart mir das Problem, darüber zu sprechen, was als Nächstes kommt, deshalb werde ich mit den Wahlen schließen ... Ich meine, wir sollen unwissende und lästige Außenseiter sein. Wir sollen nicht wissen, was die Marke Obama ist. Aber ich werde hier abschließen, also ist es an Euch, fortzufahren.“

Die Nummer eins der Intellektuellen-Weltrangliste, Noam Chomsky, hat gesprochen. Die etwa fünfhundert Anwesenden klatschen. Er wirkt ein bisschen müde.

A Decade at Bernie's, 13. Dezember 2008. Charlotte, North Carolina.

Wie üblich gehe ich Samstagmorgens vor die Tür, wo in der Hauseinfahrt schon die *New York Times* wartet. Ich bringe den Plastiksack in die Küche und ziehe die Zeitung heraus. Meine Augen tasten die Titelseite ab: *Look Back at Wall Street Wizard Finds Magic Had Its Sceptics.*

Der darunter stehende Artikel beginnt mit folgenden Worten: „Jahrelang wunderten sich Investoren, Rivalen und Regulierungsbehörden alle gemeinsam, wie Bernhard L. Madoff zauberte. Aber am Freitag, keine vierundzwanzig Stunden, nachdem diese prominente Wall-Street-Persönlichkeit festgenommen war ...“

Wie sich gerade herausstellt, hat der hochangesehene frühere Chef der Technologiebörse NASDAQ, Bernhard Madoff, das größte jemals in der menschlichen Geschichte errichtete Ponzi-Scheme, sprich betrügerische Pyramidenspiel, aufgebaut:

Laut Anklage 65 Milliarden US-Dollar!

Darunter ein weiterer Artikel zum selben Thema: „Vertrauen verloren, und alles andere auch. Der Baugesetzanwalt in Miami vertraute ihm, weil sein Vater mit ihm für Jahrzehnte profitabel gehandelt hatte ..."

Rechts davon ein Artikel mit einem Mann, der eine Frau umarmt vor einem Daimler-Chrysler-Firmenzeichen. Kleiner steht darunter: Detroit Radachsenfabrik. Untertitel des Fotos: „Cindy Spisak mit Douglas Yandura, nachdem sie am Freitag von einer Chrysler Fabrik in Detroit entlassen worden war."

Zur Chronologie der Ereignisse:

7. November: Ein Geldabfluss bei General Motors (GM „verbrennt" gerade 2 Milliarden Dollar im Monat).

18. November: Die Firma ersucht um einen 25-Milliarden-Dollar-Kredit.

4. Dezember: Die Anfrage steigt auf 34 Milliarden Dollar.

11. Dezember: Senatoren aus Bushs eigener Partei lassen den Plan durchfallen.

Der Titel des Artikels: „Weißes Haus bereit, der Autoindustrie Hilfe anzubieten. Die Bush-Regierung sagte am Freitag, sie sei bereit zu intervenieren, um den Zusammenbruch von General Motors und Chrysler zu verhindern, nachdem Senatoren der *Republicans* einen Kompromissvorschlag zur Rettung der Autohersteller abgeblockt hatten."

Irgendwie ist damit auf der ersten Seite der *New York Times* die Lage der Nation gut zusammengefasst. In den nächsten Tagen lässt sie über Herrn Madoff noch öfters berichten, zumal er ja in der Heimatstadt der *New York Times* ansässig ist. Es sind sozusagen Berichte aus dem Lokalteil.

Ein paar Tage später lese ich über die Ursache des Zusammenbruchs: Investoren hatten 7 Milliarden Dollar aus dem Madoff-System geholt, was nach zwanzig Jahren reibungslosen Funktionierens zum sofortigen Zusammenbruch führte. Am 17. Dezember höre ich im Radio mittags ein Interview mit dem CEO des Beth Israel Hospital in Boston: „Das karitative System Bostons bekam durch den Kollaps des Madoff-Systems einen größeren Schlag als durch den Kollaps von Wall Street und den Finanzmärkten ..."

Am gleichen Tag schließt Chrysler sämtliche Produktionsstätten für einen Monat. Und am 25. Dezember – zu Weihnachten, Zeit der Ruhe und Besinnung – nehme ich Peter Sloterdijks „Zorn und Zeit" aus dem Bücherschrank und blättere es durch, keine Ahnung, warum. Ich hatte das Buch zu Weihnachten 2007 gelesen, kurz vor unserer Abreise in die USA. Ich blättere gedankenverloren darin umher. „Realer Kapitalismus: Kollapsverzögerung in gierdynamischen Systemen".

Ich kann nicht aufhören, ich muss lesen. „Nichts war darum angesichts des albanischen Malheurs weniger am Platz als der Sarkasmus mancher westlicher Beobachter, die sich über den ‚skipetarischen Kapitalismus' vor Lachen ausschütteln wollten. In Wahrheit dürfte es nur wenigen Parteigängern des regulären Kapitalismus gelingen, den Unterschied zwischen der von ihnen favorisierten Wirtschaftsweise und einem simplen Pyramidenspiel hinreichend präzise zu formulieren. Die Tatsache ist nicht zu leugnen, dass das Phänomen des unverdienten Gewinns, allgemeiner: des leistungslosen Einkommens auch bei altgedienten Mitspielern des kapitalistischen Systems hoch im Kurs steht."

Ich traue meinen Augen kaum. Und ein paar Sätze weiter: „Die moderne Eigentumswirtschaft hat von Anfang an eine schillernde Aura von Glücksphantasien angezogen, für welche der

Terminus Fortuna-Kapitalismus angemessen ist ... Wenn die moderne Eigentums- und Geldwirtschaft – die man oft mit falschem Zungenschlag Kapitalismus nennt – ein über Kulturgrenzen hinweg ausstrahlendes Faszinosum besitzt, das gelegentlich sogar seine praktischen Vorzüge in den Schatten stellt, dann stammt es zweifellos aus dieser Quelle. Im Übrigen ist der Glaube an die wiederkehrende Fortuna, die via Banken und Börsen die Ihren begünstigt, als eine nach-christliche Umdeutung protestantischer Auserwählungsphantasien zu deuten – auf die Gefahr hin, hierdurch den gnadenlosen Kern des Calvinismus aufzudecken, dessen wahres Gesicht sich in der mystischen Obszönität des Sich-Gott-nahe-Fühlens nach Kassenschluss bekundet ..."

Und als Bewohner der wuchernden Bankenstadt im Urwald von North Carolina – vor ein paar hundert Jahren wie das Meiste in den USA von Calvinisten gegründet – kann man sich dem Folgenden nur schwer entziehen: „Die Grundlagen für die objektive Vergleichbarkeit des regulären Kapitalismus mit einem Ponzi-Schema sind in dem nicht bestreitbaren Faktum zu sehen, dass es sich bei beiden Systemen um kreditbasierte Wachstumssysteme handelt, die auf Gedeih und Verderb von erweiterter Produktion abhängig sind. Beiden ist eine Zusammenbruchstendenz inhärent, deren Handhabung für die Systemdynamik im Ganzen konstitutiv wird ..."

Das hatte ich damals irgendwie glatt überlesen.

Am 22. Dezember meldet die *New York Times*: „Großer Hedge Fund-Investor, der mit Madoff investierte, heute tot in New York City aufgefunden."

Das ist der erste Selbstmord, von dem ich seit dem Systemkollaps höre. Wie schnell sich momentan selbst die amerikanische Sprache verändert, lese ich einige Wochen später in derselben Zeitung: Da ist die Rede davon, wie Leute „gemadofft" werden.

Um den Ereignissen etwas vorzugreifen, am 2. Januar 2009

lese ich dann im Wirtschaftsteil auf der ersten Seite einen interessanten Artikel über einen französischen Aristokraten: „In den Tagen, nachdem Bernhard L. Madoff festgenommen und beschuldigt wurde, ein 50-Milliarden Ponzi-Schema orchestriert zu haben, rang einer seiner Investoren – René-Thierry Magon de la Villehuchet – mit seiner Rolle bei dem Betrug."

Nicht ein Mal, nicht ein einziges Mal seit Beginn der Krise in den USA habe ich bisher von der Wahrnehmung persönlicher Schuld gelesen. „Schlimmer, er fühlte sich persönlich verantwortlich für das Geld, das seine Investoren verloren hatten, sagte sein Bruder Bernard in einem Telefoninterview diese Woche."

Schon sehr merkwürdig, dass alter französischer Adel stellvertretend büßt für den US-amerikanischen Graf Zahl. Jetzt weiß ich nämlich endlich, an wen mich die vielen Zeitungsfotos von Bernie Madoff in der *New York Times* erinnern: An den zahlenverkaufenden Graf Zahl aus der Sesamstraße der Siebzigerjahre. Geheimnisvoll öffnete der immer seinen draculamäßigen langen Mantel und raunte Ernie oder Bert zu: „Willst du eine Eins? ... Willst du eine Zwei?" So lernten wir kleinen Zuschauer zählen, und am Ende verabschiedete er sich immer mit einem teuflischen Gelächter.

„‚Er hatte eine wahre Auffassung von Kapitalismus', sagte Bernard de la Villehuchet, 74, über seinen Bruder. ‚Er fühlte sich verantwortlich, und er fühlte sich schuldig. Heutzutage gibt es keine Verantwortung in der Finanzwelt; niemand will die Schuld auf sich nehmen.'"

Der Graf bringt es auf den Punkt: Der wirkliche Graf bringt sich um, und der falsche Graf Zahl Bernie muss mit Gewalt gestoppt werden: „Mit der Argumentation, dass Bernhard L. Madoff im letzten Monat – das waren dann wohl Weihnachtsgeschenke – Schmuck im Wert von mindestens einer Million Dollar an Familienmitglieder und Freunde schickte, forderten die Staatsanwälte am Montag von einem Richter die Rücknahme der Kaution und ihn ins Gefängnis zu schicken.“

Jedenfalls wird nach und nach klar, dass viele reiche Amerikaner, darunter viele Juden, viel, sehr viel Geld mit Bernie verloren haben. Darunter Steven Spielberg und Elie Wiesel, der große Holocaust-Überlebende, Friedensnobelpreisträger und Autor von „Night“.

Mr. Wiesels Stiftung verlor 15,2 Million Dollar, und er und seine Frau verloren die Ersparnisse ihres Lebens. „Das war eine persönliche Tragödie, als wir plötzlich entdeckten, dass das, was wir in 40 Jahren getan hatten – meine Bücher, meine Vorlesungen –, alles weg war.“ So Wiesel in seinem Interview mit der *New York Times* vor wenigen Tagen.

Bernie Madoff ist Mitbegründer und der frühere Vorsitzende des US-Aktienmarkts NASDAQ. Sein Sohn hat ihn im Herbst 2008 bei der Polizei angezeigt. Seit 29. Juni 2009 sitzt Graf Zahl im Knast, ausgerechnet in North Carolina: verurteilt zu 150(!) Jahren.

Gautam, 14. Dezember 2008.
Charlotte, North Carolina.

Die Wahl liegt jetzt etwas über einen Monat zurück. Das Wahlkampfteam organisiert einen „Wie-geht-es-jetzt-mit-der-Bewegung-weiter?“-Event, dezentralisiert. Selbst organisiert. Im Umkreis von zehn Meilen gibt es eine Reihe solcher Events in Privathäusern. Eines davon klingt besonders interessant: „South Charlotteans for Change“.

Das sind wir. Wir wohnen im Süden von Charlotte. In der kurzen inhaltlichen Beschreibung geht es vor allem um strategische, konzeptionelle Themen. Eine Reihe von anderen Veranstaltungen hat ganz konkrete Schwerpunkte, in einem geht es z. B. um die Verbesserung der lokalen Schulen. Ein interessantes Konzept, passend zum Wahlkampf. Führe und überlasse die Ausgestaltung den Leuten selbst. Damit hat Obama das Land im Sturm erobert. Amerikaner wollen tun.

Wir machen uns also auf zum Haus eines gewissen Gautam Desai, dem Organisator dieses Treffens. Ein unscheinbares Haus in einer typischen Mittelklasse-Siedlung. Die Häuser sehen in etwa alle gleich aus. Aber es gibt kleine Unterschiede, was diese Siedlungen wohltuend von Einheitshäusern abhebt. Einmal ist der Eingang links, einmal ist er rechts. Es gibt offensichtlich drei oder vier Modelle. Mit der Gestaltung des Gartens, die den Besitzern überlassen ist, gibt es Raum für Individualisierung. Im US-Geschäftsleben nennt man so etwas *standard package provider*. Damit ist Michael Dell mit seinen Dell-Computern zu großem Reichtum gekommen. Schnüre ein Paket aus Komponenten von der Stange, und gib dem Kunden das Gefühl, er sei Herr über sein Schicksal.

Wir klingeln. Gautam öffnet. Ein netter Inder, etwa Ende dreißig. Ein angenehmer, sauberer Geruch umgibt uns. Ich sehe in das Gesicht von Mahatma Gandhi. Auf der gegenüberliegenden Seite des Eingangs ist eine weiße Wand mit seinem kleinen Bild. Das klassische Gandhi-Kopfporträt. Ashram – *community*. Von Mahatma Gandhi stammt der Ausspruch „Die Welt ist ein Ashram".

Und Obama der *community organizer*. Ich werde nie vergessen, wie der frühere Bürgermeister von New York auf der *Republican Convention* am 3. September 2008 als Vorredner von Sarah Palin versucht hat, dies ins Lächerliche zu ziehen. „He's a community organizer." Immer wieder. Mit einem zynisch-angewiderten Lächeln um die Mundwinkel – als wenn es sich dabei um eine perverse Beschäftigung handelte. „He has no executive experience."

Wohin die USA mit *executive experience* gekommen ist, weiß 2008 die ganze Welt. Jedenfalls schon merkwürdig, wie der Ex-Präsidentschaftskandidat Giulani, der übrigens in den Vorwahlen gegen John McCain ausgeschieden ist, mit stolzer Stimme den Berufsstand des Sozialarbeiters verunglimpfen kann. Und dafür anschließend stehende Ovationen bekommt. Man könnte versucht sein zu sagen, *that's politics.* Reine Taktik. Es könnte auch mehr dahinter stecken. Ein Menschenbild.

Wir tragen uns mit Adresse und Telefonnummer in die ausliegenden *sign up sheets* ein. Wie üblich bei Obama-Aktionen sind diese Details immer durchgeplant. Wie in so vielen amerikanischen Häusern, auch in unserem, steht man hinter dem Eingang ziemlich schnell im Wohnzimmer. Eine Mischung aus indischem und amerikanischem Geschmack. Sieben Leute sind bereits im Wohnzimmer versammelt. Zwei andere sind mit uns angekommen und tragen sich gerade in die Liste ein. Wir ziehen die Schuhe aus und setzen uns auf Kissen auf dem Boden.

Meine Augen tasten den Raum ab. Im Vorbeigehen screene ich das Bücherregal im Flur. Man kann dabei viel über die Bewohner lernen. Auffallend viele Texte, erst recht für einen US-amerikanischen Haushalt, mit sozialwissenschaftlichen Themen. Mein Auge bleibt am „Chomsky Reader" hängen.

Ich lasse mich auf dem Kissen nieder. Schon merkwürdig. Ich hätte ein paar mehr Leute erwartet. Insbesondere vor dem Hintergrund, dass das hier die einzige Veranstaltung im Umkreis von mindestens fünf Kilometern ist. Am Ende sind wir zwölf Leute, inklusive Gastgeber.

Gautam macht eine kleine Einführung und erwähnt, dass dieser Ort während der Wahlkampfzeit eines der örtlichen strategischen Zentren war, von dem aus Obamas Bodentruppen koordiniert wurden. „In den letzten Wochen vor der Wahl füllten manchmal über dreihundert Leute unser Haus."

Die Truppen sind offensichtlich erschöpft. Reihum stellt man sich vor. Den Anfang macht ein Asian-American. Er ist um die fünfzig und hat einen leichten chinesischen Akzent.

„Ich habe viele Jahre lang mit IBM zusammengearbeitet, und da war ich auch einem Projekt mit Enron zugeteilt." Vielsagende Pause. „Ich sage euch, ich habe Corporate America gesehen."

Zustimmendes Gemurmel. Alle können sich natürlich an den Enron-Skandal vom Oktober 2001 erinnern, der einen Monat nach 9/11 eine weitere Schockwelle durch *Corporate America* sendete, die bis in europäische Firmen hinein zu spüren war und noch immer ist. In der Folge wurden die Regeln für die Unternehmensaufsicht in den USA und weltweit neu geschrieben.

„Jetzt arbeite ich für die Bank of America." Er fährt fort: „Ich habe einen sehr engen Terminkalender. Ich habe gerade ein Buch mit dem IBM-Verlag veröffentlicht. Ich war interessiert, hierherzukommen, weil ich neugierig bin, wohin das von hier aus geht. Es ist das erste Mal, dass ich mich an irgendeiner Form von politischem Aktivismus beteilige."

Das sollte ein Leitmotiv für den größeren Teil der Vorstellungsrunde werden.

„Wenn ich das hier mit meinem Geschäftshintergrund weiterhin unterstützen kann, wäre ich glücklich. Ich habe sehr wenig Zeit zu verschwenden."

Man glaubt es ihm. Ein ernsthafter, interessanter Charakter.

Es folgt eine junge Afroamerikanerin, fast ein Mädchen noch, nicht älter als achtzehn. „Ich habe während des Wahlkampfs geholfen, die Daten einzugeben." Dann verfällt sie in Schweigen. Sie wirkt schüchtern.

Rechts neben ihr eine Dame, vielleicht Anfang sechzig. Mit einer ausgeprägten Ponyfrisur. „Ich war nie in politischen Aktivismus involviert. Ich bin *MoveOn* beigetreten und würde gern bei Obama bleiben."

Sie meint das natürlich im übertragenen Sinne. Sie hat einen Hintergrund im Gesundheitswesen. Rechts von mir sitzt eine jüngere Frau, vielleicht Ende zwanzig. Sie hat es sich auf einem der wenigen Sessel bequem gemacht, ohne Schuhe. Eine Afroamerikanerin von recht üppigen Ausmaßen. „Ich bin Lehrerin und war stark in den Wahlkampf involviert. Ich helfe gerade dabei, ein OFA-Büro in Charlotte aufzubauen."

Als sie unsere fragenden Gesichter sieht, präzisiert sie: „*Obama for America*".

Fast muss ich lachen. Obama ist ein alter Stratege. Zum einen sorgt er dafür, nah an den Sorgen der Wähler zu bleiben. Gleichzeitig sind das natürlich strategische Werkzeuge zur Wiederwahl. Was für ein cleverer *community organizer*. Und ein interessantes Beispiel dafür, wie Obama operiert. Er schafft auf elegante Art Strukturen, die gleichzeitig dem Allgemeinwohl und seinen eigenen Interessen zugute kommen. Eine Kunst für sich. Neudeutsch: Er kreiert *win-win*-Situationen. Jedenfalls bekomme ich im Verlauf der Diskussion immer mehr den Eindruck, dass sie heute hier, sozusagen als Spion, auf einer offiziellen Mission ist. Wieder ein Beispiel dafür, dass Obama und seine Leute organisatorisch nichts dem Zufall überlassen. Sie ist ehrlich.

„Die Agenda für diese Büros hat vier Ziele – eines davon ist die Wiederwahl."

Die anderen erwähnt sie, aber ich vergesse sie sofort. *Smart move Barack!* Frei nach Sepp Herberger: Nach der Wahl ist vor der Wahl.

Sie spricht nicht über ihre Erwartungen für dieses Treffen. Verständlich, denn sie hat ja ihre eigene Agenda. Die Person zwischen den beiden hätte ich jetzt fast vergessen. Eine ältere Dame.

„Ich bin Mitglied im Sierra-Club [eine bereits 1892 gegründete US-Umweltorganisation], und ich könnte mir vorstellen, dass wir sie auf Themen aufmerksam machen könnten. Wir sollten immer mit so vielen Leuten wie möglich erscheinen. Das hat in diesem Wahlkampf nämlich den Unterschied gemacht. Es gab nicht nur Unterschriften. Es gab Gesichter und Leute dahinter, und das ist, was es so überzeugend gemacht hat."

Jetzt bin ich an der Reihe. Ich spreche über meine 9/11-Erfahrung und wie von da ab eigentlich alles in den USA schrecklich danebengegangen ist. Ich höre ein vielfaches „I agree" und registriere allgemeine Zustimmung. Als ich erwähne, dass wir Europäer in den letzten acht Jahren ein Problem mit den USA gehabt haben, wieder allgemeine Zustimmung: „Unsere Freunde in Europa – es war uns so peinlich, mit ihnen zu reden."

Das kommt von einer Frau auf der linken Seite, die sich noch nicht vorgestellt hat.

Alberta ergänzt mit ihrer Version unserer Zeit in den USA. Die Runde geht weiter. Der ältere Herr auf unserer linken Seite hat Folgendes zu bemerken: „Wir müssen uns auf ein Thema fokussieren."

Er hat recht, aber welches? Schon hier bei den paar Leuten sehe ich keinen gemeinsamen Nenner, außer dass alle irgendwie Obama unterstützt haben. Seine Frau, die auch während des Wahlkampfs Daten eingegeben hat, ist hauptsächlich an der Gesundheitsversicherung interessiert.

Zustimmung von einer zierlichen Frau mit einem Gehstock. Sie wirkt noch zu jung dafür.

„Ich bin von Beruf Krankenschwester. Das System funktioniert nicht. Vor Kurzem habe ich eine neue Hüfte bekommen. Meine Versicherung hätte dafür nicht bezahlt. Sie sagte, es sei eine Vorerkrankung. Mit fünfunddreißig wurde ich mit Arthritis diagnostiziert. Ein Arzt meinte, er würde mir ein gutes Angebot machen und hat mir das Behandlungspaket für 25.000 statt

50.000 Dollar gegeben. Die Differenz würde von der Versicherung beglichen. Wo gehen dann normalerweise diese 25.000 hin? Hätte ich mir die 25.000 nicht leisten können, säße ich jetzt im Rollstuhl." Ich schätze sie auf knapp über vierzig.

Inzwischen ist noch eine weitere Afroamerikanerin eingetroffen und hat sich da niedergelassen, wo vor ihr der Chinese saß, der uns mittlerweile verlassen musste. Die adrette Mittdreißigerin verkündet selbstbewusst: „Ich werde für ein lokales politisches Amt kandidieren."

Also noch eine „Spionin". Sie fährt fort: „Ich werde meinen politischen Fokus auf die Erzeugung von Jobs in der ‚Green Economy' setzen." Das hätte ich nicht von ihr erwartet. Aber sie hat offensichtlich die Zeichen der Zeit verstanden. Obama führt bereits Teile Amerikas.

Die weitere Diskussion dreht sich immer mehr um das Gesundheitssystem und darum, was man gemeinsam tun und wie man vorgehen soll.

Gautam lässt sich in Abständen von einigen Minuten immer wieder vernehmen, er protokolliert die ganze Diskussion. „Lasst uns eine Strategie entwerfen."

Er hat sich hier einen echten Flohzirkus in Haus geholt. Ich würde sagen, wir haben hier gerade genauso viele Agendas wie Teilnehmer. Das Problem, Amerika zu organisieren. Im Verlauf der Diskussion meint Gautam: „Ich wurde in der letzten Zeit von einer Reihe von Zeitungen kontaktiert, die herausfinden wollten, was wir als Nächstes zu tun planen."

Wir sind hier offensichtlich im Epizentrum der Bewegung. Was werden wir als Nächstes tun? Die junge Schwarze, die angehende Politikerin der *Democrats*, eine der beiden afroamerikanischen „Spioninnen", interveniert nach einiger Zeit: „Oh, ich hätte es euch schon eher sagen sollen. Ihr geht jetzt viel zu weit. Ihr müsst das alles gar nicht tun."

Gleich kommt die Antwort der offiziellen Parteilinie, indem sie fortfährt: „Wenn die Büros (gemeint sind die erwähnten OfAs) erst mal etabliert sind, werden sie euch unterstützen und euch sagen, was zu machen ist."

Pffft ... so lässt sie die restliche Luft aus dem erschlafften Ballon der „Bewegung".

Wie viele solcher Szenen finden wohl gerade kreuz und quer in Amerika statt?

Ellis Island, 9. Januar 2009.
Charleston, South Carolina.

Letztes Jahr habe ich in der Ausgabe vom 31. Januar 2008, wir waren noch in Heidelberg, einen unscheinbaren Artikel in *The Economist* gelesen – daneben eine kleine Landkarte mit einem Stück der US-Südostküste. Der Titel: „Gullahs vs. Golfers". Er begann so:

„Die küstennahen Sandflächen von South Carolina sind ein beschaulicher Ort. Eine Lokalzeitung hat auf der Titelseite die Story über eine Mutter und eine Tochter, die einander gebissen haben. Aber eine Kontroverse über eine Bebauungsfrage rührt die ruhigen Gewässer auf. Bauunternehmer aus Florida wollen einen Supermarkt auf St. Helena bauen, einer der Inseln, die die Küste vor South Carolina und Georgia sprenkeln. Viele Einheimische protestieren. Letztes Jahr stellten sie eine Briefaktion gegen einen anderen vorgeschlagenen Supermarkt auf die Beine, und der Investor zog sich zurück. Die Sorge ist, dass eine große Kette die unverwechselbare schwarze Kultur hier gefährden könnte, genannt Gullah oder Geechee."

Nach der Lektüre stand für mich fest, dass ich diese interessante Welt unbedingt besuchen musste. Ein Teil von Amerika, der nicht Englisch und Spanisch, sondern Gullah spricht. *Gullah?*

Nie gehört. Ich mag den Namen. *Gullah.* Das klingt erdig, geradezu unamerikanisch. *Gullah.* Das Wort ging mir in den folgenden Monaten nicht mehr aus dem Kopf. Ich würde da hinfahren, irgendwann.

Ein Jahr später: Wir stehen an einer Bushaltestelle in Charleston, South Carolina und warten auf den *Gullah-Tour-Bus.* Ein weißer Bus hält, und heraus kommt ein schwarzer, fröhlich winkender Busfahrer. „You must be Gero and family."

Eine sofort erkennbare Frohnatur. Sein Name: Alfonso Brown. Ausgerechnet. Wir sind nicht allein, als wir hier stehen – alles in allem etwa zehn Personen. Außer uns alle über sechzig, einschließlich Alfonso. Man stellt sich der Reihe nach vor. Ein Kleinbus voller weißer *east coast liberals* mit einem afroamerikanischen *Gullah*-Busfahrer. Wunderbar. Er war letztes Jahr mit seiner Frau in Rom. „We liked it", das Übliche, wenn Touristen über Rom reden. „But", und jetzt kommt ein Statement, das ich noch nie von jemandem über Italien gehört habe: „Ihr esst kein Fleisch – wir brauchen Fleisch."

Er ist ehrlich: die amerikanische Fleischsucht.

Um nahtlos zu seinen eigenen Leuten, den *Gullah* überzugehen: „Sklaven war es nicht erlaubt, ihre eigene Sprache zu benutzen."

Im Übrigen verstehe ich ihn selbst auch kaum, wenn er Englisch spricht.

„Charleston wird die ‚Heilige Stadt' genannt – wir sind hier alle heilig."

So weit geht man in Charlotte nicht. Trotz siebenhundert Kirchen auf etwa 700.000 Einwohner. In Charlotte nennt man sich dafür *The Queen City*.

„Eines Tages rief mich jemand an", fährt er fort, „und fragte:

‚Wo kann ich hier die Sklavenquartiere sehen?' – Mein Gott, die sind überall ..."

Ich hatte eigentlich lediglich einen Ausflug in die *Gullah*-Kultur erwartet. Schlagartig wird mir klar: Hier geht es eigentlich um die Geschichte der Sklaverei in den Vereinigten Staaten. Und zwar an seiner Quelle. Alfonsos Frohnatur hilft.

Wir kommen am Haus des Schwarzen Richard E. de Reef vorbei. „Er hatte um das Jahr 1840 sechzehn Sklaven."

Selbst Schwarze hatten also Sklaven. Das ist neu für mich. Auch hier ist offensichtlich Geschichte wie üblich nicht so schwarz-weiß, wie die offizielle Geschichtsschreibung sie gerne präsentiert. Es geht weiter mit dem offensichtlich notorischen John Calhoun, US-Vizepräsident von 1824–32.

„Killhun!"

Dazu Alfonso: „Er hätte den Civil War verhindern können."

Wir lernen als Nächstes, dass die Farbe Blau den Teufel abhält.

Alfonso hat in dieser Stadt viele Freunde. Praktisch alle Afroamerikaner winken ihm zu, wenn wir mit dem Bus vorbeikommen. Alfonso illustriert, wie das mit dem Schwarzsein funktioniert, an einem aktuellen Beispiel:

„Wenn Obama Hillary geheiratet hätte, wären die Kinder ‚quadrum'. Ein Tropfen schwarzes Blut macht dich zu einem Schwarzen."

Wir kommen am früheren Sklavenmarkt vorbei. Die Hugenotten haben 1687 ihre Kirche direkt neben dem Sklavenmarkt gebaut. Ich nehme an, die Kirche war zuerst da. Merkwürdige Vorstellung, da ich selbst mütterlicherseits von Hugenotten abstamme. Mein Großvater hieß mit Nachnamen Dubuisson und wohnte in Kassel.

Charleston besitzt das älteste Theater in den Vereinigten Staaten. Und eine runde Kirche. Dazu Alfonso: „Der Teufel lungert in Ecken herum."

Was ich auch nicht wusste: George Gershwins archetypische Schwarz-Weiß-Story „Porgy and Bess" hatte lebende Vorbilder in Charleston. Der echte Porgy, Sammy Smalls, war allerdings laut Alfonso gar kein netter Zeitgenosse. „Er war bösartig, er brachte drei oder vier Leute um. He got fixed."

Es geht hier um Voodoo-Zauber. „Sie schaufelten sein Grab anders – in Nord-Süd-Ausrichtung. So kann sein Geist nicht ruhen."

Zum Thema Voodoo hat er noch ein paar Tipps für uns: „Rosa Liebeskerzen – wenn du sie bis zum Namen der Person runterbrennst, gehört die Person dir ..." Und: „Wenn dir dein Hut vom Kopf geblasen wird – heb ihn nicht auf. Du kriegst die Hexerei an den Hals ..."

Alfonso hält vor dem Haus von Porgy und Bess.

„Charleston hatte nie zwischen Schwarz und Weiß segregierte Häuser und Kirchen – Porgy und Bess lebten im selben Haus. Wir sind alle verwandt, blutsverwandt. Der Schneider hatte seine schwarze und seine weiße Ecke in seinem Studio."

Wir kommen an eine Stelle in der Stadt, von der aus man das Meer sehen kann. Ein idyllischer Anblick. Alfonso kommentiert: „Was ihr da drüben seht, ist unser *Ellis Island*."

Moment mal – *Ellis Island* ist doch die Insel vor Manhattan neben der Freiheitsstatue, die alle US-Einwanderer passieren mussten. Er zeigt mit seinem Finger in Richtung einer Insel am Horizont. „Mehr als fünfzig Prozent aller Sklaven sind da durchgekommen, drei bis vier Millionen Menschen."

Die Rede ist von *Sullivan's Island*, wo übrigens der Meister des Makabren, Edgar Allan Poe, 1827 ein Jahr lang als Soldat stationiert war. Seine Geschichte „The Gold Bug" spielt auf der Insel.

Das hatte ich nun wirklich nicht erwartet. Charleston ist der zentrale Ort der Sklaverei in Nordamerika. Diese pittoreske, nach amerikanischen Maßstäben idyllische Stadt, birgt ein dunkles Geheimnis.

Es herrscht ein strahlend blauer Himmel. Hitze. Wir sitzen im klimatisierten Bus – irgendwie beginnt diese Stadt, bedrohlich auf mich zu wirken. Alfonso, der Voodoo-Meister, lässt die Stadt sprechen. Ein merkwürdiges Gefühl. Das ist alles sehr interessant, lustig erzählt und auf eigentümliche Weise bedrückend. Wir halten auf einem geteerten Parkplatz:

„Sie haben über einige der ersten freien Schwarzen planiert – sechshundert Gräber."

Wir fahren weiter, an einem eigentümlichen rot-grünen Sternenbanner vorbei. Hat mich der Voodoo-Zauber gepackt, oder bin ich gerade farbenblind geworden?

„Das ist die freie Flagge", lässt sich Alfonso im selben Augenblick, wohl schon auf die Frage vorbereitet, vernehmen. Dann zeigt er auf die Fabrik, in der zuerst „We Shall Overcome", die Hymne der schwarzen Bürgerrechtsbewegung, gesungen wurde.

„Mein Sohn ist Pfarrer in Charlotte. Vor einem Monat sprach dort Cornel West. Er hat mir seine private Telefonnummer gegeben."

Ich bin Cornel West bereits einmal begegnet, im Kino im Jahr 2002. Damals zu meinen MIT-Zeiten bin ich mit dem bereits erwähnten Freund Quimet in einen ziemlich abgedrehten Film eines deutschen Regisseurs, dessen Namen ich mittlerweile vergessen habe, gegangen. Plötzlich flüsterte Quimet mir zu: „Hey, Gero, hinter uns sitzen Cornel West und Susan Sontag."

Susan Sontag, die große jüdische, und Cornel West, der große afroamerikanische Intellektuelle. Unter anderem Verfasser des Buches „Race Matters" und Berater so unterschiedlicher Projekte wie des Filmes „Matrix" sowie eines Präsidentschaftskandidaten Barack Obama. In „Matrix Reloaded" lassen ihn die Filmemacher, die Gebrüder Wachowski, als *Councillor* West mit einem einzigen Satz auftreten: „Verständnis ist keine Voraussetzung für Kooperation – Comprehension is not requisite for cooperation."

Die Tour geht zu Ende, und Alfonso lässt uns wissen, dass er ein kleines Büchlein über die Gullah in Charleston verfasst hat. Ich muss es unbedingt haben.

Ich frage nach dem Buch und bekomme gleich noch ein anderes empfohlen: „Someone Knows My Name". Es handelt von den Sklaven, die mit den Schiffen von Afrika auf *Sullivan's Island* vor Charleston ankamen. „Lesen Sie es – es ist beeindruckend", empfiehlt mir die (weiße) Dame an der Kasse.

Mit Alfonsos Büchlein in der Hand komme ich zurück zum Bus und lasse es mir erst mal von ihm signieren. Abends beginne ich zu lesen, und es lässt mich nicht mehr los.

„Diese Banken wurden gegründet, um Schwarze bei ihren Wiederaufbaubemühungen nach dem Civil War zu unterstützen, aber Missmanagement und Manipulierung durch weiße Geldgeber aus New York sorgten für den Bankrott dieser Banken."

Klingt irgendwie bekannt. Über das *College of Charleston* schreibt er: „Der erste schwarze Lehrstuhlinhaber war Dr. Eugene C. Hunt, ein Englischprofessor, der 1972 eingestellt wurde."

Eine andere Textstelle: „Vesey, von den Westindischen Inseln, wurde als Sklave nach Charleston gebracht und erkaufte sich seine Freiheit durch das Geld, das er in einer Lotterie gewann."

Eine Feier am 7. Februar 2008 ist „dem Gedenken der Schwarzen, die hier begraben liegen, gewidmet. Es ist das erste Monument in Charleston in Anerkennung der schwarzen Vergangenheit ..." Sie fand vor fast genau einem Jahr statt, gerade rechtzeitig vor der Einschwörung des ersten schwarzen Präsidenten der USA – und gleichzeitig steht die Statue eines Calhoun immer noch mitten in der Stadt. Ganz zu schweigen von der entsprechenden Straße, die seinen Namen trägt.

„Die Methodisten galten als die menschlichsten und nachsichtigsten Menschen ihren Sklaven gegenüber, und, sobald möglich, die ersten, die sie freiließen."

Christentum und Sklaverei – eine Kombination, die mir überhaupt noch nie in den Kopf ging. Immerhin gab es da offensichtlich große Unterschiede unter den verschiedenen Denominationen. Trotzdem: Wie passt das zusammen? Nur wenig später die Antwort in Form einer Inschrift auf einem Grabstein:

In her character of a good Christian exemplified as a domestic, ever submissive to the will of whom God had placed over her.

So einfach ist das. Und wieder Philipp Simmons, der Schmied. Während der Tour heute haben wir wahrscheinlich die Geschichte der meisten seiner schmiedeeisernen Tore erzählt bekommen. Mit 96 Jahren ist er heute der älteste lebende Schmied der USA.

„Mr. Simmons zollt oft den alten deutschen Torschmieden Anerkennung, die ihm sagten, dass, wenn man seine Muster hat, man schon das gesamte Tor hat ..."

Ich weiß nicht warum, aber ich muss an das schmiedeeiserne Tor des Konzentrationslagers Buchenwald denken, wo wir noch zu DDR-Zeiten 1987 auf Klassenausflug waren, mit seinem berühmten Spruch „Arbeit macht frei".

Wie Alberta immer sagt: „Deutsche sind immer besessen von ihrer Vergangenheit. Die Amerikaner sind das Gegenteil."

Aber die Geschichte mit den Sklaven war natürlich, wie üblich, etwas komplizierter. „James Brown, eine freie farbige Person. Brown war ein Mulatte und Metzger, der seine Frau Nancy kaufte und sie und ihre gemeinsamen Söhne als nominelle Sklaven hielt; aber, kein Zweifel, er hätte sie freigelassen, wenn er gekonnt hätte."

Ich muss an den traurigen jungen Schwarzen denken, der uns heute die Werkzeuge von Simmons in dessen Wellblech-Arbeitshütte gezeigt hat.

Es ist verrückt. Die europäische Wahrnehmung der USA mit all seinen schwarzen Berühmtheiten. „Die Geschichte des ersten *black-only*-Hotels ... In den 1970igern brachte die Integration das Ende des Hotels. Jetzt, wo Schwarze in den Hotels übernachten konnten, die sie einst verbannt hatten, zwang das zurückgehende Geschäft das Saint Jones Hotel 1978, seine Türen zu schließen."

Selbst gesellschaftliche Zäsuren lassen sich in den USA anhand geschäftlicher Ereignisse präzise datieren. Funktionierende und akzeptierte Marktmechanismen sorgen für die Eliminierung nicht mehr tragfähiger Geschäfte, wenn der Markt verschwindet. In diesem Fall war es das Kundenpotenzial von Schwarzen, die sonst kein Hotel gefunden hätten. Wie zur Bestätigung folgt der Satz: „Ein McDonald's Restaurant nimmt jetzt seinen Platz ein."

So viel zu funktionierenden Marktmechanismen. Und wieder ändert sich meine Perspektive: „Die Sklaven aus der Region des Gambia-Flusses waren fachkundige Reiter und Rinderhirten. Sie waren die ersten Cowboys Amerikas."

Wer hätte das gedacht? Ich hatte bisher ein anderes Bild im Kopf. Und schließlich heißt es über eine Plantage in der Nähe von Charleston: „Schwarze bewohnten diese Sklavenquartiere bis um 1990 ..."

Die *Gullah-Tour* hatte ich mir jedenfalls ein bisschen anders vorgestellt.

Flight #1549, 15. Januar 2009.
Charlotte, North Carolina.
Ich muss tanken. Gerade als ich zur Tankstelle einbiege, höre ich im Radio Nachrichten: „Heute Nachmittag landete ein Flugzeug der Fluggesellschaft US Airways auf seinem Weg nach Charlotte, North Carolina, im Hudson River."

Wie bitte? Ich glaube, ich höre nicht richtig. Statt auszusteigen und nach dem Zapfhahn zu greifen, bleibe ich wie benommen sitzen. Gestern sind Albertas Tante Paola und ihr Onkel Ciccino mit US Airways nachmittags von New York nach Charlotte geflogen. Und ich selbst bin die Stecke bereits einige Male mit US Airways geflogen. Die beiden sitzen vermutlich gerade bei uns am Küchentisch und wissen nicht, dass sie, wären sie einen Tag später gekommen, im eiskalten Hudson River statt in Charlotte gelandet wären. Offensichtlich gab es bei dieser Notlandung keine Toten, der Kapitän wird bereits als Held gefeiert. Sozusagen ein inverses 9/11. Verantwortlich für den Absturz sind in das Triebwerk geratene Kanadagänse. Ausgerechnet Kanadagänse. Dieselben Gänse, die während unserer Zeit in Heidelberg das ganze Neckarufer vollgeschissen haben. Als sie immer mehr wurden, waren sie plötzlich auf einmal verschwunden. Damals fragten wir uns, was wohl mit ihnen passiert war. Plötzlich nach Kanada ausgewandert?

Einige Monate später wurde das Geheimnis gelüftet: Ein Spanier hatte die Viecher per Lkw nach Spanien gebracht, erfolglos. Ein Jahr später waren sie wieder vollzählig am Neckarufer versammelt. Jetzt hatten ihre Cousins also einen Airbus 320 im Hudson versenkt.

Apropos Umweltverschmutzung: Da ich beruflich momentan permanent mit dem Flugzeug unterwegs bin, meistens mit einem Airbus 320 der US Airways von und nach Charlotte, mache ich mir immer wieder Gedanken zum Thema Fliegen und

Umwelt. Wir befinden uns mitten in der größten Wirtschaftskrise seit der großen Depression vor achtzig Jahren, und trotzdem sind die Flughäfen in den USA immer voll. Selbst da, wo die Krise am härtesten zuschlägt. Zum Beispiel in Detroit. Keiner in den Vereinigten Staaten redet jemals von den Zusammenhängen zwischen kommerziellem Flugverkehr und Benzinverbrauch, und schlimmer noch: der Schädigung der oberen Luftschichten. Ozonloch, Treibhauseffekt etc. Es wird viel vom Treibhauseffekt geredet, aber Flugzeuge als Mitverursacher werden kaum erwähnt. Das ist ähnlich wie mit der Finanzkrise. Die wahren Hintergründe müssen verborgen bleiben, weil der Finanz- und der Luftverkehr zwei Lebensadern des heutigen Amerika darstellen. Der gesamte Geschäftsverkehr wird, anders als in Europa, praktisch ausschließlich mit dem Flugzeug abgewickelt. Angesichts der Größe des Landes und des völlig unterentwickelten Personenzugverkehrs eigentlich keine Überraschung.

Die Notlandung des Kapitän Sully Sullenberger wird im Radio als fliegerische Meisterleistung dargestellt. Die Maschine landet sechs Minuten nach dem Start im Hudson, direkt vor Manhattan. Was natürlich bei vielen New Yorkern alte Ängste heraufbeschwört. Die geglückte Landung und die erfolgreiche Rettung aller Passagiere ist die reinste Katharsis für die geschundene Seele der Bewohner New Yorks. Mehr noch: Es ist die Katharsis für die USA. Eine Woche vor der Einschwörung ihres ersten schwarzen Präsidenten.

Drei Minuten nach dem Start legen die Vögel beide Triebwerke komplett lahm. Das Flugzeug befindet sich zu dem Zeitpunkt über dem dicht besiedelten Stadtgebiet von New York. Wer schon mal nachts von New York aus gestartet ist und in das Lichtermeer hinuntergeblickt hat, weiß, was dicht besiedelt in diesem Zusammenhang heißt: einer der am dichtesten besiedelten Orte der Welt. Ich stelle mir vor, in dem Moment, als die

Triebwerke aussetzen, weiß der Flugkapitän, dass er nur wenige Minuten Zeit hat, bevor das Flugzeug wieder auf der Erde ist. In dieser Situation kühlen Kopf zu bewahren und die Maschine so im Wasser zu landen, dass es nicht sofort in mehrere Teile zerbricht, sondern intakt auf dem Wasser schwimmt, ist schon Wahnsinn.

Als ich zu Hause bin, sehe ich das Bild mit den Leuten auf den Tragflächen. Lufttemperatur: minus 7 Grad Celsius, Wassertemperatur: 2 Grad Celsius. Ein Meisterwerk des Projektmanagements und sicherlich eines der kürzesten fliegerischen Meisterwerke nach den 12 Sekunden des ersten Fluges der Gebrüder Wilbur und Orville Wright am Strand von Kitty Hawk in North Carolina im Jahr 1903.

Immer, wenn ich die Eingangshalle des Flughafens in Charlotte betrete, gucke ich unwillkürlich nach oben, wo Orville in Originalgröße unter der Decke immerwährend auf seinem Gleiter schwebt. Etwa zweihundert Kilometer Luftlinie von hier, damals vor etwa hundert Jahren, schwebte er – allerdings wesentlich niedriger – über den Strand von Kitty Hawk. Hinter dem Gleiter ist an der Wand die tatsächliche geflogene Strecke in Form eines langen Pfeils, der über dem Eincheckschalter von US-Airways gemalt ist (nebst anderen Großtaten, bis zum ersten Mann auf dem Mond) – natürlich alles Amerikaner.

Was ich mag, ist die Tatsache, dass wie zur Illustration immer Spatzen in der Eingangshalle elegant ihre Kreise ziehen. Ob die hier auch nisten? Ein weiteres Geheimnis des Flughafens in Charlotte. Er ist die Basis für US Airways und damit der elftgrößte Personenflughafen weltweit. Was man ihm überhaupt nicht ansieht. Und was mich nach über einem Jahr, in dem ich zweimal pro Woche hier lande, immer noch überrascht: Eine logistische Meisterleistung mit einem Start alle zwei Minuten.

Jedenfalls haben die beiden Brüder damals der Welt bewiesen, dass *rapid prototyping* eines aus zwei Personen bestehenden kongenialen Teams anderen Konfigurationen bei disruptiven Innovationen haushoch überlegen sein kann. Es ist einer der herausragenden Schöpfungsmythen des 20. Jahrhunderts, wie sich die zwei Fahrradingenieure in ihrem Laden in Ohio mit der motorisierten Fliegerei beschäftigten (man beachte, dass die US-amerikanische Autoindustrie, also die Autoindustrie überhaupt, ebenfalls von Fahrradherstellern gegründet wurde). Der eigentliche Durchbruch der Brüder Wright war die Steuerungstechnologie, die auch heute noch in der Fliegerei zum Einsatz kommt und deren vollendete praktische Anwendung durch Kapitän Sullenberger gerade 151 Menschen das Leben gerettet hat.

The March Reloaded, 17. Januar 2009. Washington, DC.

Ich packe meine Sachen für die Busfahrt nach Washington. Wir schreiben den 17. Januar. Morgen früh um fünf geht's los. Ich möchte vorher noch mal Martin Luther Kings „I Have A Dream" sehen. Nach dem Essen schiebe ich die DVD ins Notebook und lasse mich wegtragen.

Das letzte Mal, dass ich die Rede gehört habe, damals im Englischunterricht, war ich fünfzehn. Ich erinnere mich noch, welch starken Eindruck sie damals auf mich gemacht hat – inklusive Gänsehaut. Diesmal höre ich die Rede nicht nur, ich sehe sie. Ich sehe Martin Luther King. Ich sehe ihn zum ersten Mal nicht als Foto, sondern als Medium von ungeheurer Intensität. „I Have A Dream" ist beeindruckend auf Papier. Es ist ungleich beeindruckender im Originalton. „I Have A Dream" ist geradezu von überwältigender Intensität, wenn man sich den Dokumentarfilm-Aufnahmen von August 1963 am *Lincoln Memorial* in Washington aussetzt. Martin Luther King durchlebt das gesamte Leiden der Sklaverei und der Schwarzen in Amerika der letzten zwei Jahrhunderte.

Die Menge am *Lincoln Memorial* war damals gemischt. Vorwiegend junge Leute, schwarze und weiße. Selbst die Bäume sind voller Leben. Einer der Vorredner grüßt in die Bäume – aus den Bäumen grüßt man zurück. Die Rede dauert zwanzig Minuten. Zwanzig Minuten von ungeheurer sprachlicher und emotionaler Dichte. 200 Jahre schwarzes Amerika eingedampft auf 20 Minuten, 200.000 Menschen versammelt vor Martin Luther King und Abraham Lincoln.

Auf der DVD ist noch mehr. Zwei kurze Dokumentarfilme über diesen sogenannten *March on Washington* im Sommer 1963. Busse. Busse, die von überallher in den USA kommen. Junge Leute, die friedlich zum *Lincoln Memorial* ziehen. Friedlich. Es gibt andere Szenen aus dieser Zeit. Szenen, in denen Schwarze in Birmingham, Alabama von Wasserwerfern der Polizei weggespült werden. King lebt die Philosophie von Mahatma Gandhi – *passive resistance*. Die ganze DVD ist 60 Minuten lang. Es ist elf Uhr abends. Ich muss morgen um vier Uhr früh aufstehen.

Der Wecker klingelt, ich dusche und mache mich auf. Nach einer halben Stunde auf dem Highway bin ich am Ziel, der Wal-Mart-Parkplatz an der Universität Charlotte. Erinnerungen an die letzte *rally* am 3. November kommen hoch. Ich bin zu früh.

Nach und nach kommen einige Autos, dann schließlich gegen fünf Uhr der Bus. Die Autos versammeln sich um den Bus wie um ein Mutterschiff. Wie üblich, niemand in den USA möchte weit laufen, schon gar nicht mit Gepäck. Vor dem Bus bittet mich jemand, ein Foto von sich und ihrer Tochter zu machen. Am Ende fällt fast die Kamera auf den Boden.

Die Busfahrerin ist weiß, alle anderen sind schwarz.

„Hi, ich bin Gary."

„Oh, hi, nett dich endlich persönlich kennenzulernen."

Der Organisator. Mit schwarzer Wollmütze mit aufgenähtem „In the Beginning was Light"-Sticker.

Sympathische Leute. Ich bleibe der einzige Kaukasier – die Busfahrerin nicht mitgerechnet. Wir sind vollzählig – insgesamt nur 23. Der Bus ist nur halbvoll. Vier Männer, der Rest Frauen. Vier Joyces. Alle Altersgruppen vertreten, aber auffallend viele Frauen über fünfzig. Als Letzte kommt eine Dame, sie setzt sich auf den Sitz hinter mir. Es geht los, 6.21 Uhr und immer noch stockfinster. Wir fahren in Richtung Norden. Gary schiebt einen Film ein – ausgerechnet „Batman – The Dark Knight". Und das morgens um sechs. Der Typ hat vielleicht Nerven.

Nach und nach kommt etwas Leben in den Bus. Die Dame hinter mir schläft am Längsten. Nachdem sie aufgewacht ist:

„Ich bin Sylvia, die meisten nennen mich Sylvie."

„Hi Sylvie, ich bin Gero."

„Ich höre einen Akzent, wo kommst du her?"

Es stellt sich nach und nach heraus, dass Silvie ein echter Politveteran ist. Sie hat schon John Kerry im Wahlkampf 2004 unterstützt.

Wir sind zu viert im hinteren Teil des Busses. Wir diskutieren ein bisschen hin und her. Sylvie ist ziemlich gefrustet: „Ich bin nicht glücklich, in diesem Bus zu sitzen. Ich habe erwartet, Tickets für die Amtseinführung zu bekommen. Schaut mal, ich habe den ganzen Wahlkampf lang im Wahlkampfbüro gearbeitet, meine Wochenenden geopfert, und als es so weit war mit der Amtseinführung, sagte man mir, ich könnte noch mal spenden und an einer Lotterie teilnehmen. Unglaublich. Und dann sieht man Leute wie Donna Brazile (die schwarze demokratische *super-delegate* im US-Parlament) und Oprah Winfrey, die Tickets an ihre ganze Familie und an Freunde verteilen – lauter Leute, die nichts mit dem Ganzen zu tun hatten. Das gefällt mir nicht."

Sie hat recht.

„Die müssen aufpassen, dass sie nicht ihre größten Anhänger verärgern, diejenigen, die all das hier verwirklicht haben."

Sie nickt. Tonya ist auch sauer. Sie hat dasselbe erlebt. Wir sind also der Bus der Frustrierten. Mittlerweile läuft ein Spielfilm über das *Civil Rights Movement*. Eine interessante Stummfilmuntermalung zu unserer Reise.

„Ich wollte am *March on Washington* teilnehmen, damals 1963. Alle meine Freunde haben das gemacht. Aber meine Mutter hat mich nicht gelassen."

Ich bin überrascht. Das heißt sie war damals mindestens einundzwanzig. Völlig verrückt, gestern Abend habe ich diese Leute gesehen, die damals in Washington waren, und hier sitzt Sylvie hinter mir als lebendige Zeugin dieser Epoche und wirkt kaum älter als sechzig. Wenn man die Bilder sieht, kommt es einem vor, als wäre es viel länger her als fünfundvierzig Jahre. Wenn ich mir Sylvie ansehe, merke ich, dass diese Zeit noch nicht lange zurückliegt. Es liegt mir auf der Zunge zu fragen, wie sie die *segregation* erlebt hat. Aber wir kennen uns erst seit ein paar Stunden. Ich kann sie das nicht fragen, noch nicht jetzt.

Wir nähern uns Washington, es ist etwa ein Uhr mittags. Auf dem Programm steht, dass wir in die Stadt fahren und uns die Veranstaltung mit dem „Who is Who" der amerikanischen Popkultur geben. Gary greift sich das Mikrofon.

„Hallo zusammen! Es ist jetzt zu spät, zum Konzert am Lincoln Memorial zu gehen."

Wir gucken uns an.

„Wir haben jetzt zwei Möglichkeiten. Entweder wir fahren ins Hotel, oder wir checken ein und gehen danach ins afroamerikanische Wachsfiguren-Museum."

Sylvie, lautstark: „Moment mal! Das ist nicht das, was im Programmheft steht!“

Gary lässt sich nicht beeindrucken und lässt nur diese beiden Optionen offen. Für mich ist das in Ordnung. Dann haben wir morgen den ganzen Tag für die Obama-Geschichte am *Lincoln Memorial* mit seiner Rede zum *Martin Luther King Day*. Sylvie sieht das anders und macht ihrem Ärger Luft. Kurze Zeit sieht es so aus, als würden wir einfach zum Hotel fahren und da bleiben.

Das soll wohl ein Scherz sein, denke ich. Wir kommen mittags im Hotel dreißig Meilen außerhalb von Washington an und ziehen uns Washington auf CNN rein? Der Typ spinnt doch! Allgemeine Passivität. Unsere kleine Gruppe im hinteren Teil des Busses erwirkt durch lautstarke Intervention, dass wir wenigstens ins Wachsfiguren-Museum fahren. Wo übrigens morgen Obamas Wachsfigur eingeweiht wird.

Einchecken im Hotel. Wir haben etwa eine Dreiviertelstunde Zeit, uns auszuruhen und frisch zu machen. Mein Zimmergenosse, wir sind immer zu zweit auf einem Zimmer, ist Rodney. Ein freundlicher Typ mit lieben Augen und Rastamähne. Ich schalte CNN ein und sehe eine zweiminütige Rede von Joe Biden, am *Lincoln Memorial.* Obama wird ebenfalls angekündigt. Wir fahren aber vorher los, Rodney will sich allein nach Washington durchschlagen. Vorzugsweise mit dem Taxi. Ambitiös. Er probiert es etwa eine halbe Stunde lang, und als ich das Zimmer verlasse, eruiert er die Möglichkeiten mit öffentlichen Verkehrsmitteln.

Ein bewegender Besuch im afroamerikanischen Wachsfigurenkabinett – in der Eingangshalle natürlich Obama in Lebensgröße, aber noch aus Pappe. Daneben, in Originalgröße, Hannibal – ja, auch er Afrikaner – auf einem Elefanten, wie er die Alpen überquert. Als Einstieg dann der Besuch auf einem Sklavenschiff mit entsprechend unter die Haut gehender Geräuschuntermalung.

Einige Zeit später sind wir wieder im Bus auf dem Weg nach Downtown Washington.

„Hey – wir sind mitten in Washington. Ich kann's nicht glauben: Es ist überhaupt kein Verkehr!"

Irgendwas stimmt hier nicht. Wenn Obama in zwei Stunden hier in der Nähe, am Tag vor seiner Vereidigung, am *Martin Luther King Day* eine Rede hält, dann kommt man nicht so einfach durch Washington. Mir schwant etwas: Vielleicht gibt es doch eher keine Obama-Rede am Lincoln Memorial heute ...

Ohne weitere Zwischenfälle geht es am *Washington Memorial* vorbei, bevor uns die Busfahrerin ein paar hundert Meter entfernt vom *Lincoln Memorial* rauslässt. Allgemeine Lähmungserscheinungen und Ratlosigkeit.

Gary ist fassungslos. Es bilden sich zwei Grüppchen, die etwas ziellos Richtung *Lincoln Memorial* wandern. Mir wird klar, das heute am *Lincoln Memorial* gar nichts geschehen wird. Was tun? Ich habe keine Lust, den ganzen Tag ziellos mit zehn anderen Ziellosen herumzuirren. Gary schlägt vor: „Ihr könnt ja zur *Mall* gehen."

Der Typ hat ja wohl wirklich nicht alle Tassen im Schrank! Ich komme doch nicht nach Washington, um hier in einer *Mall* shoppen zu gehen. Tonya hat *drive*, das habe ich schon im Bus bemerkt. Ich schlage ihr vor, dass wir einfach zu zweit die Stadt erkunden.

Gute Idee – aber ich bin so sauer, dass Gary uns heute hierhergebracht hat, wo doch das echte Event gestern stattgefunden hat. Tonya meint: „Ich wusste es. Ich habe ihn schon am Telefon gefragt, als ich den Trip gebucht habe, woher er die Information hat, dass Obama am Martin Luther King Day am *Lincoln Memorial* spricht. Obama hat alle dazu aufgerufen, heute *community service* zu machen. Die Information von Gary machte einfach keinen Sinn. Wenn wir wenigstens zu einem dieser *community events* gegangen wären, die jetzt gerade stattfinden. Aber jetzt stecken wir hier fest. Es ist unglaublich."

Das wird ein richtiger *road movie* hier. Im wahrsten Sinn, weil wir beide mit unseren Sony Camcordern filmen. Alle paar Minuten Polizeikonvois. Ich habe noch nie solche Polizeikonvois gesehen. Nicht zehn, nicht zwanzig, sondern nicht enden wollende Kolonnen von Polizeifahrzeugen und/oder Motorrädern. Alle mit Blaulicht, die ganze Stadt ein Meer von Blaulichtern. Ohne Ziel. Und alles friedlich. Seltsame Kombination. Wohin fahren sie? Fast sind wir am Kapitol. Jetzt sind wir auf der Wiese davor. Die *Mall*. Aahhh! Jetzt verstehe ich: Das also ist die *Mall*, von der Gary heute Morgen gesprochen hat. Schon komisch, dass dieser etwa zwei Kilometer lange Streifen vor dem Kapitol *Mall* heißt. Und da wundert sich Joschka Fischer noch, dass sich seine Freundin, die übrigens 1937 in der damaligen Tschechoslowakei als Marie Jana Korbelová geborene frühere amerikanische Außenministerin Madeleine Albright mit ihm in einer *Mall* zum Kaffee treffen möchte.

Die *Mall* – das ist die italienische Piazza, der deutsche Marktplatz. Die *Mall* ist der Lebensmittelpunkt Amerikas. Damit haben Alberta und ich nach wie vor große Schwierigkeiten. Aber sie ist ein Teil des genetischen Codes hier.

Die *Mall* hier vor uns ist dagegen einfach eine Riesenfläche. Man kann davon ausgehen, dass hier morgen alles voller Leute sein wird. Tonya hat herausgefunden, dass man hinter der Fourth Street ohne Ticket stehen kann. Also auf zur Fourth Street. Unterwegs begegnen wir auf der Wiese einer Gruppe von Studenten, die schon mal ihr Lager aufschlagen – zwar ohne Zelt, aber mit Schlafsäcken.

Tonya kann das kaum glauben, aber mittlerweile spielt sie auch mit dem Gedanken, über Nacht in der Stadt zu bleiben.

Aber sie hat Bedenken. „Weißt du, Washington ist die Stadt in den USA mit der höchsten Kriminalitätsrate."

„Aber heute Nacht und morgen ist sie wahrscheinlich die sicherste Stadt der Vereinigten Staaten, wenn nicht des Planeten. Guck dich doch mal um, überall Polizei und Militär."

Wir sind mittlerweile genau vor dem Kapitol. Das Gebäude ist riesig, wenn man direkt davor steht. Der sog. *Reflecting Pool* vor dem Kapitol – wir stehen genau davor – ist zugefroren. Es ist eisig kalt. Schon jetzt. Das kann ja heiter werden heute Nacht ...

Einige Zeit später landen wir an einem warmen Ort in der Nähe des Kapitols: im Hauptbahnhof von Washington. Die Union Station gleicht einem Ameisenhaufen, wahrscheinlich nicht nur heute. Es ist ein Kommen und Gehen

Obamas eigener Zug ist hier gestern angekommen – er ist tatsächlich à la Lincoln mit dem Zug zur Inauguration angereist.

Eine Truppe erinnert mich stark an den Film „Delikatessen", eine zehn Mann starke Spezialeinheit ganz in Schwarz mit Helmkameras und Maschinenpistolen. Ich weiß nicht, ob das ein gutes oder ein schlechtes Zeichen ist. Dieser Bahnhof ist heute das Tor zur Welt, alle Hautfarben und Physiognomien sind vertreten. Ein Kamerateam macht ein Interview mit einem sehr alten schwarzen Ehepaar. Ich würde sie auf zwischen achtzig und neunzig schätzen. Die beiden haben ungewöhnlich große, freundlich leuchtende Augen.

„... es ist eine Zukunftschance ... Die neue Generation ist anders." Die beiden haben andere Zeiten durchgemacht.

Es ist etwa neun Uhr. Wir haben noch einige Stunden totzuschlagen. Wir schlagen unser Lager bei Au Bon Pain auf, einem dieser völlig überteuerten Kaffee- und *food-to-go*-Outlets. Ich besorge mir erst mal einen Kaffee und einen Keks. Kurze Zeit später lässt sich ein etwa fünfzigjähriger Mann am Nebentisch nieder, holt sein Laptop raus und fragt, ob wir auch zur *inauguration* wollen.

Es stellt sich heraus, dass er nicht wegen Obama gekommen ist, sondern einfach mit dem Zug nach Hause gefahren ist und jetzt hier noch in Ruhe arbeiten wollte.

„Ich bin Ökonom."

„Das ist interessant, sehr interessant. Was halten Sie von den derzeitigen Ereignissen?"

Er lacht. „Na ja, ich stand bei Partys noch nie so im Mittelpunkt wie momentan. Ich habe die derzeitigen Ereignisse vor drei Jahren auf meinem Blog vorausgesagt. Es musste zu diesem Punkt kommen."

„Was halten Sie von den Plänen der neuen Regierung? Obama scheint auf jeden Fall bereit zu sein, allen Seiten zuzuhören."

„Das ist nicht wirklich wahr. Er berücksichtigt nicht die Österreicher."

„Die Österreicher?"

„Eine Gruppe führender Ökonomen des letzten Jahrhunderts, angeführt durch von Hayek."

Der Typ, er heißt Bob, stellt sich als interessant und ziemlich lustig heraus. Ansatzlos wechselt er von Fiskalpolitik zu den Frauengeschichten des schwarzen Basketballstars Michael Jordan und dann zur ebenfalls schwarzen Talkshow-Moderatorin Oprah Winfrey. Das ist schon meisterhaft. Als wir wieder auf die Uhr gucken, ist es bereits halb zwei nachts.

Tonya berichtet, dass die Ersten schon aufbrechen Richtung Fourth Street. Wir setzen uns langsam in Bewegung und verabschieden uns von Bob. Er weiß noch nicht, ob und von wo aus er sich das Spektakel ansehen wird. Vorerst bleibt er hier und arbeitet noch – damit dürfte er wahrscheinlich hier gerade in der Minderheit sein. Am nächsten Tag lässt sich auf seinem Blog *Economic Policy Journal* nachvollziehen, wie sich die Ereignisse aus seinem Blickwinkel darstellen:

„Eine Last-minute-Kontrolle der Umgrenzung des Gebiets um das Kapitol, in der Nacht vor der Amtseinführung, überzeugte mich, dass der einzige Weg, einen guten Aussichtspunkt auf Barack Obama zu bekommen, wie er den Amtseid ablegt, derjenige wäre, vielleicht um drei Uhr morgens rauszugehen und acht Stunden in der Kälte zu stehen. Weil ich Obama nicht als jemanden sehe, für den ich mehr als zwanzig Minuten im Komfort eines Büroempfangsraums warten würde, dann für ihn mit Tausenden und Abertausenden von anderen stundenlang in eisigen Temperaturen zu warten – und das in einem Zeitalter, in dem uns Al Gore erzählt, dass die Erde von Hitze überflutet wird –, das war keine Option. Weil ich kein Abendessen hatte, war meine Rückfallposition, mir eine Suppe und einen Cranberry Muffin bei Au Bon Pain in der nahe gelegenen Union Station zu holen und dann nach Hause zu gehen. Bei Au Bon Pain lernte ich Tonya kennen, ursprünglich aus Minnesota, und Gero, ursprünglich aus Deutschland. Beide leben jetzt in North Carolina. Eins führte zum andern, und bald hielt ich ihnen einen kompletten Vortrag über den Konjunkturzyklus, Austrian Economics, das Versagen der etablierten Ökonomie sowie über F.A. Hayeks Ansichten zur angemessenen wissenschaftlichen Methode, wie er sie in seinem großen Werk ‚The Counter Revolution of Science' dargelegt hat. Irgendwann, jemand hatte entschieden, auf die Uhr zu sehen, waren zwei Stunden rum, und beide bemerkten, dass die Zeit wie im Fluge vergangen war. Ich nahm das als Kompliment. Es war 1:45 morgens, und die beiden waren dabei rauszugehen und einen Platz auf der *Mall* zu finden, von dem aus sie die Amtseinführung sehen konnten. Weil sie keine VIP-Pässe hatten, hatten sie einen gut durchdachten Plan entworfen. Ich machte mich auf den Heimweg. Früh am nächsten Morgen fiel der Groschen, von wo aus ich mir die Amtseinführung anschauen konnte: das Mayflower Hotel – eine gemütliche

Lobby mit Fernsehern und so ziemlich der einzige Ort, von dem ein *Democrat* es während der Bush-Jahre in die Nachrichten geschafft hatte. Das Mayflower nämlich war der Ort, wo der Governor von New York, Eliot Spitzer, eine Nutte gevögelt hatte. Und so, mit dem Wissen, dass meine Aussichtsposition ein Ort war, der mindestens einem Politiker kurzzeitiges Vergnügen und langfristiges Verhängnis brachte, schaute ich mir die Amtseinführung in Luxus, Glanz, Wärme und dem Tischservice des Mayflower an."

Bob vergisst allerdings eine weitere, mindestens ebenso interessante historische Implikation, denn die *Mayflower* war das für die Selbstdefinition der USA so bestimmende Schiff, auf dem die allerersten sog. Pilgrims, religiös verfolgte europäischen Einwanderer aus England, Calvinisten, im Jahr 1620 den nordamerikanischen Kontinent betraten und Neu-England besiedelten.

Draußen empfängt uns schneidende Kälte. Gut gelaunt machen wir uns zu siebt auf in Richtung Fourth Street, bestens präpariert. Wir kommen auf der rechten Seite des Kapitols an. Wir müssen jetzt nur der Straße folgen, dann links abbiegen, und sind da. Keine fünf Minuten von hier. Vor uns sind schon Leute unterwegs.

„Bewegt euch zurück, woher ihr gekommen seid!!"

Das Polizeimegaphon reißt uns aus unserem geplanten Szenario. Die Ersten kommen uns schon entgegen. Verängstigt. Ich muss unwillkürlich an die Szene in Cambridge 2002 denken, wo ein Grüppchen von etwa fünfzig friedlich protestierenden Irakkrieg-Gegnern, allesamt gewaltlose Studenten vor dem MIT, von einer deutlichen Überzahl gepanzerter Polizisten eingekreist und eingeschüchtert wurden. Wir machen auch kehrt und fragen wieder eine Polizeistreife. Wir sollen schon vorher abbiegen und auf der anderen Seite der *Mall* zur Fourth Street gelangen.

Wir machen uns auf den Weg, direkt vor dem großen zugefrorenen Wasserbecken vorbei, an dem wir gestern gestanden haben. Das Kapitol erstrahlt in seinem makellos weißen Glanz. Hoffentlich kommen wir hier wirklich durch. Überall sind Absperrungen aufgebaut.

Wir kommen an – und sind nicht die Ersten. Etwa hundert Leute kampieren schon eingehüllt in Decken auf dem Boden. Um sich warmzuhalten, kauern sie sich dabei aneinander. So etwas habe ich noch nie gesehen. Man benutzt sich gegenseitig als Kopfkissen. Ein echtes *wait-in*. Für Unterhaltung sorgt der Polizist, der hauptsächlich damit beschäftigt ist, uns von der Straße runterzuhalten, damit wir nicht von den weiterhin endlos scheinenden Polizeikonvois überfahren werden.

„Wann machen sie das Tor auf?"

„Um sieben."

Moment mal, bisher war immer die Rede von vier Uhr. Die Regeln bei diesen Obama-Massenevents ändern sich permanent. Das kann ja heiter werden. Es ist drei Uhr, wir haben minus zwölf Grad Celsius und es sind noch vier Stunden, bis wir auf die *Mall* können.

Urplötzlich füllt sich die direkt neben uns liegende Straßenkreuzung. Wo kommen plötzlich diese Massen her? Wahrscheinlich sind es die ersten Busse, die Leute abladen. Die Kreuzung füllt sich weiter. Es ist klar, dass irgendwas passieren muss. Es sind nur zwei Polizisten, die den Eingang abriegeln. Ein paar Leute schlüpfen durch die Absperrung. Die Menge wird unruhig. Leute, jetzt keine Panik. Die Kreuzung füllt sich weiter. Obama-Mengen habe ich bisher alle als sehr besonnen erlebt. Es wird immer enger auf der Kreuzung. Wir werden nach und nach gegen die Maschendrahtzaun-Absperrung gedrückt. Vor einigen Minuten war links neben mir noch die Straße frei, der eisige Wind hatte mir zugesetzt. Jetzt ist es kuschelig von allen Seiten. Die Situation wird nach und nach etwas bedrohlich. Einige fangen an zu skandieren: „Tear down the fence! Tear down the fence!“

Inzwischen ist auch unser freundlicher Polizist vor Ort. Wo sind denn die ganzen Hundertschaften von Polizisten hin? Ein Bus mit einer Truppe Polizisten bahnt sich den Weg an den Zugang. Der über zwei Meter hohe Zaun fängt an zu kippen, weil die Menge jetzt zu drücken anfängt. Es ist klar, jemand muss handeln.

„Tear down the fence!!! Tear down the fence!!!“

Sinnlos. Die Gruppe von Leuten, die vorher einen Durchschlupf gefunden hat, ist inzwischen von der Polizei wieder auf die Kreuzung geschickt worden. Ich habe ein ungutes Gefühl. Ich glaube, ich bin damit nicht allein. Die Menschenmenge ist zum Glück weiterhin besonnen. Die Kreuzung füllt sich von der Stichstraße aus immer weiter. Plötzlich entlädt sich die Menge durch den Eingang. Ohne Kontrollen. Das ist das erste Mal, dass ich bei einem der Obama-Events nicht durch einen Metalldetektor muss. Das wäre hier auch völlig illusorisch. Wir strömen mit der Menge wie Styroporkügelchen durch einen Flaschenhals ins Freie.

Es gibt einen mobilen Polizeiwachturm am Rand. Rechts und links sind starke Blitzlichter auf hohen Masten montiert, die im Sekundentakt pulsieren. Es gibt also offensichtlich subtile Sicherheitsmaßnahmen. Die Blitzlichter tauchen die Szene in ein surreales Licht. Wieder kauern die Jugendlichen um uns herum sich zusammen. Wie die Pinguine liegen sie aufeinander und wärmen sich gegenseitig. Woodstock bei mittlerweile minus fünfzehn Grad und ohne Musik. Es ist extrem kalt. Mittlerweile ist es etwa fünf Uhr morgens. Vor uns das Kapitol in voller Pracht. Offensichtlich hat man die Eingänge wirklich dicht gemacht. Wir haben jetzt jede Menge Platz. Man harrt geduldig der Dinge, die da kommen mögen.

Nach und nach erstarrt die Menge – wie Reptilien. Winterstarre. Dann langsam, gegen sieben Uhr morgens, hellt sich der Horizont hinter dem Kapitol allmählich auf.

Es kommt langsam etwas Bewegung in die Menge. Wie im Tierreich, bei den Echsen.

Es wird heller. Ein eisiger Wind kommt auf. Die Menge denkt an den Sonnenaufgang. Wärmende Strahlen. Der Tag beginnt, und es kommt Leben in die Menge. Ich habe so etwas noch nie erlebt, obwohl ich schon die eine oder andere Nacht unter freiem Himmel verbracht habe. Jetzt verstehe ich die Vögel besser. Sie fangen erst an zu singen, wenn es hell wird. Das Licht versorgt uns mit Energie – es legt einen Schalter im Gehirn um. Es ist immer noch genauso kalt wie vorher. Aber die Wahrnehmung ändert sich. Wechsel von schwarz-weiß zu Farbe.

Überall kleine Amerika-Fähnchen. Schwenken, um sich zu wärmen. Endlich die ersten Sonnenstrahlen. Wärme. Die Menge nimmt ein Sonnenbad. Hunderttausende freuen sich mit mir über die vorsichtig wärmenden Sonnenstrahlen. Wolkenloser Himmel. Die Sonne steigt höher. Die Luft ist schneidend kalt. Ich spüre langsam meine Zehen wieder. Ein neuer Tag beginnt.

Die Stimmung steigt proportional zur Höhe der Sonne. Es kommt Leben in die Bude. Die ersten schwenken weiter ihre Amerika-Fähnchen. Rechts vor uns platziert sich ein lustiges Grüppchen von Afrikanerinnen, aus Tansania.

Zu meiner Überraschung lerne ich von ihnen bald, dass es da genauso kalt sein kann wie jetzt hier. Dementsprechend warm sind sie angezogen.

Mittlerweile hat sich das Lager aufgelöst. Fast alle Leute stehen oder vertreten sich die Beine. Die Dreiergruppe von Studenten hinter mir ist immer noch da – in ihren Schlafsäcken stehend sehen sie aus wie Pinguine am Südpol, die auf den Sonnenaufgang warten. Plötzlich wird auch der Riesenbildschirm links von uns lebendig. Die Aufzeichnungen der von uns verpassten Feierlichkeiten am *Lincoln Memorial* vom Sonntag. Ein merkwürdiges Erlebnis. Es ist wie ein *quasi-live-event.* Wenn ich mich umdrehe, kann ich das *Lincoln Memorial* fast sehen – es ist verdeckt von einigen Hunderttausend anderen hinter mir. Die Veranstaltung fand vor sechsunddreißig Stunden statt, aber alles wirkt *live* und authentisch. Der Eindruck wird verstärkt durch die Tatsache, dass zwischendurch immer wieder *live*-Sequenzen von der Menge auf der *Mall* eingespielt werden. Es ist ein *Happening.* Martin Luther Kings Stimme schallt über die *Mall.*

„I HAVE A DREAM."

Man sieht eine Menschenmenge am *Lincoln Memorial,* diesmal in schwarz-weiß. In der Hitze des August 1963. Vergangenheit und Gegenwart können sich visuell nicht näher kommen. Vor fünfundvierzig Jahren war es hier heiß, sehr heiß.

Bilder von Kennedy, die Stimme von Kennedy, Bilder von Lincoln und wieder Bono, Bruce Springsteen und Denzel Washington. Ich muss an die wunderbare Shakespeare-Verfilmung von „Wie es euch gefällt" denken, in der er eine der Hauptrollen spielt. Die Stimmung hier auf dem Platz passt zu diesem Film. Realität und Vergangenheit, Vision und Wirklichkeit, Showbusiness und Gegenwart verschmelzen im Hier und Jetzt. Es ist wieder eines dieser singulären Ereignisse, die durch ihre Bilder manifest werden. Physische Massen und ein nicht enden wollendes Meer von Rot-Weiß und Blau, vereinigt, um dem ersten schwarzen US-Präsidenten zu huldigen. Bon Jovi im Duett mit Aretha Franklin, die bereits bei der Beerdigung von Martin Luther King sang.

Die Menge kommt in Schwung. Obamas Sechs-Minuten-Rede von Sonntag krönt das Vorprogramm. Eine Art *best of* seiner Reden – eingebettet in das amerikanische *Showbiz.* Bill und Hillary Clinton werden gefilmt, während sie das Kapitol betreten.

Unmerklich sind wir im tatsächlichen Hier und Jetzt angekommen. Der Bildschirm transportiert die Bilder vom Kapitol, und wir stehen davor. Verhaltener Jubel der Anwesenden für die beiden. Bush senior, wieder verhaltener Jubel. Ein Greis mit Stock, kaum wiederzuerkennen. Dann Jimmy Carter. Colin Powell, aufbrausender Jubel. Powell in gut gelauntem Smalltalk mit seinem Nachbarn. Dick Cheney, Bush juniors Vize, im Rollstuhl – „Hey – der tut nur so!“ – ich drehe mich um und lache mit einem Schwarzen, dem das so treffend gelungen ist. „Yeah, um ein bisschen Mitleid abzukriegen.“

Wir lachen beide, und die anderen um uns herum lachen mit. Die Menge jedenfalls buht ihn aus. Genauso wie George W. Bush, der mit versteinerter Miene einmarschiert. Die Kinder von Obama hüpfen durchs Bild, zusammen mit ihrer Mama. Großes Hallo in der Menge. Eine Reihe weiterer Potentaten, Senatoren und andere. William Burris, der Senator von North Carolina, gut gelaunt. Paul Krugman, ohne Einführung des Kommentators.

Kameraschwenk auf eine Fahrzeugkolonne. Es geht los. Jubel brandet auf. Wieder ein paar B-Darsteller auf dem Bildschirm. Und schließlich die erste Entladung: Ein paar hundert Meter direkt vor uns betritt der zukünftige 44. US-Präsident das Kapitol. Ein Fahnenmeer vor und hinter mir. Die Kamera ruht auf seinem Gesicht. Die eigentliche Zeremonie beginnt. Aretha Franklin erhebt die Stimme. Dann kommt Rick Warren, der evangelikale Pastor, seine Löwenstimme erklingt und er ruft den Namen Gottes an: „Jahve, Allah, God, Jeshiva.“

Versöhnung ist angesagt. Er trifft eine gute Mittellage, insbesondere wenn man die Diskussionen im Vorfeld berücksichtigt. Hier ist also der Nachfolger von Billy Graham bei seiner offiziellen Krönung. Dir Kamera fokussiert auf Barack Obama, seine Hand auf der Bibel, die Michelle Obama für ihn hält. Der Eid beginnt. Vorgenommen vom höchsten Richter der Vereinigten Staaten von Amerika, Justice Roberts. Ein unfehlbarer Harvard-

Jurist, und übrigens ein Republikaner. Obama, ebenfalls ein perfektionistischer Harvard-Jurist.

Die beiden fangen an zu hakeln – Obama wiederholt offensichtlich nicht wörtlich genau das, was ihm vom Unfehlbaren vorgegeben wird. Es sind genau vierunddreißig Worte. Die vierunddreißig wichtigsten in Roberts' Karriere – und er versagt. Offensichtlich ist die Reihenfolge der vorgesagten Wörter falsch. Obama bleibt äußerlich cool, aber auch er gerät aus dem Takt. Die Klimax der letzten vierundzwanzig Monate – der gesamten Geschichte des schwarzen Amerikas – *screwed up!*

Am Ende sind beide froh, dass sie durch sind. Es ist vollbracht. Barack Hussein Obama ist der erste schwarze Präsident in der Geschichte Amerikas. *Hope and Change. I have a dream.*

Auf dem Rückweg zum Bus dann beängstigende, kriegsmäßige Szenen, überall Ambulanz-Sirenengeheul. Alle Straßen blockiert, und die Leute klappen um wie die Fliegen – es ist die Kälte. Zum Glück habe ich eine Aluminium-Notdecke dabei, die Tonya vor diesem Schicksal bewahrt. Und doch bugsiere ich sie, als wir vor einem der U-Bahn-Schächte nicht weiterkommen, in eines der Hummer-Militärfahrzeuge.

Stunden später fallen wir am Potomac im Fischrestaurant den anderen aus unserem Bus, die nichts gesehen haben, völlig ermattet in die Arme.

Trump Tower, 29. Januar 2009.
Las Vegas, Nevada.
Ich bin zum ersten Mal hier. Um mich herum die surreale Welt von Las Vegas. Buntes architektonisches Delirium. Der amerikanische Traum sozusagen ins Groteske verzerrt. Die Straßen sind voll mit Touristen. Statisten. Die Sonne scheint grell. Es ist sommerlich warm. Angenehm. Glaubt man den Zeitungen, ist Las Vegas besonders hart vom Zusammenbruch des Kredit- und Häusermarkts getroffen. Sehen kann man das hier und heute mit bloßem Auge nicht. Jedenfalls ich nicht. Das Ganze ist eine steingewordene Fata Morgana einer Version des amerikanischen Traums. So übertrieben, dass es schon wieder gut ist. Ein begeh- (oder soll man sagen: befahr-) bares Gesamtkunstwerk.

Ich bin auf dem Weg zur jährlichen Versammlung der Köpfe der US-amerikanischen Möbelindustrie. Ausgerechnet in Las Vegas. Diese Industrie hat es jedenfalls auch hart getroffen, sie ist quasi über Nacht um 40 Prozent eingebrochen. Man trifft sich im Wynn, einem nagelneuen Hotelcasino. Baukosten angeblich über zwei Milliarden Dollar. Rechts vom Eingang, noch Teil des Wynn-Hotels, der größte Ferrari-Händler der Welt.

Am Empfang bin ich nicht allein. Auf beiden Seiten jeweils drei Schlagen mit Leuten, die ebenfalls einchecken. Wie viele Zimmer hat dieses Hotel? Dann finde ich nicht zum Aufzug. Dazu muss man nämlich erst mal durch das ganze Kasino gehen. Die Roulettetische und die *Black Jack*-Geräte sind alle besetzt. Der Laden läuft auf Hochtouren. Wie im Film. Las Vegas in echt ist wie Las Vegas im Film. Ich bewege mich also durch den Film zum Aufzug.

Während ich das tue, beobachte ich die Leute. Die meisten sehen ganz normal aus. Die Frau da hinten zum Beispiel: Wer kommt mitten in dieser größten Rezession, die die Amerikaner je erlebt haben, hierher zum Zocken? Vielleicht gerade die, die nichts mehr zu verlieren haben. Man sieht es den Leuten nicht an.

Aufzug zum 27. Stock. Ich öffne die Tür zu meinem Zimmer. Mir wird schwindlig. Die gesamte Fensterfront ist vom Boden bis unter die Decke verglast. Blick auf den Trump Tower. Dahinter direkt Wüste.

Ich bin von der Reise völlig k.o., leicht gejetlagt durch die drei Stunden Zeitunterschied zur Ostküste, und liege wenig später bereits im Bett.

Der Wecker klingelt. Ich nehme den Aufzug und fahre nach unten. Gedämpftes Licht im Spielcasino. Wieder beobachte ich die Leute. Vorbei an *Black Jack*, einarmigen Banditen, Roulette. Wo gibt's hier Frühstück? Schließlich finde ich den Weg zur Rezeption.

„Where can I get breakfast?"

„It's across the hall. It opens at seven."

Ich verstehe nicht ganz.

„What do you mean? What time is it now?"

Der Concierge lächelt mich freundlich an. „It's four o'clock in the morning."

Ich bin wie benommen. Nach einigen Augenblicken habe ich mich gefasst und frage: „Where is a good spot to see the sunrise?"

Er erklärt es mir.

In Las Vegas ist die Orientierung einfach. Die Straßen haben ein klares Nord-Süd- und Ost-West-Muster. Die Sonne geht im Westen auf – sollte also nicht allzu schwer sein.

Ich fahre durch Las Vegas. Die Straßen sind noch bevölkert. Ich entferne mich vom Zentrum, und es wird dunkel. Am Horizont ein roter Streifen. Ich fahre. Ich bin außerhalb der Stadt. Wüste. Ein Wagen kommt mir auf der Straße entgegen. Schemenhaft erkenne ich Berge. Vor mir eine Ebene. Ich halte an. Steige aus.

Die Ebene vor mir ist in fahles Licht getaucht. Nach und nach kann ich Konturen erkennen. Es ist kalt. Eigentlich saukalt; vor allem ohne Jacke. Ich steige wieder ins Auto und fahre weiter. Hinter der Bergkette erscheint Licht. Die Ebene besteht aus Wüste, bewachsen mit kleinen Kakteen.

Ich habe Hunger. Es wird hell. Eine kleine Ortschaft. Tankstelle. Ich steige aus. Kaufe mir einen Kaffee, ein Gebäckstück und eine Flieger-Fellmütze mit Ohren zum Runterklappen. Zehn Dollar. Ich glaube, das Fell ist sogar echt. Ich mache mich auf den Rückweg, halte unterwegs. Mache ein paar Fotos. Bin froh, dass ich die Mütze aufhabe. Trotz der ersten Sonnenstrahlen, die mittlerweile über die Bergkette gekrabbelt sind. Nach einer Weile komme ich wieder zu der Stelle, an der ich zuerst ausgestiegen bin. Die Szenerie ist wie verwandelt. Das Tal ist in Morgenlicht getaucht. Der Concierge hatte nicht zu viel versprochen. Etwas weiter, und ich sehe Las Vegas vor mir. Ein neuer Tag hat begonnen. Hier draußen jedenfalls.

Zwei Stunden später sitze ich im Vortrag von Allan Sinai, dem Chef der Firma Decision Economics. „Privathäuser und der Wohnungsbau sind mindestens so schlimm dran oder schlimmer als in den Dreißigerjahren des 20. Jahrhunderts."

Und Las Vegas ist vielleicht das Epizentrum, denke ich. Mr. Wynn, den Erbauer des gleichnamigen Hotel-Casinos und seines direkt daneben stehenden Zwillingsgebäudes mit dem treffenden Namen Encore, habe ich gestern beim Abendessen kennengelernt. Er gilt als einer der erfolgreichsten Akteure in Las Vegas.

„What he is touching, will have success", informiert mich eine Partnerin eines Kongressteilnehmers in bewunderndem Ton.

Sinais Stichworte: „... Abschwung wird jetzt getrieben von den Verbrauchern ... Konsumausgaben hatten 71 Prozent des Bruttosozialprodukts erreicht ... im Grunde haben wir einen

Kollaps der Konsumausgaben über das gesamte Spektrum ... das hier ist nicht nur eine vorübergehende Veränderung, das ist eine Langzeitveränderung ... die Konjunktur wird angetrieben vom Verbraucher und alles darum herum ... wir sind bereits seit zwei Jahren in der Klemme mit den Konsumausgaben. Das ist eine seismische Verschiebung. In dieser Situation ist es sehr schwer, etwas vorherzusagen ..."

Und das aus dem Mund eines der führenden US-amerikanischen ökonomischen Orakel.

„In diesem Land dreht sich alles um den Konsum ... Normalerweise hätte ich gesagt, wir werden betteln, leihen, stehlen, einerlei. Jetzt sage ich so etwas nicht. Wir leben momentan in einer anderen Welt, wenn 500.000 Jobs im Monat verlorengehen. Das ist unfassbar ... Das Vermögen der Privathaushalte ging in den letzten zwei Jahren um 12 Billionen [eine Zahl mit zwölf Nullen] Dollar zurück ... viel Geld wird in die Ökologisierung fließen ... wir befinden uns in einem historischen Umbruch für die Verbraucher. Punkt. Und gerade fühlt es sich an wie die Hölle ... Ich bin Prognostiker. Und es könnte sein, dass ich meine Meinung in dreißig Sekunden ändere ... was wir in unserer Forschung sehen, ist eine fundamentale Veränderung des amerikanischen Verbrauchers ..."

Merkwürdig, hier mitten in Las Vegas zu sitzen und solche Worte zu hören. „Ich kenne den obersten Juristen bei Lehman Brothers persönlich sehr gut. Er ist einer der besten Rechtsanwälte der Welt. Als Person komplett ehrlich und anständig. Das einzige Problem war die Art und Weise, wie sie bei seiner Firma Geld verdienen mussten."

Das einzige Problem ... die Art, wie die Geld verdienen mussten. *Mussten? Das einzige Problem?* Ich bin mir nicht ganz sicher, ob Allan Sinai mit all seiner Brillanz versteht, was er da gerade von sich gibt.

„... es ist schwieriger, an Geld zu kommen, um zu investieren ... und der Lichtblick: Ich spreche zu Ihnen am schlimmsten Punkt ... Bleiben Sie optimistisch, denn in diesem Land wissen wir: Wir finden immer unseren Weg ... irgendetwas stimmt nicht in Washington, weil sie einfach nicht verstehen, wie groß die Kleinunternehmen ... Kleinunternehmer sagen: ‚Ich zahle immer meine Rechnungen aber ich kann kein Darlehen bekommen.' ..."

Wenig später steht ein Typ mit einem grauen Pferdezopf, mit Karojacke und verwaschener Jeans auf und beschreibt seine Situation den etwa hundert Anwesenden. Ein kleiner Unternehmer, der keinen Kredit bekommt.

Danach ruft ihm Allan Sinai zu: „Wenn Sie kein Darlehen bekommen, schicken Sie mir eine E-Mail. Ich werde sie an Nancy Pelosi weiterleiten. Ich habe mittlerweile eine berufliche Verbindung zu ihr. Bitte senden Sie mir die E-Mail." Nancy Pelosi ist die Chefin der Demokraten im Repräsentantenhaus und wahrscheinlich gerade die mächtigste Frau in den USA. Ohne sie wäre Obama wohl nicht so weit gekommen.

Der nächste Vortrag kommt von einer Beraterin, Beth Beloff. Und sie beginnt ihren Vortrag damit, dass sie in den Siebzigern mit den berühmten Möbeldesignern Charles und Ray Eames zusammengearbeitet hat – ich bin mit dem berühmten Eames-Sessel im Haus meiner Eltern aufgewachsen. Sie zitiert ihren damaligen Meister Charles Eames mit den folgenden Worten: „Am Ende ist alles miteinander verbunden."

Wie wahr wie wahr.

„Was wir brauchen, ist systemisches Denken ..."

Und sie zeigt eine Powerpoint-Folie mit konzentrisch angeordneten Kreisen: Individuum – Familie – Gemeinschaft – Sozialgefüge – Umwelt. Ihr nächstes Thema ist Innovation. Sie beschreibt Innovation als Problemlösen innerhalb eines Kontextes mit Beschränkungen. Eine interessante Sichtweise. „Beschränkungen können zu Chancen werden." Wieder zitiert sie ihren Lehrer Charles Eames: „Eames liebte eine Wirtschaftsflaute ... Er operierte als Designer am besten unter Beschränkungen."

Vielleicht ist das unter anderem auch die Erklärung für den oft hohen Innovationsgrad von irgendwie eingeschränkten Individuen. Beth Beloff zeigt eine Folie des WWF mit zwei Linien. Die horizontale Linie repräsentiert die ökologische Kapazität unseres Planeten. Eine ansteigende Linie; der Verbrauch natürlicher Ressourcen schneidet diese Linie etwa 1981, um dann rechts davon sogar steiler anzusteigen. Ist es Zufall, dass ausgerechnet 1982 Ronald Reagan damit begann, viele der bis dahin geltenden Restriktionen des sogenannten freien Marktes außer Kraft zu setzen und die Vision der Wiener Schule – um den bereits erwähnten von Hayek (Nobelpreis 1974), ab etwa 1930 in Form der Chicagoer Schule als Heilmittel für und Antwort auf die große Depression in den Achtzigern durch Reagans ökonomischen Berater Milton Friedman (Nobelpreis 1976) vertreten – nach und nach in die Tat umzusetzen? Deren Rezept war, vereinfacht ausgedrückt, eine Laisser-faire-Regierungspolitik.

Beth Beloffs drittes Thema ist Führung: „Führung heißt unsere Werte leben" – „leadership is living your values".

Interessant übrigens im Zusammenhang mit der eben beschriebenen Grafik: „Praktizieren, was man predigt ... das Design ist immer Ausdruck des persönlichen Mindsets." – „It is walking the talk ... the design is the mindset."

Führung als Umsetzung des Designs als *mindset*. Das ist eine interessante Definition von Führung: Führung wird immer geprägt vom Mindset der Führungsperson. Im Fall des Designers ist das Design eines Möbels, z. B. ein schöner Stuhl, am Ende Materie gewordene Manifestation seiner individuellen Werte. Der Designer führt damit sein Publikum durch die Art seines Objekts. Man denke nur an Steve Jobs und Apple.

Stop Payment, 24. Februar 2009.
Charlotte, North Carolina.
Online-Banking ist wirklich eine feine Sache. Man hat seine Finanzen auf Knopfdruck immer gut im Blick. Ich habe seit einigen Tagen mein Bank of America-Konto nicht mehr eingesehen, weil ich die ganze Woche auf Dienstreise war. Es könnte diesen Monat knapp werden mit der Kontodeckung für die monatliche Überweisung meines Gehalts von Deutschland auf unser Konto in den USA. Daher wird es höchste Zeit, dass ich unser Konto checke, obwohl ich es vor einer Woche zuletzt eingesehen habe.

Und tatsächlich: Sofort fallen mir unzählige Einträge *overdraft item fee* zwischen dem 18. Februar und heute auf. Um präzise zu sein: elf mal 35 Dollar. Wir hatten das doch neulich geklärt, meine Bank und ich. Diese sogenannte Überziehungsgebühr ist eine der phantastischen Erfindungen der US-amerikanischen Finanzindustrie und entfaltet während der derzeitigen Krise ungeahntes zusätzliches Einnahme-Potenzial für die Bank of America. Vor einem Jahr lag die Gebühr noch bei 25 Dollar. Wie das Produkt funktioniert? Ganz einfach: Wenn das Konto auf Null heruntergefahren ist, kostet jede einzelne Ausgabe mit der Kreditkarte mindestens 35 Dollar. Auch wenn man nur eine Packung Kaugummi gekauft hat. Das Beste an dem Instrument ist jedoch, dass die Bank nach dem ersten Mal nicht einfach sagt: Nichts geht mehr, Schluss jetzt. Dann wüsste man ja sofort, dass etwas mit dem Konto nicht stimmt. Nein, man kann mit der Karte so einkaufen wie immer, nur dass eben jede Transaktion um den Betrag von 35 Dollar höher ausfällt.

So etwas Feines hatten die Raubritter des Mittelalters nicht. Die mussten an besonderen Stellen Burgen bauen und dann ihre eigene Gesundheit beim Eintreiben von Wegelagerergebühren einsetzen. So etwas nenne ich echten technologischen Fortschritt. Die Motive dürften so ziemlich dieselben geblieben sein.

Was die Sache noch eleganter macht, ist die Tatsache, dass die amerikanische Öffentlichkeit in den letzten Jahren komplett auf das so praktische bargeldlose Bezahlen umkonditioniert worden ist. Nach meiner schlechten Erfahrung habe ich mir dann ein sogenanntes *Overdraft Protection* einrichten lassen, was auf gut Deutsch verhindern soll, dass das Konto überzogen wird. Als Deutscher an einen Überziehungskredit bei meiner Bank oder Sparkasse seit meinem ersten eigenen Konto gewöhnt, wurde ich bereits nach wenigen Monaten in den USA recht rüde daran erinnert, dass das Spiel hier anders läuft.

Als ich damals einem Kollegen in Charlotte von meinem Erlebnis erzählte, meinte der nur ganz trocken: „Just go to the bank branch – they might be willing to take it out."

Wie bitte, dachte ich damals. Also entweder ist das eine Strafgebühr, oder nicht. Ich konnte mich dann aber selbst überzeugen, dass ein Teil des Betrags – etwa die Hälfte von dreihundert Dollar – gnädig und zu meinem Erstaunen auf der Stelle aus dem System per Knopfdruck getilgt wurde, nachdem ich meine Story vom unwissenden Ausländer zum besten gegeben hatte. Warum man nicht den Gesamtbetrag tilgen konnte, ist mir damals in dem über mich ergehenden Wortschwall des Filialleiters entgangen.

Immer noch starre ich auf den Bildschirm und lasse die Szene vor meinem inneren Auge abfahren, in der der Filialleiter bei meinem letzten Besuch die Vorzüge des *Overdraft Protection* nicht hoch genug anpreisen konnte. Es ist jetzt einige Wochen her, dass ich im Büro des freundlichen, auffallend dünnen Filialleiters um die fünfzig mit offensichtlich zu hohem Blutdruck gesessen und ihm meine Qualen als Kunde seiner Bank geschildert habe. Dass ich nämlich weiterhin von meinem Arbeitgeber in Deutschland bezahlt würde, und jeden Monat einen entsprechenden Betrag von meinem eigenen Konto in Deutschland auf mein US-Konto überweisen lasse. Und dass es daher für mich als Kunde seiner Bank von großem Vorteil wäre, wenn ich einen gewissen Überziehungskredit eingeräumt bekäme. Das sei leider nicht möglich, aber das Ganze sei trotzdem kein Problem. Man könne ja einfach mein Konto mit meiner Kreditkarte verbinden, sodass ich auf diese Weise automatisch einen Überziehungskredit ausnutzen könnte, sollte mein Konto auf null rutschen. Auf meine Antwort, ich hätte lediglich fünfhundert Dollar Kreditlimit, meinte er, das sei ebenfalls kein Problem. Dann würden wir dieses Limit eben auf ein paar tausend Dollar erhöhen. Erleichtert, aber aufgrund meiner Erfahrungen und der generellen Kreditsituation immer noch skeptisch, verließ ich kurze Zeit später die Bankfiliale.

Der Rotgesichtige hatte mir freundlich und offen in die Augen geblickt: „No problem – it will just take a couple of days until the system will have approved this."

Wir haben die Lösung gefunden. Nur dass ein paar Wochen später ein Brief der Bank of America ankam: „Dear Gero Nordmann, we are sorry to inform you that your current credit limit cannot ..."

Den Weg zurück zum Filialleiter habe ich mir dann gespart. Und das, obwohl ich mir vor ein paar Monaten einen Auszug meiner *credit history* für zwölf Dollar habe zuschicken lassen, die mir bescheinigt hat, dass mein Kredit-Rating mittlerweile auf *good* steht.

Dieses Kredit-Rating ist im Grunde genommen die Zahl, die jeden erwachsenen Amerikaner aufs Wesentliche eindampft. Dahinter stecken drei private kommerzielle Firmen, die nach bestimmten Kriterien das Kreditverhalten der einzelnen Amerikaner zusammenstellen und dieses Wissen z. B. Kreditkartenfirmen bei Bedarf zur Verfügung stellen. Möchte ein Amerikaner wissen, wo er auf dieser Hühnerleiter steht, muss er allerdings pro Anfertigung zwölf Dollar bezahlen.

Ohne eine *credit history* läuft in den USA nichts – und mit einer schlechten gleich gar nicht. Dazu hat mir mein indischer Kollege neulich die Geschichte erzählt, dass seine Tante, ebenfalls in die USA eingewandert, sich über viele Jahre nie Geld von der Bank geliehen hat und auch prinzipiell keine Kreditkarte benutzen wollte. Als der Tag kam, als sie für eine Immobilie einen Kredit aufnehmen wollte, wurde ihr von den Banken mitgeteilt, sie sei nicht kreditwürdig.

Was einmal mehr die Perversion des Systems unterstreicht: Ich muss Schulden machen, um kreditwürdig zu sein. Und im Prinzip gilt: je mehr, je besser. Wozu diese Konditionierung einer gesamten Kultur über Jahrzehnte geführt hat – übrigens hat General Motors den *consumer credit* in den Fünfzigerjahren erfunden –, lässt sich in den USA heute täglich studieren.

Zurück zu meinem Computerbildschirm. Außer dass ich auf meinem Bildschirm sehe, dass mir am 17. zu allem anderen überdies noch eine *overdraft protection transfer fee* in Höhe von zehn Dollar abgebucht wurde, kann ich hier keinerlei Effekt dieses Schutzes erkennen. Schon in der nächsten Zeile geht es mit fünf konsekutiven *overdraft item fees* in Höhe von jeweils 35 Dollar weiter.

Ich scrolle auf dem Bildschirm nach unten. Halt! Was ist denn das hier: VW Credit Inc hat meine Leasing-Kreditrate von 308,88 Dollar am 23. abgebucht. Direkt darunter die Zeile:

2/23/09 Return of Posted Check +308.88

Eine Zeile weiter:

2/23/09 NSF: Returned Item Fee -35.00

Wiederum eine Zeile weiter:

2/23/09 VW Credit Inc - 307.65

Ich zögere nicht länger, gehe auf mein deutsches Bankkonto und überweise 1000 Euro. Was ist, wenn VW Credit in den nächsten Tagen wieder versucht, den ersten Betrag abzuheben?

Und die andere Abbuchung von 307 Dollar für unseren zweiten VW Jetta ist mittlerweile ebenfalls erfolgt. Mir schwant Übles.

Ich habe bereits den Telefonhörer in der Hand und werde das tun, was beim letzten Mal in einer Endlosschleife geendet hat: Ich werde jetzt meine Bank anrufen. Letztes Mal stand ich nach sage und schreibe fast dreißig Minuten wieder am Ausgangspunkt meines Telefonats: „If you want to ... press 1."

Zwischendurch hatte ich mehr als einmal meine *social security number* sowie meine Kreditkartennummer angegeben und mich einige Male mit einer weiblichen Roboterstimme unterhalten, die mich eine Zahl zwischen eins und fünf sagen ließ. Übrigens schon komisch, wenn man fast jeden Abend einen Anruf von einem Roboter bekommt, der manchmal so täuschend echt seinen Text aufsagt, dass ich schon ein paarmal geantwortet habe. Und dann ruft man am nächsten Morgen bei seiner Bank an und wird nach einer halben Stunde Roboter-Pingpong vom System wieder an Punkt A ausgespuckt.

Entsprechend gut gelaunt beginne ich auch diesen Versuch – vor meinem inneren Auge schmilzt mein Vermögen in 35 Dollar-Schritten. Heute habe ich Glück, denn schon nach weniger als zehn Minuten rede ich mit einer netten Dame. Ich habe mich allerdings eines Tricks bedient und nie auf die Zahlenfrage geantwortet. Wenn der Roboter es mit völlig verblödeten Zeitgenossen zu tun hat, kriegt er offensichtlich selbst Angst und leitet weiter ins menschliche Department. Ich schildere ihr den Fall in groben Zügen.

„Sie müssen ein ‚stop payment' veranlassen", lässt sie mich wissen.

„Was ist das?"

„Na ja, das ‚stop payment' bezieht sich auf einen spezifischen Scheck, der in der Zukunft eingelöst wird. In Ihrem Fall geht es um den Betrag, den VW Credit versuchen wird, wieder einzuziehen."

„Warum kann ich denn nicht einfach jegliche Zahlungen von meinem Konto blockieren?“

„Ich befürchte, das geht nicht.“

Ich überlege einen Moment, dann gebe ich mich geschlagen.

„Es gibt noch eine andere Sache, die Sie wissen müssen.“ Dann erklärt sie mir, dass sie das *stop payment* erst für den nächsten Werktag veranlassen könne, wenn also am Tag davor VW Credit ...

Faszinierend: Bank of America ist nicht dazu bereit, mich auch nur einen Pfennig überziehen zu lassen, hat aber offensichtlich gar kein Problem, mein Konto in 35-Dollar-Schritten immer weiter ins Minus gehen zu lassen. Und damit nicht genug: Theoretisch würde sich der Vorgang ad infinitum fortsetzen.

Jedenfalls eine bequeme Art, Geld zu verdienen. Die Dame am anderen Ende der Leitung fährt mit ihren Erläuterungen fort: „Falls Sie Ihr ‚stop payment‘ veranlasst haben und VW Credit kommt, um das Geld vorher einzuziehen, dann müssen Sie ebenfalls die 35 Dollar bezahlen.“

So weit so gut

„Das Problem ist, dass Sie uns dann anrufen müssen, um ein neues ‚stop payment‘ zu beantragen.“

Theoretisch ein echtes Perpetuum Mobile: der Albtraum der finanziellen Endlosschleife. Ich zahle noch einmal 35 Dollar *returned item fee* sowie 35 Dollar *overdraft item fee* und mache dem Spuk am 25. Februar ein endgültiges Ende.

The First 100 Days, 29. April 2009.
Washington, DC.
Die Neuigkeiten: Gestern haben sog. *beauty shots* der *Airforce One*, der Maschine des Präsidenten, bei der New Yorker Freiheitsstatue eine Panik bei der New Yorker Bevölkerung ausgelöst. Die Fotos sollten eigentlich die Maschine des Präsidenten vor der eindrucksvollen Kulisse von Manhattan wirkungsvoll in Szene setzen. Immerhin, Obama selbst war angeblich nicht an Bord. Man sucht derzeit die Verantwortlichen dieser „geschmackvollen“ Aktion.

Zum 100. Regierungstag heute bekommt Obama einen von den Republikanern übergelaufenen Senator „geschenkt“, der Obama die 60. Stimme der Demokraten im Senat und damit für die Mehrheit sorgt. Die dritte Headline des Tages auf *USA-Today – Money*: „Unterstützung für CEO von Bank of America schwindet.“

Wie es der Zufall will, bin ich gerade heute auf dem Weg nach Washington, DC – und ausgerechnet zur *Environmental Protection Agency* unterwegs. Dem Organ, dem die Regierung Bush ordentlich das Handwerk gelegt hat. Morgens um halb sieben auf dem Weg zum Flughafen höre ich im Radio, dass Obama seinen 100. Tag als Präsident der USA heute Morgen mit einer Pressekonferenz im Weißen Haus beginnen wird, dann nach Missouri fliegt und abends eine Fernsehansprache auf mehr oder weniger allen Kanälen halten wird. Am Flughafen besorge ich mir das *Wall Street Journal* und *USA Today*. Mal sehen, was die zu den ersten hundert Tagen sagen.

100 Tage – drei Monate. Auf der Titelseite des *Wall Street Journal* ruft ein demokratischer Senator das Überlaufen des republikanischen Senators zum *game changing moment* aus. Mein eigenes Fazit: „Change has come to America.“

Bekanntlich macht der Ton die Musik, auch die öffentliche.

Obama löst ein, was er in dieser Hinsicht versprochen hat. Er schließt ein und grenzt nicht aus. Vielleicht das Wichtigste, was Amerika gebraucht hat. Wie ein Schwamm hat Amerika – und der Rest der Welt – seine verbalen Umarmungen (seid umschlungen, Millionen!) aufgenommen. Erstes Interview als Präsident – mit einem arabischen Sender. Ein amerikanischer Präsident! Und weiter ging's im Schweinsgalopp. Die Führer der Welt konnten in den ersten drei Monaten gar nicht schnell genug wegrennen (wollten sie auch nicht!), um den Liebesbezeigungen Obamas zu entkommen. Köstlich das Bild von Obama, Berlusconi und Medwedjew vom G20-Gipfel in der *New York Times* – drei Jungs auf Klassenausflug. Seine alte Erzfeindin (einseitig), Hillary Clinton, macht als Außenministerin einen professionellen Job für ihren neuen Chef Barack Obama.

Unklar bleibt die wirtschaftliche Situation. Die Arbeitslosenrate steigt rasant. Die unmittelbare Umgebung von Charlotte ist im März bei 14,7 Prozent, doppelt so hoch wie vor einem Jahr. Immer öfter hören wir Geschichten aus dem Bekanntenkreis, wie Leute ihren Job verlieren. Immer mit unmittelbaren Konsequenzen. Kinder werden aus dem Kindergarten genommen. Helene, Albertas Englischlehrerin, kann erst am Ende der Woche Lebensmittel einkaufen. Und sie hat immerhin einen Job.

An der Oberfläche scheint alles beim Alten zu bleiben. Die katholische Kirche wird sonntags immer noch ein bisschen voller. Zu Ostern wird Alberta von einem Polizisten vom Betreten der Kirche abgehalten – aus Sicherheitsgründen. Die Kirche platzt aus allen Nähten. Und das bei dreitausend Leuten Kapazität und zehn Gottesdiensten am Ostersonntag, sozusagen im Akkord.

Zurück zur *Environmental Protection Agency (EPA)*. Kommentar eines kalifornischen Beraters mir gegenüber im vergangenen Juni in San Francisco: „Bush hat diese Behörde kaltgestellt, er hat sie personell unterbesetzt und politisch entmachtet." Obamas Agenda beinhaltet einige ambitionierte Umweltziele. Am ersten Tag seines Amtsantritts hat er ein *EPA*-Papier zum Thema *fuel efficiency* von Autos unterzeichnet.

Was schon befremdet, ist die Art der Hofberichterstattung der Presse. Eigentlich ja nicht weiter überraschend, denn was kann man erwarten, wenn die angesehensten öffentlichen Medien des Landes (u.a. *NYT* und *Washington Post*) offiziell den Kandidaten Obama unterstützen? Das ist problematisch, und das zeigt sich insbesondere jetzt. Die Grenze zwischen neutraler Berichterstattung, Begeisterung und blinder Gefolgschaft ist jetzt fließend. Ich erinnere mich ganz genau: Post-9/11 war es genau dasselbe. Doppelseitige Illustrationen im *Time Magazine*, kriegslüstern und propagandistisch. Die Regierung Bush wollte den Krieg, und entsprechend wurde getitelt. Einige Jahre später wird Obama zur Ikone hochstilisiert. Personenkult. Überhaupt, aus Barack, dem Kandidaten – dem Robin Hood und Volkstribun –, ist über Nacht *The President* geworden. Ich sehe wirklich nur wenige unabhängige Köpfe in der schreibenden Zunft, die eine gewisse öffentliche Reichweite besitzen.

Mein persönlicher Favorit ist derzeit Paul Krugman. Mit kühlem Kopf stemmt er sich zwei mal in der Woche gegen die Flut der Lemminge, die im Wesentlichen die Oberfläche der Fakten begleiten. Krugman stellt immerhin als Kolumnist der *New York Times* grundsätzliche Dinge und liebgewordene US-Gewohnheiten infrage. Und stellt gleichzeitig bloß, dass systemisch keinerlei Veränderung stattgefunden hat bzw. stattfindet. Wie auch, wenn die wahrscheinlich wichtigsten beiden Positionen in der Regierung, die Position des Finanzministers sowie des Senior Economic Advisor, des obersten Wirtschaftsberaters des Präsidenten, mit Wall Street- bzw. politischen Washington-Insidern besetzt sind.

Aber ich finde, man muss das Gesamtbild betrachten. Ich

persönlich bin zufrieden. Obama ist ein brillanter Organisator mit großer Wirkung und Sinn fürs Symbolische. Er bewegt das Land, in die richtige Richtung. Es ist ein Wirbelsturm von Aktivitäten, den er ausgelöst hat. Das Ganze ist mehr als die Summe seiner Teile – und da schneidet Obama wirklich gut ab. Er spielt auf dem ganzen Feld. Das kann man nicht oft genug wiederholen. Was wäre übrigens die Situation mit einem Präsidenten McCain samt Vize Palin? Niemand weiß es.

Ich treffe mich mit einer Beraterin aus San Francisco, die in Washington als Tochter des Chefs der Kreditkartenfirma Diners Club aufgewachsen ist. Wir sind dieses Mal nicht mit dem Zug zur Penn Station gefahren. Wasserrohrbruch. Die Züge auf dieser Linie sind komplett ausgefallen. Pat kommentiert: „All these old pipes in the US are starting to fall apart."

Schließlich entscheiden wir uns für ein Taxi. Der Fahrer, ein Schwarzer, ist auch am 20. Januar, dem Tag der Inauguration, Taxi gefahren.

„But later I watched with my mother on TV."

Pat und ich unterhalten uns über die schreckliche Trinkwasserqualität in Charlotte. Ich erzähle ihr, dass wir unser Trinkwasser gallonenweise in Plastikkanistern kaufen. Beide Quellen, die wir normalerweise kaufen, gehören Nestlé.

Sie meint: „Was mir Sorgen macht, ist die Tatsache, dass sehr viel des saubersten Wassers in den USA von den Ölfirmen kontrolliert wird. Ich habe mit einer Exxon-Geologin geredet, und sie hat mir die Augen geöffnet."

Der Taxifahrer schaltet sich ein. „Sie sind aus Charlotte? Ich war in Jacksonville, Florida stationiert, als ich nach Vietnam zum Einsatz geschickt wurde. Das Wasser war vergiftet in Jacksonville. Diese ganze Munition, die sich auf dem Areal befand, und etwas von dem giftigen Zeug war in das Grundwasser gelangt. Schrecklicher Geschmack."

Pat zu mir: „Du solltest einen Wasserfilter benutzen."

Der Taxifahrer: „Dasselbe hier – ich trinke nur gekauftes Tafelwasser."

Er zeigt mir seine Halbliterflasche mit Wasser. Schon merkwürdig, wenn so unterschiedliche Leute wie unser sechzigjähriger Taxifahrer in Washington, DC und ich selbst in Charlotte, NC ausschließlich Wasser aus gekauften Flaschen trinken, das in unserem Fall, wie Pat treffend bemerkt, einen langen Weg hinter sich hat. Genauer gesagt aus Maine. Dagegen ist San Pellegrino in Deutschland fast schon ein regionales Mineralwasser.

Im Radio kommt gerade eine kurze Ansprache von Obama zum derzeitigen Thema „Schweinegrippe": „Wenn Ihr Kind im Kindergarten einen Fall von Schweinegrippe hat, lassen Sie es nicht zu Hause, sondern bringen Sie es in die Tagesstätte."

Was wiederum Pat auf die Palme bringt. „Er wird dafür einen draufkriegen. Wie kann er es wagen, Arbeitgebern hierbei praktisch freie Hand zu geben? Der Arbeitgeber kann jetzt sagen: Der Präsident hat uns gesagt, dass wir Sie mit Ihrem Kind nicht zu Hause bleiben lassen können."

Der Taxifahrer stimmt ihr zu. Dann meint sie: „Aber seien wir doch ehrlich: Die ersten hundert Tage heißt, die ersten drei Monate ohne Bush."

„Yeah", echot der Taxifahrer.

Wir sind am Ziel. Jetzt erkenne ich das Gebäude vom Tag vor der Obama-Inauguration wieder. Das Gebäude der Umweltbehörde, kurz EPA, ist ein gewaltiger Koloss aus Stein. Gehauene Quader. So als wüsste es nichts über die kulissenhafte Holzhüttenbauweise der Amerikaner. Kopfsteinpflaster in den Einfahrten. Wien um die Jahrhundertwende vor 100 Jahren. Hey, das ist doch genau die Stelle, wo Nancy Pelosi mit Bono aus dem Gebäude hätte kommen sollen. Und wo dann schließlich, aus dem Hintereingang, Nancy Pelosi alleine von ihrer Polizeieskorte abgeholt worden war.

Genau drei Monate später betrete ich ebendieses Gebäude durch den Vordereingang. Steinfußboden, gewaltige Gewölbedecken. Eine hohe Halle. Metalldetektoren. An der Säule zu meiner Linken in etwa drei Meter Höhe ein gestochen scharfes Obama-Originalfoto. Man sieht, dass es gerade erst aufgehängt worden ist: nagelneu, der 44. Präsident der Vereinigten Staaten. An der Säule zu meiner Rechten ein zweites, ebenfalls nagelneues Foto von, tja, das muss wohl die neue Chefin des EPA sein. Wie lange im Amt – vier Wochen? Sechs Wochen? Das Gebäude ist alt. Hundert Jahre? Es hat bestimmt schon viel gesehen.

Wir durchschreiten die Sicherheitsschleuse. Das Treffen mit den Leuten vom EPA, Beamte mit Schwerpunkt Chemikalienbelastung in Gebäuden, dauert etwa eine Stunde. Austausch über Formaldehydgesetzgebung in Kalifornien. Man kennt dieselben Leute. Ihre Chefin, sie sind zu viert, konnte leider nicht kommen.

Ich bin im Wesentlichen Zuhörer. Auffallend während des gesamten Treffens ist, wie begierig die EPA-Leute das Wissen von Pat aus Kalifornien aufsaugen. Sie erzeugen auf der anderen Seite des Tisches einen regelrechten Unterdruck. Uns gegenüber sitzt die dynamische Projektleiterin, die die meisten Fragen stellt. Links von ihr eine graue Maus mit Doktortitel, Biochemikerin. Keine dreißig, hört zu. Rechts von ihr ein Angestellter mit runder Nickelbrille, etwa fünfzig. Thematisch ist er der Einzige, der Pat das Wasser reichen kann. Hat allerdings die Dynamik einer Scheibe weichen Toastbrotes, und auch die entsprechende Gesichtsfarbe. An seinen Fragen und den hellwach auf die Antworten reagierenden Augen kann ich schließen, dass er nicht ohne Grund hier ins Meeting gekommen ist. Das Treffen ist zu Ende und der Mann bringt uns durch die endlos langen, labyrinthartigen Flure zurück zum Eingang.

„Wo hören die politischen Ebenen der EPA auf?", frage ich ihn, während seine und Pats lederbesohlten Schuhe im Takt auf dem auf Hochglanz polierten Boden klappern. Wir fahren in einem ziemlich alten Fahrstuhl ein Stockwerk tiefer.

„Oh, es sind nur die beiden obersten Level. Und eines davon ist bisher noch nicht mit der neuen Person der *Democrats* besetzt."

Pause.

„Wie lange arbeiten Sie bereits für die EPA?"

„Achtzehn Jahre."

Ein echter Bürokrat. Wieder unten in der Eingangshalle angekommen, verabschieden wir uns. Wieder im Taxi, sehe ich die Wahrzeichen von Washington am Fenster vorbeigleiten. Mit halbem Ohr höre ich der Konversation zwischen Pat und unserem Taxifahrer zu. Mit meinen Gedanken bin ich im Januar.

Eine völlig andere Atmosphäre als beim letzten Mal – in der Nacht zum 20. Januar. Jetzt plätschert die Fontäne auf der Rückseite des Kapitols, und die Tulpen blühen. Nicht überall Polizei. Normalität. Kurz hinter dem Kapitol fahren wir durch den Stadtteil, in dem Pat geboren ist. Dreiviertel der Einwohner von Washington, DC sind Schwarze. Es ist Viertel nach drei. Wenig später im Radio die Stimme des Präsidenten der Vereinigten Staaten: „What's most important is not where we are today but where we are going from here." – „Das Wichtigste ist nicht, wo wir heute stehen, sondern wohin wir von hier aus gehen."

Recht hat er.

End Times, 11. Mai 2009.
Madison, Wisconsin.
Ich bin eh zu spät. Hier in der Nähe müsste es sein. Ich kann's nicht glauben: ein Solarparkautomat und darunter ein Schild mit der Aufschrift *United States Solar City*.

Ich suche nach einem Parkplatz. Hier links ist schon mal das *Convention Center*. Alles Einbahnstraße. Nach dem dritten Mal finde ich einen Bezahl-Parkplatz auf dem *Convention-Center*-Parkplatz. Und habe einen Bärenhunger. Die Konferenz hat bereits heute Morgen begonnen. Es ist eins, und wenn ich noch etwas von den Vorträgen zum Thema *Biocomposites* mitkriegen will, muss ich mich ranhalten. Ich mache mich auf den Weg, auf der Suche nach etwas Essbarem. Man kann das hier in Madison, Wisconsin wunderbar zu Fuß erledigen.

Schon nach etwa 200 Metern komme ich an einer Art Bauwagen vorbei, bunt bemalt. *Middle East Sandwiches* werden hier angeboten. Der Typ im Bauwagen grinst mir verschmitzt entgegen. Ein Alternativer mit langen Haaren. Libanon? Ich glaube, ich war wirklich zu lange in Charlotte. Ich komme mir fast vor, als wäre ich in einer linken Studentenstadt in Deutschland. Jedenfalls bestelle ich mal eins von den wirklich lecker aussehenden Sandwiches. Als ich mit der Kreditkarte bezahlen will, grinst mir der Kerl entgegen: „Sorry, only cash."

Mann, ich bin am Verhungern und muss endlich zu meiner Konferenz. Na gut, da lässt sich wohl nichts machen. Er beschreibt mir den Weg zur nächsten Bank. Nur um die Ecke. Er braucht eh zehn Minuten, um das Sandwich vorzubereiten. Nach zehn Minuten habe ich Bares – wann habe ich zum letzten Mal bar bezahlt? Ich weiß es nicht mehr, und mein Freund hat das Sandwich fertig. Ein echtes Kunstwerk – wann habe ich eigentlich das letzte Mal von einem Straßenverkäufer einen handgemachten Döner gekauft?

Nach ein paar Minuten ist das köstliche Sandwich in meinem Bauch verschwunden, während ich mich an dem studentischen Flair Madisons erfreue. Eigentlich könnte ich mich auf den Weg zur Konferenz machen. Wenn ich jetzt nicht einen Kaffee bräuchte. Natürlich bin ich, wie in den meisten US-Städten, keine fünfzig Meter von einem Starbucks entfernt. Jetzt noch einen Venti Latte. Warum heißt der eigentlich Venti? Ich wette, das weiß außer der Marketing-Abteilung bei Starbucks kein Mensch. Ich betrete den Laden, und die von meinen permanenten Dienstreisen so vertraute Starbucks-Atmosphäre umfängt mich. Allerdings hier in der etwas stärker abgewrackten Version als im hochglanzpolierten Charlotte, North Carolina. *Customization* nennt man das im Fachjargon – auf die Kundenzielgruppe angepasst. Die abgewetzten Ledersessel sind einladend. Überall liegen Zeitungen herum. Gelesene Zeitungen. Bei Starbucks in Charlotte habe ich noch nie gelesene Zeitungen sehen. Ich mache es mir mit meinem Latte bequem und greife mir die nächstbeste Zeitung.

Ich muss lachen. Ein großes Foto von Vizepräsident Joe Biden mit bloßem Oberkörper, leichter Wampe und Tattoos auf dem Oberarm. Gibt's ja nicht! Gut gelaunt grinst er in die Kamera. Hinter ihm eine Art Corvette. Darüber der Titel: „Biden mit blankem Oberkörper wäscht ‚Trans Am' in Einfahrt vom Weißen Haus".

Unter dem Foto steht: „Vizepräsident Biden schwänzt einen Tag Senatspräsidentschaft, um den ‚Zwillingskanonen' [gemeint sind seine Brustwarzen] ein bisschen Sonne zu gönnen."

Ist ja wirklich nicht zu fassen.

Während ich den ersten Schluck nehme und mir prompt den Mund verbrenne. Wie üblich ist das Zeug tierisch heiß. Wegen der heiß aufgeschäumten Milch.

Ich lese:

„WASHINGTON – Das warme Frühlingswetter ausnutzend, parkte Vizepräsident Joe Biden seine 1981er Trans Am in der Einfahrt zum Weißen Haus, zog sein Unterhemd aus und verbrachte einen geruhsamen Nachmittag damit, das Muscle-Car zu waschen und Bier zu trinken ...“

Der Mann hat vielleicht Nerven. Aber irgendwie cool ist das ja schon.

„Das Baby hier muss nur mal ein bisschen abgeschrubbt werden“, sagte Biden zu einer Reisegruppe, während er sein verschwitztes Oberteil in die Gürtelschlaufe seiner abgeschnittenen Jeans Shorts steckte. „Muss die hier schick machen, damit ich die Mädels beeindrucken kann, wenn ich die Pennsylvania Avenue runterfahre ...“

Mist, wieder die Zunge verbrannt!

Biden ist wirklich noch schnoddriger als ich dachte. So hat er sich bestimmt auch aus dem Rennen als demokratischer Präsidentschaftskandidat geschossen. Und dann hat ihn Obama als weißhaarigen Parteiinsider zum Vizepräsidenten gemacht. Diese Ulknummer.

Unter dem nächsten Bild steht: „Biden wischt das Wageninnere und entfernt herumliegendes Kleingeld, Zigarettenkippen und gebrauchte Kondomverpackungen.“

Jetzt kann ich mich nicht mehr halten vor Lachen. Bis zu den leeren Kondomverpackungen hat es der Autor tatsächlich geschafft, mir die Illusion zu geben, es handle sich um die Beschreibung eines realen Geschehens. Ich bin offensichtlich von dem ganzen schier unglaublichen Kram, der in den letzten Monaten in der *New York Times* und anderswo geschrieben stand, abgehärtet. Von den ganzen Bankern, Blagojevitchs – dem demokratischen Gouverneur von Illinois, der neulich Obamas freigewordenen Senatssitz tatsächlich meistbietend versteigern wollte und dabei vom FBI erwischt wurde – und Bernie Madoffs.

Und das war ja nur die Spitze des Eisbergs. Realitäten jenseits des normal Glaubhaften – jedenfalls für einen Mitteleuropäer am Anfang des 21. Jahrhunderts. Mental völlig überstrapaziert. Gewöhnt daran, jede, aber wirklich jede noch so absurde Monstrosität als im Bereich des Normalen liegend zu akzeptieren. Und das hier ist das Ergebnis. Selbst völlig aus der Luft gegriffene und überdrehte Geschehnisse werden, bei entsprechender journalistischer Verpackung, als real geschluckt.

Halb lache ich über den Artikel der Satirezeitung *The Onion*, halb über mich selbst. An der Fußgängerampel werde ich kurz nachdenklich: Was bedeutet das eben Erlebte für die Möglichkeiten des Journalismus in diesem Land und anderswo, die Wirklichkeit nach Belieben zu manipulieren? Wenn ein sich für kritisch-aufgeklärt haltender Europäer mit guten Englischkenntnissen, der gerade zu Hause vier US-amerikanische Tageszeitungen turmhoch stapelt, um die darin generierte Wirklichkeit Ende 2008/Anfang 2009 festzuhalten, wenn also so einer erst wenn's völlig absurd wird (Stichwort: *condom wrappers*), aufhört, das Geschriebene für bare Münze zu halten? Ich weiß nicht, was genau es bedeutet, aber jedenfalls nichts Gutes. Wie steht doch so schön vielsagend und unscheinbar der eigene Anspruch der *New York Times* in einem kleinen Kasten links neben dem Logo auf jeder gedruckten Ausgabe: „All The News That's Fit To Print".

Aber die Zeitung mit dem Anspruch auf den Titel „Beste Tageszeitung der Welt" hat derzeit ganz andere Probleme, wie die Konkurrenz vom *Atlantic* in ihrer Januar/Februar-Ausgabe 2009 unter dem Titel *End Times* zu berichten weiß:

„Kann Amerikas Leitmedium den Tod des Zeitungspapiers überleben? Kann es der Journalismus? Praktisch sämtliche Vorhersagen über den Tod der traditionellen Medien haben einen komfortabel langen Zeithorizont für das Ende des Druckens angenommen – dem Moment, wenn unter einem Himmel von Blitzlichtern, Pressekonferenzen und elegischen Reminiszenzen die Zeitungspressen aufhören zu rotieren und die Nachrichten komplett digital werden.“

Going Nowhere Very Very Fast, 16. Mai 2009. Charlotte, North Carolina.

Ich bin spät dran. Zum Glück ist der Highway 485 frei. Es ist Sonntagnachmittag. In einer halben Stunde müsste ich da sein. Auf einem leeren Highway auf der mittleren Spur, da fährt es sich gut in den Vereinigten Staaten von Amerika. Es ist heute wirklich kein Mensch unterwegs. Ungewöhnlich. Aber das erhöht die Wahrscheinlichkeit, dass ich pünktlich zum Start meines ersten NASCAR-Rennens auf der Tribüne ankomme. Auf Empfehlung unserer Nachbarin habe ich sogar den Gehörschutz mitgenommen, den ich sonst immer zum Rasenmähen benutze. In Gedanken versunken, nähere ich mich der Autobahnausfahrt. Es sind jetzt nur noch ein paar Kilometer. Ich sehe in den mittleren Rückspiegel – und zucke zusammen. Verdammter Mist! Hinter mir nähert sich mit rasender Geschwindigkeit, blinkenden Frontscheinwerfern und Blau- bzw. Rotlicht ein Fahrzeug. Vor mir niemand. Der ist wohl auf dem Weg zu mir. Erschreckt nähere ich mich dem linken Rand der Fahrbahn und drossele die Geschwindigkeit. Ebenso der Wagen hinter mir. Ich komme zum Stehen. Wie war das noch: beide Hände aufs Lenkrad. Wie oft habe ich das nicht schon gehört. Gebraucht hatte ich es bisher noch nicht. Meine Hände fangen an zu schwitzen. Jetzt noch mal eine Hand vom Lenkrad los und Fenster runterlassen.

Hinter mir setzt sich der Polizist gerade seinen Hut auf. Schon ist er auf dem Weg zu mir. Wirklich: So ein Mist. Jetzt verliere ich die ganze Zeit, die ich eben auf meiner Fahrt gegen die Uhr wettgemacht habe.

„Wohin sind Sie unterwegs?"

„Zum Rennen."

„Wissen Sie, wie schnell Sie unterwegs waren?"

Ich habe keine Ahnung und mache die entsprechende Kopfbewegung.

„Hundertvierunddreißig Kilometer pro Stunde. Wissen Sie, was erlaubt war?"

Die Sätze kommen im abgehackten Staccato. Meine Hände schwitzen. Da ziehe ich doch vor, geblitzt zu werden. Er gibt selbst die Antwort: „Hundertzehn."

Oh Mann, das wird bestimmt eine ordentliche Strafe. Na ja, solange er sich beeilt.

„Führerschein!"

Immer noch fahre ich mit meinem deutschen Führerschein durch die Gegend. Und das ist zusätzlich beunruhigend. Denn eigentlich hätte ich als *resident* schon seit einem Jahr einen US-Führerschein machen müssen. Jetzt kommt also die Quittung. Wie üblich. Irgendwann kriegen sie einen immer.

„Aus Deutschland?"

„Yeah."

„Sie wissen, dass Sie hier nicht in Deutschland sind?"

Ernster Blick. Von einem Polizisten in den USA angehalten zu werden, ist ein Gefühl, wie ein Kapitalverbrechen begangen zu haben. Der Hokuspokus mit den Lichtern. Hände aufs Lenkrad und so weiter. „Yeah, hatte ich vergessen."

Mann! Beeil dich!

„Nächstes Mal denken Sie daran, dass Sie nicht in Deutschland sind."

Wie? Was jetzt? Der Polizist grüßt kurz und ist schon wieder auf dem Weg zu seinem silbernen Chrysler Dodge. Das gibt's ja wohl nicht. Netter Kerl. Schon schießt er in seinem mit Sicherheit mit PS aufgemöbelten Schlitten davon. Auf der Jagd zum nächsten Delinquenten. Wahrscheinlich sucht er sich erst wieder ein Versteck. So wie er es eben bei mir gemacht haben muss. Wie fette Alligatoren liegen die Polizeiwagen hinter Brückenpfeilern, Bäumen und Geländeerhebungen.

Ich kann immer noch nicht ganz fassen, was sich eben innerhalb von nicht mehr als fünf Minuten abgespielt hat. Vor allem das Ende. Der deutsche Führerschein war meine Rettung. Langsam rolle ich, nach einem Blick in den Rückspiegel – immer noch kein Fahrzeug weit und breit –, wieder auf die Fahrbahn und mache mich mit stierem Blick auf den Tachometer wieder auf dem Weg. Jetzt bloß nicht noch mal vom selben Polizisten überrumpeln lassen, ist mein einziger Gedanke.

Nach mir wie eine Ewigkeit vorkommenden weiteren fünf Minuten kommt die Ausfahrt. Trotz allem bin ich ziemlich spät dran. Hoffentlich finde ich einen Parkplatz. Schon fangen links und rechts am Straßenrand die Autos an zu parken. Ich fahre weiter, und bald hole ich die ersten Leute ein, die zu Fuß unterwegs sind. Weit kann es also nicht mehr sein. Jetzt sehe ich das riesige Tempodrom. Und Pulks von Leuten, mit Fahnen und sonstigem bewaffnet. Irgendwie ein ähnliches Szenario wie bei den Obama-Veranstaltungen. Nur dass dort die Grundfarbe der Gesichter deutlich dunkler war. Hier sehe ich nicht ein einziges farbiges Gesicht. Ich fahre auf einen Bezahlparkplatz und mische mich unters Volk. Vorbei an Campern und Caravans. Das hatte ich vorher schon gehört. Viele Campen hier das ganze Wochenende für das *Race Weekend*. Grillen und trinken Bier. Die Stimmung ist gelassen. Die meisten Wagen am Straßenrand und auf den Parkplätzen auf der Wiese sind überdimensionierte Pickups. Und jetzt gerade vor mir – sozusagen schwebend über dieser Szenerie – eine riesige Werbetafel, auf der uniformierte Soldaten abgebildet sind. Und darüber die Überschrift: *NORTH CAROLINA – THE MOST MILITARY FRIENDLY STATE IN THE COUNTRY.*

Und hier ist die Zielgruppe. Ich muss an die vielen jungen GIs denken, für die das Militär der einzige Weg zur Teilhabe am American Dream darstellt. Die ganzen muskelbepackten Typen hier sind mit Sicherheit bevorzugtes Jagdgebiet der *recruiter*. Die im Übrigen, wie ich neulich gelesen habe, derzeit Hochkonjunktur haben. Mit der Krise sind die Zahlen der Einschreibungen in den Militärdienst sprunghaft angestiegen.

Vorbei geht's an Gruppen, die bei ihrem Grill sitzen oder stehen, mit Bierdosen in der Hand. Wieso sitzen die hier noch? Auffallend ist, dass fast alle dieser Grüppchen einen Fernseher in ihrer Runde aufgestellt haben. Moment Mal: Die kommen hierher, um sich das Rennen von hier aus im Fernsehen zu geben? Na ja, ist auf jeden Fall billiger, weniger laut und man muss sich nicht von Stuhl und Grill entfernen.

Auf einer Tafel lese ich, dass hier vor ein paar Stunden Kevin Costner mit seiner Country Band gespielt hat. Ich muss unwillkürlich an seinen grandiosen Western „Der mit dem Wolf tanzt" denken. Hier steppt allerdings gerade eher der Bär. Jedenfalls kommen aus einem echten NASCAR-Rennwagen, der mit angeklebten Drachenextremitäten vor der Bühne steht, Theater-Rauchschwaden heraus. Wie ich hier so durch die Menge streife, kommt mir immer wieder der Ausdruck *redneck,* sprich Prolet, in den Sinn. Das hier dürfte so was wie ein *redneck*-Epizentrum sein. Die Schnittmenge mit den Obama-Stoßtrupps wahrscheinlich nahe null. Ich gehe durch mein Eingangstor, die GM-Tribüne. General Motors ist pleite, wird das allerdings erst in drei Wochen, am 9. Juni, öffentlich zugeben. Am 10. Juni erscheint im *Wall Street Journal* folgender Nachruf:

„DETROIT – Der Anfang vom Ende der General Motors Corporation als unabhängiger Firma ist gekennzeichnet durch ein Nichtwahrhabenwollen. Rick Wagoner, damals GMs CEO, stieg am 10. Juli [also vor fast genau einem Jahr] auf ein Podium in einem Hotel in Dallas, um zu einer Versammlung von Wirtschaftsführern zu sprechen. Er erläuterte seine Sicht der Dinge wie folgt: Der strauchelnde Autobauer müsste eventuell seine Hummer-Marke verkaufen, aber der Rest der Firma sei sicher. Und was die Spekulation auf der Wall Street bezüglich eines Insolvenzverfahrens angingen – ausgeschlossen. Aber während der folgenden zehn Monate konnte nichts den Niedergang der Firma aufhalten. Mr. Wagoner musste am Ende gehen. Es war ein ziemlicher Fall. Einmal war General Motors so etwas wie Microsoft, Apple und Toyota, und zwar alle zusammen. GM setzte den Standard, wie eine Firma zu führen ist, wie Gebrauchsgegenstände mit Coolness-Faktor gemacht werden können und wie man diese am besten an den Mann bringt. GM half, einen Weltkrieg zu gewinnen, amerikanischen Wohlstand voranzutreiben und Business-School-Curricula wiederzubeleben ... Am Ende jedoch war GM das Opfer seines eigenen Erfolges – der Weg in die Insolvenz geebnet durch dieselben Management-, Marketing- und Arbeitspraktiken, die die Firma zur größten und profitabelsten Firma für weite Strecken des 20. Jahrhunderts machten ..."

Es gibt auch eine Chrysler-Tribüne – Chrysler, vor einigen Tagen pleite gegangen. Und, um das Triumvirat voll zu machen, eine Ford-Tribüne. Ford ist den Pleitegeiern als Einziger der *Big Three* entkommen. Die Haupt- bzw. Mitteltribüne steht jedenfalls unter dem Zeichen von General Motors.

Jetzt bin ich doch noch mehr als rechtzeitig fürs Rennen hier und vertreibe mir die Zeit, indem ich auf dem Halbkreis, der die Tribünen umgibt, ein paar Mal hin und hergehe und mir die teils überraschenden Exemplare meiner Artgenossen begutachte. Was NASCAR angeht, und das gehört zum Inbegriff von *Southern Culture*, muss es sich hier jedenfalls um den harten Kern handeln. Viel härter geht nicht. Cowboyhüte und Harley-Davidson-Kutten allerorten. Verspeist wird in der Hauptsache *Southern BBQ*. Grundversion: Loch in Erde – Feuer rein – Schwein rein – zudecken für 24 Stunden. Das kommt dann in Form von zarten Fleischfetzen mit scharfer Soße auf ein Hamburger-Brötchen. Von dem ich bald auch eins in der Hand halte. *Southern BBQ* ist sozusagen die rituelle Mahlzeit südlich der sog. *Mason Dixon Line*, der traditionellen Demarkationslinie zwischen *Southerners* und *Yankees*. Um die örtliche Ausprägung wird, wie man sich leicht vorstellen kann, mit religiösem Eifer gestritten. Die örtliche Version ist mit Holz geräuchert und mit einer Essigsoße verziert. Köstlich. Mein BBQ-Sandwich mampfend, stiefele ich also auf diesem Laufsteg der Eitelkeiten an NASCAR-Ritualien- und Reliquienständen vorbei.

Und so begebe ich mich auf die Haupttribüne und sehe von oben in das gewaltige Oval der Rennbahn. Keine Schikanen. Wie beim antiken Wagenrennen einfach ein, allerdings gigantisches, Oval. Die Rennwagen, etwa zwanzig an der Zahl, stehen schon vor uns unten auf der Rennbahn.

Charlotte ist für NASCAR – *Formula 1, man what's that?* – übrigens heiliger Boden. Der (wahre) Schöpfungsmythos von NASCAR ist das sogenannte *Moonshining* in den Appalachians von North Carolina, bei dem junge Männer während der Prohibition heimlich nachts Alkohol durch die Gegend schmuggelten und sich dabei oft Verfolgungsjagden mit der Polizei lieferten. Ein paar Kilometer von hier haben die großen nationalen Rennställe ihre Werkstätten, und sogar unser Kellner neulich im Fischrestaurant in Charlotte ist eigentlich aus Kalifornien nach

Charlotte gekommen, um als Mechaniker in einem Rennstall anzuheuern. Und nicht im schmucken Fischrestaurant *uptown*. Aus Charlotte stammt nicht nur der NASCAR-Zentralheilige Dale Earnhardt. Charlotte wird auch Sitz der im Bau befindlichen rituellen Heiligtums NASCAR *Hall Of Fame*, die angeblich derzeit ebenfalls bereits vor der geplanten Eröffnung im Juni 2010 mit finanziellen Schwierigkeiten kämpft.

Naiv wie ich bin, dachte ich bis jetzt, dass es gleich losgehen wird, aber es reihen sich eine Vielzahl von Vorgeplänkeln aneinander, die dem Fernsehzuschauer (hoffentlich) erspart bleiben. Immerhin wird hier zur Abwechslung mal nicht die Nationalhymne – wie sonst bei Massenveranstaltungen in den USA üblich – gesungen. Patriotismus wird im Übrigen allerorten per Sternenbanner auf T-Shirts und Schildmützen verkündet. Immerhin ist das Publikum, zumindest was Alter und Geschlecht betrifft, bunt gemischt. Allerdings sehe ich so weit das Auge reicht unter den Tausenden von Anwesenden nicht einen einzigen Farbigen.

Nachdem ich diese überraschende Entdeckung gemacht habe, bemühe ich mich, in der Menge der Köpfe doch wenigstens einen einzigen Farbigen auszumachen. Und tatsächlich, nachdem ich mich einige Minuten lang dieser Beschäftigung gewidmet habe, gelingt es mir schließlich. Bei zwanzig Prozent Schwarzen in der Bevölkerung von North Carolina staune ich trotz allem über meine Beobachtung.

Plötzlich sehe ich von etwas weiter weg ein riesiges Flugzeug genau in unsere Richtung fliegen. Der wird doch wohl jetzt hier keinen Anschlag auf das Rennen veranstalten!, geht es mir unwillkürlich durch den Kopf. Eine riesige graue Boeing Militärmaschine nähert sich in nicht mehr als hundert Metern Höhe dem Tempodrom. Mir wird mulmig. Aus dem vorderen Teil der Maschine erkenne ich, als das Flugzeug schon fast in das Tempodrom einfliegt, eine lange, schräg angebrachte Stange. Die halten direkt auf das Tempodrom zu, und als sich die Maschine im Tiefflug in das Tempodrom hineinbewegt, springt die Masse auf und jubelt dem Flugzeug zu. Offensichtlich wollten die Piloten nur mal ihren Freunden beim NASCAR Hallo sagen.

Ich bin immer noch leicht geschockt. Mittlerweile dreht die Militärmaschine hinter dem Tempodrom nach rechts aus dem Blickfeld ab. Nach dieser kleinen Überraschungseinlage der US-Armee scheint das Warten bald ein Ende zu haben.

Da fällt mir der schwarze Rennwagen auf, der, abweichend von allen anderen kommerziellen Marken, tatsächlich aus der Rolle fällt: Army. Ich kann's erst gar nicht glauben. Aber dann kommt mir in den Sinn, dass das Militärische, wie eben alles andere in den USA auch, eben auch nur ein Geschäft ist. Während ich so sinniere, schwillt das Rumoren plötzlich bis zum Infernalischen an, und die Zuschauer reißt es jetzt aus ihren Sitzen. Während ich gerade versuche, die einzelnen teilnehmenden Automarken als General Motors, Ford und Chrysler zu unterscheiden, fällt mir auf, dass es sich beim Schrittmacherwagen, hinter dem die Meute der wilden Hunde jetzt zur einleitenden Runde herfährt, um ein serienmäßig aussehendes Fahrzeug der Marke Toyota handelt, das, so scheint es jetzt, von der entfesselten Meute der GMs, Chryslers und Fords gleich gejagt wird.

Welches Theaterstück wird da unten aufgeführt? Ich bin wahrscheinlich der Einzige der etwa 50.000 Zuschauer, der so etwas wahrnimmt. Der Rest sieht ausschließlich die Einfahrrunde und sitzt auf heißen Kohlen, da es endlich losgeht. Interessant wäre es allerdings herauszufinden, welchen Einfluss dieses Bild auf das Unterbewusste der Zuschauermenge macht. Ich bin mir jedenfalls ziemlich sicher, dass die Marketingleute von Toyota sich dieser Symbolik vollkommen bewusst sind.

Jedenfalls holt die Meute das Schrittmacherfahrzeug mit gelbem Blinklicht auf dem Dach natürlich nicht ein. Der Toyota schert aus in die Boxengasse, und das Getöse wird wieder infernalisch. Vor meinen Augen entwickelt sich innerhalb von nicht mehr als dreißig Sekunden ein faszinierendes Schauspiel, denn die Fahrzeuge gehen bei ihrer Kreisfahrt ständig auf engste Tuchfühlung.

Was mir als Nächstes auffällt, ist, dass der schwarze Army-Rennwagen ein ums andere Mal bei diesen nur wenige Runden andauernden Sprints den anderen hinterherfährt. Und auch noch der Wagen mit den meisten Boxenstopps ist. Dieses Spektakel zieht sich etwa eine Stunde hin, nach immer demselben Ritual. Erst vorne das Toyota-Leitfahrzeug. Aufkreischen der Motoren nach der Abfahrt des Toyota in die Boxengasse. Immer dieselben drei, vier Fahrzeuge vorne.

Eigenartig, dieses Rennen. Immer wieder dieser Toyota vorne, dahinter die Meute, Aufheulen, Army als Schlusslicht. Endloses Fahren im Kreis – ohne Ziel, außer am Ende als Erster dazustehen. Wären nicht die haarsträubenden Überholmanöver, wäre das gesamte Renngeschehen nichts anderes als die so treffende Beschreibung in meinem Charlotte-Führer zum Thema NASCAR: „Going nowhere very very FAST."

Derzeit scheint das in den USA jedenfalls nicht nur für NASCAR in Charlotte zu gelten.

Who Killed The Electric Car?, 14. September 2009. Detroit, Michigan.
Landung in Detroit, während ich eine Elektroauto-Fallstudie von 1997 in dem Buch „The Innovator's Dilemma" von Clayton Christensen lese. Staunend erfahre ich, dass niemand anders als GM bereits von 1996-99 als wohl erster Autohersteller weltweit ein vollelektrisches Auto auf dem Markt hatte, den EV1. 1117 Exemplare wurden hergestellt, an Kunden verleast – und ausnahmslos alle wenige Jahre später wieder eingezogen und fast alle verschrottet.

Wieder mal die Schachbrettstruktur von Detroit von oben. Endlos. Diesmal strahlend blauer Himmel, Detroit bleibt trotzdem grau. Im Flughafen kaufe ich mir diesmal ein T-Shirt im GM-Laden mit dem Aufdruck:

GM
Detroit
Since 1908

100 Jahre. Ich komme wieder beim CNBC-Detroit-Newsstand vorbei. Letztes Mal wurde gerade die sich ankündigende Pleite von General Motors diskutiert. Das war im Mai. Diesmal spricht Obama live im Fernsehen übertragen auf *Wall Street-TV*. Es geht um Verantwortung. Change. Auf den Tag ein Jahr nach dem Lehman-Kollaps, mit dem der Wall-Street-Zusammenbruch eingeläutet wurde. Obamas Rede klingt irgendwie hohl. Später höre ich, dass nicht einer der wichtigeren Wall-Street-CEOs im Publikum sitzt. Bezeichnend. Ich kaufe eine *Harvard Business Review* – mit einem Artikel über *Green Innovation*. Außerdem den aktuellen *New Yorker* mit den Ereignissen von vor genau einem Jahr. Und schließlich die Detroiter Tageszeitung sowie mexikanische Hüpfbohnen.

Eine halbe Stunde später bin ich auf dem Highway Richtung Downtown. *Chrysler Highway*. Ich fahre ab und lande auf der

Crooks Road. Crook heißt übrigens auf deutsch „Betrüger". Hier befindet sich unter anderem das Hauptquartier von Delphi – nomen est omen, denn Delphi gehört zu GM und hat angeblich GMs Bankrott mit ausgelöst.

Die Konferenz, zu der ich unterwegs bin, ist natürlich eine Automobilkonferenz. Viel GM. Viel Chrysler. Viel Ford. Genauer gesagt: Autoverbundwerkstoffe. Im Foyer ein Lieferwagen – mit Elektromotor. Gegenüber das andere Ausstellungsstück: ein Sportwagen mit über 400 PS. Eine Corvette. Zwei Autos – zwei Paradigmen der amerikanischen Automobilindustrie.

Vergangenheit und Zukunft?

Das Programm zerfällt in zwei Hälften. *Keynotes* über Leichtbaukomposite für Elektroautos und über Plastikteile für Benzinschlucker. Ein Materialingenieur von Tesla langweilt sein Publikum mit technischen Details. Der Chefingenieur einer Elektroautofirma mit dem bezeichnenden Namen Bright erzählt die Geschichte, wie man die 500.000 weißen sogenannten *utility trucks*, die seit dreißig Jahren unverändert über Amerikas Straßen rollen, auf den neuesten Stand bringen kann. Laptop-Tisch inklusive. Und schließlich der Besitzer von Myers-Motors mit seinen bonbonfarbenen Elektrodreirädern.

Später fahre ich mit einem Ford Escape SUV-Leihwagen zurück zum Flughafen. Ein paar Stunden später sitze ich im Flugzeug.

Ich öffne das Christensen-Buch mit der 1997er Elektrofahrzeugstudie, und als erster Satz springt mir ins Gesicht: „Was wird wohl als initiales Wertschöpfungsnetzwerk für Elektrofahrzeuge entstehen?"

Die Zukunft hat begonnen.

General Motors World Headquarters, 24. September 2009. Detroit, Michigan.

Wieder Detroit. Ich sitze in Tom's Oyster Bar, hundert Meter entfernt vom hochglanzpolierten Turm des GM World Headquarter. Hinter dem GM-Gebäude der See und einige hundert Meter dahinter Kanada. In Sichtweite am Ende der Straße das Greektown-Casino. In Detroit wird das Geld jetzt wohl mit Zockerei verdient. Besser als gar nicht. Auf dem Weg vom Flughafen auf den großen *billboards* Werbung für Detroits Spielkasinos. Von Autowerbung fast nichts zu sehen. Irgendwie scheinen sich alle US-Städte, die finanziell klamm sind, gerade auf *gambling* zu spezialisieren. Die Städte, die nichts vom großen Zocken abkriegen, wie Wall Street oder Charlotte, müssen eben von der Zockerei von Main Street – und dem Leben der normalen Amerikaner mit all seinen Alltagsproblemen – klarkommen. Anstatt Dinge wie Autos oder Kühlschränke herzustellen, wie es früher hier im *rust belt* der USA der Fall war.

Die Tischdecken in Tom's Oyster Bar sind blau-weiß kariert. Hier ist die Welt scheinbar noch in Ordnung. Im Marriott-Hotel, piekfein und mit direkter Verbindung ins GM-Hauptquartier, ist gerade eine private Oktoberfestparty angesagt.

Heute am Flughafen in Detroit musste ich unwillkürlich stehen bleiben – *Time Magazine* titelt ausgerechnet diese Woche: „The Tragedy of Detroit". Jedesmal, wenn ich nach Detroit komme, gibt es etwas Interessantes in den Zeitungen.

Der Kellner ist echt unfreundlich. Sein Kollege, der Afroamerikaner, ist viel netter. Ich bin heute zum ersten Mal in diesem glitzernden Teil von Detroit, in der Kunstwelt um das Hauptquartier von General Motors. Jetzt grabscht der Kellner schon nach meiner Rechnung. Der hat's echt eilig mit dem Kassieren. Eigentlich wollte ich ja noch Nachtisch nehmen nach dem *Lake Superior Whitefish*. Giftig? Der schwarze Kellner hat mir zugeraten. Ruck zuck ist die Rechnung mit meiner Kreditkarte weg. Als ich einen Platz zum Essen haben wollte, war der kahlrasierte Typ nicht so fix.

Heute war ich wieder verblüfft – hier im Restaurant darf man rauchen, fällt mir erst jetzt auf! – also, heute war ich verblüfft, dass man vom Art-Museum in Downtown eine Meile auf der *Woodward Avenue* in Richtung Norden fährt, und man ist nach dem Überqueren einer Schnellstraße bereits in einem heruntergekommenen Viertel mit vielen zugenagelten Fensterscheiben. Das Museum war beleuchtet, weiße Pilaster. Wie das Weiße Haus. Bollwerk der Zivilisation gegen den Abgrund des Verfalls.

Die Größenordnung des Verfalls von Detroit beeindruckt mich. Ich muss an den Film „Roger & Me" von Michael Moore denken, 1989 gedreht. Ich habe ihn mir ein paar Tage nach der GM-Pleite besorgt. Quimets Urteil, er ist selbst nebenberuflich Drehbuchautor: Moores erster und bester Film. Immer noch brandaktuell. Die GM-Produktionsanlage in Flint, Moores Heimatstadt, die dichtgemacht werden soll. Moores Geschichte ist in Detroit angekommen. Ein prophetischer Film.

Jetzt klaut der Kellner meinen Stift. Aber ich schreibe das hier auch mit seinem Kuli. Die Mine vom Bic-Einweg-Druckbleistift ist mal wieder alle. Seine Reaktion auf meine Reaktion: „Wir Kellner greifen uns alles, was wir können."

Beim Aufstehen sehe ich das Foto hinter mir: *„Detroit Boat Club 1958 Rowing Club. Winner US Nationals 1958"*.

Das waren noch Zeiten. Auf dem Bildschirm vor mir verliert der Detroit Baseball-Verein wahrscheinlich gerade wieder mal.

Brother Cornel, 1. Oktober 2009.
Detroit, Michigan.

„Are you Cornel West?"

Der Mann blickt mich schräg von unten, noch über die Mülltonne gebeugt, an. Und dann leise: „I am."

Cornel West ist der führende afroamerikanische Intellektuelle und Humanist der Vereinigten Saaten; er wird auch schon mal *The Smartest Negro On the Planet* genannt. Hauptberuflich Princeton-Professor, nebenbei Berater der „Matrix"-Filmemacher und des Kandidaten Barack Obama. Seinen Klassiker „Race Matters" habe ich seit einigen Monaten zu Hause im Bücherschrank. Das Vorwort aus dem Jahr 2001 beginnt so:

„Die Schwarzen in den USA unterscheiden sich von allen modernen Völkern wegen des beispiellosen Niveaus von unregulierter und hemmungsloser Gewalt gegen sie. Kein anderes Volk wurde systematisch gelehrt, sich selbst zu hassen ... Psychische Gewalt – verstärkt durch die Kräfte des Staates und bürgerlichen Zwangs – zum primären Zweck, ihr Denken zu manipulieren und ihre Arbeitskraft auszunutzen, fast vierhundert Jahre lang ..."

Es endet mit den Worten: „Während wir in das 21. Jahrhundert eintreten, müssen wir die dringenden schwarzen häuslichen Probleme mit dringenden Klassenfragen und Geschlechterfragen miteinander verbinden im Kontext der Firmenglobalisierung auf der ganzen Welt. Wenn Pro-Demokratie-Bewegungen schwächer werden – und Bürger und Arbeiter schwächer werden –, werden Rassenangelegenheiten explodieren. Und wir kennen den hässlichen Kreislauf, der sich daraus ergibt. Wir müssen es besser hinbekommen – aber das geht nur, wenn wir die Vision, den Mut und den Willen haben, es zu machen."

Ich bin ziemlich aufgeregt. „Ich habe Sie schon einmal gesehen, 2002. Im Harvard-Kino. Ich war zu der Zeit Postdoc am MIT."

„Hm. 2002? Unmöglich. Ich war da schon in Jersey, in Princeton."

„Dann 2001."

„Ja, das ist möglich."

Seine Gesichtszüge hellen sich auf.

„Sie waren zusammen mit der berühmten amerikanischen Intellektuellen ..." Ich vergesse immer ihren Namen, jedesmal.

„Oh, Sie meinen Susan. Das kann sein."

Es geht um Susan Sontag. Mein Freund Markus hat mir letztes Jahr sinnigerweise ihre auf deutsch übersetzte Biographie als Abschiedsgeschenk aus Heidelberg mitgegeben. Mittlerweile ist sie gestorben.

„Es war ein Film von einem obskuren deutschen Filmemacher."

„Hm, wer war das noch?"

Cornel West überlegt.

„Ich kann mich nicht erinnern", erwidere ich nach kurzem Überlegen meinerseits. Ich wechsle das Thema.

„Hey, es ist verrückt. Ich bin im August 2001 in die USA gekommen. Und drei Wochen später passiert 9/11. Ich lerne meine Frau kennen. Wir kehren für fünf Jahre zurück nach Europa. Wir kommen zurück im März 2008, und schauen Sie sich an, was seitdem passiert ist."

Ich bin nicht zu bremsen. „Seit wir vor achtzehn Monaten angekommen sind, habe ich ungefähr hundertfünfzig Bücher gekauft."

Er sieht mich an. Amüsiert. Warum erzähle ich das?

„Und ich habe auch Ihr Buch ‚Race Matters' gekauft. Bisher habe ich es nicht gelesen." Dann erdreiste ich mich zu fragen: „Was meinen Sie, sollte ich es lesen?"

Er grinst breit, sodass man seine beiden weit auseinanderstehenden Vorderzähne sehen kann. Er überlegt kurz. „Ich weiß nicht. Das Leben ist kurz", und bricht in ein wieherndes Lachen aus.

Der Mann gefällt mir. Ich fahre fort: „Ich war in Noam Chomskys erster öffentlicher Rede nach 9/11. Und ich war in seiner ersten Rede, nachdem Obama letzten Herbst Präsident geworden war. Und am selben Tag morgens", wieder habe ich den Namen vergessen, „bei dem berühmten südafrikanische Priester."

„Desmond Tutu." Er lächelt mich wieder schräg von unten an.

Er ist immer noch, oder wieder, mit einer Verpackung an der Mülltonne beschäftigt.

„Ja, Desmond Tutu. Er hielt die Eröffnungsrede bei der Greenbuild-Baumesse in Boston. Und am Abend Noam Chomsky."

„Wow! Sie haben echt eine Story zu erzählen." Ohne ironischen Unterton.

„Warten Sie – kann ich ein Autogramm bekommen?" Ich frage sonst nie nach Autogrammen.

Er lächelt. Ich gehe zu meiner Reisetasche. Wir warten offensichtlich beide auf den Flieger nach Newark, New Jersey. Ich hole das *Time Magazine* dieser Woche, das ich gestern gekauft habe, und gehe mit einem Kugelschreiber und dem Heft wieder zu ihm rüber. Da fällt mir ein: Ich habe ja meine Kamera dabei.

Ich lege das *Time Magazine* auf eine der Sitzreihen. „Kann ich auch ein Foto von Ihnen machen?"

„Klar."

Er wartet immer noch geduldig. Ich fingere den Fotoapparat – analog, mit Schwarz-Weiß-Film – aus seinem schwarzen Neoprenbeutel. Inzwischen hat ein junger Mann, wohl ein Student, West angesprochen. Ich höre gerade „... Amy Goodman ..."

Das ist doch die, die die Chomsky-Veranstaltung im letzten November in Boston organisiert hat. Cornel wendet sich an mich. „Wir reden gerade über ‚Democracy Now'. Amys Mutter ist gerade gestern gestorben."

Bald danach verzieht er sich auf eine der völlig leeren Sitzreihen weit hinten in der Wartehalle. Auffallend: Er ist, glaube ich, der erste Flugpassagier, den ich jemals ohne jegliches Gepäck gesehen habe. Nichts. Überhaupt war er mir zuerst durch seine Kleidung aufgefallen. Eine Art schwarzer Frack, ein schwarzer Krawattenschal, weißes Hemd und goldene Manschettenknöpfe. Dazu grauschwarzer Krauskopf – leicht außer Kontrolle. Vollbart. Keine Ahnung, wieso ich wusste, dass er es sein musste. Eigentlich sah er eher aus wie ein Cornel West-Double.

Zum ersten Mal in meinem Leben in den Vereinigten Staaten werde ich als Fluggast „upgegraded" in die Business Class. Wahrscheinlich, weil ich als Letzter eingecheckt habe und das der einzige noch freie Platz war. Cornel West fliegt bestimmt Business, geht es mir durch den Kopf. Als er weg ist, fragt mich die Frau, die die Aufnahmen gemacht hat und inzwischen wieder auf ihrem Platz sitzt: „Wer war das? Ist der berühmt?"

„Er ist der wichtigste afroamerikanische Intellektuelle", erwidere ich.

Etwa zehn Minuten später werden die Passagiere der Business Class zum Boarding aufgerufen. Und tatsächlich, Cornel West marschiert als einer der ersten die Gangway hinunter. Ich habe den Sitzplatz direkt vor ihm. So ein Zufall! Ich beschließe, den Mann in Ruhe zu lassen. Auch wenn mir der Gedanke sehr schwerfällt. Wie gerne würde ich mit der Frau neben ihm den Sitzplatz tauschen und ihn mit Fragen bombardieren. Ich vermute, er kommt von einem Vortrag in Detroit, ist müde und hat keine Lust, von irgendwelchen Spinnern vollgetextet zu werden. Womöglich noch mit denselben Fragen, auf die er sowieso dauernd antworten muss.

Er hat Glück. Die Dame neben ihm lässt ihn in Ruhe – vermutlich hat sie sowieso keine Ahnung, wer neben ihr sitzt.

Angesetzte Flugdauer: eine Stunde dreiundzwanzig Minuten. Mir brennen so viele Fragen auf meinen Lippen, dass mir der Kopf schwirrt:

„Was denken Sie über die gegenwärtige Situation in den USA? Obama? Detroit? Black America?"

Wie oft er wohl schon auf diese Fragen geantwortet hat? Das Autogramm! Ich habe sein Autogramm nicht bekommen. Aber ich habe ja die Fotos. Egal. Ich werde mich jetzt nicht umdrehen, über den Sitz gucken und ihm den Stift und das Magazin ins Gesicht halten. Nein, das werde ich nicht tun. Ich bin wirklich glücklich. Aufgeregt. Schon merkwürdig – ich hatte sowieso vorgehabt, mich in diesem Buch mit der Figur Cornel West auseinanderzusetzen. Und jetzt sitze ich im Flugzeug vor ihm. Die Stewardess war inzwischen schon zwei Mal wegen der Getränke da. Kein Durst.

Der Typ neben mir, ein graumelierter Herr so Ende fünfzig, liest den neuesten Dan Brown. Angeblich sind schon ein paar Monate nach dem Erscheinen über fünf Millionen Exemplare verkauft. Ich sehe aus dem Fenster. Es ist dunkel draußen. Lichter. Manchmal von Wolken verdeckt. Ich döse etwas vor mich hin. Durch die Aufregung habe ich gar nicht bemerkt, dass ich eigentlich recht müde bin, nachdem ich heute mit dem Wagen von Detroit aus durch drei Bundesstaaten, Michigan, Ohio und Illinois, gefahren und wieder zurückgekommen bin. Quer durch den *rust belt*.

Mit dem Kopf lehne ich mich gegen eins dieser billigen weißen Flugzeugkopfkissen, das wiederum gegen die Cockpitwand gedrückt wird. Jetzt richte ich meine Kopf kurz auf, und zack! Das Kopfkissen verschwindet nach hinten. Ich überlege. Soll ich mich umdrehen und Cornel West nach meinem Kopfkissen fragen? Ich komme mir albern vor. Warte. Ich entscheide, dass es mindestens genauso albern ist, so zu tun, als hätte ich nichts bemerkt. Als die Stewardess weggeht, drehe ich mich um und beuge mich nach hinten. In der Business Class kann man das gut. Ich treffe auf ein breites Grinsen mit einer Zahnlücke in der Mitte der oberen Zahnreihe. Cornel West streckt mir mit einem meckernden Lachen mein Kopfkissen entgegen.

„Here."

„Thanks."

Einige Augenblicke später beuge ich mich diesmal über den Sitz und grinse West breit an.

„Kann ich noch das Autogramm bekommen?"

„Klar."

Er lacht wieder sein freundliches, warmes, meckerndes Lachen, und seine Augen funkeln gutmütig im Takt. Ich reiche ihm das *Time Magazine* mit besagtem Titel durch den Ritz zwischen den beiden Sitzen.

„What's your name?", höre ich von hinten.

Ich beuge mich wieder zu ihm. „Gero – dschi, ai, ar, ou."

Es dauert etwa zwei Minuten.

„Hey!" Und er reicht mir das Heft über den Sitz zurück. Ich nehme es entgegen.

Ein paar Augenblicke später drehe ich mich noch einmal um. „Das ist das erste Mal in meinem Leben, dass ich jemand um ein Interview bitte ..."

Interview?

„... äh – Autogramm."

Prompte Antwort seinerseits: „Oh, das ehrt mich."

Ohne jeglichen ironischen Unterton.

„Nein, die Ehre ist auf meiner Seite", höre ich mich sagen.

Jetzt fällt mein Blick auf das *Time*-Heft. Ich musste nichts sagen. Cornel West hat seine Widmung mittig zwischen

TIME und der Überschrift *The Tragedy of Detroit* platziert:

For Bro Gero
Stay Strong
Love
Cl Wt

Ich bin wirklich gerührt. Das Flugzeug ist mittlerweile gelandet. Ich drehe mich um. Reiche meine Hand zwischen den beiden Sitzen hindurch, wo meine Hand schon von Cornel Wests weicher Hand erwartet wird. Wieder das freundliche Lachen.

„Good bye – and thank you so much!“

Er legt seine zweite Hand auf meine und umschließt meine Hand mit beiden Händen. „Good bye, Gero – and stay strong!“ Freundliches Blitzen aus seinen quicklebendigen Augen.

„You stay strong, too.“

Ich mag den Ausdruck. Ich mag Cornel West.

Ich hole meine Tasche aus der Gepäckbox über dem Sitz und verlasse das Flugzeug Richtung Gepäckausgabe. Cornel West taucht nicht auf. Ich wusste es. *Brother* Cornel reist ohne Gepäck.

Später erfahre ich, dass er an dem Abend in Detroit seine Autobiographie vorgestellt hat.

Tesla, 2. Oktober 2009.
Manhattan, New York.

Noch benommen von dieser Begegnung sitze ich in einem gelben Taxi auf dem Weg vom Newark-Flughafen nach Manhattan. Es war der letzte Flug von Detroit nach New York, es ist mittlerweile nach elf. Der Verkehr hält sich in Grenzen, und mein schwarzer Taxifahrer kann in seinem alten Ford ordentlich Gas geben. Er redet mit der Frau an der Kasse vor dem Bezahltunnel wie mit einer alten Freundin. Ich glaube, sie verabreden sich wirklich zu einem Date.

Der Taxifahrer brettert durch die Straßen von Manhattan, und obwohl ich in New York immer Kribbeln im Bauch bekomme, so auch jetzt, schlafe ich doch fast ein. Schließlich werde ich vor dem Hotel Marrakesh in der Upper West Side abgesetzt. Ich stehe mit meinem großen blauen Hartschalenkoffer vor dem schmalen Eingang unter dem roten Baldachin. Wie so oft in New York befindet sich die Rezeption im ersten Stock, ich muss das sperrige Ding also die Treppe hochschleifen.

Halbdunkel. Das Ambiente ist wohl stark auf Marokko getrimmt. Bequeme Sessel, Wasserpfeifen sehe ich allerdings keine. Der nette Typ an der Rezeption gibt mir den Zimmerschlüssel. Das Hotel hat keinen Aufzug, stattdessen gibt es eine extrem steile und enge Treppe, und natürlich muss ich gleich drei Stockwerke hochgehen. Auf jedem Treppenabsatz muss ich eine Pause machen. Dieser blöde blaue Koffer. Dann muss ich über mich selbst lachen. Das Ding ist echt ein Monstrum. Aber es muss mit, damit ich potenziellen Kunden die Leichtbau-Naturfaser-Innenverkleidung zeigen kann. Bei diesem Samsonite-Koffer ist allerdings von Leichtbau wenig zu spüren. Schließlich bin ich auf meiner Etage angelangt und schließe mein Zimmer auf.

Ich stehe in einem winzigen Zimmer. Es riecht schlecht, und der Koffer nimmt fast den ganzen vorhandenen Platz außerhalb des Bettes ein. Jetzt erst mal etwas zu Abend essen. Nach ein paar Minuten auf dem Broadway habe ich eine italienische Pizzeria aufgetan. Es ist mittlerweile Mitternacht, doch hier ist noch gut Betrieb, wahrscheinlich auch weil es der einzige Laden hier in der Gegend zu sein scheint, der noch aufhat. Bald habe ich mein fettiges Stück Margherita-Pizza runtergeschlungen und bin wieder auf der steilen Treppe zu meinem Zimmer unterwegs.

Ein paar Minuten später bin ich im Bett und versinke in einen tiefen, traumlosen Schlaf, trotz des Gebrumms der Klimaanlage. Diese hier ist eine von der hartnäckigen Sorte, die sich offensichtlich nur zentral abstellen lässt.

Am nächsten Morgen habe ich noch etwas Zeit bis zu meinem Geschäftstreffen, und so beschließe ich, mich vom Taxifahrer unterwegs am Metropolitan Museum absetzen zu lassen, da dort derzeit eine Ausstellung meines Lieblingsmalers Vermeer stattfindet. Allzu viel Zeit kann mich das nicht kosten, da ich weiß, dass nur noch weniger als dreißig Gemälde des niederländischen Meisters existieren. Unter anderem soll auch die „Dienstmagd mit Milchkrug" ausgestellt sein. Ich muss da unbedingt hin.

Mein Taxifahrer fällt mir erst auf, als ich ihn dabei beobachte, wie er während der Fahrt in einem Buch liest. Mitten im chaotischen morgendlichen Verkehr von Manhattan während der Fahrt ein Buch zu lesen, während hinten drin ein Fahrgast sitzt – Respekt. Der Mann beginnt mich zu interessieren. Ich fange an, ihn zu beobachten. Er hat einen langen grauen Vollbart, und jetzt kann ich erkennen, dass er laut liest. Bei dem Buch handelt es sich um ein völlig abgegriffenes Exemplar mit einem schwarzen Einband. Eine Bibel?

„Excuse me, Sir, what are you reading?", frage ich, als er das Buch für einen kurzen Moment vor die Windschutzscheibe klemmt. Der Fahrer dreht seinen Kopf etwas zu mir, sodass ich seine riesigen viereckigen Brillengläser sehen kann.

„Da beibal."

Ich will ihn eigentlich bei seiner Lektüre, oder soll ich sagen seiner Meditation, nicht stören. Ich tippe auf orthodox.

„I'm a rrrussiaan orthodox. Dis is de riel belief. Evriting els is falsss. Fromm de dievil. De world is fromm de dievil. Yu hav to täk de riel belief. Like me. Adawise you cannot be saved. Look araaund in dis city. Id's from de dievil."

Ich habe Schwierigkeiten, ihm zu folgen. Jetzt redet er in einem fort. Immerhin kann ich ihn zwischendurch fragen, wo er ursprünglich herkommt.

„I'm frromm Russia. I cam here thirrty yers ago. I'm jewish."

Moment mal, hat er mir nicht gerade lang und breit erzählt, dass russisch-orthodox der einzige Weg zum Heil ist?

„I wass jewish – but I becam ortadox meny yerrs ago. Dads de only wee to get to heven. De rest is from de dievil. Lok around yu – evriting from de dievil. De life down her iss not de reell life. You need to change, my frrent. I kän help yu."

Die Szene verwandelt sich in eine Missionierung auf Rädern.

„Rrreet de book. It's all in dere. It's all in da beibal. Ortedox is de riel belief. Te rest is from de dievil ..."

Wieder ergießt sich ein Wortschwall über mich, dem ich nur mühsam folgen kann. Es geht jetzt viel um Heilige. Ich gebe mir Mühe, seinen Gedanken zu folgen, aber es ist, als hätte jemand Schleusentore geöffnet. Der Mann, der mich wortlos in sein Taxi hat einsteigen lassen und der so vertieft in seine Bibel war, ist nicht mehr wiederzuerkennen.

„Cam to my house. I hav many buks."

„Where do you live?"

„In de Brrronnxx. Cam dere and I show yu my buks. I hav many buks. I will help yu to get de riel belief."

„And de rest is off de dievil", füge ich in Gedanken an. Mittlerweile hat er vor dem Metropolitan Museum angehalten.

„And dis", er zeigt auf den Eingang des Museums, „dis is off de dievil. Lok arrround hierrrr – everyding off de dievil."

Zum Schluss lasse ich mir von ihm noch seine Telefonnummer geben. Er sieht sehr zufrieden aus.

„Com vissitt mie, I scho yu mei buks."

Ich hieve meinen Riesenkoffer aus seinem Kofferraum und verabschiede mich. Der Mann meint es wirklich gut mit mir.

Ich drehe mich um und fange an, den Koffer die Stufen hochzuschleppen. Ich bin gerade auf halber Höhe, als mir aus dem Eingang ein Uniformierter entgegengerannt kommt und eigenartige Handbewegungen macht. Nach wenigen Augenblicken ist mir klar, was er meint: Mit deinem Koffer kommst du hier nicht rein, mein Lieber! Schlagartig wird mir bewusst, dass ich natürlich mit meinem Koffer genau wie jemand aussehe, der das Metropolitan in die Luft sprengen will. Er hört erst auf, wild zu gestikulieren, als ich mich anschicke, wieder die Treppe hinunterzusteigen. Einen ansatzweisen Verhandlungsversuch meinerseits hat er mit einer schroffen Handbewegung sofort im Keim erstickt. So ein Mist. Was mache ich denn jetzt? Stehen lassen kann ich den Koffer hier nicht – es gibt nur eine Lösung: Koffer wieder zurück in mein Hotel. Jedes andere Hotel hier würde mich ebenfalls als potenziellen Bombenleger betrachten. Das wird zwar meine Aufenthaltsdauer im Museum stark abkürzen, aber besser als gar kein Vermeer. Als ich dem nächsten Taxifahrer sage, dass er mich zum Hotel Marrakesh bringen soll, lacht er auf: „I'm from Marrakesh!"

Er ist vielleicht Ende zwanzig und hat eins von den hippen Pseudo-Militärkäppis auf. Obwohl er aus Marrakesch ist, kennt er das Hotel nicht, aber mit der Adresse ist das Problem schnell vom Tisch.

„Wann sind Sie hergekommen?"

„1999. Ich bin zum Studieren gekommen, aber ich endete als Kellner. Es war eine gute Zeit. Sehr gut. Ich arbeitete in einem sehr guten Restaurant. Da, wo die Wall-Street-Typen hingingen. Mann, ich sage Ihnen. Wir haben bergeweise Trinkgelder kassiert. Berge. Diese Typen hatten oft Rechnungen von zehntausend Dollar. Und sie waren mit uns Kellnern sehr großzügig, sehr großzügig. Das waren die guten Zeiten. Aber ich sage Ihnen, all das hörte auf mit 9/11."

Er wirft mir einen intensiven Blick durch den Rückspiegel zu. „Irgendwann musste die Zeit zu Ende sein. Sie kam nie zurück."

„Aber es wurde besser, bevor wir die jetzige Krise hatten, oder?"

„Ja, es wurde besser, aber es war nie mehr dasselbe. Ich meine, die ganze Haltung dieser Leute zum Thema Abendessen hatte sich verändert. Ja, die Rechnungen waren immer noch hoch, aber keine Weine mehr für ein paar tausend Dollar und diese ganzen Sachen. Ich meine, es war immer noch gut. Aber nichts im Vergleich zu vor 9/11."

„Also fingen Sie stattdessen an, Taxi zu fahren?"

„Na ja, jetzt will ich zurück zur Uni. Elektroingenieurwesen. Wissen Sie, das ist es, was ich immer machen wollte. Aber erst brauche ich das Geld zum Studieren."

Rashid wartet auf mich, während ich den Koffer – wieder – die enge Treppe zur Rezeption hochschleppe. Der Typ am Tresen blickt mich verwundert an. „Sie schon wieder?"

Ich schildere ihm die Situation. Er lacht. „Kein Problem, holen Sie das gute Stück einfach später ab."

Einige Minuten später bin ich wieder auf der Treppe vom Metropolitan, und diesmal nimmt derselbe Uniformierte noch nicht mal Notiz von mir. Da das Metropolitan Museum ein wirklich sehr großes Museum ist und ich jetzt wirklich nur sehr wenig Zeit habe, gehe ich auf direktem Weg zur Vermeer-Ausstellung, die bereits sehr gut besucht ist.

Ein Schild am Eingang klärt auf: „Das ‚Milchmädchen' wurde dem Metropolitan Museum of Art vom Rjiksmuseum Amsterdam anlässlich des 400. Jahrestages der Ankunft von Henry Hudson auf Manhattan Island im Jahr 1609 ausgeliehen. Das ‚Milchmädchen' war in Amerika nur einmal vorher, in der Ausstellung ‚Masterpieces of Art' bei der New Yorker Weltausstellung 1939-40. Deutschlands Besetzung der Niederlande verzögerte die Rückkehr des Gemäldes bis 1945 ..."

Wie ich mich wenige Augenblicke später selbst überzeugen kann, ist das Bild tatsächlich magisch.

Wir hatten uns für ein Uhr verabredet, ich bin also noch deutlich zu früh dran. Liora Manné ist eine Filz-Designerin, die ich vor einigen Monaten auf einer Konferenz kennengelernt habe. Sie kreiert wunderschöne farbige Teppiche und Wandbehänge mit einer ganz speziellen Technik. Wir wollen uns über ein gemeinsames Projekt – Möbel aus Filz – unterhalten. Ich freue mich auf das Treffen. Liora sprüht vor Ideen und ist einfach insgesamt eine liebenswürdige Erscheinung. Sie ist etwa Mitte fünfzig, mit einem leichten Akzent, den ich aber bisher nicht einordnen konnte. Vielleicht französisch? Der Nachname würde ja passen. Liora hat ihr Studio im New Yorker Stadtteil Chelsea. Das Taxi setzt mich vor ihrem Studio ab. Ich habe noch fast eine Stunde Zeit – blöd, dass ich wieder den blauen Riesen-Musterkoffer mit dabei habe. Egal. Ich entscheide mich spontan, nach rechts zu gehen.

Nach einer Weile traue ich meinen Augen kaum: Auf der gegenüberliegenden Straßenseite sehe ich inmitten der Galerien das folgende Logo: *TESLA*.

Doch nicht *dieser* Tesla? Der Elektrosportwagen, der in drei Sekunden von null auf hundert beschleunigt? Eine Bekannte von mir hat ihren ersten Tesla vor einigen Monaten auf einer Straße in San Francisco gesehen. Sie erzählte mir: „Und weißt du, woran ich erkannt habe, dass es ein Tesla war? Ich habe nichts gehört, als er von der Ampel beschleunigt hat. Ich war verblüfft. Was für ein Auto!"

Das ist ja wohl ein Witz hier. Vom Namen her könnte es natürlich einfach eine Galerie sein, die Tesla heißt. Einfach benannt nach dem ungaro-amerikanischen Physikgenie, dem großen Visionär des elektrischen Zeitalters, der von einigen Experten für eines der größten Genies überhaupt gehalten wird, in derselben Liga mit Leuten wie Leonardo. Vielleicht heißt hier einfach jemand Tesla, zufällig. Aber das Logo!

Ich überquere die Straße. Es handelt sich um eine der kleinen Seitenstraßen in Lower Manhattan, die sich auch mit sperrigen Gepäckstücken bequem überqueren lassen. Auf der anderen Seite angelangt, stehe ich schon fast vor dem Schaufenster des winzigen Ladens, der irgendwie etwas von der Aufmachung eines Apple-Ladens hat. Vielleicht war ich in der letzten Zeit einfach zu viel in Detroit. Ich komme mir vor wie auf einem anderen Planeten. Jetzt besteht kein Zweifel mehr: Ich kann in den Laden reingucken, und etwas weiter hinten steht – ein weinroter Tesla-Roadster! Was ist noch zu sehen? Eigentlich nicht allzu viel: nur ein riesengroßer brauner Dobermann. Und zwei Typen, von denen der eine gerade hinten in der Ecke beschäftigt ist.

Ich öffne die Ladentür und stehe schon mitten im Raum. Es riecht frisch gestrichen. Die vorherrschende Farbe ist hier ein sehr helles Grün. Freundlich begrüßt mich der eine der beiden. Vom Habitus her hat er nichts von einem Autoverkäufer. Der Riesen-Dobermann beschnuppert mich. Ich bin kein Dobermann-Freund, was mich aber beruhigt, ist sein aristokratischer Habitus, leicht gelangweilter *Gentleman*. Wahrscheinlich alter englischer Landadel. Gerade hat er sich neben dem Roadster aufgepflanzt. Gleich wird er die Tatze heben, den Verschlag des Cabrios öffnen und am Steuer Platz nehmen. Mit der bedienerfreundlichen Automatik ist er wahrscheinlich bestens vertraut.

Das Fahrzeug ist extrem niedrig und kompakt. Neben dem Fahrzeug ist eine Tafel angebracht, die erklärt, dass es sich bei dem ausgestellten Fahrzeug um einen der beiden ersten original Tesla-Prototypen aus dem Jahr 2006 handelt. Das ist also hier sozusagen gleichzeitig auch das Tesla-Museum. Bisher haben die beiden Verkäufer mich völlig in Ruhe gelassen. Der eine macht etwas hinter seinem riesigen Apple-Bildschirm, und der andere schraubt an einer ultra-modernen Design-Kommode herum, die er offenbar gerade aufbaut. Soweit ich es beurteilen kann, handelt es sich hier nicht um Ikea, sondern um sündhaft-teures Designer-Interieur. Auf einer Anrichte steht eine Espressomaschine edler Bauart, daneben ein paar kleinformatige Prospekte. Eigentlich hat das Ganze hier mehr von einer Edelboutique als von einem Apple-Store. Bis auf Auto, Hund und die beiden Typen, beide etwa Mitte zwanzig, ist der Laden leer.

Ich spreche den mit dem Möbel Beschäftigten an. Wir kommen ins Gespräch, und jetzt werde ich zum Verkäufer. Ich weiß nicht, was mich reitet, aber in diesem Augenblick schlüpfe ich in meine Rolle als Vertreter für ultraleichte Automobilbauteile aus Naturfasern und öffne meinen blauen Koffer. Wozu schleppe ich den schließlich dauernd mit?

Der Möbelbauer kriegt große Augen. Und ich erzähle ihm von meiner Vision, die ich schon seit einigen Monaten habe, dass der Tesla eine ebensolche Innenverkleidung bekommen würde. Es stellt sich heraus, dass der Möbelbauer eher ein Ingenieur als ein Verkäufer ist. Er betastet das Bauteil und bewundert seine Leichtigkeit.

„Sie müssen wirklich mit unseren Ingenieuren reden. Das ist faszinierend."

Das habe ich bereits, in Detroit.

Jedenfalls eine witzige Verkaufssituation. „Wie viele Teslas verkauft ihr momentan hier im Laden?"

„Einen pro Woche."

Keine zehn Minuten später stehe ich in Lioras Atelier im 25. Stock und lasse mir ihre Filzkunstwerke zeigen. Jedes dieser Stücke ist mühsame Handarbeit. „Wir kreieren die Designs hier, und alles andere wird in unserer Werkstatt in China erledigt."

Am Ende schickt sie mich noch in eine Galerie: „Mein Freund Frank Stella, kennst du ihn? Wir sind zusammen zur Schule gegangen, er hat eine Ausstellung in einer Galerie mit dem Namen Paul Kasmin. Es ist gleich um die Ecke."

Wenig später betrachte ich seine meterhohen bunt-explosiven Metallskulpturen aus dem Jahr 2008. Von dem 1936 geborenen New Yorker Künstler Frank Stella ist folgender Satz überliefert: „Das Einzige, was ich will, was jemand von meinen Arbeiten mitbekommen soll, ist die Tatsache, dass du die gesamte Idee ohne jegliche Konfusion erfassen kannst. Was du siehst, ist was du siehst."

Was ich hier sehe, sind knallbunte meterhohe bunt-explosive Metallskulpturen.

The End of History, 8. Oktober 2009.
Detroit, Michigan.

Ich bin im Flughafen von Charlotte und trinke Kaffee bei Starbucks. Mein Blick fällt auf das Titelblatt der Zeitschrift *Fortune:* „A Special Report – GM – Do or Die", plus: „Betting the House on the Chevy Volt".

Ich bin mal wieder, wie so oft in der letzten Zeit, auf dem Weg nach Detroit. Ein bisschen komme ich mir dabei immer vor wie bei einer Zeitreise: Von Amerikas Zukunft in die Vergangenheit.

Kurze Zeit später sitze ich im Flugzeug, der Typ in der Reihe vor mir liest *USA Today*. Ich lese die Titelzeile „Housing Aid Draws Crowd in Detroit". Im Artikel steht der Satz „... in einer Stadt, in der einer von vier Erwachsenen arbeitslos ist ..."

Ich blicke aus dem Fenster und sehe einen Schmetterling neben dem rollenden Flugzeug herfliegen. Wie zart und klein er ist. Das Wunder des Fliegens. Wenig später sind wir in der Luft. Ich sehe Charlotte Downtown von oben. Die beiden Türme der Bank of America – ich nenne sie immer Dick und Doof –, und direkt darum Wald. Und Baumschneisen. Großbaustellen erkennt man aus der Luft an der roten Erde.

Sonne, keine rechten Winkel, sattes Grün – angenehm fürs Auge. Der Flug geht über die Appalachen bei Sonnenaufgang. Bisher waren die Appalachen für mich immer eine abstrakte Hügelkette auf der Landkarte der USA gewesen. Ab und zu sieht man stecknadelkopfgroß vereinzelte Häuser. Wovon leben die Menschen hier? Dazwischen gelbe Flecken. Das dürfte das berüchtigte *Mountaintop Coal Mining* sein, bei dem ganz einfach der obere Teil von Bergen weggesprengt und so die Kohle auf praktische Art freigelegt wird.

Bei diesem Flug wird mir wieder einmal klar: Amerika ist *small town*. Nach einer Stunde über den Appalachen ein wenig Abwechslung. Ist das nicht der Ohio River, auf dem der Nebel sitzt? Die erste Stadt seit einer halben Stunde, am Fluss. Mit Kraftwerk. So wurde und wird besiedelt. Weitere Kraftwerke am Fluss. Und Wald, viel Wald. West Virginia? Vereinzelte Häuser. Hill Billys. Natur, Bäume, Siedlungen, Endlosigkeit.

Einmal sehe ich eine Ansammlung von ein paar Häusern in der Mitte eines etwa fünfzig Kilometer langen und zwanzig Kilometer breiten Hochtales. Auf zwei Seiten umgeben von den bewaldeten Appalachen. Ultimative Einsamkeit. Das da unten ist eine der ärmsten und zurückgebliebensten Gegenden der Vereinigten Staaten. Das hatte mir neulich mein Bekannter Greg, den wir an einem Parkplatz neben dem Appalachian Trail getroffen haben, erzählt. Die Leute in den Appalachendörfern haben teilweise in ihrem ganzen Leben noch keinen Fremden gesehen. Hier ist der Fernseher noch – wie in entlegenen Gebieten auf anderen Kontinenten – das Fenster zur Welt. Geradezu bestürzend die Entfernung zwischen diesen vereinzelten Ansammlungen von Häusern, selbst aus zehn Kilometern Höhe. Teilweise fliegen wir zehn Minuten, ohne dass ich ein einziges Haus in den dicht bewaldeten Hügeln ausmachen kann.

Die Landschaft ist von berückender Schönheit. Die Morgensonne taucht sie in klares Licht. Ich muss daran denken, was Bono, der Kopf von U2, am Sonntag in der *New York Times* geschrieben hat: Seit Obama Präsident geworden ist, seien die USA auf dem Marken-Index aller Länder von Platz sieben auf Platz eins aufgestiegen. Der größte Sprung, den ein Land jemals auf dieser Liste gemacht hat. Interessante Betrachtungsweise. Und Bono hält sich das mit ziemlicher Sicherheit auch mit selbst zugute – schließlich hat er ja bei der Vorfeier am Sonntag vor der Inauguration von Obama am Lincoln Memorial in Washington ordentlich abgerockt.

Aus dieser Vogelperspektive sind die USA wirklich *small town*. Wenn überhaupt *town*. Was heißt eigentlich Demokratie, wenn Staatsbürger vereinzelt in bewaldeten Hügeln und Bergen hocken? Und jeder Tag aufs Neue Kampf ums Dasein bedeutet? Wo entstehen eigentlich Städte? Am Fluss. Am See. Am Meer. Da, wo Wasser ist. Oder an der Kreuzung von Handelsrouten. Wie im Fall von Charlotte, das an der Kreuzung zweier Indianerhandelspfade entstand und sich ein paar hundert Jahre später – heimlich, heimlich – zum eigentlichen finanziellen Herzen der Vereinigten Staaten hochgearbeitet hat. Begrünten Lebensraum gibt es da unten jedenfalls in Hülle und Fülle. Sozusagen die eiserne Reserve.

Langsam ändert sich jetzt das Muster unter uns. Der Wald wird ab und zu durchzogen von langen Bändern, Straßen oder Schneisen für Oberleitungen im Wald. Wie bei einem Escher-Bild geht das Organische von einzelnen Linien immer mehr in geometrische Formen über. Bis nach einer weiteren Viertelstunde Flug die Transformation in gigantische, von Baumbeständen durchzogene Felder stattgefunden hat. Plötzlich wird mir schlagartig klar, dass das da unten nicht mehr Natur-, sondern Kulturlandschaft ist. Ich habe soeben gewissermaßen die Besiedelungsgeschichte des amerikanischen Kontinents durch die Europäer im Zeitraffer nachvollzogen.

Hier wird mir klar: Das Land ist zu groß für Bürgerkriege. Mir fällt auch auf, dass die Felder die Sonnenstrahlen reflektieren. Eben, als das noch alles Wald war, war das nicht der Fall. Jetzt der erste Ort mitten in den riesigen Feldparzellen. Die Felder sehen aus wie ein rasierter Bart. Der Vollbart der Bäume ist ab, Zivilisation beginnt. Ich muss an den russisch-orthodoxen Taxifahrer in New York denken: „Ein Mann rasiert sich nicht!“, hatte der mir auf den Weg gegeben.

Eine Minute später: Ein Seeufer ist in Sicht, eine Lagune im azurblauen See. Am Seeufer die größte Stadt, seit wir vor mehr als einer Stunde in Charlotte losgeflogen sind: Venedig am See. Die ersten Wolken auf dem Flug unter uns. Der See ist verdeckt. Aber nur einen Moment. Inseln im tiefblauen Wasser. Eine einzelne fast kreisrunde Insel mit Bäumen. Eine Laune der Natur.

Zwei Minuten später haben wir den See hinter uns und nähern uns Detroit. Graue Wolken. Die ganze Stadt liegt unter dichten grauen Wolken. Links von uns scheint die Sonne auf den See und die Felder. Dann ein Fabrikschornstein. Ein neues visuelles Element in der Textur der Landschaft. Marschland.

Fliegen hilft für den Überblick. Flache Sonnenstrahlen, eine Grube, Tagebau. Der erste Highway seit Charlotte. Die Häusermuster beginnen, die ersten seit Charlotte. Im Unterschied zur organischen Struktur der uniformen Häuseransammlung im (Ur-)Wald von Charlotte sind das hier Quadrate. Quadrate mit Häusern innen und Bäumen außen. Die Linien der Quadrate sind die Straßen. Wieder Escher. Quadrate aus Teer. In Charlotte kann noch vergleichsweise viel geteert werden. Die Stadt ist sozusagen unter Bäumen versteckt. Nur die paar Wolkenkratzer der Bank of America ragen heraus, wie um zu sagen: hier Stadt. Unter uns hier sagen die Baumgruppen: hier – sogar – Natur.

Neulich habe ich eine Marktstudie über Asphaltverbrauch in den Vereinigten Staaten gesehen. Der Süden ist der größte Teerkonsument des Landes. Es ist alles eine Frage der Zeit: Hier in Detroit ist schon alles geteert. Das explosionsartige Wachstum von Charlotte von 200.000 Einwohnern auf 700.000 im letzten Jahrzehnt. Detroit dagegen schrumpft. Hat von etwa einer Million ca. 100.000 Einwohner in den letzten zehn Jahren verloren. Wie die Zugvögel sind die meisten gen Süden, in die Sonne und zu neuen Futterstellen aufgebrochen. In Städten wie Charlotte, North Carolina gibt es dagegen Wachstum, von außen nach innen. Quadrate aus Häusern, rechtwinklig durchschnitten von Straßen. Hier hat jemand die alten Römer studiert. Halt, hier ist eine Straße, die schräg schneidet. Was soll das? Häuser in perfektem Reih und Glied. Der amerikanische Traum in der Sardinendose. So weit das Auge reicht, bis an den Horizont.

Verkehrsadern. Die Quadrate werden größer. Graue Dächer, graue Straßen, grauer Asphalt, bleierne Wolken. Dunst. Kein Leuchten. Die Abwesenheit von Farbe. Das Nachbild der leuchtenden Appalachen im Morgenlicht noch auf der Retina. Die Adern leben. Verkehr. Sonnenstrahlen brechen durch die Wolken und bilden drei runde Flecken über der Stadt: Scheinwerfer auf eine trübe Brühe. Golden glänzende Flächen in einem grauen Meer.

MOTOWN – Detroit.

Straßen überall. Ist das der amerikanische Albtraum, oder ist das schon Armageddon? Am Fluss die Flamme einer Raffinerie, als einziger Farbtupfer. Fabrikschlote. Dann bunte Bäume. Es ist Herbst. Golfplatz. Es hat geregnet. Tennisplätze. Footballfeld.

Das Fahrwerk wird ausgefahren. Der alte Mann auf der anderen Seite des Gangs schläft wieder. Die Frau hinter ihm, die sich vorhin rührend um ihn gekümmert hat, eine Verwandte? Die Tochter? Gelbes Laub. Autos. Schrottplatz voller Laster. Lagerhäuser. Morgenrot und zwei Schornsteine am Horizont. Ein Ruck. Landung. Die Stimme der Stewardess aus dem Bordlautsprecher: „Ladies and gentlemen, we would like to welcome you in Detroit. We appreciate your business." Ich bin immer wieder erstaunt: Fliegen ist in den USA die perfekte Logistik. Der Mensch als Kunde und als verschiffte Ware in einem.

Heute ist übrigens der 20. Jahrestag des „fall of communism in Europe". Merkwürdige Fügung. Ich muss daran denken, wie der amerikanische Princeton-Intellektuelle Francis Fukuyama 1989 mit seinem Essay und dem wenig später erschienenen Buch mit dem vielsagenden Titel „Das Ende der Geschichte" sozusagen die Mission der Menschheit im gesellschaftlichen Sinne mit dem Sieg des Kapitalismus über den Kommunismus als erfüllt erklärt hatte und damit Anfang der Neunziger für viel Debattenstoff gesorgt hatte. Als historisch Interessierter fand ich allein den Titel damals einfach anmaßend. Es lohnt sich allerdings, seinen im Journal *The National Interest* publizierten Originalartikel aus heutiger Perspektive zu lesen. Seine berühmt-berüchtigte Hauptthese: Geschichtliches Endziel: liberale Demokratie à la USA. Sein damaliger Essay schließt dann allerdings mit den merkwürdigen Worten:

„Das Ende der Geschichte wird eine sehr traurige Zeit sein. Der Kampf um Anerkennung, die Bereitschaft, sein Leben für ein rein abstraktes Ziel zu riskieren, der weltweite ideologische Kampf, der Wagemut, Tapferkeit, Vorstellungskraft und Idealismus hervorbrachte, wird ersetzt werden durch wirtschaftliches

Kalkül, das endlose Lösen technischer Probleme, Umweltsorgen und die Befriedigung komplexer Konsumentenbedürfnisse. In der post-historischen Phase wird es weder Kunst noch Philosophie geben, sondern lediglich das ewige sich Kümmern um das Museum der menschlichen Geschichte. Ich kann in mir selbst eine mächtige Nostalgie wahrnehmen – und sehe sie in anderen um mich herum – nach der Zeit, als Geschichte existierte. Diese Nostalgie wird in der Tat – auch in der post-historischen Welt – noch einige Zeit weiterhin Konkurrenzkampf und Konflikte befeuern. Obwohl ich ihre Unvermeidbarkeit anerkenne, habe ich höchst ambivalente Gefühle für die Zivilisation, die in Europa inklusive ihrer nordatlantischen und asiatischen Ableger seit 1945 erschaffen worden ist.

Vielleicht wird genau diese Aussicht auf Jahrhunderte von Langeweile am Ende der Geschichte dazu beitragen, das Räderwerk der Geschichte aufs Neue beginnen zu lassen."

Gerade sind wir jedenfalls an einem vorläufigen Tiefpunkt dieses Programms, und eines der augenfälligsten Symbole dafür dürfte tatsächlich die Generalpleite der großen drei in Detroit nebst ihren Kreditabteilungen sein. General Motors hat seinen Aufstieg zum Imperium unter anderem der Erfindung des Autokredits zu verdanken, dessen Auswüchse und mittelbare Folgen derzeit die ganze Welt in Atem halten. Die Vision Henry Fords, das „Auto für alle", wurde von General Motors mit dem Leasing von einer Automatisierungs- bzw. Massenfertigungsfrage in eine finanzielle Vision umgeschrieben.

Gerade als wir um die Ecke biegen und am General Motors Shop im Flughafen von Detroit vorbeigehen, erzählt mir Uli, ein netter Schwabe, der mit einer Amerikanerin verheiratet ist und bei einem Automobilzulieferer in den USA arbeitet: „Vorher waren wir in Auburn Hills bei Detroit hundertsechzig, nach dem Umzug sind wir noch sechzehn. Plus die fünf Designer in

Duncan in South Carolina." Der Rest ist in den letzten Monaten gefeuert worden.

Ich lerne auch, dass seine Automobilzuliefererfirma mittlerweile alle für GM arbeitenden Leute rausgeworfen hat; neulich habe ich selbst eine Bewerbung von einem arbeitslosen GM-Designer bei einer Industriemesse unter die Nase gehalten bekommen. Wenig später bin ich in meinem Chevy Impala – „where luxury car meets a sports sedan" – wieder mal auf dem Chrysler Highway unterwegs Richtung Flint. Nach der von Michael Moore in seiner Heimatstadt Flint dokumentierten Schließung eines großen GM-Werkes mit über 30.000 Mitarbeitern Anfang der Neunziger war Flint immer Vorbote dessen, was Detroit bevorstand. Vor mir ein Kombi, ein etwas ausgebeulter Minivan der ersten Generation mit dem Autoaufkleber „Ich bete für Detroit".

Ich fahre weiter. Ein Unfall auf der Gegenfahrbahn, ein SUV. Vollsperrung des Highway durch die Polizei. Stau. Einige Meilen weiter fährt vor mir ein Pickup Truck. Hinten auf der Pritsche die fette Aufschrift: Chevrolet. Nicht weiter überraschend. Über achtzig Prozent der Autos in Detroit sind *homegrown*.

Aber: fetter Honda-Aufkleber auf der hinteren Windschutzscheibe auf demselben Wagen. Ich stutze und fahre weiter. Wieder mal verpasse ich die Ausfahrt zur *Crooks Road*. Dahinter hell erleuchtet *DELPHI*, das Hauptquartier des bankrotten Automobilzulieferers.

Ich fahre weiter. Rechts vom Highway ein Riesenschild: *PONTIAC – HELLOWEEN TOWN*. Ich dachte bisher immer, Pontiac sei eine Automarke. Der Beiname Helloween Town passt jedenfalls perfekt – Pontiac ist vor ein paar Monaten als Teil von GM auch pleite gegangen und wurde prompt aus dem Markenuniversum der Firma verstoßen. Ein Relikt, wohl auch als Stadt. Jedenfalls ist laut Schild die riesige Veranstaltungshalle mit dem Namen *Pontiac Dome* derzeit käuflich zu erwerben. Wofür, fragt man sich? Die Straße gabelt sich, links geht es auf den *Chrysler Drive*. Rechts nach Pontiac.

Ich fahre noch etwa eine Meile weiter und komme in Auburn Hills an. Wie mir jetzt erst klar wird, ist hier der Stammsitz von Chrysler. Das wusste ich bis heute gar nicht. Ich bin hier für einen Innovationswettbewerb mit einem Leichtbau-Naturfaser-Automobilbauteil.

ABC News vor einer Woche: „US September-Autoverkäufe stürzen ab – GM, Chrysler stark betroffen."

In meinem Hotelzimmer angekommen, schalte ich den Fernseher ein und lande nach Zappen durch etwa einhundert Kanäle bei einen Dokumentarfilm über Ben & Jerry, die beiden Gründer der gleichnamigen Eiskremfirma. Ben (oder Jerry) war der Eismacher, und Jerry (oder Ben) war der Verkäufer. Ben (oder Jerry) hat ein Problem mit seinen Geschmacksnerven, sodass Ben (oder Jerry) seinem Studienfreund Jerry (oder Ben) eine Extraportion Geschmack ins Eis mischen musste, damit es ihm schmeckt. Laut Ben & Jerry das zentrale Erfolgsrezept ihrer Marke. Mittlerweile, so lerne ich, hat Unilever den Laden für einige hundert Millionen Dollar gekauft. Ben und Jerry sind noch als Berater in der Firma und versuchen ansonsten, Politiker in Washington vom weiteren Aufstocken des US-Wehretats abzuhalten. Man sieht Ben (oder Jerry) mit einigen Kongressabgeordneten den Wehretat der USA mit der des nächstgrößten Konkurrenten (China) mittels Keksstapel vergleichen, und man erkennt als Fernsehzuschauer sofort, dass der Keksberg der Amerikaner ungefähr zehnmal so hoch ist. Jedenfalls ein interessanter Beitrag zum Thema erfolgreiches Unternehmertum in den USA. Und die Erkenntnis: Ben & Jerry gibt's also tatsächlich. Danach schlafe ich sofort ein.

Mein 37. Geburtstag, 9. Oktober 2009.
Detroit, Michigan/Boston, Massachusetts.
Ausgerechnet heute, an meinem Geburtstag, wache ich in der Heimatstadt der Firma Chrysler auf, um in einigen Stunden mit einem halbierten Naturfaser-Autobauteil für meinen Arbeitgeber an einem Innovationswettbewerb teilzunehmen. Ich komme mir reichlich deplatziert vor. Wieder mal bin ich in einem dieser billigen Kettenhotels ohne vernünftiges Frühstück abgestiegen und mache mich am Morgen also auf den Weg. Der Wettbewerb findet im Gebäude eines internationalen Automobilzulieferers statt, etwa zwei Meilen von hier. Auf halber Strecke gibt's einen Diner, wo ich einkehre, um zu frühstücken. Auf meinem GPS kann ich sehen, dass das Chrysler-Welthauptquartier keine fünfhundert Meter Luftlinie von hier entfernt ist. Gesehen habe ich es noch nicht.

Am Eingang steht ein *USA-Today*-Zeitungsautomat. Dummerweise habe ich aber keine Münzen dabei, sodass ich leider ohne Zeitung Lucas' Coney Island Diner betrete und sofort von fettigen Schwaden von gebratenem Frühstückspeck umfangen werde. Ein klassischer Diner halt. Das Interieur ist simpel, und die Kundschaft besteht im Wesentlichen aus Männern mit Schirmmützen um die fünfzig. Fünf von ihnen sind relativ gleichmäßig in dem großräumigen Lokal verteilt. Und ebenso viele Fernsehbildschirme hängen von der Decke, ebenfalls gleichmäßig verteilt. Die untersetzte Kellnerin führt mich an einen Tisch direkt unter einem der Bildschirme und drückt mir die Speisekarte in die Hand. Ich entscheide mich für Orangensaft, Haferschleim – das einzige halbwegs Gesunde auf der Karte – und Kaffee. Ich bin müde und döse auf den Bildschirm mit CNN vor mich hin. Als Reisender in den USA ist man sozusagen in CNN eingebettet. Ob am Flughafen oder in Restaurants oder im Hotel, der Kanal wabert irgendwie immer um einen herum. Auch hier, wie so oft, ohne Ton. Wie sinnvoll das ist, bleibt dahingestellt. Eine sich bewegende Informationstapete. Gerade läuft *CNN Morning*. Ich lese auf der Banderole am unteren Rand des Bildschirms „Verbraucherkredit im siebten Monat in Folge auf Tauchstation".

Das hier ist so ziemlich mein trostlosester Geburtstag bisher. Der einzige Lichtblick ist, dass ich heute Abend hoffentlich wieder bei Alberta und Marco sein werde. Ich warte auf meinen Orangensaft, das Omelett – ich habe mich doch anders entschieden – und den Becher mit dem Kaffee, und döse weiter vor mich hin. Ich habe noch ein paar Stunden Zeit. Ich weiß nicht, wie lange ich schon so sitze und im Wechsel auf den Bildschirm und dann auf meinen nächsten Nachbarn, der gerade an seinem Omelett, Orangensaft und Kaffee arbeitet, starre. Immer noch die Banderole mit dem Konsumentenkredit und der Pantomime der Nachrichtensprecher. Dazwischen Bildsequenzen, nicht sonderlich interessant.

Diese ständige Fliegerei und Reiserei steckt mir in den Knochen. Wie oft war ich seit Juni eigentlich in Detroit? Ich habe aufgehört zu zählen. Wieder wandert mein Blick vom Orangensaft zu dem Mann mir schräg gegenüber mit der grünen Schirmmütze. Autoarbeiter, denke ich. Mit oder ohne Job? Man sieht es den Leuten nicht an. Dann für einen Sekundenbruchteil zurück auf den Bildschirm: *BREAKING NEWS: OBAMA AWARDED NOBEL PEACE PRICE.*

Bevor meine Augen wieder zu meinem Gegenüber zurückwandern können, kommt die Nachricht in meinem Gehirn an. Oder besser: ist von einem visuellen Eindruck in eine Nachricht übersetzt worden. Wie bitte? Meine Augen zucken zurück auf den Bildschirm, und da steht tatsächlich: *BREAKING NEWS: OBAMA AWARDED NOBEL PEACE PRICE.*

Ich bin platt. Ich sitze wie benommen. Ich sehe wohl nicht

richtig. Keinerlei Reaktionen meiner nächsten Umgebung. Der Typ mit der Schildmütze mümmelt weiter an seinem Omelett. Und die Kellnerinnen bringen weiter Orangensaft, Kaffee und Omelett. Für sie sind die Fernseher tatsächliche bloße Tapete. Es ist auch acht Uhr morgens. Die Kellnerin stellt *hash browns* mit Toast und Rührei vor mich hin.

„*Nobel for his role in diplomacy*", titelt jetzt die Banderole, während der die Pantomime sich mit Bildern vom Rasen vor dem Weißen Haus abwechselt. Von Obama noch nichts zu sehen. Der frühstückt wohl auch noch ...

FETT, Fett, Fett, Fett – überall Fett auf meinem Teller. Die Banderole unten am Bildschirm hat wieder was Neues für mich: „Obama-Zustimmungsraten in neuesten Umfragen auf 50 Prozent."

Alles geht so schnell mit diesem Mann. Insgeheim hatte ich ja schon mit mir selbst gewettet, dass er irgendwann den Preis bekommt. Irgendwann: Lebenswerk oder vielleicht sogar Literatur? Mein Hirn und mein Magen arbeiten jetzt gleichzeitig auf Hochtouren, auch angetrieben vom nachgefüllten Becher Kaffee. Das erste Mal habe ich an Obama und den Nobelpreis gedacht, als ich gesammelte Weisheiten von Martin Luther King gelesen habe. King war sechsunddreißig, als er den Friedensnobelpreis bekam.

Ist ja plötzlich doch noch ein interessanter Geburtstag geworden. Auf zum Grammy Award für Automobil-Kunststoffteile. Auf zu den *white-male-middle-aged-who-have-the-most-to-loose-in-this-crisis* ...

Gerade haben wir es mit unserem 7er BMW-Naturfaserbauteil ins Finale des Wettbewerbs für Automobilzulieferer der Kategorie „Materialien" geschafft. Keinen Kilometer Luftlinie entfernt kämpft Chrysler in seiner verspiegelten Burg ums Überleben.

Ich habe noch ein paar Stunden bis zu meinem Rückflug und fahre die paar Meter zu den Chrysler World Headquarters. Ich fahre um die Ecke, und links von mir erstreckt sich eine braune Backsteinfestung mit verspiegelten Scheiben. Nebst Türmen und einem Glaskasten mit dem Chrysler-Logo in der Mitte. Das Ganze sieht aus wie eine neuzeitliche Ritterburg. Alles ziemlich neu – und nicht sehr einladend. Gebaut in besseren Zeiten, 1991. Ich parke auf dem großen, praktisch leeren Parkplatz des Walter P. Chrysler Museums. Neben einer feuerroten Corvette, übrigens eine General-Motors-Marke. Das einzige andere Auto auf dem Platz. Am Eingang des Museums werde ich an der Kasse von einigen älteren Herren empfangen, alles Freiwillige. Vielleicht pensionierte Chrysler-Angestellte? Die drei Herren in ihren roten Poloshirts sind bestens gelaunt. Als ich erwähne, dass ich in Charlotte, North Carolina lebe, kommt es wie aus der Pistole geschossen: „NASCAR Hall of Fame!"

Dabei ist die noch nicht mal eröffnet, erst im nächsten Jahr. Aber sie sind schon im Bilde. Einer von den Dreien ernennt sich zu meinem Cicerone und ist schon dabei, mir zu erklären, was es hier alles zu sehen gibt. Zuerst im Foyer die Prototypen. Er zeigt mir das erste jemals von Chrysler gebaute Serienfahrzeug. Es ist aus dem Jahr 1924. Das Original. Im Keller sind die Rennwagen, NASCARs, *drag-cars* usw. Dann führt er mich um die Ecke, und vor uns steht – Chrysler.

„Er war Eisenbahnmonteur." Mein Cicerone zeigt auf den uralten riesigen Werkzeugkoffer aus Holz. „Und das ist sein Set von Originalwerkzeugen, die er so geliebt hat."

Er zeigt dabei auf die Reliquie. Ein echter Handwerker, denke ich, in den USA der vergangenen Zeiten. Ich erwähne, dass ich nur eine halbe Stunde Zeit habe und wiederkommen werde. Er verabschiedet sich.

Walter P. Chrysler war ursprünglich Eisenbahnmechaniker.

Über der Werkzeugkiste ein Zitat: „Der Spaß, den ich als Junge hatte, verhundertfachte sich, als ich als Mann Sachen herstellte. Im Prozess des Herstellens liegt eine kreative Freude, die eigentlich nur die Poeten kennen sollten."

Im Obergeschoss stehen Fahrzeuge, mit denen Chrysler Geschichte geschrieben hat. Der sog. Woodie mit seinen Holzlatten an der Seite. In den anbrechenden Zeiten der Green Economy sind solche Sachen wieder schwer im Kommen. Chrysler hat 1983 den ersten Minivan auf den Markt gebracht, zunächst ein Flop. Heute sind Amerikas Straßen voll mit den Dingern. Allerdings zum großen Teil von Honda und Toyota. Alles kommt wieder: Ich bin in der Sektion mit der Beschreibung der Ölkrise in den Siebzigern. Ein großen Schild mit der Aufschrift: SORRY ... NO GAS TODAY.

Unwillkürlich muss ich an den letzten September denken, als in Charlotte das Benzin ausging. Daneben steht: „... die Welt wurde kleiner und ein zerbrechlicher Ort – der Ölpreis und die Luftqualität wurden zu globalen Belangen. Ein neuer Präsident kündigte ein ‚Age of Limits' an, während die zulässige Höchstgeschwindigkeit auf Autobahnen reduziert wurde. Amerikanische Autohersteller, an Profite gewöhnt durch die öffentliche Nachfrage nach großen Fahrzeugen mit billigem Benzin, mussten sich neu orientieren."

2009? Die Rede ist von 1973. In dem Jahr lebte ich als Einjähriger mit meinen Eltern in West-Virginia.

Lang ist's her, denke ich. Ich mache eine schnelle Runde: der Jeep, der durch die brennenden Ruinen in Deutschland fährt, 1945. Jeep ist also ebenfalls eine Chrysler-Marke. Ein Sportcabriolet aus den Vierzigern mit gediegenem holzverkleideten Kofferraum. Alles kommt wieder, z. B. Lotus mit seinem aktuellen Konzeptauto mit den Naturfaser-Außenbauteilen.

Neben einem der ersten Dodges – ein schwarzes Fahrrad!

Für mich ist es ein weiter Weg von einem der heutigen überdimensionierten Dodge-Ram-Pickups zu diesem Fahrrad einfachster Machart. Ich lese die nebenstehende Plakette: „Viele der frühen Autobauer wie Winton, Pope, Stanley and Duryea waren ursprünglich Fahrradhersteller."

Ich muss an die Gebrüder Wright denken mit ihrem Fahrradladen in Ohio. Und daran, dass offensichtlich die amerikanische Autoindustrie nicht immer aus den sog. Big Three Chrysler, GM und Ford bestanden hat.

Ich muss mich jetzt etwas beeilen.

MAKING THINGS – genau das, was die Chinesen jetzt für die Amerikaner übernommen haben.

Jetzt bin ich auf dem Weg Richtung Flughafen. Kein Wort über den Friedensnobelpreis für Obama. Ich schalte um. Gerade wird der rechte Radioagitator Rush Limbaugh zitiert: „Die haben ihm den Preis gegeben, damit er diese Kriege beendet." Irak und Afghanistan.

Rush schwingt weiter die Peitsche. Während ich ein paar Minuten später auf dem Highway am Hauptquartier von Ford vorbeifahre, höre ich im Radio: „GM hat gerade den Vertrag abgeschlossen, die Hummer-Marke an einen chinesischen Schwermaschinenhersteller zu verkaufen ..."

Mein Flug dauert eine knappe Stunde. Wir landen in Boston, Logan Airport. Derselbe Flughafen, von dem aus am 11. September 2001 drei der vier Flugzeuge gestartet sind. Ich muss daran denken, dass ohne diese Anschläge der kometenhafte Aufstieg des schwarzen Barack Obama, dessen Karriere hier in Boston als erster schwarzer Vorsitzender des studentischen *Harvard Law Review* begann, völlig undenkbar gewesen wäre. Wie Sarah Palin auf der *Republican Convention 2008*, so wurde Barack Obama auf der *Democratic Convention 2004* in Boston mit seiner damaligen Rede über Nacht zum Hoffnungsträger seiner Partei. Ich gehe zum Ausgang. Alles neu hier. Und wie zur Bestätigung steht am Fuß der langen Rolltreppe unten ein nagelneues Schild: *„1st LEED Certified Airport Terminal In The World"*. Zertifiziert nach den neuesten Standards für ökologisches Bauen.

Auf der Toilette stelle ich beim Händeabtrocknen fest, dass man selbst so eine scheinbar ausgereifte Technologie wie das elektrische Händetrocknen noch von Grund auf erneuern kann. Wenn man wirklich kreativ ist. Und zwar von demselben Dyson, der schon das ewig schlecht funktionierende Staubsaugen revolutioniert hat.

Ich warte auf den Bus, der mich zur U-Bahn nach Cambridge bringen soll. Der Bus kommt, natürlich ein Elektrobus. Außen steht: *„Partner with Office Depot for a Greener Office"*.

Wenig später besteige ich die sog. Red-Line. Die U-Bahn, die Downtown Boston und Cambridge mit Harvard und MIT verbindet. Die vertrauten Geräusche, die ich von 2003 noch im Ohr habe. Die Bahn ruckelt und zischt in die Station. Die Türen öffnen sich. Und ich befinde mich mitten in einer anderen Welt. Der Welt der Nerds.

Jedes Mitglied dieses U-Bahn-Wagens scheint aus einem anderen Winkel der Welt zu kommen. Als wenn das nicht genug wäre, scheinen die Insassen aufs Äußerste darauf Wert zu legen, sich zusätzlich durch ihre Kleidung voneinander zu unterscheiden. Worin sie sich gleichen, ist die Tatsache, dass fast ausnahmslos alle etwas Lesbares in der Hand halten. Die Stationen heißen *J.F.K. – Boston – Massachusetts General Hospital – Kendall/MIT – Central Square – Harvard.* Hier steige ich aus und lasse mich vom Strom der Individuen nach oben ans Tageslicht fluten. *Central Square* passt in diese Reihe der illustren amerikanischen Markennamen insofern nicht richtig, als der ortsunkundige Amerikaner aus dem Namen selbst nichts ableiten kann. Die U-Bahn-Station *Central Square*, gelegen zwischen den Ikonen der modernen Bildung, die in Fußweite voneinander liegen, ist sozusagen die Schattenseite der intellektuellen Twin-Towers Harvard und MIT. Am *Central Square* wird schon mal abends ein Schwarzer in der Bar erschossen. Aber Cambridge war übrigens auch mal eine Industriestadt. Damit wird Cambridge sozusagen ein Miniaturkosmos dessen, was Amerika zu bieten hat. Licht und Schatten auf allerengstem Raum.

Zu Fuß mache ich mich vom *Harvard Square* auf zu unserer Freundin. Meine Tasche ist schwer, sodass sich der eigentlich nicht lange Fußweg doch hinzieht. Ich komme an der *Harvard University Press* vorbei. Und vor vielen Türen liegt die *New York Times*, die in ihrer blauen Plastiktüte noch auf die nach Hause kommenden Bewohner wartet, um dann entweder ihren Inhalt preiszugeben oder aber ungelesen zum Altpapier zu kommen. Jedenfalls habe ich noch nie so viele *New York Times* vor Haustüren liegen sehen wie hier.

Da ja heute mein Geburtstag ist, werde ich entsprechend aufgekratzt von unserer jüdischen Freundin Tamar sowie Alberta und Marco begrüßt.

Tamar ist Graphikerin, und ihre bevorzugten Kunden sind deutschsprachige Verleger. Immer muss ich mir von ihr anhören, wie toll die Deutschen sind. Und dass sie am liebsten nach Deutschland umziehen würde. Wenn man eine kritische Bemerkung über Israel macht, schnappt sie hingegen ziemlich leicht ein. „Israel ist das schönste Land der Erde."

Das war ihre Antwort, als ich sie einmal gefragt habe, warum ihr Herz so daran hängt. Ihr Vater hat bei Enrico Fermi Physik studiert und war Teil des *Manhattan Project*. Später dann MIT-Professor und Verfasser eines berühmten Physik-Schulbuches, nach dem sogar Albertas Tante Maria in Italien Physik unterrichtet. Leben will sie allerdings in Israel nicht mehr, nachdem sie dort aufgewachsen und zum Militärdienst gegangen ist. Aber auch nicht in den USA. Cambridge findet sie schrecklich. Da hilft auch nicht, sie daran zu erinnern, dass es sich bei dieser Hunderttausend-Einwohner-Stadt wahrscheinlich um den liberalsten (sprich linksten) Flecken der USA handelt, sogar als atomwaffenfreie Zone deklariert.

Tamar ist eine echte Stadtneurotikerin, und ihr neuester Fimmel ist, dass wir uns nur flüsternd unterhalten dürfen, weil sich sonst immer ihr Nachbar über ihr beschwert. Ich kann an dem Abend noch nicht herausfiltern, was berechtigt und was Einbildung ist. Jedenfalls ist ihr Nachbar das Thema des Abends. Und ich hatte gehofft, dass jetzt mit ihrem Umzug in diese Wohnung die Klagen über ihre Behausung aufhören. In ihrer vorletzten Wohnung beklagte sie sich immer über mysteriöse Geruchsschwaden mit undefinierbarer Herkunft, die darin gipfelten, dass sie für den Tod eines Kleinkinds vor Gericht verantwortlich gemacht wurden. Ich bin angeblich der Einzige ihrer Bekannten, der zu dem damaligen Zeitpunkt den Geruch in ihrer Wohnung ebenfalls wahrgenommen hat.

Jedenfalls vernehmen wir jetzt, während wir in der Küche sitzen, ein merkwürdiges Brummen. Tamar erhebt sich leicht beunruhigt und behauptet nach einer Weile, dass sie das Geräusch kenne. Es komme aus dem Keller und mache immer ihren Nachbarn über ihr verrückt. Mir ist nicht klar, wie das gehen soll. Ich verstehe, dass das Geräusch Tamar verrückt macht, aber bezweifle, dass ihr Nachbar das überhaupt hören kann. Es ist schon hier in der Küche kaum auszumachen. Im Flur ist es aber lauter und kommt eindeutig von unten. Ich gebe mich mit Tamars Kellergeräuschtheorie zufrieden. Tamar selbst ist es aber nicht. Ich frage sie, warum sie nicht einfach in den Keller geht und nachguckt. Weil man das Geräusch nicht abschalten kann, meint sie. Dann müssen wir eben für heute Abend damit leben, schlussfolgere ich. Aber Tamar ist schon wieder im Flur auf den Knien und horcht am Boden. Sie macht die Tür zur Vorratskammer auf. Es bleibt uns nichts anderes übrig, als Tamar zu helfen, das Geräusch dingfest zu machen. Mir ist allerdings nach wie vor nicht klar, wie wir das Problem, das aus dem Keller kommt, von hier oben aus lösen können.

Schließlich sitzen wir wieder leicht genervt am Küchentisch. Ich bin jetzt damit beschäftigt, eine kleine Zimmerpflanze, die auf dem Küchentisch steht, nach meinem Gutdünken abzumalen. Ein Psychotest, so Tamar. Sie lässt momentan alle möglichen Leute diese Pflanze malen und ist ganz begeistert, zu wie vielen unterschiedlichen Resultaten das schon geführt hat.

So schreitet der Abend fort, und bald machen wir uns alle auf den Weg ins Bett. Ich öffne meine Reisetasche im Flur, und das Geräusch wird plötzlich richtig laut. Erschreckt lasse ich die Tasche auf den Boden fallen. Plötzlich geht mir ein Licht auf: der elektrische Rasierer! Als ich die Tasche bei meiner Ankunft abgestellt habe, hat sich mein Rasierer eingeschaltet. Für heute sind also Tamars Mysterien geklärt.

Am nächsten Morgen machen wir uns zu Fuß auf den Weg zum *Harvard Square*, dem Herzen dieses Intellektuellen-Mikrokosmos. Der *New York Times* war die drohende Schließung der Zeitungsstands auf der Verkehrsinsel neulich immerhin eine Notiz auf der Titelseite wert. Und das hatte sicher nicht nur damit zu tun, dass sich das Blatt hier ganz gut verkauft. Heute soll hier HONK!, das alljährliche Straßenmusikfestival, stattfinden. Es ist etwa zehn Uhr morgens, und wir betreten den Harvard Coop. Kein Lebensmittelgeschäft, sondern wahrscheinlich einer der bestsortierten Buchläden der Welt. Wenn man reinkommt, kommt man zunächst auf beiden Seiten an den Regalen mit den neuesten Büchern von Harvard-Autoren vorbei. Im Unterschied zu derartigen Buchläden in anderen Universitätsstädten, liest sich die Autorenliste wie das Pantheon der amerikanischen Geisteselite. Ein gewisser Allan M. Band hat z. B. gerade ein Buch unter dem Titel „The Cigarette Century“ veröffentlicht. Das würde man vermutlich in der Welt-Tabak-Zentrale North Carolina so sichtbar nicht im Laden platziert finden. Auf dem Stapel *what to read next* finde ich u.a. Thomas S. Kuhns „*THE STRUCTURE OF SCIENTIFIC REVOLUTIONS*“. Auch dies eins der erwähnten hundert einflussreichsten Bücher der gesamten Menscheitsgeschichte – veröffentlicht im Jahr 1962. Mein alter Bekannter Gadi damals am MIT – Kettenraucher, wie der 1996 an Lungenkrebs gestorbene Kuhn – hatte noch 2002 seine Gegenwart vermisst. Eine Zigarette in der Hand, meinte er damals zu mir: „People like Tom [Kuhn] just don't exist anymore at MIT.“ Übrigens war Kuhn von 1983 bis 1991 ein direkter Kollege von meinem alten Vermieter Irving Singer (Stichwort „Philosophie der Liebe“) und Noam Chomsky im Fachbereich *Linguistics & Philosophy*. Was für ein Trio!

In seinem Buch untersucht Kuhn den Prozess wissenschaftlichen Wandels und räumt u.a. mit der auch heute noch weit verbreiteten Annahme auf, wissenschaftlicher Wandel sei ein rein rationaler Prozess. In ihm prägt er auch als Erster den Begriff „Paradigma“ und weist nach, dass neue Paradigmen nicht auf alten aufbauen, sondern sie komplett ablösen. Die beiden sind in Kuhns Terminologie inkommensurabel. Natürlich lassen sich Kuhns Überlegungen auch auf andere Bereiche der Gesellschaft anwenden.

Auch das jedenfalls keine leichte Bettlektüre, während draußen die Basstubas und Trompeten der bunt gekleideten Straßenmusiker aus aller Welt für die fröhliche Hintergrundmusik zu sorgen beginnen.

Charles Powers, 16. Oktober 2009.
Charlotte, North Carolina.
An meiner üblichen Shell-Tankstelle taucht er urplötzlich hinter der Zapfsäule auf.

„Hi – darf ich Sie etwas fragen?"

Auf meinen fragenden Blick antwortet er: „Ich bin kein Penner."

Akkurate Frisur. Blaue, freundliche Augen hinter der Brille mit Goldrändern. Jeans. Anfang fünfzig. Weiße Mittelklasse. Er sieht auch nicht aus wie ein Penner. Ich blicke ihn weiter fragend an. Er zögert. Seine Augen sind freundlich.

„Ich brauche ein bisschen Hilfe."

Leichter Südstaatenakzent. Ich blicke ihm in die Augen. Er weicht nicht aus. „Was genau brauchen Sie? Wie kann ich Ihnen behilflich sein?"

„Irgendwas. Irgendeinen Geldbetrag."

Also doch.

„Ich wohne in meinem Laster."

Ich werfe einen Blick hinter die Zapfsäule. Ein fast nagelneuer Ford 150F, der Goldstandard aller Pickups.

„Ich bin im Einzelhandel tätig. Ich kann da alles machen. Einen Laden leiten. Ich habe einen Laden geleitet."

Schnell treffe ich eine Entscheidung.

„Hier sind zehn Dollar."

Der Mann erstarrt staunend und sieht mich ungläubig an.

„Hier – für Sie."

Nach kurzem Schweigen: „Hey, Mann, ich verspreche, ich werde es Ihnen zurückzahlen. Ich werde Sie nicht nach Ihrem Namen und Ihrer Adresse fragen. Die Leute kriegen Angst, dass ich sie behellige. Was kann ich für Sie tun?"

Wieder einen Augenblick Stille. Ich weiß nicht, was ich antworten soll.

„Ich werde Ihnen das Benzin einfüllen."

Und er greift sich schon die Zapfsäule. Ich schiebe meine Kreditkarte in den Schlitz. Und er macht den Tankwart – ganz alte Schule – für mich. Einen Moment stehen wir uns gegenüber und sagen nichts. Ich breche das Schweigen.

„Es ist merkwürdig, die Zeitungen und Medien erzählen uns, dass die Krise jetzt vorbei ist. Ich glaube das nicht. Die Tatsache, dass einige Indikatoren sich verbessert haben, sagt nichts aus über die Leute auf der Straße."

Er sieht mich an, immer noch den Zapfhahn in der Hand. Seine intensiv wasserblauen Augen sind freundlich. Aber auch traurig.

„Ich sehe nicht fern, ich lese keine Zeitung mehr, ich kann es nicht mehr ertragen, was drin steht." Pause. Dann fragt er mich: „Meinen Sie, dass Sie finanziell gut dastehen?"

„Ich bin in einer speziellen Situation, mit einem deutschen Vertrag und Gehalt. Und dem guten Wechselkurs. Mir persönlich geht es finanziell gut, aber wenn ich mich umsehe, ist das nicht der Fall."

Pause. „Darf ich Sie noch etwas fragen? Ich, ich werde es Ihnen zurückzahlen."

Was wohl jetzt kommt? Er hält mir eine Visitenkarte entgegen und sagt: „Können Sie mit mir zu diesem Hotel kommen und mir mit Ihrer Kreditkarte aushelfen?"

Ich bin überrascht.

„Ich schlafe in diesem Auto. Drei von den letzten acht Tagen habe ich in diesem Motel übernachtet."

Sinnigerweise heißt das Motel Motel 8.

„Wie viel kostet es?"

Seine Augen weiten sich. „Sie werden mir helfen?"

Ich wiederhole die Frage.

„Vierunddreißig."

„Wo?"

„Es ist hier, es ist gleich um die Ecke." Er wird ganz aufgeregt.

„Was soll ich tun?" Ich werde ihm nämlich bestimmt nicht meine Kreditkarte aushändigen.

„Sie kommen einfach mit mir. Ich sage denen, dass Sie mein Cousin sind. Sie bezahlen, und das war's. Mann, ich zahle es Ihnen zurück."

„Es ist ein Geschenk."

Jetzt ist er nicht mehr zu bremsen. Ein Anfang fünfzigjähriger Mittelklassen-Amerikaner fängt an, einen Indianer-Freudentanz aufzuführen, an der Zapfsäule vor mir. Wie sich herausstellt, hat er übrigens tatsächlich Cherokee-Blut in sich.

„Ich kann es nicht glauben. Ich kann es nicht glauben. Sie sind so nett!"

Und springt in die Luft.

„So, wie machen wir das?"

Er zeigt mit dem Finger in die entsprechende Richtung. Dann springt er in seinen Monster-Pickup mit den noch speckig glänzenden neuen Gummireifen. Ich steige in meinen Jetta und folge ihm. Zwei Minuten später stehe ich am Schalter des Motels und bezahle das Zimmer als Cousin für jemanden, den ich vor einer Viertelstunde noch nicht kannte.

„Es ist Rennwochenende. Ich kann es nicht für die normale Rate machen."

„Also wie viel?"

„Normalerweise wären es achtundsiebzig Dollar ..."

Der Typ an der Rezeption sieht meinen Gesichtsausdruck. „Für ihn kann ich es für sechsundvierzig machen."

Ich überlege kurz. Mit der Steuer sind's am Ende vierundfünfzig. Charles wartet draußen. Er ist entrüstet, dass ich mehr bezahlen musste, und will sich aufmachen in Richtung Rezeption. Ich stoppe ihn.

„Dann gebe ich Ihnen Ihre zehn Dollar zurück."

Ich überlege kurz und sage okay.

Er greift zur Brieftasche.

„Nein – behalten Sie sie." Ich denke, er kann das Geld gut gebrauchen. Bei dem durstigen Auto.

Wieder freut er sich wie ein kleiner Junge. „Was kann ich für Sie tun? Ich muss etwas für Sie machen!"

Er öffnet die Beifahrertür. In einer Kiste auf dem Beifahrersitz sehe ich ein Foto. Charles, so heißt er, nimmt es und wischt es mit dem Daumen ab. Er blickt auf das Foto. „Meine Eltern."

Ein Grabstein mit der Inschrift Powers. Kurze Zeit später stehen wir auf der anderen Seite des Pickup. Charles klettert einen Tritt hoch, und zum Vorschein kommt ein gelber Kinder-Plastikrasenmäher: „Hier, für Ihren Sohn."

Genau wie der, den ich in meiner frühesten Kindheitserinnerung benutzte. Damals in New Martinsville, West Virginia, gehe ich als Dreijähriger mit meinem knarrenden Rasenmäher hinter meinem Vater her, der ebenfalls Rasen mäht. Der Knarrmechanismus wird alsbald entfernt – zu meinem großen Kummer, denn damit verlor das Spielzeug für mich auf der Stelle seinen Reiz.

Im Übrigen stellt ein Rasenmäher neben einem Grill so etwas wie die Grundausstattung des *American Dream* dar.

Gleich darauf kommt noch eines dieser undefinierbaren Kinderspielzeuge zum Vorschein, mit einem langen Griff. Eher für Kleinkinder. Aber auch das muss ich mitnehmen.

Er hat noch mehr Zeug auf der Pritsche liegen, er ist noch nicht fertig. Er springt zur Beifahrertür, öffnet sie und hält mir einen Augenblick später zwei Bücher entgegen: ein Buch über Fitness für Männer und einen Bildband mit dem sinnigen Titel „America, the Beautiful".

„Oh, nein, behalten Sie die."

Doch er möchte mir unbedingt noch etwas geben. Ich nehme also den Bildband über Amerika.

Inzwischen hat Charles sich aus einer Kiste auf dem Beifahrersitz noch ein Paket gegriffen, das aussieht wie Druckerpapier. „Hier – die brauchen Sie."

Einlegeblätter zum Drucken von selbstgefertigten Visitenkarten. Immerhin, die Geschenkorgie ist jetzt vorbei.

„Sollten Sie jemals etwas brauchen – rufen Sie mich an! Ich werde Ihnen die Nummer meiner Ex-Freundin geben."

Pause.

„Ich hätte sie nie verlassen sollen."

Er lehnt mit den Unterarmen über der Pritsche. Ich beobachte ihn von der Seite.

„Tolles Mädel. Immer noch mein bester Freund. Ich habe mich ‚entliebt' von ihr."

Wieder Pause. „Meine Frau hat mich verlassen."

Seine Gesichtszüge entgleisen. „Hätte sie nicht heiraten sollen. Schön ist gefährlich. Zerbricht dich. Schöne Mädchen machen einen unglücklich."

Er hält inne.

„Wenn Sie jemals etwas brauchen, müssen Sie mir Bescheid sagen! Egal was!"

Er öffnet die Fahrertür, und seine Hand kehrt mit einer zerknitterten Visitenkarte zurück: Charles Powers. Er nimmt einen Kugelschreiber und schreibt eine Telefonnummer darauf.

„Hier. Das ist ihre Telefonnummer. Rufen Sie meine Ex-Freundin an und fragen Sie nach mir. Sie wird Bescheid wissen."

Wir verabschieden uns.

Ich fasse ihn an der Schulter. „Bye bye, und denk daran: Es werden bessere Zeiten kommen für dich. Nicht nachlassen!"

„Werde ich nicht."

Wir haben uns beide eben ein bisschen glücklich gemacht.

Aus Sand gebaut, 21. November 2009.
Catawba Nation, USA.

„Ich konnte es nicht fassen. Als ich anfing, an dem Stück zu arbeiten, fühlte es sich an wie Sand. Es war unglaublich. Ich hatte das noch nie erlebt. Das ganze Ding fing an, sich unter meinen Händen zu zerlegen. Wie Sand am Strand."

Der Restaurator, der so begeistert spricht, greift zum Henkel der Vase und hebt das mehrere Kilogramm schwere Stück hoch. Neeeeiiiiinnnnn!!!

Genau so war es mir passiert, auf dem sogenannten *Pow-Pow* im Indianerreservat der Catawbas im nördlichsten Zipfel von South Carolina. Neben traditionellen Indianertänzen und Nippes gibt es hier als Attraktion einige Stände mit der traditionellen Töpferei der Catawbas.

Und so hatte alles vor einigen Wochen begonnen: Alberta kam zu mir mit einem schlecht kopierten Flugblatt, auf dem angekündigt wurde, dass eine Catawba-Indianerin einen Töpfer-Workshop in unserer Nähe abhalten würde. Klingt nach einer feinen Sache für einen Dreieinhalbjährigen als Wochenendaktion. Bisschen mit Ton rummachen, habe ich mit vier auch gemacht.

Und so fanden wir uns einige Tage später in einem der sogenannten *Nature Centers* von Charlotte wieder. Wir stehen in einem Raum, in dem in Terrarien ringsum an der Wand einheimische Schlangen, giftige und weniger giftige, ihr Zuhause haben. Statt der angekündigten Indianerin stellt sich nach einigem Herumdrucksen schließlich der Ranger als unser Kursleiter vor. Erst denke ich, er macht einen Scherz, aber dann wird klar, dass unsere Indianerin kurzfristig aus irgendeinem Grund absagen musste.

Mittlerweile ist noch eine weitere Familie mit kleinen Kindern eingetroffen, sowie drei einzelne Personen. Statt uns also nach Hause zu schicken, packt unser Ranger die Gelegenheit beim Schopf und stellt sich als unser neuer Meister vor. Die Enttäuschung von uns Teilnehmern ist greifbar.

Aber der junge Mann lässt sich nicht beirren. Vor sich auf dem Tisch liegt ein großer Klotz Crayola-Spielton in einer transparenten Plastiktüte. Daneben steht eine wunderbare schwarze Vase, die schon längst meine Aufmerksamkeit gefesselt hat. Er nimmt das filigran gearbeitete Stück jetzt in seine Hände und erklärt, dass die heute leider verhinderte Catawba-Indianerin die Schöpferin dieses Kunstwerkes ist. Dann meint er:

„Es war vor einigen Jahren, dass ich durch Zufall auf die Töpferei der Catawba-Indianer stieß, und das hier war das erste Stück, das ich erwarb. Ich konnte es mir nicht leisten, aber ich wollte es so sehr, dass ich es über mehrere Monate abbezahlte."

Vorher hatte er uns bereits erzählt, dass er zu Hause über dreihundert Schlangen hält – eigentlich ist er ein ganz unscheinbarer Mann Anfang dreißig. Eine schwarze, aus Ton gearbeitete Schlange schlängelt sich außen auf der Vase entlang und ruht mit dem Kopf auf dem fein gearbeiteten Rand. Die Vase fängt an, mich in ihren Bann zu ziehen.

Unser Lehrmeister erklärt uns jetzt die Töpfertechnik der Catawbas, die traditionell nicht mit Töpferdrehscheibe arbeiten. Trotzdem ist das Gefäß perfekt gearbeitet und schwingt sich in feinen Rundungen nach oben. Alex erklärt uns, dass das Prinzip der Catawba-Töpfertechnik darin besteht, den Korpus des Objektes aus aufeinanderliegenden Würsten zu arbeiten. Das erinnert mich doch sehr an meine schöpferischen Bemühungen mit Ton als Vierjähriger in besagtem Kunstkurs, ebenfalls ohne Drehscheibe. Das vor uns ausgestellte Ergebnis hat allerdings nichts mit meinen damaligen Arbeiten zu tun. Und das nicht nur in künstlerischer Hinsicht. Das Äußere der Vase ist nämlich völlig glatt. Von Würsten ist hier keine Spur zu erkennen. Alex lüftet das Geheimnis umgehend: Sie erzielen die glatte Oberfläche durch Bearbeitung mit einem nassen Stein. Es braucht sehr lange, bis die perfekte Oberfläche erreicht wird.

Und jetzt kommt das eigentlich Verblüffende: Sie benutzen keinerlei Lack oder Glasur. Sie brennen das Stück langsam in einem Loch im Boden, bedeckt von heißer Asche eines Holzfeuers.

Erinnert mich ein bisschen an die Methode mit dem Schwein beim *Southern Barbecue*. Alex streicht mit seinen Händen über die extrem glatte Oberfläche. Weiß er wirklich, wovon er hier redet? Die Details sind so fachkundig vorgetragen, dass es wohl stimmen muss. Schon sehe ich mich stundenlang unsere mickrigen Versuche mit einem nassen Kieselstein polieren.

Doch bevor meine Gedanken abschweifen können und ich mir die langwierige Prozedur vor meinem inneren Auge von einer Catawba-Indianerin vorführen lasse, kommt Alex zur Sache und verteilt feuchte Tonklötze an uns. Plötzlich bin ich richtig inspiriert und brenne darauf, mal wieder mit Tonmasse hantieren zu können. Marco und Alberta und die restlichen Anwesenden freuen sich ebenfalls, dass es endlich losgeht.

Halt, erst noch weitere Instruktionen. Alex hält eine kleine Tonschildkröte hoch. „Schildkröten sind eins der bevorzugten Objekte für die Catawbas."

Wunderbar, denke ich.

„Und jetzt erzähle ich euch, wie sie es machen."

Wie, keine Würste? Er fängt an, einen kleinen feuchten Tonklotz in seiner Mitte abzuschnüren. „Der obere Teil wird der Panzer, und der untere der Körper und die Beine."

Innerhalb weniger Augenblicke hat er eine hübsche kleine Schildkröte gezaubert. Verblüffend. Ich kann kaum erwarten, selbst Hand anzulegen.

Alle werkeln. Ich bin beeindruckt von der Einfachheit der zugrundeliegenden handwerklichen Ideen. Und noch beeindruckter von den Kunstwerken, die Alex uns zeigt. Der Ton ist selbsttrocknend, und eine halbe Stunde später haben wir auch noch eine kleine Schale in Form eines schwimmenden Wasservogels kreiert. Mit den trocknenden Tieren auf Papptellern in der Hand unterhalten wir uns noch mit Alex, der sehr gut mit einigen der Indianer befreundet ist. Als Alex unser Interesse bemerkt, empfiehlt er uns eine weitere von ihm organisierte Veranstaltung mit zwei von seinen Catawba-Bekannten sowie den alljährlichen sogenannten *Pow-Pow* im Indianerreservat selbst, etwa zwanzig Kilometer von hier entfernt.

Mir wird bewusst: Das war heute kein Töpferkurs, sondern Begreifen, Betasten, erstes Berühren von einer faszinierenden unbekannten Kultur. Die schwarze Vase auf dem Tisch hat mich jedenfalls innerhalb der letzten Stunde vollkommen in ihren Bann gezogen.

Selber Ort, selbe Zeit, eine Woche später. Die schwarze Vase steht – wie um ihren Reiz abzuschwächen – in einer kleinen Glasvitrine auf dem Tresen des Naturzentrums, und wir werden von Alex' Kollegin in den Wald geschickt.

„Sie werden sie im Wald finden", gibt sie uns mit auf den Weg. „Nehmen Sie einfach den kleinen Pfad außerhalb des Gebäudes und gehen Sie zwei Minuten. Sie werden sie finden."

Dieses Mal sind wir zu fünft. Meine Eltern sind gerade auf Besuch aus Deutschland und begleiten uns. Im Gänsemarsch machen wir uns auf in den lichten, jetzt beinahe blattfreien Laubwald, und schon nach wenigen Augenblicken umfangen uns die Geräusche des Waldes.

Plötzlich stehen wir auf einer kleinen Lichtung. Zwei Catawba-Indianer, ein alter mit einer Fellmütze und ein jüngerer mit einem bunten Band im Haar, sitzen leicht erhöht vor einer Schale mit glimmenden Pflanzenteilen. Eine Zeitreise? Bin ich bei Winnetou gelandet? Im Halbkreis sitzen fünf Leute auf Holzbänken um sie herum, mit uns sind wir jetzt zu zehnt. Es ist sehr still. Alex ist auch da.

Der jüngere der beiden Indianer beginnt jetzt, mit einem gebogenen Holzstab die vor ihm stehende runde Trommel zu schlagen. „Tam tam tam tam tam tam."

Immer der gleiche Takt, ziemlich schnell. Mit Kopfstimme hebt er ein modulierendes Summen an. Er sieht wirklich ein bisschen aus wie Winnetou. Eben hat er uns das afroamerikanische Mädchen neben sich als seine Tochter vorgestellt. Sie haben keinerlei Ähnlichkeit miteinander.

Die Trommel stoppt abrupt, und der Ältere der beiden tritt vor.

„Das hier ist unsere Kathedrale", sagt er und lässt den Blick in einem Bogen nach oben schweifen. Für einen Moment bekomme ich Gänsehaut: Vielleicht weil ich im Allerheiligsten der Catawbas bin?

„Ob ihr an unseren christlichen Gott glaubt oder an die Natur selbst, ist einerlei."

Womit er mich aus meinem Tagtraum reißt – ein christlicher Catawba? Aber nicht umsonst nennt er sich wohl Keith *Little Bear* Brown. Nach meiner kurzen Unio Mystica erzählt *Little Bear* eine Catawba-Indianer-Geschichte, und wieder wird der Wald zum magischen Ort. Um anschließend mit einem leicht verschlagenen Grinsen anzufügen, dass er solche Geschichten gut für seine frühere Arbeit als Rekrutierer für die Armee gebrauchen konnte. Dann übergibt er an seinen Kollegen Monty *Hawk* Branham. Er hält eine aus wunderschönem rötlichen Holz (Zeder?) gefertigte nagelneue Flöte in der Hand und steht auf.

„Ich habe diese Flöte fertigen lassen, um die alten Catawba-Traditionen wiederzubeleben. Ich möchte sie weitergeben. Wir Catawbas, wir haben unsere eigene Sprache verloren."

Ein merkwürdiges Gefühl überkommt mich. Was ist eine Kultur, die ihre Sprache verloren hat?

„Man weiß nicht mehr viel, nur noch ein paar Wörter. Meine Großmutter konnte noch etwas sprechen. Unsere Sprache starb, bevor sie niedergeschrieben wurde. Ich werde jetzt ein Lied spielen, das ich für meine Cousine komponiert habe, bevor sie starb. Meine jüngere Cousine begann vor einigen Jahren, uns hier im Reservat zu besuchen. Sie wollte etwas über sich selbst erfahren. Über ihre Wurzeln. Ihre Eltern waren weggezogen, bevor sie geboren war, nach Salt Lake City, Utah. Ich bin so froh, dass sie zu uns kam. Sie wurde vor zwei Jahren bei einem Autounfall getötet."

Er setzt die Flöte an, und ein langer, merkwürdiger, schön tragender Ton erhebt sich zwischen die Bäume. Wieder Modulation, eine einfache Melodie. Der Mann mit seinem schönen Instrument, dem schönen Ton, hier im Wald. Seinem Wald. Er setzt die Flöte ab.

Immer noch steigt langsam Rauch aus der kleinen Holzschale mit den glimmenden Kräutern, die einen angenehmen und undefinierbaren Duft verbreiten. Ein Rauchschleier schwebt mittlerweile über unseren Köpfen zwischen den Bäumen – so wie eben noch der Ton. Es ist absolut windstill.

„Ich möchte wiederbeleben, was wir verloren haben. Mit diesem Instrument möchte ich die Verbindung zu unseren Vorfahren herstellen." „I want to connect to our ancestors."

Ich glaube, es gelingt ihm heute.

„Ich kann die Sprache nicht zurückbringen, aber mit unserer Musik kann ich es versuchen. Das Einzige, was wir am Leben erhalten haben, ist unsere Töpferei. Unsere Töpferei ist immer noch dieselbe. Und wir haben noch ein paar Stücke aus der alten Zeit. Wir wissen also, wie unsere Vorfahren den Ton bearbeitet haben. Und wir gehen immer noch zu denselben Stellen, um an den Uferbänken des Catawba-Flusses den Ton zu stechen."

Catawba heißt in ihrer Sprache *people of the river.* Heute ist der Catawba-River einige Kilometer oberhalb des Reservats an zwei Stellen jeweils als Kühlreservoir für je ein Atomkraftwerk zu künstlichen Seen aufgestaut, auf denen sich die Bevölkerung von Charlotte und Umgebung an den Wochenenden auf ihren Motorbooten tummelt.

„Wir Catawbas halten die Stellen, wo wir den Ton stechen, bis heute geheim. Es wird von einer Generation zur nächsten weitergegeben. Der Ton von den verschiedenen Stellen gibt den Objekten jeweils unterschiedliche Farben. Manchmal mischen wir Ton von verschiedenen Stellen, um in einer Töpferarbeit einen bestimmten Effekt zu erzielen."

Dann erzählt *Little Bear* noch eine Geschichte. Und wieder spielt *Hawk* auf der Flöte. Der Rauch wabert zwischen den kahlen Ästen, durch die die niedrige Spätnachmittags-Spätherbstsonne scheint. Obwohl es November ist, ist es warm. Über zwanzig Grad. Zum Abschluss wieder Tam tam tam tam tam auf der runden Trommel mit dem Holzschlegel. Die kleine Gruppe zerstreut sich schnell.

Wir aber kommen noch miteinander ins Gespräch. Es stellt sich heraus, dass *Little Bears* Tochter in Deutschland lebt. „Viele von meinen Töpferarbeiten sind in Deutschland."

Er lacht, er selbst war noch nie in Deutschland. Wir fragen ihn, wie alt er ist: „Sechsundfünfzig."

Ich hätte ihn auf über siebzig geschätzt.

Wieder eine Woche später, und wieder locken die Verheißungen der schwarzen Vase: Doch ich komme bestimmt zu spät. Ich hatte Alberta gesagt, ich würde innerhalb von einer Stunde nachkommen. Jetzt bin ich schon zum zweiten Mal an dieser Ausfahrt vom Highway 77 vorbeigefahren, etwa zwanzig Kilometer von unserem Wohnort entfernt. Die idiotische Beschreibung, die ich mir bei Googlemaps ausgedruckt habe, stimmt irgendwie nicht. Schon kurz nach der Abfahrt konnte ich mit meinem Ausdruck nichts mehr anfangen. Ich bin mir bewusst, dass es sich bei der *Catawba Indian Nation* um ein Mini-Reservat handelt, auf dem gerade mal tausend Catawba-Indianer leben, die Hälfte des gesamten Stammes. Die andere Hälfte lebt überwiegend in Utah. Und zwar deshalb, weil der Stamm, wie so viele der US-amerikanischen Indianer, die der totalen Ausrottung entkommen sind, im Laufe des 19. Jahrhunderts komplett zum Mormonentum bekehrt wurden. Was wiederum den fast völligen Verlust ihrer ursprünglichen Kultur stark beschleunigt hat.

Ich fahre ein weiteres Mal an derselben Stelle von der Autobahn ab. Plötzlich kommt ein kleines Schild, das mir bedeutet, in eine noch kleinere Straße einzubiegen, und nach ein paar Kilometern sehe ich die ersten Häuser, oft sind es eher Behausungen. Es herrscht große Armut. Bald kommt ein Schild: *Welcome to the Catawba Nation*.

Kurz darauf stehe ich vor dem Cultural Center. Ich werde bereits erwartet. Schon von fern höre ich das mir mittlerweile vertraute gleichförmige Tam tam tam tam. Die meisten der Anwesenden scheinen Stammesangehörige zu sein. Es gibt einige Stände mit Nippes und Kitsch, und kurze Zeit später bekommt Marco seine Indianerflöte, aus Bambusrohr geschnitzt.

Mir fällt sofort auf, dass es auch eine Handvoll Stände mit wirklich schönen Sachen gibt. Wieder höre ich das Tam tam tam tam. Ein kleine Gruppe von Frauen gibt gerade eine Vorführung und trommelt dazu. Auf einer Wiese unterhalb des Platzes wird mit den Musikern getanzt. Es gibt ein kleines Amphitheater mit Betontreppen. Vor dem Kulturzentrum wird gerade ein hochgewachsener älterer Herr mit dunkler Lederhaut und einem alten Cowboyhut von einem Filmteam interviewt. Wahrscheinlich der Catawba-Häuptling, der dem lokalen Fernsehsender ein paar Fragen beantwortet.

Alberta war schon im Kulturzentrum und empfiehlt mir die Ausstellung zur Geschichte der Catawbas.

Sie kommt selbst noch mal mit. Im Eingang ein Geschenkladen und dahinter zwei mit dem Museum verbundene Räume. Ein paar nachgestellte Uferszenen mit ausgestopften Tieren und Indianerfiguren. Und immer wieder wunderbare Keramiken. Interessanterweise ist keine total schwarz wie die von Alex. Die meisten haben eine schön melierte Struktur, offensichtlich von der Mischung verschiedener Tonerden herrührend. Eines der Ausstellungsstücke ist besonders prachtvoll. Eine sehr große, etwa einen Meter hohe Vase, von einem der Meister der Catawba-Töpferei im frühen 20. Jahrhundert gefertigt: Mr. Harris. Man sieht ihn auf einem Schwarz-Weiß-Foto mit einer Jeans-Latzhose und einer Baseballkappe abgebildet. Ein grandioses Stück.

In dem Amphitheater sitzen jetzt etwa hundert Leute. Gerade wird ein spektakulär akrobatischer Reigen mit bunten Ringen aufgeführt, bei dem der Tänzer mithilfe von neun *hoola-hoop*-artigen Ringen verschiedenste Figuren in atemberaubend schneller Abfolge verkörpert. Immer noch habe ich mir die Keramikstände weiter oben vor dem Gebäude nicht angesehen. Ich zähle sieben verschiedene Stände mit der charakteristisch braunen Keramik, die alle erstaunlich unterschiedlich aussehende Stücke ausstellen. Keines weist allerdings eine Ähnlichkeit mit der schwarzen Schlangenvase auf.

Dafür bemerke ich einen Stand mit ausgesucht schönen Stücken. Hinter dem Stand steht eine ältere Catawba mit einem langen pechschwarzen geflochtenen Zopf und klassischem Indianerkostüm – wieder ein bisschen wie bei Winnetou. Vor sich auf dem Tisch stehen etwa fünfzig unterschiedliche Keramiken, darunter kleine Vasen, Schlangenschalen und Ähnliches. Auch eine große Schildkröte ist dabei. Und ein interessantes Objekt, etwa dreißig Zentimeter hoch, mit einem Henkel oben und zwei Ausgießern auf den gegenüberliegenden Seiten. Alle Stücke sind offenbar ausgiebig in den Genuss von Streicheleinheiten mit dem runden Kieselstein gekommen, denn ihre Oberfläche ist glatt, wie glasiert. Ich blicke wieder auf, und die Catawba-Indianerin hält einen polierten Kiesel in der einen und eine kleine, fast weiße Vase in der anderen. Sie streicht über eine bestimmte Stelle der Vase, die zwar schon ziemlich glatt wirkt, und doch kann man noch eine gewisse körnige Struktur in der Oberfläche wahrnehmen.

Mein Blick fällt auf die Preisschilder. Die ganz kleinen Sachen fangen bei dreißig Dollar an, die größeren liegen um die hundert Dollar, und einige Stücke, darunter die Vase mit dem Henkel und die große Schildkröte, kosten zwischen zwei- und dreihundert Dollar. Ich erinnere mich daran, dass Alex erwähnt hat, dass seine Vase, da sie einen Sprung hatte, einen Sonderpreis von dreihundert Dollar hatte. Die Vase mit dem Henkel ist wirklich speziell. Nicht magisch wie die schwarze Schlangenvase von Alex. Eher eine kühne moderne Plastik. Dreihundertfünfzig Dollar. Es steht außer Frage, dass wir heute nicht so viel Geld für eine Vase ausgeben. Vielleicht kaufen wir eine von den kleinen aschenbecherartigen Schlangengefäßen für dreißig Dollar. Insgesamt dauert das Anfertigen eines Stückes zwei Wochen, vom Lehmholen bis zum fertig gebrannten Stück. Viele springen während des Brennprozesses.

Ich nehme das Gefäß mit dem Henkel, meine Hand umfasst den Griff. Ich hebe es an. Schwer. Kaum ist die Information in meinem Gehirn angekommen, feuern die Neuronen hinterher. Ganz leicht – und mein Arm geht mit dem Henkel etwa dreißig Zentimeter nach oben.

„Yep – you just bought it!“ Sie haben es gerade gekauft!

Ich glaube, ich höre wohl nicht richtig. Ich blicke auf meine linke Hand mit dem Henkel. Der Korpus der Vase steht noch an Ort und Stelle. Ich stammle ein „I’m sorry“.

„You bought it", wiederholt die Frau.

Ich bin von der Fahrerei und überhaupt momentan ziemlich gestresst. Das hat ja gerade noch gefehlt. Die Catawba-Indianerin mit den sanften haselnussbraunen Augen und dem langen schwarzen Zopf lässt nicht locker.

„Ich kann es so nicht mehr verkaufen. Sie haben es kaputt gemacht. Jetzt müssen Sie es nehmen."

Richtig ist, dass gerade zwei Wochen ihrer Arbeit in die Brüche gegangen sind. Wir diskutieren hin und her, und ich sehe, dass es wenig Sinn hat. Wir tauschen unsere Visitenkarten – auf ihrer steht Cora Harris-Hedgepath – und eine Telefonnummer, und ich verspreche, dass ich mich mit meiner Versicherung in Verbindung setzen werde.

Ich bin noch völlig benommen von dem eben Geschehenen, da spricht mich eine ältere Dame an, mit hübschen, vornehmen und fast noch mädchenhaften Zügen. Neben ihr steht ein ziemlicher Hüne mit zwei dünnen grauen Obelix-Zöpfchen rechts und links. Dazu passend ein klitzekleiner Hund.

„Woher kommen Sie?", fragt mich die ältere Dame, die offensichtlich den Vorfall mitverfolgt hat.

„Ich bin aus Deutschland."

Ein Lächeln breitet sich auf ihrem Gesicht aus. „Wusste ich es doch. Ich bin Österreicherin."

Ich beobachte mich wie in einem Film, von außen. Mein Gehirn hat Schwierigkeiten, das Geschehen angemessen zu verarbeiten. Ein für mich passenderes Gespräch wäre jetzt eines mit Mitleid wegen der Vase, zum Beispiel.

„Ich bin in Österreich geboren. Und dann kam ich in die USA, und später habe ich ihn geheiratet." Sie zeigt auf Obelix, der zufrieden grinst.

„Und jetzt leben wir hier. Sie können unser Haus von hier aus sehen." Dabei zeigt sie auf eines der etwas ärmlichen Häuser auf der anderen Straßenseite. Mein Gehirn ist immer noch ganz mit der beschädigten Vase beschäftigt. Zum Glück steht jetzt meine Mutter neben mir und fängt den Smalltalk ab.

Ein paar Wochen später bekommt Cora das Geld, und ich befinde mich seitdem im Besitz einer zerbrochenen Indianervase. „Jetzt können Sie die Vase auch behalten, ich kann sie ja sowieso nicht mehr verkaufen."

Wie hatte es mein Vater am Stand der Indianerin so schön formuliert: Jetzt weiß ich auch, warum die Catawbas fast verschwunden sind.

Der kräftig gebaute Restaurator jedenfalls hebt die Vase mit einem Ruck vor meinen Augen hoch. Neeeeiiiinnn.

„Hier. Sehen Sie? Jetzt hält es." Er stellt die Vase vorsichtig wieder ab.

„Besser als vorher."

Er grinst breit und kassiert den dreistelligen Dollarbetrag, den ich ihm für seine Dienste über den Tresen schiebe.

East China Township, 15. Januar 2010.
East China, Michigan.

Ich bin auf dem Weg zu Jack. Er wohnt in East China Township. Ein Kaff im letzten Winkel von Michigan. Im Autoradio läuft *Fox News Radio,* „The Medvev Show".

Man diskutiert das Buch „Some Speed" und die darin aufgestellte These, dass es den USA und der Welt, trotz allem, insgesamt noch nie so gut ging wie 2010. Ein Anrufer bestreitet das und fängt an zu erzählen, wie der Sozialismus durch Obama um sich greift und alles kaputt macht.

Darauf Medvev: „Wann, glauben Sie, ging es den USA besser?"

„Mein Gott", stottert der Anrufer, „ich bin auf diese Diskussion hier nicht vorbereitet."

Auffallend der Kontrast zwischen der mutigen These soeben und der Druckserei jetzt. Aber Medvev lässt nicht locker.

„Wann? War es in den Fünfzigern? Wann war das goldene Zeitalter?"

„Mein Gott, wie ich schon sagte, ich weiß nicht ..."

Stille. „Der Sozialismus ist gerade dabei, die Macht zu übernehmen ..." „Socialism is taking over ..."

Jack ist ein Mann mit leuchtenden dunklen Augen. In seiner Garage hat er eine cutting-edge Verbundwerkstofftechnologie untergebracht. Nachdem er 1999 als Technischer Direktor bei einem der großen Automobilzulieferer die sechzig Mitarbeiter seiner Abteilung feuern musste. Eine Welle vor Thanksgiving und eine kurz vor Weihnachten, wie er mir in seinem Büro unter einem wandfüllenden Gemälde, das offensichtlich aus Afrika stammt, erzählte. Da hatte er dann genug und hat seine eigene Kündigung direkt mit eingereicht.

Das war vor zehn Jahren. Während er redet, sieht man ihm an, dass es ihm noch heute wehtut, dass er seine Leute entlassen musste.

„Ich wollte meine Technologie nach Afrika bringen – Ziegelsteine herstellen."

Wenig später stehen wir in seiner Garagen-Produktionsanlage, und er zeigt mir die Formpressen: „Rotorblätter für Windmühlen".

Ansonsten sind die vier lagerhallenartigen Schuppen voll mit Tür-Innenverkleidungen von Autos. Eine große USA-Flagge nebst Adler, der sie trägt, ist auch vorhanden. Ein Poster mit der Landkarte der Vereinigten Staaten und ein Schild, das ich kenne:

„Obama – Veränderung, an die wir glauben können". „Change We Can Believe In".

„Meine Technologie funktioniert, und es ist eine niedrige Investition. Ich dachte, sie würde unsere Industrie erobern. Aber Fehlanzeige. Meine alten Kollegen und Kunden, sie wollen die Art und Weise, wie sie Sachen machen, nicht ändern." („They don't want to change the way they do things.")

Er erklärt mir die Funktionsweise des Windgenerators, für den er die Teile herstellt. „Das ist nicht einer von den großen, die die Vögel stören und Lärm machen. Es ist eine Venturi-artige Konstruktion. Sehr clever."

Ich frage dazwischen: „Dezentralisierte Energieerzeugung für mein Haus?"

„Exakt, das ist die Idee. Die Technologie gibt es schon eine ganze Weile. Aber jetzt gibt es das ganze Investmentgeld für ‚Grün'. Jetzt geht's los."

Bevor wir uns aufmachen zum Essen, zeigt er mir ein kleines Album mit Fotos von damals, als er noch Leiter der Entwicklungsabteilung war. Neueste Anlagen, Hochglanz.

„Von einem Tag auf den nächsten ließ der neue Firmenchef es sausen. Sie brauchten die Gebäude für etwas anderes, hieß es. Ich war zwei Stufen unter dem CEO. Der neue Präsident wollte seinen Vorgänger ungeschehen machen, also musste die ganze Abteilung gehen. Und ich bin auch gegangen. Ich war schlau. Ich bin mit einer Abfindung gegangen. Und hier bin ich: CEO und Hausmeister in Personalunion!"

Beim Abendessen, stellt sich heraus, dass Jack zwei Jahre im Kongo gelebt hat. Peace Corps. Er erzählt mir von dieser Zeit.

„Einmal sollten wir Basketball spielen gegen ein semi-professionelles Tutsi-Team. Sie kamen nicht. In der Nacht vor dem Spiel wurden sie massakriert. Allen wurden die Beine abgeschnitten. Das war, als das Morden in Ruanda begann."

Wir kommen auf die US-Politik zu sprechen. „Wissen Sie, ich versuche dem jungen Kerl, der für mich arbeitet – er will sich selbstständig machen – den Unterschied zwischen Ehrgeiz und Gier zu erklären. Er kapiert's nicht." Ich befürchte, sein junger Mitarbeiter ist da nicht der Einzige hier in den USA.

„Schauen Sie, ich bin gegen Abtreibung. Aber ich bin ziemlich links. Das Hauptproblem mit den Konservativen ist: Sie müssen immer der offiziellen Parteilinie gehorchen. Ich bin nicht so. Wissen Sie, was das größte Problem ist: Interessengruppen. Interessengruppen und ihr Geld. Sie kaufen alles, Kongressabgeordnete, Talk-Radio-Moderatoren, Fernsehleute."

Er spielt damit an auf das Krebsgeschwür von mittlerweile nahezu hundert Prozent Privatbesitz von öffentlichem Gut in den Vereinigten Staaten.

„Wir in diesem Land sind alle manipuliert. Und wissen Sie, warum das so gut funktioniert? Weil es wenig soziale Erinnerung gibt. Jeder Tag ist neu. Es gibt kein Gestern. Das macht es noch leichter, die Leute zu manipulieren. Und deshalb glaube ich nicht, dass die USA eine echte Demokratie sind. Eine sehr kleine Gruppe von Individuen in diesem Land kontrolliert es – mit ihrem Geld! Und das, weil diese wenigen Interessengruppen zusammen so viel mehr Geld haben als der ganze Rest zusammen. Und sie konzentrieren sich auf wenigen Themen – eins davon ist Abtreibung."

Gegen elf mache ich mich auf den Rückweg nach Dearborn, dem Hauptsitz von Ford. Eine Stunde auf der dunklen Autobahn. Ich komme ins Hotel. Im Flur hängen große Schwarz-Weiß-Fotos aus der Geschichte von Ford. Stolze Bilder aus der ersten Jahrhunderthälfte des 20. Jahrhunderts. Wie Henry Ford das millionste Fahrzeug persönlich begutachtet. Das Foto mit dem Werbeplakat, es muss vor den Dreißigern sein: „Watch The Ford's Go By – 43.849 March Sales".

Ein Bild mit Ford-Modellen, das letzte abgebildete Modell ist von 1949. Der Titel der Grafik: The Ford Story. Oben links ein altes Schwarz-Weiß-Foto von einer Backstein-Garage: Birthplace of the Ford Car. Ich muss an Jack denken, mit seiner Garage in East China Township. Gegenüber, auf der anderen Seite des Highways, steht das Hauptgebäude des Ford World Headquarter.

Diese Woche titelte das *Wall-Street-Journal*, dass Ford zum ersten Mal seit sechzig Jahren monatlich mehr Autos produziert hat als GM.

Deja Vu, 13. Januar 2010.
Charlotte, North Carolina.

Ich sitze mit meinem Autoexperten-Kollegen Ron beim selben VW-Handler wie vor fast genau zwei Jahren. Diesmal sitzt vor uns Matt. Matts Hände zittern. Ein seltsamer Gegensatz zu seinem jungen Gesicht. Nicht älter als Ende zwanzig, schätze ich. Ich beobachte, wie Matt Rons Fragen erwidert. Kleine Schweißperlen haben sich auf seiner Stirn gebildet. Gerade versucht er uns zu erklären, warum der geleaste VW-Jetta nicht, wie im Vertrag beschrieben, am Ende der Leasingzeit 14.300 Dollar kosten soll, sondern über tausend Dollar mehr. Ron als erfahrener Hobby-Gebrauchtwagenhändler lässt nicht locker.

„Ich muss meinen Chef fragen", sagt er schließlich, als ihm die Antworten ausgegangen sind. Er entschuldigt sich und verschwindet. Ron wirft den Kopf in den Nacken und verdreht die Augen. Genau wie vor zwei Jahren. Ich lasse meine Gedanken schweifen. Wie der dicke schwitzende Manager damals zum Thema Leasing meinte, dass ich am Ende der beiden Jahre entscheiden könne, ob ich den Leasingvertrag um ein weiteres Jahr verlängern will. Das war der Grund, weshalb wir uns damals doch wieder für VW entschieden hatten. Aber jetzt nach zwei Jahren stellt sich heraus, dass der Typ uns damals einfach angelogen hat, um den Deal unter Dach und Fach zu kriegen.

Mal sehen, wie das hier ausgeht.

Matt kommt zurück mit einem aalglatten Afroamerikaner im Schlepptau. Der sich auf Matts Stuhl setzt und zuerst Ron und dann mich mustert. Ich bin gespannt, was jetzt kommt. Anthony, so steht es auf seinem Shirt, hat den Leasingvertrag in der Hand und setzt eine wichtige Miene auf. Ich bewundere seinen wie mit dem Zollstock kurzrasierten Haaransatz. Er sieht wirklich aus wie ein totales Arschloch. Geradezu ein richtig perfektes Hollywood-Filmarschloch. Und fängt an, Ron das Kleingedruckte des Vertrages auseinanderzusetzen. Dem wiederum nach ein paar Minuten der Kragen platzt.

Ron auf die Palme zu bringen, ist kein leichtes Unterfangen. Ron ist ein sehr gutmütiger Dicker. Hauptberuflich ist er promovierter Physikochemiker und Klebstoffexperte. Sein letzter Coup ist ein Klebstoff für eine Popkorn-Verpackung. Neulich fragte er mich, wie viele Popcornpackungen in den USA jährlich verkonsumiert werden: vier Milliarden, gab er selbst zur Antwort.

Jetzt ist er allerdings richtig böse, und wenig später ist klar, dass die beiden sich hier nicht einig werden. Am Ende sagt Ron Anthony klipp und klar: „Was Sie da sagen, macht keinen Sinn. Und Sie wissen es."

Anthony verzieht keine Miene. „Es ist Ihre Entscheidung."

Ich sehe, dass wir hier nicht weiterkommen. Es geht im Wesentlichen um einen Betrag von tausend Dollar, den Ron auch nach der Diskussion für Betrug hält. Matt, der die ganze Zeit mit zitternden Händen und Schweißperlen dabeigesessen hat, versucht jetzt, die Lage zu entspannen, indem er vorschlägt, dass er ja schon mal nach hinten gehen und bei seinen Kreditleuten den Kredit über 15.000 Dollar veranlassen könnte. Ich erinnere mich noch lebhaft an die Prozedur damals, bei der sein Kollege vom Ford-Händler am Ende einsehen musste, dass er mir keinen Ford andrehen konnte. Ich muss an die fünf Briefe von damals denken.

Die Diskussion mit Anthony ist mittlerweile völlig zum Erliegen gekommen. Es wird Zeit, dass wir uns aufmachen. Ron und Anthony wechseln einen unterkühlten Gruß.

Kaum sind wir am Ausgang, bricht Ron in sein charakteristisch meckerndes Gelächter aus. „Was für ein Idiot!" Wir verabschieden uns.

Einige Tage später Post im Briefkasten.

January 28 2010 *Fifth Third Bank*
Dear Gero Normann
Thank you for your credit request with Fifth Third Bank. We regret that we are unable to approve your request. We are unable to approve your request due to insufficient length of credit history ...

Januar 29 2010 *BB&T*
Recently, a credit application was submitted to us on your behalf by CAROLINA VW. Your request for credit was carefully considered and we regret to inform you that we are unable to approve your application at this time ...

Februar 1 2010 *Bank of America*
Thank you for your application for credit received through CAROLINA VOLKSWAGEN on Jan 22, 2010.
Your request was carefully considered. However, we regret that we are unable to approve your application on the terms requested ...

February 01 2010 *BB&T*

Recently, a credit application was submitted to us on your behalf by Carolina VW.

Your request for credit was carefully considered and we regret to inform you that we were unable to approve your application at this time ...

February 6, 2010 *U.S. Bank*

Dear Gero Nordmann,

Thank you for applying for an auto loan from U.S. Bank. After carefully reviewing your application we are sorry to advise you that we cannot grant you a loan at this time ...

„Du nimmst die blaue Pille, die Geschichte endet, du wachst in deinem Bett auf und glaubst, egal was du glauben willst.
Du nimmst die rote Pille, du bleibst im Wunderland und ich zeige dir, wie tief der Kaninchenbau geht.“
Morpheus, „Matrix“, 1999

„Rhythmus, hört Strom, ist eine geschlossene, zeitartige Schleife. Der Chor fällt ab und erhebt sich wieder über den Köpfen seiner Teilnehmer. Er kreist und tritt wieder ein, kanonisch, jedesmal derselbe, jedesmal ausgeschmückt zu einem neuen Original. Genau wie ein Baum. Ein Baum, der am Wasser steht. Strom beschleunigt über das Metrum des Liedes. Er überholt das Tempo der Menge, zieht gleichauf mit seiner Tochter. Sie ist das Profil ihrer Mutter, nur noch mehr: dieselbe Bronze in einem leuchtenderen Licht. Er schaut auf das Mädchen, und der Schock der Erinnerung stößt ihn vorwärts. Jede Erinnerung, eine Prophezeiung in umgekehrter Richtung. Seine Ruth bewegt ihre Lippen, mitsingend, ihre eigene innere Textzeile. Zeit steht still; wir fließen ...“
Richard Powers, „Der Klang der Zeit“, 2003

Nachwort

Schreib auf, was du gesehen hast.
Schreib auf, was jetzt geschieht.
Schreib auf, was kommen wird.

Im Jahr 1831 fuhr der sechsundzwanzigjährige Alexis de Tocqueville für neun Monate nach Amerika. Sein Auftrag: das amerikanische Gefängnissystem zu studieren. Das Projekt wuchs bis 1840 zu seinem berühmten, mehr als tausendseitigen Mammutepos „Democracy in America" heran.

Am 14. August 2001 bin ich selbst achtundzwanzigjährig als Forscher nach Boston gezogen, drei Wochen, bevor einige junge Männer aus meiner damaligen Nachbarschaft zwei Boeing 767 in die Türme des World Trade Centers in New York flogen. Dieser Morgen des 11. September 2001 im Labor des MIT und die folgenden eineinhalb Jahre in Boston wurden jedenfalls zu einer besonderen Zeit.

Sieben Jahre später, am 9. März 2008, ging ich ein weiteres Mal aus beruflichen Gründen für ein paar Jahre in die USA. Diesmal nach Charlotte, North Carolina, der – selbst die wenigsten Amerikaner wissen es – nach New York zweitgrößten Bankenstadt der USA. Das war drei Wochen vor dem Fall der US-Investmentbank Bear Stearns, dem Auslöser der größten globalen Finanzkrise seit fast hundert Jahren. Die folgenden Wochen und Monate in Charlotte und auf ständigen Dienstreisen kreuz und quer durch die USA wurden abermals eine ungewöhnliche Zeit.

Zweimal lebte ich sozusagen im Auge des Sturms. Daraus ergaben sich für mich zwei Fragen: „Was hat das Ganze mit mir zu tun?" und „Was kann ich aus eigener Erfahrung über dieses zu Beginn des dritten Jahrtausends einflussreichste Land unseres Planeten ‚be-greifen'?"

Manchmal hatte ich das Gefühl, als erhaschte ich für kurze Momente einen Blick ins Innere eines ungeheuerlichen Organismus, der mir sonst alternativ als Blackbox oder kakophonisches Durcheinander erschien. Diese Erlebnisse und Reflexionen möchte ich mit diesem Buch „mit-teilen". Zugleich war das alles für mich auch ein literarisch-sensorisches (Selbst-)Experiment, collagiert aus „kontrastierend-konträren" Echtzeit-Tagebucheindrücken und Reflexionen, oft ohne Filter, unplugged. Nebeneinander existierende Parallelwelten verschiedenster Menschen, Orte, Blickwinkel und Situationen. Nur so – kaleidoskopartig, gebrochen, fragmentarisch, exemplarisch, real – konnte ich die schier überwältigenden Kontraste, die sich sonst oft unter einer glattpolierten Oberfläche verbergen, für mich zu einem Ganzen ordnen.

Nicht zuletzt war es mir wichtig, Menschen, denen ich entweder direkt oder über andere Kanäle begegnet bin, selbst zu Wort kommen zu lassen. Wer will, kann sich so auch einen eigenen neuen Reim auf die damaligen Ereignisse machen.

Eine Besonderheit des Entstehungsprozesses ist, dass die einzelnen Episoden in der Regel entweder während oder innerhalb weniger Tage nach dem jeweiligen Ereignis von mir festgehalten wurden: genau so, wie ich sie erlebt habe. Die Dialoge in meinen Begegnungen wurden von mir nicht verändert. Diese Passagen geben dem Buch den zeitlichen Ablauf und sind bis 2010 zu Papier gebracht worden.

Das ursprüngliche Manuskript habe ich dann bis Ende 2013 fertiggestellt. Zu dieser Zeit kehrte ich mit Alberta und den drei Kindern – Carlo und Giovanni waren noch zu ihrem Bruder Marco dazugekommen – aus den USA nach Europa zurück. Das Manuskript lag dann bis Anfang 2017 in meiner Schublade bzw. auf meinem Laptop. Die Fertigstellung zum Buch und meine Übersetzung der vielen ursprünglich auf Englisch wiedergegebenen Dialoge und Texteinschübe erstreckte sich über den Zeitraum von Sommer 2017 bis Anfang 2019; ebenso habe ich die Zitate aus wissenschaftlichen und literarischen Büchern selbst übersetzt.

Die Form und Struktur des Buches ist für mich auch eine Hommage an die Schöpfer und Protagonisten der amerikanischen Musikgattung schlechthin, der Jazzmusik. Hervorgegangen aus dem Gospel und Blues der schwarzen Sklaven, wo Improvisation, Unmittelbarkeit und Stimmenvielfalt sich zu einem neuen Ganzen ordnen und der Kreis sich am Ende schließt.

Und irgendwie unterscheiden sich die USA ja auch von allen anderen Ländern dadurch, dass das Ganze implizit schon von den Gründungsvätern als lebendiges, evolvierendes „Projekt USA“ gedacht war. Auch dem möchte ich durch die Stilistik meines Buches Rechnung tragen. Herausgekommen ist sozusagen mein ganz persönlicher, aktueller Status dieses „Projekts USA“ Anfang des dritten Jahrtausends.

Das vorliegende Buch ist zu verstehen als unmittelbarer Augenzeugenbericht, als Versuch, mit Gesehenem und Erlebtem ehrlich zu ringen und es so in eine für mich selbst und andere nachvollziehbare – sinn-volle (?) –Form zu bringen. Um der extremen Vielschichtigkeit dieses Landes auch nur ansatzweise gerecht zu werden, wollte ich diese Komplexität sichtbar machen.

Ursprünglich waren die vorliegenden Aufzeichnungen (kurzfristig) für meine Frau Alberta und (langfristig) für meine Kinder gedacht, nach dem Motto: Wie war das denn damals eigentlich wirklich? Du warst doch dabei!

Falls Sie es bis hier geschafft haben, liegt eine Tour de Force hinter Ihnen, ein *trip* – auch im wörtlichen Sinne, aber nicht nur – durch den Facettenreichtum eines faszinierenden Landes, das in einem ständigen Krieg mit sich selbst lebt, einem Krieg mit erheblichen Nebenwirkungen, guten und schlechten, für uns alle und für unsere Nachwelt. Und am Ende steht für mich persönlich eine tiefe Überzeugung: Tatsächlich, alles scheint irgendwie mit allem verbunden und führt immer wieder zum selben Punkt. Allerdings, ich bin nicht Tocqueville, aber uns eint über die Zeit von bald 200 Jahren die einfache Frage: Was – wirklich – ist Amerika?

Last but not least möchte ich meinem Freund Enrico Ganni danken, der mich mit meinem Lektor Dr. Werner Irro verbunden hat. Auch dies, wie vieles im Buch Beschriebene, war ein Ergebnis sonderbarer Fügung. Ohne diese beiden Personen wäre das Buch vielleicht nie erschienen. Danken möchte ich auch allen darin vorkommenden Personen; ohne sie hätte es gar nicht entstehen können.

Und danke fürs Lesen!

Ah ... und noch etwas – wir leben ja schließlich im dritten Jahrtausend nach Christus: Falls Ihnen das Buch gefallen hat, schreiben Sie doch einfach einige Anmerkungen dazu auf Amazon. Oder Sie schicken mir unter nordmann.gero@gmail.com eine kurze E-Mail.

Gero Nordmann
Chieri, Italien, im Februar 2019

Impressum
Turin, Februar 2019 Neuauflage, August 2021

Lektorat: Dr. Werner Irro, Hamburg
Innengestaltung: Susann Richter, Hamburg
Marketing: Agentur mainwunder
Umschlaggestaltung: FAVORITBUERO GbR, Bettina Arlt
Herstellung: Print Group Sp. z o.o.
Bestellung und Vertrieb: Nova MD GmbH, Vachendorf
Printed in Polen

ISBN: 978-3-96966-967-9